Yves Laliberté

LE SECRET DE DIEU

TOME 2

LE TRÉSOR ENFOUI

D0886143

Les Éditions
Coup d'œil

Du même auteur :
Tutti Footsie, Direct livre, 2004.
Le cyclope, Direct livre, 2005.
Le secret de Dieu, tome 1 : Le message des Templiers, Les Éditions Coup d'œil, 2014.

Couverture : Kevin Fillion et Sophie Binette
Conception graphique : Sophie Binette
Révision et correction : Martin Duclos, Audrey Faille et Élaine Parisien

Première édition : © 2010, Direct livre, Yves Laliberté
Présente édition : © 2014, Les Éditions Coup d'œil, Yves Laliberté
www.boutiquegoelette.com
www.facebook.com/EditionsCoupDœil

Dépôts légaux : 4ᵉ trimestre 2014
Bibliothèque et Archives nationales du Québec
Bibliothèque et Archives Canada

Imprimé au Canada

ISBN : 978-2-89731-599-3

Chapitre 1

Sur la route du Shell Aerocentre, vers le centre-ville d'Ottawa
6 juin, 14 h 58, un peu plus de 3 heures 30 minutes avant
l'attaque finale

Quentin DeFoix devait avoir pressenti qu'il allait être abattu à bout portant par un caïnite fanatisé quelques minutes plus tard. Voilà sans doute pourquoi il maugréa en débarquant du Challenger qui les ramenait de Niagara Falls, lui et Kristen Vale :

– Je continue sans toi, sans protection ?

Kristen Vale, l'agente du Bureau du Conseil privé, hocha la tête en signe d'impuissance :

– Quand c'est Preston Willis, le grand patron des services secrets canadiens qui parle, on écoute : il doit avoir une bonne raison pour m'envoyer à la foire médiévale d'Old Chelsea, sur la rive québécoise de la rivière des Outaouais.

Kristen mit aussi sur le compte de la frustration la mauvaise humeur affichée par Quentin. Le butin des fouilles menées dans le lit de la rivière sous la chute à Niagara Falls leur paraissait à tous deux bien maigre : un squelette, un coffret vide et un vieux bouquin spongieux. Rien à la hauteur de leurs espérances. Le secret de Dieu ne pouvait être qu'énorme.

Le fait d'être séparée de son compagnon d'aventures ne l'enchantait pas non plus, s'avoua-t-elle. En bon soldat, elle ne le laissa pas paraître. Elle se demanda néanmoins si le devoir ou un doux sentiment la retenait auprès de Quentin. Certes, la recherche du secret de Dieu ne pouvait que les rapprocher. Que ce soit dans les égouts d'Ottawa ou au-dessus des chutes de la rivière Niagara, ils s'étaient épaulés pour échapper à des dangers sournois venus de puces porteuses du bacille de la peste, de poissons vampires à faire frémir même un piranha, tout cela avec pour arrière-fond la menace d'une alerte biologique déclenchée par des terroristes religieux. Déjà, Kristen s'était attachée à ce garçon. Pour elle, Quentin DeFoix avait d'abord été le rat de bibliothèque jugé indispensable par ses patrons au vu de son génie pour compulser les vieux parchemins moisis de l'Histoire avec un grand H. Mais son sang-froid d'homme de terrain la surprenait de plus en plus. L'attirait, de surcroît. Ce qui était nouveau pour elle, la célibataire endurcie branchée sur sa carrière.

Et il était plutôt mignon, ce qui n'enlevait rien.

– Je m'absente une heure, tout au plus, ajouta-t-elle d'une voix sourde pour étirer les marques de sympathie. Mais Nobody prend la relève. Il t'attend dans le salon exécutif du Shell Aerocentre.

Le Shell Aerocentre constituait une annexe de l'aéroport international Macdonald-Cartier d'Ottawa, situé à l'écart des principales lignes commerciales nord-américaines. La 412e Escadre de l'Aviation royale canadienne en avait fait sa base afin de véhiculer les personnalités locales ou étrangères au pays.

À plus de neuf cents kilomètres à l'heure, le Challenger du gouvernement canadien avait accompli l'aller-retour en un temps record. Il était près de 15 h. Chaque minute comptait dorénavant si on voulait sauver la vie des gens retenus en otage à la Chambre des communes.

L'agent Nobody les attendait en lisant une revue. Kristen lui remit la valise qui contenait le coffret doré et l'exemplaire d'*Oliver Twist* de Charles Dickens.

– J'aime travailler ici plutôt que dans l'aérogare principale, confia Nobody à Kristen avec son éternel sourire enfantin, comme si tout faisait partie d'un jeu. À l'écart des foules, c'est parfait.

– Ouais, approuva-t-elle. Le Shell Aerocentre correspond plus à l'idéal que se fait tout bon garde du corps à propos de son boulot. Tout y est calme, digne et ordonné. On contrôle les lieux et l'espace aérien environnant; pas de bavure possible.

– «Luxe, calme et volupté», approuva Nobody en citant Baudelaire, qu'il avait lu pendant ses études en sciences humaines, avant d'entrer au Centre d'instruction du Secteur du Centre de la Force terrestre canadienne, à la base de Meaford, en Ontario. Espérons que ça va continuer.

Kristen Vale espérait elle aussi que le beau temps persisterait. Mais l'appel reçu dans la cabine du Challenger annonçait de l'orage.

Quentin suivit les deux agents du Bureau du Conseil privé à l'extérieur. Kristen lui fit un signe d'adieu de la main, puis démarra à bord de son véhicule. Nobody indiqua au jeune indexeur une file de voitures officielles garées devant l'entrée du Shell Aerocentre. Quentin reconnut deux Cadillac jumelles encadrées par des VUS de marque Chevrolet, un à l'avant et deux à l'arrière.

– On va se garer sous la tente de sécurité, là-bas, expliqua Nobody.

La tente de sécurité rappelait ces abris de toile blanche destinés aux réceptions en plein air ou encore ces abris d'auto qu'on monte l'hiver, devant les maisons.

Étroite et longue, la tente de sécurité accueillit les trois véhicules de tête, soit les limousines identiques et le VUS qui appartenait à la Section de la protection des personnalités canadiennes et des agents diplomatiques (SPPCAD).

— Un éventuel guetteur ne pourrait pas déterminer dans quelle voiture nous nous trouvons. Ça réduit les risques. Même chose en ce qui concerne les deux limousines identiques.

Quand on rabattit le hayon des véhicules, un type d'un certain âge, aux cheveux cendrés, portant un costume pâle décontracté sans cravate et de petites lunettes de soleil, émergea du VUS pour accueillir Quentin et Nobody. Il les apostropha aussitôt :

— Regardez qui vient là! Si c'est pas un de ces abrutis d'enquêteurs!

— Tout ce qu'ils ont à faire, ces abrutis de gardes du corps, rétorqua Nobody, c'est porter un beau costume pour les photos des journalistes. Leurs sempiternelles lunettes de soleil font tout le boulot à leur place : à ce qu'on dit, ils s'en servent pour hypnotiser les foules afin qu'elles ne franchissent pas les cordons de sécurité.

— Non, c'est un rayon laser au krypton qui sort de nos lunettes.

— Comme Superman, hein, Mat?

Quentin savait que les services secrets se divisaient en deux catégories : les enquêteurs et les gardes du corps. La camaraderie entre ces deux branches n'était pas exempt d'un certain degré de compétition et d'une bonne dose de sarcasme.

— Vous avez des pétards là-dedans? demanda Nobody en désignant les VUS de queue.

– *Yeah*, le premier ministre lui-même a planifié le coup. «Du muscle», qu'il a dit. On a donc le Groupe tactique d'intervention de la capitale nationale qui nous materne.

– Il s'attend à du grabuge.

– Pas durant mon quart de travail, j'espère.

– On passe par la route la plus rapide?

– Oui. La police va barrer les rues sur le parcours prioritaire.

Nobody se glissa à bord du VUS de tête avec son précieux chargement: les artéfacts découverts à Niagara Falls.

Le garde qui avait blagué avec Nobody s'adressa alors à Quentin:

– Je suis le superviseur de la sécurité, le capitaine Mathieu Denis, monsieur. Veuillez me suivre.

Quentin fut alors dirigé vers la première limousine.

– Je... j'aurais bien aimé accompagner nos trouvailles..., protesta-t-il sur un ton de regret.

– Je n'y peux rien, monsieur. L'ordre vient d'en haut. Quelqu'un vous attend.

Trois hommes patientaient déjà dans la Cadillac. À l'avant, le chauffeur était seul. À l'arrière, à gauche, un agent en costume anthracite et aux lunettes noires s'était installé sur un siège latéral escamotable. Aucun des traits du garde ne broncha, comme si son visage était pétrifié. Mais on devinait chaque muscle de son corps tendu à l'extrême. Pendant que Mathieu Denis rejoignait le chauffeur à l'avant, le troisième occupant se détendit pour tendre la main à Quentin.

Quelle ne fut pas la surprise du jeune homme de reconnaître le premier ministre John Shackleton. La poigne était ferme; rien de comparable à la mollesse d'un «poisson mort et moite» que les faiseurs d'images déconseillent aux politiciens en employant précisément ces termes. Il en va d'ailleurs de même des poignées à deux mains, pourtant chaleureuses : ça ne se fait tout simplement pas.

— Bravo, monsieur DeFoix... Quentin ! s'exclama-t-il avec un sourire aux dents bien alignées, étincelant sans être trop large, étudié lui aussi. Vous m'impressionnez vivement, d'abord pour avoir décodé le texte gravé sur la tour de la Paix. Il fallait un historien de votre trempe pour retourner un siècle en arrière, et ce, au fin fond de la Niagara. Sans compter que ce n'était pas évident du tout de sonder le terrain sous la cataracte.

— Merci d'avoir fait assécher les chutes aussi rapidement. Mais comment diable avez-vous fait ?

— Je connais intimement le président de la Commission mixte internationale, alors je suis heureux d'avoir pu apporter mon aide... Quentin, excusez-moi, mais j'ai cru remarquer votre surprise en me voyant vous attendre à l'aéroport plutôt que d'être resté terré au bunker.

— Un peu, en effet. Je m'imaginais plutôt faire les démarches avec l'agente Vale et avec Preston Willis.

— Ma phobie des lieux clos a joué un rôle, mais ce n'est pas la raison principale pour laquelle j'ai fui le bunker. En fait, je ne crois pas au proverbe selon lequel on doit garder ses ennemis près de soi afin de les surveiller. Moi, je veux les éloigner, les garder à distance.

— Que voulez-vous dire ? Des ennemis au sein même du bunker ? Chez les militaires et dans les services secrets ? Ce serait étonnant !

— Je n'exclus personne, pas même les services de sécurité du Bureau du Conseil privé.

— Et Kristen ?

— Personne.

— Vous avez confiance en quelqu'un ?

– Seulement en Ali Legendre, mon bras droit, qui nous attend à la prochaine étape de cette course au trésor. Si j'ai confiance en quelqu'un à part elle ? Non. Même pas en vous.

– Vous pouvez vous fier à moi, monsieur.

– Je sais, je sais, je ne voulais pas vous froisser. Il reste toutefois que je suis escorté, pour plus de sécurité, par des représentants de diverses agences. Un agent de la SPPCAD de la GRC est assis avec nous dans cette voiture. Nous sommes suivis par un VUS de la Défense nationale et par un VUS du SCRS. Enfin, des agents du Bureau du Conseil privé se trouvent à bord de la limousine derrière nous.

Les quatre véhicules quittèrent l'enceinte de l'aéroport en file indienne.

Une moto leur colla immédiatement au train. On aurait pu croire qu'elle faisait partie du cortège. Mais elle se maintenait à une distance suffisante pour ne pas alerter les agents restés sur place, à l'aéroport, ni ceux dans les VUS d'arrière-garde.

Sans se retourner, le motocycliste enfonça une main dans la sacoche double passée en travers de la selle vide derrière lui. Ses doigts trouvèrent aussitôt ce qu'ils cherchaient. Le contact d'un long corps fuselé et frémissant, enroulé sur lui-même, avec des anneaux rugueux à certains endroits, lisses à d'autres. Ce geste rempli d'affection, pour ne pas dire de vénération, lui donna du courage. S'il n'avait pas craint d'attirer l'attention, il aurait libéré le reptile de son tabernacle de cuir pour qu'il rampe le long de son dos et lui entoure le cou, tel un scapulaire vivant, dans une étreinte chargée de piété.

Le caïnite savait que, le matin même, lui et la demi-douzaine de fidèles ophites participant à l'opération en cours s'étaient livrés à une cérémonie plus élaborée dans l'appartement loué dans une tour délabrée de la banlieue sud. Flatté par l'émerveillement des assistants, le serpent avait dansé langoureusement au sommet d'une croix de planchettes érigée sur la table en inox de la petite cuisine transformée en autel improvisé. C'était un cobra de leur terre natale sur la mer d'Aral, passé en contrebande par des caïnites installés au Canada depuis longtemps. Tous les membres du commando s'étaient approchés de lui avec révérence pour recevoir son baiser de glace sur les lèvres, obsédés par son regard fixe, tétanisé, composé de minuscules billes de marcassite polies. Tout autre cobra aurait cabré son capuchon gonflé à l'extrême afin d'enfoncer ses crocs dans la chair de ses adorateurs. Mais lui était dompté pour jouer son rôle à la perfection, celui de symbole divin dans les rites ophites. Tout était inversé dans leur religion par rapport à la Bible des chrétiens, le serpent et Caïn, Lucifer et la Bête étant investis de pouvoirs colossaux tandis que les autres, Dieu et Abel, n'étaient que de vulgaires imposteurs, de pauvres marionnettes stupides charriées au sein du chaos de cette Création.

La bonne âme qu'est le cadet des fils d'Adam dans la Genèse, Abel, tué à coups de pioche dans les champs par son frère jaloux, Caïn, n'était pour eux qu'une créature insipide. En l'immolant, Caïn lui rendait service, lui assurait une promotion. D'où leur mission sacrée d'assassiner à tort et à travers pour le plus grand bien de tous.

« Temps restant avant l'arrivée : dix minutes », se dit le motocycliste, excité à l'avance par ce qu'il avait préparé avec ses frères caïnites, Youri et les autres.

D'après le plan, Youri les attendait plus loin. Une heure auparavant, il avait loué un camion à remorque comme pour les déménagements, et l'avait conduit jusqu'au centre-ville d'Ottawa.

– N'oublie pas : ton camion n'a pas de freins ABS, lui avait dit Alexei, le motocycliste, avant que leurs routes ne se séparent. Si tu freines en tournant, ta remorque sera déportée et écrasera nos cibles.

– *Da*. J'ai déjà fait quelque chose de semblable dans le cadre d'un contrat contre le premier ministre de l'Ukraine, qui voulait empêcher le transit du pétrole de la mer Noire.

– Parfait. Tous ces «Abel» seront écrasés comme des punaises. Ou, devrais-je dire, avalés par notre Serpent.

Cette réponse avait rassuré le motocycliste. Le chauffeur du camion avait été chaudement recommandé par le parrain de Perm, qui avait aussi vanté les compétences d'un autre terroriste, Simu Zeklos. Mais Zeklos ne relevait pas du motocycliste. En fait, chacun ignorait l'existence de l'autre, les deux offensives étant cloisonnées de façon absolument hermétique.

Sur la rue Bronson, la moto doubla le cortège. Le pilote se garda bien de montrer le moindre intérêt pour les voitures officielles. Il accéléra, puis se posta à l'angle de la rue Main et de la promenade Sussex. Juché sur le terre-plein, il donna de furieux coups de pédale en feignant d'avoir des ennuis mécaniques.

Il constata avec satisfaction l'absence de la police d'Ottawa, tout comme l'avait arrangée le patron, un type haut placé. Jetant un coup d'œil au bout de la rue Main, il vit le camion stationné dans la voie de droite, feux de détresse allumés. La distance à couvrir jusqu'au lourd véhicule lui permettrait de passer les vitesses, de prendre son élan et de frapper avec la force d'un train emboutissant une voiture à un passage à niveau. Alexei n'avait qu'à enfourcher sa moto et à parcourir une cinquantaine de mètres sur la rue Main : ce serait le signal pour Youri que le cortège approchait.

Ils avaient convenu de ne communiquer ni par radio ni par cellulaire.

– Nos échanges risqueraient d'être interceptés, avait fait valoir Alexei.

– Les maudits *geeks*, avec leurs scanners, adorent écouter les conversations, par pure curiosité, avait approuvé Youri.

– Les tours de transmission n'empêchent pas les criminels d'espionner les honnêtes gens pour leur soutirer un numéro de carte de crédit ou d'assurance sociale dicté en ondes. Et il y a aussi les détectives privés et les agences de sécurité.

– Sans parler de la police. Ah! Par Caïn! Il est beau, le progrès technologique.

– Exact, mon frère. Naguère, il suffisait d'un simple appareil de transmission numérique à étalement de spectre pour empêcher toute interception des échanges par téléphonie mobile. Mais les moyens techniques se sont développés au cours des dix dernières années. Par conséquent, lors de cette opération, j'utiliserai un simple signal visuel pour te prévenir lorsque j'apercevrai la limousine de tête à la hauteur de l'avenue Echo et de la boucle après la rue Harvey.

Pendant ce temps, le premier ministre Shackleton parlait avec une douce satisfaction de la sécurité des passagers.

– Notre véhicule est blindé comme un coffre-fort. N'est-ce pas, capitaine Denis?

– Oui, monsieur, acquiesça le superviseur en tournant légèrement la tête vers la banquette arrière.

– Un enduit de polycarbonate qui résiste à la plupart des calibres d'armes à feu. Vous les avez en mémoire, Mat?

– Les .44 Magnum, .357 Magnum, 9 mm, Uzi 9 mm, calibre .45 et tous leurs équivalents en fait d'armes de poing.

– Je ne vous cache pas, Quentin, que ça devient frustrant, continua Shackleton. Vous avez confirmé que vous n'aviez pas trouvé le trésor à Niagara Falls, mais que vous aviez peut-être découvert une autre piste. Avec tout ça, le temps file pour les otages à la Chambre des communes.

Sur ce, il frappa le cadre de la vitre avec son poing.

– Dire que je pourrais être avec eux !

– Vous savez bien, monsieur, le réconforta Quentin, que vous avez l'habitude de vous rendre à la Chambre en après-midi seulement, pour la période des questions orales. Les terroristes ont pris les députés en otage à 14 h.

– Il reste que le président Raspoutine devait assister aux travaux de la Chambre dès 14 h. Un horaire chargé en après-midi l'empêchait de rester pour la période des questions. Et, moi, j'aurais pu l'accompagner si des tâches protocolaires auprès de la délégation russe ne m'avaient pas retardé. Je crois que je suis un peu responsable. J'aurais dû être là.

– Ça ne nous aurait avancés à rien qu'il y ait un otage de plus. Chassez cette idée de votre esprit, monsieur.

Quentin avait l'impression de dire le contraire de ce qu'il pensait. Lui aussi se sentait responsable.

– L'important, c'est de continuer à fouiller, dit Quentin. Pour le moment, nous devons comprendre ce que recèlent un coffret et un roman. Je ne vois vraiment pas comment y parvenir.

– Oui, Kristen Vale m'a prévenu. C'est décevant, en effet. Aussi ai-je autre chose à vous soumettre en guise de prix de consolation.

« Ah ! Voilà pourquoi le premier ministre est venu m'accueillir en personne, songea Quentin. Mais que me réserve-t-il ? »

À la suite de ses paroles mystérieuses, le chef du gouvernement décocha un signe de tête au superviseur Denis. Celui-ci actionna quelques boutons sur la console au centre de la cabine. Aussitôt, le panneau du bar s'ouvrit devant eux. À la gauche de quelques bouteilles d'eau gazéifiée, un petit écran s'alluma.

Quentin vit alors les images d'une vidéo défiler : l'entrée d'une propriété cossue, un poste de garde et des limousines avançant lentement en file indienne.

– C'est chez moi, expliqua Shackleton. La résidence officielle du premier ministre, au 24 de la promenade Sussex. Les services de Preston Willis ont mis la main sur les vidéos de surveillance captées lors du dîner officiel offert en l'honneur de mon ami Gregor Raspoutine, le président de la Russie, à son arrivée au pays. Ça date d'il y a quelques jours.

– Très efficace, ce Willis, d'après votre agente du Bureau du Conseil privé, Kristen Vale.

– Je l'ignorais, mais il fait partie des *old boys*. Il était déjà responsable du contre-terrorisme au début des années 1990, quand on a tenu des exercices dans le genre de Praetorian en vue des Jeux du Commonwealth, en Colombie-Britannique. Il a fait la Bosnie par la suite. Mais regardez bien…

Un technicien du Bureau du Conseil privé ou de la GRC avait fait un montage de séquences distinctes, chacune d'elles affichant un minutage différent. En revanche, elles remontaient toutes au 4 juin. D'abord, on avait retenu une séquence montrant deux limousines arrivant devant l'entrée de la résidence officielle. Quentin crut reconnaître les traits du sénateur Strickland à l'arrière d'un des véhicules. Les glaces teintées de l'autre voiture empêchaient de reconnaître les occupants. Bon observateur, le jeune indexeur nota néanmoins que la deuxième limousine avait une plaque du Québec ; la première était immatriculée en Ontario.

Les courtes séquences qui suivirent avaient été croquées devant la porte de la résidence elle-même. On pouvait maintenant reconnaître facilement les invités, qui avaient quelques pas à faire en débarquant de leur voiture avant de s'engouffrer sous l'auvent rayé érigé devant le perron.

« Voilà le sénateur Strickland, se dit Quentin. C'était donc bien lui dans la limousine. »

Le gros homme au crâne nu était accompagné d'un type aux lunettes épaisses. Pris d'un malaise, Quentin se trémoussa sur son siège en le reconnaissant. Bien vivantes et souriantes, deux personnes maintenant réduites à l'état de cadavre apparaissaient nettement à l'écran : William Strickland et Stanislas Rusinski.

– Je comprends que les services de Preston Willis aient relevé cette coïncidence qui n'en est sans doute pas une.

– C'est d'autant moins probable qu'il s'agisse d'une coïncidence, approuva Shackleton, quand on connaît le prochain invité…

Un troisième homme sortait de la limousine immatriculée au Québec. Malgré sa soixantaine évidente, il avait une chevelure épaisse, aux boucles discrètes, sans un seul cheveu gris. Il descendit avec souplesse de la voiture, puis se retourna pour tendre la main à son accompagnatrice, épouse ou adjointe, de dix ans sa cadette.

– Qui est cet homme ? demanda Quentin.

– Il logeait à un hôtel de Gatineau pendant une conférence des ministres provinciaux de la Culture. C'est Marc Mercier, du gouvernement du Québec.

– Celui qui est lui aussi mort de la peste, comme Rusinski ?

– Exact. C'est à croire qu'on les a tués uniquement parce qu'ils s'étaient attablés avec moi et une vingtaine d'autres personnalités de la capitale.

– Vous avez discuté avec eux ?

– Pas du tout.

– Alors pourquoi me montrez-vous cette vidéo ?

– Attendez la suite. Nous avons pris l'apéritif dans le jardin, et voilà ce qui est arrivé…

Il devait y avoir une cinquantaine d'invités répartis en petits groupes près de la porte secondaire du 24 Sussex et sous les arbres isolant la résidence officielle de la falaise au-dessus de la rivière des Outaouais. Une caméra de sécurité avait enregistré l'activité autour de la table à nappe brodée installée sur la pelouse. On y voyait un immense bol de punch en cristal taillé, des rangées de coupes et une série de plats d'argenterie pour les hors-d'œuvre : crudités, saumon fumé de la Colombie-Britannique, huîtres de Malpèque.

En pivotant vers la gauche, la caméra avait capté une partie de la piscine intérieure dont les parois vitrées avaient vaguement l'allure d'une serre. L'endroit aurait dû être désert. Les invités profitaient du soleil et de l'air frais à l'extérieur avant qu'on ne les convie au dîner protocolaire. D'ailleurs, s'il y avait eu des baigneurs, les reflets sur les vitres auraient empêché de les distinguer.

C'est du moins ce que Quentin s'était dit de prime abord. Pourtant, Preston Willis avait fait faire un agrandissement de la prise de vue sur l'angle sud-est de la piscine. Deux personnes étaient apparues au centre des reflets sur les vitres. Puis, une troisième les avait rejointes. Elles devaient se croire à l'abri des regards indiscrets, car elles se rapprochèrent jusqu'à se toucher.

— On… on dirait que ces trois hommes se sont embrassés, remarqua Quentin en écarquillant les yeux. Du moins, ils se sont donné l'accolade.

— Vous les reconnaissez ?

— L'image est floue, mais je parierais que l'un d'eux est le sénateur Strickland.

— Je crois que vous avez bien vu, Quentin. Les deux autres ?…

— On dirait Rusinski.

— Bravo ! Vous le connaissiez ?

– Non. Je l'ai vu pour la première fois dans sa maison de New Edinburgh, il n'y a pas longtemps. Il était mort, le visage couvert de taches. Mais le nez crochu et la chevelure blanche épaisse sont les mêmes.

– Vous avez encore raison.

– Je ne reconnais pas le troisième homme.

– Le ministre Mercier, du ministère de la Culture et des Communications du Québec.

– Bien sûr, on vient de le voir sortir de sa limousine.

À ce moment, Shackleton serra le bras de Quentin pour lui imposer le silence.

– Regardez bien : voici la partie la plus intéressante.

L'homme à droite, le ministre Mercier, souleva une main et tendit deux objets à ses compagnons. Une des deux silhouettes à gauche leva une main à son tour pour saisir ce qui ressemblait à des livres.

– J'avais demandé qu'on ouvre l'accès à la piscine, commenta Shackleton, au cas où certains auraient voulu admirer ce petit bijou ajouté à la résidence officielle par le premier ministre Pierre Elliott Trudeau.

Tout à coup, le trio se sépara en hâte après que Mercier eut regardé derrière lui.

– Ils semblent avoir été effrayés, conclut Quentin.

– Mercier est mort de la peste quelques heures plus tard, à son retour à l'hôtel.

«Il a pu être contaminé à la résidence du premier ministre», se dit Quentin dans son for intérieur.

Dans la séquence suivante, il crut reconnaître un quatrième personnage derrière les baies vitrées de la piscine.

«On... on dirait Shackleton lui-même, pensa-t-il. Mais je n'en suis pas sûr. Les autres ont fui à son approche.»

Shackleton ramena ensuite l'enregistrement au début, lors de l'arrivée des voitures.

— Le montage fourni par Preston Willis suit la logique de son enquête, dit Shackleton. Comme il croit avoir reconnu le ministre Mercier dans une des silhouettes de la piscine, il a aussi fait réaliser un agrandissement numérique de l'image de son chef de cabinet à sa descente de la limousine. On n'a rien sur un des deux livres apportés par Mercier, mais ça pourrait être prometteur avec l'autre. Jugez vous-même.

Quentin ne l'avait pas remarqué la première fois, mais la femme avec Mercier portait deux livres à moitié camouflés derrière un minuscule sac à main. Grossie mille fois, la partie visible d'un des livres montrait une inscription.

— Révérend père Jules Brosseau, lut Quentin. Voilà pour l'auteur. Quant au titre...

— *De l'encens et des aromates*, le devança Shackleton. On a vérifié. Il s'agit d'un traité écrit il y a une centaine d'années par ce religieux ayant voyagé en Asie et au Moyen-Orient.

— De l'encens? Ce n'est pas sérieux! s'insurgea Quentin. Pourquoi apporterait-on un tel livre à un dîner officiel offert en l'honneur d'un président russe?

— En effet, curieuse idée quand on sait qu'à ces occasions les invités ne parlent que de la pluie et du beau temps. Les généralités y sont de rigueur. Je suis bien placé pour le savoir.

Le livre aurait été intéressant s'il s'était agi d'un catalogue des meubles des résidences officielles du gouvernement fédéral. Quentin se rappela les paroles du docteur Plantagenêt dans son musée souterrain : « La Compagnie semble avoir caché des indices sur le trésor dans des artéfacts historiques. »

— Je comprends ce que monsieur Willis et vous, monsieur, vouliez me communiquer avec ce montage vidéo. Peut-être accordons-nous trop d'importance à ce rendez-vous près de la piscine ?...

– Trop d'importance ? Non, car voyez-vous, il y a un autre détail essentiel dans ces séquences vidéo.

– Quoi donc ?

– À son arrivée, Mercier avait un porte-documents. Or, la vidéo de son départ le montre sans porte-documents, pas plus que sa compagne, Strickland ou Rusinski, ni personne d'autre parmi les invités, d'ailleurs.

– Aucun détail n'est de prime abord jugé superflu dans les services de renseignement.

– En effet. Comme Willis m'a dit que vous connaissiez bien l'histoire d'Ottawa, qui sait si vous ne trouverez pas un indice dissimulé à la résidence officielle lors de ce dîner, il y a deux jours ?

– Je vais tenter le coup. Étant donné le caractère flou du message découvert à Niagara Falls, aussi bien nous concentrer sur ce qui a toutes les apparences d'un rendez-vous entre membres de la Compagnie au 24 Sussex.

***

Le cortège venait de quitter la rue Bronson pour emprunter, à sa droite, la promenade du Colonel-By, qui serpente au gré des méandres du canal Rideau jusqu'au centre-ville d'Ottawa, au nord-est.

« Cette route nous conduit directement à notre destination, jugea Quentin. Elle a aussi l'avantage de comporter un minimum d'intersections et encore moins de feux de circulation. »

Comme pour le contredire, au croisement de la rue Main, un camion à remorque fonça sur eux. Le véhicule avait acquis de la vitesse en brûlant deux feux rouges. Son synchronisme était parfait grâce aux renseignements transmis par le motard qui observait l'approche du cortège.

Le gros véhicule s'engagea trop rapidement sur la rampe circulaire et sa remorque fit un tête-à-queue. Le chauffeur de la Cadillac freina d'un coup sec et donna un coup de volant désespéré pour éviter l'impact. Le nez du poids lourd heurta néanmoins le phare gauche de plein fouet pour faire tournoyer la limousine comme une toupie. La remorque continua sur sa lancée. Elle balaya la seconde limousine qu'elle entraîna avec elle sur les deux VUS de queue, qu'elle plaqua contre la rambarde du canal. Les gros poteaux de béton de la rampe métallique tinrent bon. Impossible pour les agents de sécurité de sortir, bloqués par le parapet d'un côté et par l'amas de ferraille de la limousine et de la remorque de l'autre.

— Que se passe-t-il, capitaine Denis ? s'écria Shackleton, le front ensanglanté à la suite du tête-à-queue de la voiture, qui traversait maintenant les deux voies de la promenade.

Sourcils froncés, mâchoires serrées, Denis, en bon fonctionnaire, répondit aussi calmement qu'une hôtesse de l'air déclamant les consignes d'usage :

— N'ayez crainte, monsieur. Il y a eu un accident. Pour votre sécurité, restez à votre position. Nous sommes dans une voiture blindée. Les secours vont rappliquer au trot.

Mais dans son for intérieur, le superviseur savait qu'il ne s'agissait pas d'un accident. Et que les secours risquaient d'arriver trop tard. Dans une manœuvre délibérée, le camion avait éliminé le gros de leurs forces concentrées dans les VUS après avoir tenté d'emboutir la Cadillac du premier ministre. Le temps que les agents en armes s'extirpent de leurs véhicules devenus un chaos de carcasses froissées, des attaquants bien organisés auraient causé les dommages escomptés.

Pour corser les choses, ils étaient immobilisés : le chauffeur de la limousine était inconscient, le haut du corps affalé sur le volant.

— On a beau être dans un véhicule blindé, grommela Denis, si l'ennemi sort l'artillerie, on va finir en grillades.

Pour confirmer ses inquiétudes, il vit du coin de l'œil un spectacle qui le glaça d'effroi. Un homme encagoulé qui avait signalé l'arrivée du cortège au carrefour de la rue Main venait de se pencher sur sa moto pour en tirer un objet pareil à un de ces anciens tuyaux de plomberie en cuivre. Un rayon de soleil attrapa la gueule de l'arme pointée vers la Cadillac et, dans un reflet brillant, en révéla l'horrible réalité.

— Un foutu bazooka de merde, murmura le capitaine Denis, parlant entre ses dents pour ne pas alarmer sa précieuse cargaison. Ces diables ont tout prévu pour nous précipiter en enfer. Nos chances n'étaient déjà pas bonnes, elles viennent de dégringoler à zéro.

En bon professionnel, il reprit en un instant la maîtrise de ses nerfs.

— Mais il ne sera pas dit que Mat Denis se sera laissé exploser la tête sans envoyer un accusé de réception à qui de droit.

Il avait déjà son pistolet de service en main et allait s'éjecter de la limousine pour s'accorder un bon angle de tir quand il entendit des détonations. Trop nombreuses, au son trop haut perché, pour être celles du bazooka.

C'est le garde de la banquette arrière qui avait tiré après avoir ouvert la porte. Entorse aux mesures de sécurité, mais il n'avait pas le choix. Lui aussi avait vu le bazooka qui allait projeter sa charge creuse mortelle d'une seconde à l'autre. Il n'avait pas réfléchi. Son tir mal ajusté avait raté le type à la moto qui dut néanmoins se réfugier derrière un gros érable du terre-plein, retardant la destruction de la Cadillac.

Le garde ne put répéter son geste. Une salve de pistolet-mitrailleur MP5 tirée par d'autres caïnites embusqués perpendiculairement de l'autre côté du canal lui faucha les jambes. Il s'écroula sur la chaussée à l'asphalte brûlant du mois de juin.

— Ne craignez rien, Quentin, nous sommes dans un coffre-fort, répéta Shackleton.

Ces paroles rassurantes se perdirent dans le vacarme assourdissant d'une explosion qui ébranla le sol sous la limousine. Les véhicules du cortège immobilisé disparurent dans un nuage de feu et de fumée. Un VUS piqua du nez dans les eaux du canal.

« Comment est-ce possible ? se demanda Quentin. Le capitaine vient de repousser le type au bazooka. Il n'a pas eu le temps de viser de nouveau… »

En se retournant vivement, il en eut l'explication. Par la lunette arrière, il discerna un deuxième bazooka, de l'autre côté du canal, d'où étaient parties les balles de MP5.

— Ils nous ont manqués à cause de la distance, ont frappé les blocs de pierre du mur du canal et délogé une partie de la route sous nous. C'est une question de temps avant qu'on fasse le grand plongeon…

Sur ces paroles, le second VUS fut soulevé à quinze mètres dans les airs par une seconde charge creuse et se disloqua dans un panache de flammes et de fumée noire.

Ce spectacle d'horreur n'empêcha pas les occupants de la Cadillac de réagir. Malgré les pertes dans leurs rangs, il fallait qu'ils pensent à eux. Le bazooka tout près sur le terre-plein du carrefour de la Main ne les manquerait pas. En effet, le type à la moto avait quitté la protection de l'arbre, enhardi par le soutien de ses comparses. Quentin comprit que le capitaine Denis ne pouvait plus attendre. Il le vit se précipiter hors de la Cadillac pour prendre l'assaillant en cible par-dessus le toit et prévenir le coup fatal. Sa première balle ricocha sur la carapace du bazooka en sifflant, le projetant loin de la portée de l'homme qui fut ensuite atteint à l'épaule par sa deuxième balle. L'homme roula dans l'herbe. Denis ne put savourer sa victoire. Il fut aussitôt foudroyé par-derrière, par le MP5 des comparses ayant pris le cortège entre deux feux. L'impact le projeta dans l'habitacle. Il eut le temps de refermer la portière et de la verrouiller avant de s'écrouler derrière le dossier de la banquette avant, où il disparut aux yeux des occupants de la banquette arrière.

– Capitaine Denis! Capitaine Denis! hurla Quentin à la fois pour susciter une riposte que pour se convaincre que la limousine était toujours à l'abri derrière son blindage d'acier trempé et son bouclier de gardes armés de la GRC.

Aucune réponse. Plus aucun garde de la limousine ne donnait signe de vie. Après la stupeur et le vertige nauséeux engendrés par la succession rapide des frappes, la peur coula dans les veines de Quentin comme de l'azote liquide à moins deux cents degrés Celsius.

Il réalisa que les secours ne viendraient pas. Déjà que le VUS de tête conduit par Nobody avait filé, emporté par l'urgence de mettre à tout prix à l'abri les artéfacts rapportés de Niagara Falls. À tout prix! Oui, le prix était sa vie. Il allait mourir bêtement dans cette voiture de luxe, en compagnie du premier ministre.

– Tout ça pour le secret de Dieu? ragea-t-il d'instinct. Ils pensent sans doute que nous l'avons rapporté de Niagara Falls! Il faudrait leur dire qu'il n'existe peut-être même pas.

Sa tête tournait comme sur un manège affolé. Les oreilles lui bourdonnaient alors que le sang claquait contre ses tempes échauffées au gré des chocs saccadés, violents, des battements de son cœur. Aussi, il distingua l'événement étrange qui suivit à travers des lambeaux de brume dansant devant ses yeux, dans un tourbillon d'émotions extrêmes, inhumaines.

Tout près de lui, *trop près de lui*, à travers la vitre de la Cadillac, il reconnut l'homme qui les avait attaqués. La cagoule de grosse laine sombre, la chemise d'été rose sans manches échancrée et tachée près du col par une estafilade barrant l'épaule gauche. Il ne rêvait pas la scène, car il entendit le premier ministre Shackleton grogner derrière lui :

— Personne ne peut entrer. Il faut connaître le truc pour déverrouiller la portière. Je ne le connais pas moi-même. Et les vitres sont blindées.

Heureusement, car Quentin aperçut aussi, passé en bandoulière, la silhouette svelte, luisante, d'un MP5 au museau pointu d'espadon. Le bazooka devait avoir été endommagé par le tir du capitaine Denis. De toute façon, une fois l'escorte du premier ministre éliminée, l'inconnu à la moto pouvait s'offrir un tir à bout portant.

On pouvait lire la froide détermination dans les prunelles de félin enfoncées dans la cagoule. D'ailleurs, en dépit des propos rassurants du premier ministre, leur agresseur avait bien l'intention de parvenir jusqu'aux occupants de la limousine. À leur grande surprise, il entreprit une série de manœuvres savantes, tirant et poussant la poignée de la portière tout en faisant jouer une clé dans la serrure. Sûr de lui, il semblait savoir exactement ce qu'il faisait.

— Bon sang, ce bâtard sait comment ça fonctionne ! rugit Shackleton. J'avais raison de me méfier : nous avons été trahis de l'intérieur !

En effet, l'inconnu encagoulé accomplit tous les mouvements de clé secrets avec succès et la portière s'ouvrit devant des passagers consternés.

– Je suis John Shackleton, lança le premier ministre. C'est moi que vous voulez...

Mais l'agresseur ne semblait pas en vouloir à Shackleton. Quentin le vit agripper son pistolet-mitrailleur et pointer le canon sur lui.

Chapitre 2

6 juin, 15 h 22, un peu plus de 3 heures avant l'attaque finale

À quoi pense-t-on juste avant de mourir ? Le cerveau de Quentin s'était vidé, serré par l'étau de l'horrible situation dans laquelle il était plongé. Pas de retour sur sa vie, comme on le croit dans ces cas-là ; plutôt l'attente de l'inévitable.

Et il constata aussi que c'était excitant. À la tour de la Paix, ç'avait été franchement détestable ; tout comme les piqûres de puces, chez lui. Mais depuis l'épisode des candirus, il s'était habitué et avait presque pris goût, semblait-il, à ces sensations fortes. La fusillade à quelques mètres de lui, c'était l'apogée. Robin l'avait déjà prévenu qu'un jour, ça pouvait déboucher sur un comportement autodestructeur.

Il assista à l'imminence de sa propre mort avec une certaine fascination, avec, en prime, la peur qui lui tordait l'estomac et qui contractait à peu près tous les organes de son corps. Comme si le fait de s'endurcir allait le blinder. Il sentit néanmoins l'impact de plusieurs balles. Ça ne ressemblait pas à des piqûres de guêpe, mais à des coups de bâton de baseball en pleine poitrine. On aurait dit qu'une boule de feu faisait fondre ses poumons et que sa poitrine se déchirait en deux au niveau du cœur.

Distrait par sa cible trop facilement mise hors de combat, le motocycliste oublia l'agent secret étendu sur la voie qui avait été blessé aux jambes lors des premiers échanges de coups de feu. Ce dernier eut le temps de tirer avant de retomber, inconscient. Le cagoulard reçut alors plusieurs balles de semi-automatique 9 mm. Au même moment, le chauffeur du camion à remorque, accouru près de la limousine, constata l'état critique de son complice. Il tira alors quelques coups de feu dans la tête de l'homme étendu qui tendait la main vers lui en criant :

– Youri ! Frère Youri ! Pour l'amour de Caïn, aide-moi !

Sûr que son complice Alexei avait cessé de vivre, Youri lui adressa une étrange épitaphe :

– C'est pour l'amour de Caïn justement que je t'épargne ce monde pourri, mon frère. Bienvenue dans les bras de Lucifer.

Sans plus d'effusion, il marcha vers la moto. Plutôt que de filer, il vérifia d'abord le contenu de sa sacoche, plus précieux, semblait-il, que sa propre vie. Le serpent était bien là, enveloppé dans son flegme de reptile malgré les combats autour de lui. Il lécha même les doigts de sa langue fourchue. Youri l'accepta comme un signe.

– Je te rends grâce, Maître. Tu m'approuves d'avoir scellé la destinée d'Alexei avec la tienne aux enfers.

La tête du serpent jaillit de la sacoche et ses yeux qui s'attardèrent sur la limousine semblèrent appeler, pour Youri, toutes les malédictions sur ses occupants.

– J'ai compris, Maître.

Il repoussa délicatement son maître au fond de la sacoche et entreprit de retrouver le bazooka. L'engin pendait dans une touffe de lilas. Il en vérifia l'état et parut satisfait, car il l'ajusta avec des gestes lents et dignes de grand prêtre.

Puis il en braqua l'objectif sur la Cadillac qu'il venait de quitter. La Cadillac toujours immobile, offerte, docile, pour le sacrifice requis par Caïn et par Lucifer.

L'arme allait tonner quand le caïnite faillit tomber à la renverse sous le coup de la surprise. La limousine venait de sortir de son viseur. Remise en marche, elle grimpa sur le terre-plein qui séparait la promenade d'une autre rue la suivant en parallèle. Elle arracha une borne-fontaine et l'eau gicla comme un geyser.

– Maudit soit Dieu et ses saints, râla le caïnite avant de proférer des paroles incompréhensibles. C'est un revenant. Il refuse la félicité de l'enfer et il se damne en ressuscitant dans ce monde tordu.

Il cracha de dépit.

Youri venait de reconnaître la tête du conducteur au volant de la Cadillac. Celle de Quentin DeFoix dont la photo avait été distribuée parmi les caïnites de la secte des ophites.

Grâce au gilet pare-balles remis par Kristen, Quentin avait survécu à l'attaque au MP5. Il avait eu l'impression d'être coupé en deux et était resté étourdi au fond de la limousine. En se réveillant, il avait constaté que John Shackleton était en train de tirer le corps inanimé du chauffeur à l'arrière de la limousine.

– Bon retour, Quentin. Ça va ? Euh… dites, vous pouvez m'aider ? Il faut conduire ce véhicule ailleurs avant qu'il ne devienne un tombeau.

– Il y a des cloches sous mon crâne qui sonnent à toute volée, et mes côtes flottantes ont dû être arrachées tellement elles me font mal, mais j'ai encore tous mes membres. Que se passe-t-il ?

– Ça !

Le premier ministre désignait le bazooka de nouveau braqué sur eux.

– OK! cria Quentin comme quelqu'un qui se jette hors de l'avion lors de son premier saut en parachute.

Il savait que le châssis du véhicule était à l'épreuve des grenades. Le plancher et le réservoir à essence ne se fragmenteraient pas en cas de recours à des engins explosifs. Mais un bazooka rendait la partie vraiment inégale. Valait mieux se retirer du concours.

Plus agile que Shackleton, Quentin bondit sur le siège abandonné du chauffeur. Encore étourdi, il enfonça la pédale des gaz sans penser à la direction à prendre.

Il dévala un massif de plantes en dévastant des plates-bandes de fleurs. Arc-bouté sur son volant, il braqua pour faire un virage en J et poursuivit son chemin. Cette portion de la route se terminait en cul-de-sac. La limousine fonçait à vive allure vers la maison droit devant. Le conducteur réalisa alors que les murs de brique risquaient de réussir là où les caïnites avaient échoué. Il braqua de nouveau, préférant emboutir la clôture de bois qui séparait deux propriétés.

La limousine blindée était plus lourde et moins maniable que n'importe quelle Cadillac ordinaire. En accomplissant ce slalom, ses bras étaient bandés au maximum, les jointures de ses mains, blanchies sur le volant pour que tout le poids de son corps participe à la manœuvre.

– Retourne sur Colonel-By, mon gars! lui cria le capitaine Denis qui venait de reprendre ses esprits, après qu'une balle lui eut éraflé le front, l'assommant du coup. Si ça continue comme ça, ma tête va passer à travers le plafond! Et elle n'est déjà pas solide.

«Il ne manquait plus que ça!» pensa Quentin en apercevant la cour arrière où la rue débouchait. Une piscine creusée occupait une partie du terrain sur lequel il roulait comme un tank.

– Si on plonge là-dedans, on ne bouge plus et on se fait truffer de balles !

Les roues de droite patinèrent sur le trottoir dallé en béton entourant la piscine. Un coup de volant salutaire évita de justesse l'immersion, mais arracha les marches du patio en bois verni. Un barbecue fut catapulté sur le capot et percuta le pare-brise, sans l'étoiler. Par delà une haie de thuyas, la limousine piqua dans un fossé, puis remonta de l'autre côté à un angle d'environ quarante-cinq degrés. Malgré le long empattement du véhicule, le conducteur avait réussi à éviter d'être coincé en travers du fossé avec les quatre roues tournant dans le vide. La voiture retomba avec fracas sur la promenade du Colonel-By, à plusieurs centaines de mètres des lieux de l'accident.

Les passagers se réjouirent un peu trop vite. En sens inverse, ils virent alors arriver la moto, qui avait eu le temps de les précéder. Elle fonça droit sur eux dans la voie de gauche, en mode interception.

– Mais il est fou ! Il va se tuer en collision frontale ! laissa échapper Quentin d'une voix blanche.

Toutefois, malgré la perspective réjouissante de rejoindre Alexei dans l'enfer des caïnites, Youri n'avait pas l'intention de télescoper la limousine. À une dizaine de mètres, il freina brusquement en plaçant la moto en diagonale sur la promenade, puis mit pied à terre. Il avait une mitrailleuse entre les mains. Il visa.

– Toujours son MP5 ! lâcha Quentin dans un ricanement nerveux. Pas plus dangereux qu'un moustique !

La salve visait les pneus.

– Là aussi, je suis à l'abri. L'intérieur des pneus est compartimenté et les compartiments sont isolés les uns des autres par des tampons. Je peux me rendre à destination avant que les pneus soient complètement à plat.

La limousine frappa la roue arrière de la moto, la repoussant hors de son passage.

Les passagers soufflèrent de nouveau après avoir franchi ce nouvel obstacle.

Le superviseur Denis en profita pour replacer le micro du walkie-talkie accroché à son épaule.

– Érable-Rouge a toutes ses couleurs, je répète, Érable-Rouge est sain et sauf. Mais le Saule a perdu des feuilles.

Shackleton se demandait, chaque fois qu'il les entendait, pourquoi ces vieux codes avaient encore la faveur des services de sécurité. Cette précaution était désormais superflue puisque toutes les transmissions étaient systématiquement cryptées.

– Un fond de romantisme, je suppose, conclut-il à voix basse.

Le Saule qui avait perdu des feuilles, c'était Quentin.

– Bien reçu, Jardinier, répondit-on au garde du corps. Si évacuation sanitaire requise, hôpital militaire à cinq minutes de votre position, à l'est.

– Négatif, négatif!

Denis venait de fouiller dans une trousse de premiers soins afin de panser le front de Shackleton.

– Bien reçu. Perce-Oreille en fuite, ne poursuivons pas. Vous rejoignons.

– Négatif. Poursuivez Perce-Oreille. Ordre d'Érable-Rouge.

– Entendu, Jardinier. Devant vous, la « serre » est sécurisée et a reçu le « bouquet ». Dans combien de temps prévoyez-vous arriver à destination?

– Dans deux minutes.

– Quelle heure est-il ? demanda le premier ministre.

– Exactement 15 h 40, monsieur.

– Plus que deux heures cinquante avant l'échéance, dit Shackleton à voix basse.

La limousine franchit alors la rue Rideau sans s'arrêter au feu de circulation, qui était passé au rouge. Elle ne put éviter le pare-chocs d'un autobus municipal et arracha violemment le porte-bicyclettes qui y était accroché.

– Qu'est-ce qui leur a pris de foutre un terre-plein en plein milieu de la promenade Sussex ? tempêta Denis.

– Vous le savez bien, on passe ici tous les jours, gronda Shackleton, mais pas notre jeune ami.

– En tout cas, nous sommes maintenant sur la promenade Sussex, monsieur, dit Denis. Vous serez chez vous dans deux minutes. À moins qu'on ait d'autres emmerdes...

Le premier ministre constata avec un sourire tendu que son superviseur de la sécurité avait perdu ses belles manières d'hôtesse de l'air. Lui aussi, il redoutait une nouvelle attaque.

« Je m'occupe en personne de notre jeune Quentin à sa sortie d'avion, songea-t-il en pestant, et voilà que je le précipite au cœur d'une embuscade à l'arme lourde. On a beau m'assurer que les artéfacts de Niagara Falls sont à l'abri, ce garçon est peut-être notre trésor national le plus précieux en ce moment. »

Ils longeaient l'ambassade des États-Unis. Depuis les opérations militaires en Irak, l'édifice était protégé sur toutes ses façades par des murets de blocs de béton, au cas où des terroristes auraient voulu l'attaquer à la voiture piégée. En observant l'immeuble, Shackleton se fit cette réflexion : ce n'était pas seulement l'ambassade américaine, mais bien toute la ville d'Ottawa qu'on avait prise pour cible. Par ailleurs, ces terroristes n'étaient pas ceux qu'on avait d'abord craints.

– Dire que les armes de destruction massive servent maintenant à débattre de la nature même de Dieu, réfléchit Shackleton
à voix haute. La conception de Dieu qui l'emportera sera celle
dont les adeptes disposeront du plus grand nombre d'armes
de ce type. L'époque des guerres modernes est révolue : on
retourne en quelque sorte aux croisades de Richard Ier et de
Louis IX.

La promenade Sussex, sur laquelle ils venaient de s'engager,
s'étirait en un vaste arc de cercle qui suivait le cours sinueux de
la rivière des Outaouais.

Après Wellington Street, il s'agissait de l'artère la plus
importante d'Ottawa, celle des adresses prestigieuses. S'y
trouvaient d'abord l'ambassade des États-Unis, puis celles
du Japon, de l'Arabie Saoudite et du Royaume-Uni. Cette
dernière, appelée Earnscliffe, occupait un des premiers manoirs
construits lors de la fondation de la ville. Venaient ensuite les
résidences officielles du gouvernement canadien, Stornoway
étant celle du chef de l'opposition, tandis que celle de la
gouverneure générale, appelée Rideau Hall, s'élevait juste
en face du 24 de la promenade Sussex, lieu de résidence du
premier ministre. Dans ce dernier cas, on se contentait de
l'appeler « le 24 Sussex », comme on parle tout simplement du
« 10 Downing Street » à Londres.

Shackleton nota de l'effervescence chez les piétons. Les
explosions avaient de quoi alarmer la population. De plus, des
troupes de la Force de soutien dépêchées pour aider la police à
cordonner la colline en attendant le gros des effectifs de la base
de Trenton ne pouvaient pas passer inaperçues. Pour éviter
la panique, un message diffusé par tous les haut-parleurs du
centre-ville annonçait la tenue d'exercices de routine antiter-
roristes, mais tout le monde n'avait pas entendu. Shackleton
croyait toujours résoudre la crise avant 18 h 30. Sinon, il savait

que l'armée serait prête à intervenir, dotée de respirateurs et de combinaisons contre les biorisques Class One Dupont Tychem stockés dans des entrepôts médicaux depuis le 11 septembre.

En bifurquant dans l'entrée du 24 de la promenade Sussex, la limousine dut franchir un barrage défendu par de nombreux agents de la SPPCAD.

– Pas question de soldats en armes chez moi, avait insisté le premier ministre, si on n'en poste pas partout devant les maisons des résidants d'Ottawa.

– Mais, monsieur, nous y sommes obligés, lui avait-on répondu.

– Vous savez que je tolère à peine vos caméras quand je me promène avec ma femme et mes enfants dans le jardin. Par conséquent, je vous interdis de poster des militaires ici. Un point, c'est tout.

La résidence qu'il devait occuper avec sa famille jusqu'à la fin de son mandat pouvait être considérée comme une villa relativement modeste. Aucune comparaison possible avec la magnificence de Rideau Hall, en face, avec ses cent soixante-quinze pièces. Voilà pourquoi on n'y tenait peu de banquets d'État, d'autant plus que la gouverneure générale était le véritable chef de l'État.

Néanmoins, le 24 de la promenade Sussex ne manquait pas de charme. Ce manoir de trente-quatre pièces était habillé d'un revêtement en pierre à chaux, de fenêtres françaises à carreaux, de volets extérieurs à l'anglaise ainsi que d'une demi-douzaine de cheminées.

La Cadillac stoppa brusquement devant la porte principale, surmontée en permanence d'un auvent et des armoiries du Canada. Shackleton toucha alors l'épaule droite de Quentin, qui venait de se laisser glisser sur le côté, sa tête reposant sur le rebord de la fenêtre du chauffeur.

– Tout va bien, chauffeur ; nous vous devons la vie, monsieur DeFoix, lui dit le premier ministre en signe de gratitude.

Quentin se releva alors, le visage pâle et les traits grimaçants à cause des coups de feu reçus en pleine poitrine. Il ouvrit lentement les yeux, ce qui lui parut aussi difficile qu'un lendemain de la veille.

Il se palpa le corps avec scepticisme.

– J'ai bien cru que ça y était, dit-il en émettant des sons à mi-chemin entre des grognements et des petits rires de satisfaction.

– Mais par quel miracle ?... lui lança le premier ministre.

– Une idée de Kristen avant de quitter le Challenger.

Sur ce, il déboutonna sa chemise, laissant apparaître la surface bleu sombre du gilet pare-balles en kevlar.

– Cette femme mérite une décoration. Je suis désolé de vous bousculer, Quentin, vous devez être à deux doigts du stress post-traumatique.

– J'ai les jambes molles et les mains qui tremblent. Je n'arrive plus à me contrôler. Mais je me demande si c'est à cause du MP5 ou de ma conduite complètement givrée.

– Je trouve que vous êtes déjà bien aguerri, comme un soldat de cinquante ans.

– Heureusement que j'ai été entraîné à la base militaire de Wainwright, dans l'Ouest. On m'y a habitué aux coups et aux blessures.

Quentin riait jaune. La tête lui tournait et il avait la nausée. En essayant de s'extirper du siège du chauffeur, il vit trente-six chandelles, vacilla et retomba lourdement dans la limousine.

– Excusez-moi, dit-il enfin, mais pourriez-vous m'indiquer la direction des toilettes ?

– Juste à droite en entrant, dit Shackleton, toujours assis à l'arrière, avec le chauffeur attitré de la GRC inanimé sur ses genoux après l'avoir dégagé de son siège pour faire place à Quentin. En face du vestiaire. Quelqu'un de la maison va vous indiquer le chemin.

– Seulement quand vous serez entré, monsieur, intervint le superviseur Denis d'une voix ne souffrant aucune protestation.

– Pour l'amour du ciel, Mat !

– Désolé, monsieur : consigne du surintendant principal. Déjà que vous avez refusé d'augmenter les effectifs autour de la résidence !

– Nous sommes prisonniers, Quentin, maugréa Shackleton en haussant les épaules en signe d'impuissance. Appelez au moins un médecin, Mat. Vous en avez d'ailleurs besoin vous-même, tout comme notre chauffeur qui revient à lui à mes côtés.

– Ça va aller, dit Quentin. Mon corps est en train de réaliser qu'on lui en veut et il se rebelle. J'avais mieux réagi à la tour de la Paix.

Le capitaine Denis n'en dit pas plus : quelque chose d'autre accaparait déjà son attention. Ses nerfs étaient tendus, son regard scrutant l'allée et le boisé au fond du jardin. La procédure de descente de voiture était enclenchée.

– Rien à signaler, Jardinier, entendit-il dans son oreillette.

– Les trois périmètres de sécurité sont en place ? demanda Denis dans son micro. Voyons voir : patrouille motorisée parcourant les limites du terrain ?

– *Checked.*

– Inspection de Sussex avant notre arrivée ? Arbres et postes d'observation surélevés où un tireur pourrait s'embusquer ?

– *Checked.*

– Surintendant principal et Section PDM de la GRC arpentant le jardin ?

– *Checked.*

– Périmètre rapproché de la résidence ? Sous-sol, rez-de-chaussée, étage, dépendances, piscine ?

– *Checked.*

– Gardes stationnaires ?

– *Checked.*

– Système de surveillance par caméras en circuit fermé : annexe 2-2-1, porte est ?

– *Checked.*

– Annexe 2-2-2, porte ouest ?

– *Checked.*

– Annexe 2-2-3, porte du jardin ?

– *Checked.*

– Caméra C ?

– …

– Je répète : caméra C ?

– *Checked.*

– Qu'est-ce que tu foutais ? grogna Denis dans son walkie-talkie.

– Je suis nouveau. Je cherchais le bouton.

Une fois satisfait, le superviseur du cortège ouvrit la portière arrière.

Quentin l'entendit parler de nouveau dans son micro. avec le même calme et la même concentration :

– La police municipale n'était pas aux intersections, pourquoi ? Quelle est la situation sur la promenade Sussex ? Comment se porte l'agent qui a été touché par une rafale ? Et les pauvres agents dans les VUS ?

John Shackleton sortit en dépliant ses longues jambes. Puis, ce fut au tour de Quentin, qui se mit avec peine sur ses jambes.

Les deux passagers étaient blêmes ; les récents événements les avaient secoués. Ils n'oubliaient pas que le temps passait et que la peste pouvait faire d'Ottawa une ville fantôme. Leur responsabilité devenait de plus en plus écrasante à mesure que les minutes s'égrenaient.

Un haut gradé qui s'était dirigé vers eux se présenta.

– Surintendant principal Julien au rapport, monsieur. Heureux de vous revoir, quoique ce voyage à l'aéroport ait contrevenu à toutes les règles de sécurité. En tout cas, nous avons passé votre résidence au peigne fin : rien d'anormal. Les gardes sont tous postés à l'extérieur pour surveiller le périmètre.

– Merci, Lucien. Ma femme est à l'étage ?

– Elle se fait du souci.

– C'est compréhensible. Je n'ai pas pu la mettre au courant de tout ce qui se passe. Et le temps qui file à Mach 8... Vous me confirmez l'heure ?

– Seize heures pile.

– Quentin, je compte sur vous, l'interpella Shackleton en l'invitant d'un geste à le suivre sous le porche. J'espère que la fusillade n'a pas endommagé votre précieuse matière grise.

– Je... je vais faire de mon mieux.

– Je suis sûr que ce sera parfait, compte tenu de vos impressionnantes réalisations jusqu'à maintenant.

– Avec la collaboration de Kristen Vale... C'est plutôt moi qui ai collaboré avec elle, vous savez...

– Ah ! celle-là ! gronda Shackleton. Je ne sais pas si on pourra compter sur ses services.

– On lui a dit de se lancer sur une autre piste, je crois.

– Willis, je présume. Il voudrait bien me l'enlever du Bureau du Conseil privé.

Chapitre 3

24, promenade Sussex, résidence officielle du premier ministre
Shackleton, Ottawa
6 juin, 16 h 02, un peu moins de 2 heures 30 minutes avant
l'attaque finale

Quentin hésita à entrer au 24 Sussex. Un voile rouge lui brouillait la vue et il sentait que ses jambes pouvaient se dérober sous lui à tout moment. Il avait pleinement conscience d'être passé à deux doigts de la mort. De surcroît, sa présence à la prestigieuse résidence officielle l'impressionnait beaucoup.

Les gens des services médicaux s'étaient rués sur lui et sur les occupants de la limousine dès leur arrivée. L'un d'eux se pencha sur Quentin, assis sur une chaise du vestibule, l'air penaud.

– Baisse de pression, diagnostiqua-t-il. Arythmie cardiaque. Rien de grave à son âge. Mais en sortant de la limousine, il aurait pu avoir une syncope. Il faudrait qu'il reste immobile un moment.

– J'aimerais bien, rétorqua Shackleton, mais nous en avons absolument besoin pour une visite qui n'a rien de touristique.

– Sauf votre respect, monsieur, je déconseille tout effort…

– Ça devrait aller, le coupa Quentin.

Resté stoïque depuis l'attentat, Shackleton montrait maintenant des signes d'anxiété. Quentin sut que le niveau d'alerte venait de monter d'un cran quand le premier ministre se mit à le sermonner à la façon d'un officier de l'armée. Quentin eut l'impression d'être un fantassin fraîchement recruté qui s'apprêtait à monter au front pour la toute première fois.

– Quentin, dès à présent, vous ne pensez qu'à trouver les livres des vidéos, vous m'entendez? Concentrez-vous sur ce seul but. Plus rien d'autre n'existe pour nous deux en ce moment. Oubliez tout le reste!

Quentin se rendit compte qu'il était maintenant seul en compagnie du premier ministre et d'une jeune femme qui s'était tenue à l'écart. Le regard de cette dame avait une sévérité très officielle. Personnel politique ou policier, sans aucun doute, car elle portait un tailleur marine à fines rayures grises.

– Vous vous souvenez de Quentin DeFoix, Ali? dit le premier ministre. Quentin, je vous présente Ali Legendre, mon chef de cabinet.

– Nous n'avons pas pu être présentés selon les règles d'usage quand nous étions au bunker, se contenta de dire Ali Legendre en serrant la main du jeune homme d'un geste ferme et rapide.

Déjà accaparée par sa prochaine question, elle tourna la tête:

– Vous allez bien, monsieur Shackleton?

– C'est Quentin qui a tout pris. Lui et les officiers de mon cortège. Vous prendrez des nouvelles, n'est-ce pas, Ali?

Ali Legendre hocha la tête, mais son expression anxieuse indiquait qu'elle se souciait davantage de Shackleton en ce moment. Elle n'avait pas le goût de badiner et n'écouta pas ce qui suivit.

– Madame Legendre est diplômée de McGill et d'Oxford, vous savez, Quentin. Une intellectuelle, comme vous.

L'ayant déjà vue à l'œuvre, Quentin constata qu'elle n'avait pas abandonné l'air résolu qu'elle affichait en toutes circonstances, que ce soit lors de la préparation de la période des questions avec la directrice des communications ou au cours des voyages officiels à l'étranger, dont elle supervisait les moindres détails.

Pendant la course à la direction du parti, puis lors de la campagne électorale, Ali Legendre avait créé l'image d'un futur premier ministre efficace et sympathique. Elle avait étudié les chefs précédents ainsi que les récents présidents des États-Unis, surtout Ronald Reagan, qui lui avait inspiré sa méthode dite du *grip and grin* (poignées de main et risettes), grâce à laquelle on voyait toujours Shackleton sous son meilleur jour. Elle semblait même contrôler les points de presse, les *scrums,* ces entrevues improvisées lors desquelles les meutes de journalistes, toutes dents dehors, se jetaient littéralement sur les ministres dans le hall du parlement.

En ce moment même, elle était pleinement consciente que son patron affrontait la plus grande épreuve de sa carrière.

Elle sourit à Quentin.

– Veuillez excuser mon manque de chaleur. Je vous souhaite la bienvenue dans l'équipe spéciale du premier ministre, Quentin. Je suppose que vous voulez vous mettre à la tâche immédiatement ? Je vous accompagne, si vous le voulez bien.

– Je me joins à vous, se hasarda Shackleton.

– Madame Shackleton vous attend dans la Freedom Room, trancha Ali Legendre d'un ton un peu trop ferme, en parlant de la salle de séjour ainsi nommée par Margaret Trudeau à l'époque. Il serait bon de monter tout de suite.

– C'est vrai, je n'ai pas pu parler à Jeanine depuis le début de ce marathon. Je lui dois des explications.

– Surtout qu'on a entendu une explosion, monsieur. Du balcon, on peut voir un panache de fumée noire. Qu'est-ce que c'est ?

– Quentin vous le dira. Je reviens.

Il grimpa quatre à quatre les marches de l'escalier en colimaçon.

– Sa femme doit être inquiète, dit Quentin.

– Il faut la comprendre. On a entendu des déflagrations en provenance du centre-ville. Madame Shackleton est consciente que la visite du président de la Russie présente des risques très élevés, presque autant que s'il s'agissait d'une visite du président des États-Unis. Mais elle n'est pas au courant de l'ultimatum terroriste.

– Les déflagrations se sont produites pendant l'attaque menée contre notre cortège, au retour de l'aéroport.

– *Good grief!* Quelqu'un a-t-il été blessé ?

– J'en ai bien peur. J'aurais pu y passer moi-même, n'eût été ce gilet pare-balles prévu par Kristen Vale et par le Bureau du Conseil privé. Je vais d'ailleurs le retirer, si vous permettez.

– Laissez-moi vous aider. Ça pèse à peine deux kilos, ces machins-là, mais après un moment, ça pèse deux tonnes.

– En effet. Merci.

– Voilà. Maintenant, que cherchons-nous, Quentin ? C'est vous, l'historien, c'est donc vous le patron…

– Ne me mettez pas plus de pression, surtout que nous devons avancer à l'aveuglette… Alors voyons : on ne sait pas vraiment si Strickland, Rusinski et Mercier ont dissimulé un indice de leur petit jeu de cache-cache ici même, au 24 Sussex. Remarquez que ce serait logique, puisque la résidence du premier ministre est un lieu historique, n'est-ce pas ? D'après le docteur Plantagenêt, les gardiens de la Compagnie cacheraient leurs messages dans des artéfacts patrimoniaux.

– Un lieu historique, certainement, dans le sens où cette maison en pierre a été construite en 1866. Je sais qu'on l'avait appelée Gorffwysfa, ce qui veut dire « lieu de paix » en gallois. Mais bon, ça ne restreint pas du tout les recherches…

– C'est ici qu'a vécu le premier premier ministre du Canada, John A. Macdonald, non ? Il aurait pu laisser certains biens remontant à l'époque de Dickens…

– Pas du tout. La plupart des vieilles résidences ont été construites pour de riches industriels, les Mackay et les Redpath, par exemple. D'ailleurs, à l'époque, cette maison était située sur la rue Mackay, la promenade Sussex ne faisant pas la boucle jusqu'à la rivière Rideau. Je sais que le 24 Sussex n'est devenu résidence officielle qu'au début des années 1950. Auparavant, les premiers ministres vivaient à l'hôtel, dans le quartier Côte-de-Sable ou dans les collines de la Gatineau. Est-ce que ça pose problème pour vos recherches ici ?

– Non, non. Je crois que je vais commencer par le hall d'entrée. J'y ai vu des meubles anciens.

– Bonne idée. Monsieur Shackleton m'a dit qu'il y a là divers objets à caractère patrimonial offerts au 24 Sussex lors du centenaire du Canada, en 1967, notamment des tableaux d'Henri Masson et de Stanley Cosgrove, ainsi que des meubles d'artisans.

– Je sais. Madame Pearson, la femme de l'ancien premier ministre, avait constitué un petit musée à l'étage, dans les années 1960. Le musée en tant que tel n'existe plus, mais certaines pièces de la collection ont été conservées ailleurs dans la maison, par exemple dans le hall d'entrée.

– Allons-y.

En revenant au rez-de-chaussée, John Shackleton fut étonné de voir Quentin couché sous un vaisselier d'époque, tandis qu'Ali Legendre décrochait les tableaux un à un.

– Vous trouvez quelque chose ?

– Malheureusement, aucune touche jusqu'à maintenant, se plaignit Quentin.

– Il y a d'autres peintures à l'étage, suggéra la chef de cabinet.

– Allons-y.

– Mais j'y songe, dit Ali Legendre en s'arrêtant au pied de l'escalier. L'étage est réservé à la famille Shackleton, question de protéger son intimité. Des invités n'auraient pas pu s'y rendre.

– En effet, Strickland, Rusinski et Mercier n'auraient pas dû accéder à nos quartiers personnels, à ma conjointe et à moi-même, convint Shackleton en levant les bras en signe d'impuissance. Je vous l'avais bien dit, Quentin : Ali domine toujours la situation.

– Bravo, Ali. Essayons de limiter le champ de nos recherches, proposa Quentin. Quel est l'espace ouvert aux invités ?

– Le rez-de-chaussée, répondit Shackleton. En face de nous, le foyer principal, puis, de chaque côté, la salle à manger et le salon officiels. À notre gauche, le cabinet de travail officiel.

– Et les toilettes pour les invités ?

– Elles se trouvent en bas, dit Ali Legendre avant de répondre comme un général dépêchant ses troupes à des points névralgiques sur le terrain. Celles des femmes, attenantes au cabinet de travail, et celles des hommes de ce côté-ci, par la porte du vestiaire.

– Mais lorsqu'il s'agit d'une réception en plein air ?

– On doit alors tenir compte de la piscine intérieure, dans le jardin arrière, répondit la chef de cabinet. Ça amuse les invités d'emprunter le tunnel aménagé entre le bâtiment principal et celui de la piscine. D'ailleurs, l'autre soir, le président Raspoutine s'y est intéressé.

– Ali, nous avons visionné les bandes de vidéosurveillance, dit Shackleton. Nous avons bel et bien vu des invités à la piscine…

– « Tunnel », comme dans « sous-sol » ? dit Quentin.

– Voilà.

– Eh bien, on a du pain sur la planche, monsieur.

– Auparavant, une autre question, dit Ali. Quelqu'un aurait-il pu franchir les contrôles à l'insu de tout le monde ?

– Impossible, trancha Shackleton. Nous surveillons discrètement toutes les voies d'accès menant à l'étage, soit l'ascenseur et l'escalier près du cabinet de travail, l'escalier en colimaçon au foyer principal et l'escalier de service près des cuisines.

Le quadrillage des lieux se fit de façon aussi méticuleuse que sur la scène d'un crime. Des gardes arrivés en renfort des portes de l'est, de l'ouest et du jardin, appelés « gendarmes spéciaux de surveillance », se joignirent à la fouille. Les cadres muraux furent tous retournés, les chandeliers de la salle à manger, soulevés, leurs larges socles pouvant dissimuler un objet. On passa ensuite aux grands lustres d'apparat au-dessus de la table principale, puis aux lourds rideaux tendus au-dessus de la table secondaire située dans une alcôve en encorbellement. La salle à manger avait gardé un caractère ancien avec son plafond en volutes, et l'équipe s'y attarda.

On convint d'exclure pour le moment les pièces donnant sur la façade à l'est, soit les deux cuisines, le garde-manger et la salle à manger du personnel. Non seulement on n'y trouvait aucun musée semblable à celui aménagé sous la maison de Plantagenêt, mais un invité s'y serait immédiatement fait remarquer. Pour quiconque souhaitant mener à bien une mission secrète, se fondre dans la foule du salon pour passer inaperçu constituait la meilleure option.

À chaque artéfact déplacé et examiné, à chaque nouvelle déception, Quentin soupirait bruyamment. Il regardait sans cesse sa montre. Il lui semblait entendre le tic-tac de la pendule sous cloche de verre, amplifié au point de l'assourdir tel un haut-parleur crachant ses décibels.

– Déjà 16 h 37… 16 h 40…, ne pouvait-il s'empêcher de psalmodier au fil du temps qui s'égrenait.

Par le passé, les occupants successifs du 24 Sussex s'étaient souvent plaints des températures glaciales en hiver, attribuables à une isolation inexistante. La facture des travaux de réfection était estimée à dix millions de dollars, bien assez pour congeler toute volonté politique.

Quentin avait l'impression d'être victime de ce froid alors qu'on était en plein mois de juin. Pieds et mains engourdis, il tentait de se concentrer pour se mettre à la place des membres de la Compagnie. Si ces derniers avaient réussi à se faufiler dans l'enceinte à l'occasion de la réception, il se pouvait toutefois qu'ils n'aient pas osé pénétrer dans une zone où quelqu'un risquait de les surprendre.

Quentin se rappela ses rêves prémonitoires dans lesquels s'étaient succédé des cascades d'eau, un livre et une femme en noir. Seul ce dernier élément n'avait pas surgi dans la réalité. Peut-être l'attendait-il au 24 de la promenade Sussex ?

Ses lèvres ébauchant une grimace, il osa une question :

– Est-ce qu'une femme en noir, ça vous dit quelque chose ?

Ali Legendre fronça les sourcils en signe d'ignorance et de perplexité.

– Réfléchissez bien, insista Quentin. Est-ce une expression pour désigner une personnalité politique ? Ou une photo quelconque, peut-être ?

— Non, je ne vois pas.

— Écoutez, y a-t-il une bibliothèque au rez-de-chaussée ? reprit-il en trahissant une pointe d'excitation.

— Non, seulement dans les quartiers privés, à l'étage, répondit Ali, croyant mettre fin à un espoir soudain. Dans la salle de séjour, à l'arrière.

— Mais je crois qu'il y a de la lecture éparpillée sur une petite table dans le cabinet de travail officiel, répliqua Shackleton. Jeanine y a étalé de gros livres décoratifs, vous voyez de quoi je parle : couverture rigide, papier glacé et photographies en couleurs.

— C'est exact, confirma la chef de cabinet.

Une fois dans le cabinet de travail, Quentin repéra aussitôt la table en question. Avec des gestes fébriles, il souleva un à un les luxueux catalogues célébrant la peinture impressionniste, certaines collections du Musée des beaux-arts et l'œuvre photographique du grand Yousuf Karsh.

Le chercheur allait de nouveau s'avouer vaincu quand il remarqua un détail anormal dans une publication décrivant les édifices gothiques du parlement.

— Je l'ai ! dit-il en se relevant, triomphant.

Il avait trouvé le livre aperçu dans la vidéo. Il était inséré dans un autre ouvrage.

— C'est le traité sur l'encens du père Brosseau ? demanda Shackleton en affichant des émotions qu'il avait appris à contrôler en public.

— C'est bien ça.

— C'est bête, il était là depuis tout ce temps !

Quentin feuilleta l'ouvrage. Pour autant qu'il pût en juger, le livre retraçait l'historique de l'usage de l'encens dans les cérémonies religieuses. On y disait que, depuis l'Antiquité, on en produisait beaucoup en Éthiopie pour une clientèle établie au Moyen-Orient. De vieilles photos en noir et blanc montraient des paysans du désert d'Ogaden grimpés dans des arbres appelés «olibans» pour en détacher la résine avec laquelle ils préparaient l'encens.

– Les parfums, grommela-t-il, déçu et frustré. Un livre sur les parfums.

Les sentiments de Quentin se communiquèrent au premier ministre, qui se plaignit à son tour.

– Qu'est-ce que le ministre Mercier pouvait bien faire dans une réception d'État avec un livre sur les parfums? Est-ce cela qu'il avait à montrer à Strickland et à Rusinski? L'aurait-on tué, lui et les autres, pour un fichu traité de botanique?

– Ça n'a aucun sens. À moins que...

– À moins que quoi?

– Il n'y a peut-être aucun rapport, mais je me rappelle tout à coup que moi et l'agente Vale avons découvert une caisse de parfums de toutes sortes dans la maison de Rusinski.

– Un hasard. Bien des gens adorent les aromates et les parfums.

– Oui, mais il n'empêche que ce n'est pas anodin. La caisse était dans le grenier, cachée tout au fond. Et le regard de Rusinski, même mort, fixait encore le panneau de la trappe du grenier au plafond de sa chambre.

– Ce livre n'est peut-être qu'une façade, proposa enfin Ali Legendre avec son esprit pragmatique de gestionnaire. Il doit y avoir autre chose...

– C'est possible, approuva Quentin. La Compagnie a bien semé le roman de Dickens sur notre route, non? Le docteur Plantagenêt croit que le secret de Dieu pourrait se trouver dans une œuvre artistique. Pourquoi pas dans un livre sur l'encens?

Comme il l'avait fait à bord du Challenger pour déchiffrer les quelques lignes encore lisibles de l'exemplaire d'*Oliver Twist*,

Quentin se pencha sur le texte du traité du père Brosseau. Plus il progressait, plus il se renfrognait. Rien de transcendant. On y décrivait l'extraction artisanale de la résine d'encens dans les arbres.

Il se rendit tout de même à l'index à la fin du volume. Réflexe d'indexeur. À tout hasard, il chercha le mot « peste ». Il n'y était pas. Il pensa même à chercher « Dickens » et « dame noire ». Il n'y avait ni « Dickens », ni « dame », ni « noir ».

– Et puis ? dit Ali Legendre, penchée au-dessus de son épaule. Pas de notes dans les marges, pas de passages soulignés ?

– C'est désespérément vide. Monsieur Mercier est malheureusement quelqu'un qui ne défigure pas les bouquins.

Il venait à peine d'émettre ce constat qu'une lueur d'espoir apparut dans ses yeux.

– Attendez, attendez…

– Quoi ? rugit Shackleton.

– Regardez ceci.

– On dirait que deux feuilles sont collées ensemble, déclara Ali Legendre.

– Pas collées. Elles n'ont pas été découpées, tout simplement. Ce traité est une vieille édition du début du XXe siècle. À cette époque, le lecteur avait souvent à couper les pages d'un livre frais sorti de l'imprimerie.

– Vous voulez un couteau ?

– Oui. Il semble y avoir quelque chose en dessous.

Ali Legendre s'absenta un moment, puis revint avec un coupe-papier. La main de Quentin tremblait quand il détacha les deux feuilles retenues à leur marge extérieure.

– Et alors ?

– Il y a des mots écrits à la main. Ils forment une colonne…

– Oui ?

– Les mots sont en français. Il y a « élixir », « épinards »…

– Quoi ?

– Nom de Dieu ! s'emporta Shackleton, on n'a vraiment pas le temps pour ces jeux d'enfant !

– … « élixir », « épinards », « oranges », « riz », « sucre ».

– C'est une fichue liste d'épicerie !

– Oui. Ils sont en colonne comme dans une liste d'épicerie. Et aucun parfum, soit dit en passant. L'indice de la tour était si clair, pourtant, ragea Quentin. Depuis, rien ! Il faut chercher autre chose ou chercher ailleurs… Quelle heure est-il ?

Comme si elle n'attendait que ce signal, la pendule du cabinet de travail fit entendre son carillon, qui imitait celui de la tour de la Paix.

– Je crains fort qu'on ait perdu la notion du temps, laissa tomber Shackleton en tournant lui aussi la tête vers la pendule et en déboutonnant le col de sa chemise détrempée. Notre recherche nous a absorbés au point où nous avons oublié les terroristes et leur maudite échéance…

– Il est 18 h, constata Quentin en s'étranglant presque. Il faudrait un miracle, maintenant…

Chapitre 4

Joust and Medieval Faire, Old Chelsea (Québec)
6 juin, 15 h 36, quelques minutes plus tôt, soit un peu moins de
3 heures avant l'attaque finale

– Nous revoilà plongés dans le passé, soupira Kristen Vale en garant sa voiture dans le stationnement achalandé de l'école d'Old Chelsea. Pas étonnant : avec Plantagenêt, on flirte toujours avec le passé.

Des tentes rondes bariolées avaient poussé comme des champignons dans la cour d'école et sur le champ en friche qui la bordait. À leur sommet en pointe, une brise entêtée venue des collines de la Gatineau tout près faisait claquer un fanion aux couleurs du chevalier. Vale évalua le nombre d'amateurs de jeux médiévaux à plusieurs centaines en cette belle journée de juin. Ils s'étaient répartis autour du terrain de soccer de l'école primaire, soit sur les estrades pour suivre le tournoi d'archers et de cavaliers, soit devant les kiosques alimentaires. Là, le *fast-food* avait fait place à de gros cochons rôtis à la broche qui emplissaient l'air d'odeurs sucrées et appétissantes. Les amateurs de cartes de tarot et de vitraux vendus par les artisans portaient tuniques et collants dans le cas des hommes, longues robes à col échancré dans celui des femmes. « Avec sa passion pour le passé, se dit Kristen, Quentin aurait aimé être à ma place dans cette foire, avec les costumes d'époque et tout le tralala. »

Elle s'était encore une fois surprise à essayer de deviner les sentiments du jeune employé de la Chambre des communes, dont le souvenir était teinté à la fois d'amour naissant et d'inquiétude grandissante.

L'agente du Bureau du Conseil privé avisa les gradins les plus hauts et les plus en retrait, à l'orée du boisé qui entourait la zone scolaire. Pour s'y rendre, elle dut se frayer un chemin parmi tous ces fantômes d'une autre époque où juraient notablement sa veste, ses bottillons à hautes semelles et son pantalon noir ajusté qui mettait en valeur ses longues jambes.

Elle se rappela les directives données par Preston Willis à bord du Challenger, à leur retour du sud de l'Ontario.

– Agente Vale, nous avons appris que Strickland et Plantagenêt devaient participer à une foire médiévale à Old Chelsea. Ils étaient inscrits dans un concours de tir à l'arc. Non, plutôt à l'arbalète. Allez y jeter un coup d'œil. On ne sait jamais : nous pourrions mettre la main au collet de ce traître de Plantagenêt. Il nous cacherait des renseignements sur toute cette affaire que ça ne m'étonnerait pas.

– Mais que devient Quentin dans tout ça ? avait-elle lâché sans retenue, inquiète du sort du jeune homme.

– Rien de changé, agente Vale. Il continue à pister ces farfelus de la Compagnie et leur trésor. Nobody vous relaie pour protéger Quentin. Il a du métier, il fait une bonne nounou.

– Mais…

– Il n'y a pas de « mais », agente Vale.

Le ton sec du décideur fut suivi de la douceur de l'homme du monde, qui font toujours bon ménage chez tout gestionnaire compétent.

– De toute façon, Kristen, vous n'avez rien à craindre en ce qui concerne Quentin. De nos jours – vous l'avez vu au CST, à l'édifice Sir Leonard Tilley – , les espions font tout à distance. Plus rien de rétrograde comme des embuscades. L'époque où les tueurs regardaient leurs victimes dans le blanc des yeux est révolue. Depuis l'invention de la guerre cybernétique, notre petit cirque est tout à fait aseptisé.

Kristen eut envie de lui rappeler le sort subi par Strickland et par Rusinski. « À propos d'aseptisation, pensa-t-elle, on voit bien que ce n'est pas vous, Monsieur Willis, qui avez senti l'odeur de décomposition de Rusinski transformé en momie égyptienne. »

Mais la déception fit vite place à la discipline.

– Nobody ne le lâchera pas d'une semelle ? insista Kristen.

– Pas d'un millimètre. Oh ! un détail...

– Oui, monsieur ?

– Les médecins légistes ont déjà commencé l'autopsie du squelette découvert dans le baril sous les chutes du Niagara. Devinez ce qu'ils ont trouvé dans les dents du mort.

– Dans les dents ?

– Les dents recèlent le passé.

– Je sais qu'on peut déterminer l'identité d'un cadavre en comparant sa dentition avec les radios prises chez son dentiste... Cependant, c'est peu probable dans le cas qui nous occupe, puisque cette dépouille remonte au XIXe siècle...

– Je ne vous le fais pas dire. Non, les dents d'un mort contiennent beaucoup d'autres renseignements. C'est comme s'il s'agissait du spectre complet de la composition chimique du corps. Eh bien, on a relevé des traces du méchant bacille, qui aurait probablement tué notre cascadeur en baril si les chutes ne lui avaient pas rompu le cou avant. La peste, la peste pulmonaire pour être plus précis, celle qui tue rapidement, contrairement à la peste bubonique. Pas étonnant, si nous avons affaire à la même secte qui est derrière la mort de Mercier, de Rusinski et des enfants d'école.

– Les ennemis sont exécutés de la même façon d'un siècle à l'autre.

Kristen ne fut pas étonnée que les dents du squelette découvert dans le baril aient révélé des choses aux médecins légistes longtemps après le décès. Quentin lui avait parlé d'un phénomène semblable en se rendant à l'édifice Sir Leonard Tilley. Il lui avait appris que des autopsies avaient été pratiquées sur des squelettes datant des années 1500. Là aussi, les dents avaient révélé les traces du passage du bacille de la peste.

– Les bactéries sont de véritables batailleuses de rue, avait-il dit. Elles sont plus résistantes que les dinosaures ou que nous-mêmes. Je ne serais pas étonné qu'on en trouve sur Mars ou sur Jupiter et qu'elles soient la forme de vie qui nous relie le plus directement au big bang.

En se rendant au tournoi d'Old Chelsea, Kristen remontait le temps, en quelque sorte, mais pas jusqu'au big bang. « Un petit excentrique, ce Plantagenêt, se dit-elle. Je ne serais pas surprise qu'il cultive la peste sur des rats et sur des puces dans sa cave, tout simplement parce que cette maladie est associée au Moyen Âge. »

Son humeur sarcastique venait de sa profonde irritation d'avoir été évincée de la course au secret de Dieu. « Évidemment, je retrouverai ma bonne humeur si l'arrestation de Plantagenêt nous fait gagner du temps, car les minutes passent trop vite à mon goût et 18 h 30 approche dangereusement vite. »

Juchée sur la rangée supérieure des gradins, elle fit un tour d'horizon. « Preston a parlé d'un arbalétrier… Les seuls archers en vue sont près du bois derrière l'école, en train de viser les cibles épinglées sur les balles de foin. »

Elle évalua le terrain pour s'y rendre et fut rassurée. « Il n'y a pas foule par là-bas, donc je cours moins de risques de me faire planter un couteau entre les omoplates. »

Elle traversa le champ en friche en suivant un trajet parallèle au corridor suivi par les traits d'arbalète. Elle se jugea suffisamment à l'écart pour éviter tout tir maladroit.

Cependant, Kristen ne devait pas être aussi à l'abri qu'elle le croyait, car un projectile lui effleura le bras, trouant la manche de sa veste. Elle se jeta aussitôt sur le sol, et elle avait intérêt à y rester. Mais son agresseur avait dû ajuster son tir, car une flèche se ficha dans la terre grasse, à un mètre devant elle. « Ce n'est pas un amateur, réalisa-t-elle en essayant de repérer l'archer. Le tir ne provenait pas des concurrents, mais du boisé. »

Elle aurait mieux fait de rebrousser chemin, de s'éloigner et d'ainsi réduire la force d'impact d'une flèche. Ou à tout le moins d'appeler des renforts sur-le-champ. « Les minutes nous sont comptées. Peut-être y a-t-il, tout près d'ici, quelqu'un qui sait quelque chose sur la bombe biologique à la Chambre ? »

Elle se prit à forcer le destin. Pas très loin des archers, qui continuaient à s'amuser sans se douter du drame qui se jouait près d'eux, elle aperçut des écus appuyés debout les uns contre les autres. Elle se releva d'un bond et courut vers les boucliers en multipliant les lacets. Toutefois, malgré ses virages brusques, les points d'impact des flèches se rapprochaient de plus en plus.

« Ce type a le compas dans l'œil. On dirait des flèches téléguidées ! »

Une étrange impression fit alors jour dans son esprit. « On peut même dire que ses tirs ratés sont précis, comme si... comme s'il cherchait à ne pas m'atteindre... »

Enhardie par cette nouvelle énigme, elle s'empara d'un bouclier longiligne à motif de tête de sanglier et de tourelle de château médiéval. Elle n'en tira pourtant aucune protection, car l'attaque suivante la frappa par-derrière. En passant près d'une grande tente, un objet pointu lui piqua le dos. Elle s'attendit à être transpercée, une épée ou une lance ayant sans doute remplacé les flèches. Quelle ne fut alors pas sa surprise d'entendre cette phrase :

– Puis-je vous emprunter mon écu, je vous prie ?

La sensation de piqûre entre ses vertèbres dorsales s'atténua, puis elle se retourna. Elle s'attendait à reconnaître Plantagenêt.

– Mes salutations, gente damoiselle.

« Ce n'est pas Plantagenêt », se dit Kristen.

Elle ne pouvait en juger qu'à quelques centimètres de visage à découvert entre un turban et un bandeau couvrant la bouche, mais c'était suffisant. Les yeux d'acier brillaient comme des tisons sur la peau bronzée du nez et des joues, de la même couleur sombre que celle des mains, qui émergeaient d'une longue tunique noire de Bédouin.

Ce type devait être très beau, se dit-elle, car tout son port respirait la noblesse. Les gestes pleins d'assurance étaient souples, dénués de toute brusquerie.

Au sein de cette foire médiévale, Kristen ne fut pas surprise outre mesure en voyant le costume d'homme du désert.

L'homme aux yeux de braise s'exprimait avec un lourd accent oxfordien. Certaines inflexions rappelaient toutefois le Moyen-Orient ou le nord de l'Afrique.

Comme il lui tendait la main et n'était d'aucune façon menaçant, elle lui remit instinctivement le bouclier. Il s'en empara, puis fila vers le boisé derrière la tente.

– Je suis un mauvais hôte, veuillez pardonner mes manières ! cria-t-il en courant. Je reviens prendre soin de vous dans un moment !

Quelque chose disait à Kristen qu'elle n'avait rien à craindre. Son intuition était juste. Elle laissa l'homme mystérieux s'enfoncer sous le couvert des arbres. Quelques minutes plus tard, il revint près d'elle. La première chose qu'il fit fut de déposer une arbalète à ses pieds.

– Voilà. Ces vilaines guêpes ne risquent plus de vous piquer.

En rengainant son épée, il désigna un promontoire tout proche.

– Puis-je vous inviter à suivre le tournoi depuis cette loge naturelle? N'ayez crainte: je ne vous veux aucun mal. Je sais que nous sommes des alliés depuis que j'ai vu le caïnite du boisé tenter de vous atteindre, bien maladroitement disons-le, avec ses traits.

Était-ce la voix profonde légèrement chuintante ou le regard magnétique? Kristen se sentait envoûtée par le Bédouin. Elle réprima son impatience et le suivit jusqu'à un promontoire de granit qui dominait la cour d'école. Elle fixa alors le spectacle extraordinaire qui se déroulait sous ses yeux. L'aire de récréation avait été divisée en deux couloirs séparés par une sorte de terre-plein constitué de blocs de béton jonchés de couvertures pour lui donner un cachet vieillot.

– Seize heures, laissa tomber la voix une fois qu'ils eurent escaladé la colline. Vous arrivez juste à temps pour le tournoi.

– Le tournoi, ce sont deux cavaliers qui foncent l'un sur l'autre avec une lance?

– Oui. Sublime, ne trouvez-vous pas? C'est un jeu de chrétiens, mais autant mes ancêtres soufis leur ont légué beaucoup de choses, autant leurs concours à eux m'ont séduit. Vous avez déjà jouté?

– Jouté, non, joué, oui. Joué, mais pas à ça, si c'est ce que vous voulez dire.

– Vous essaierez : les sensations fortes qu'on y éprouve surpassent n'importe quelle balade à moto. Elles ressemblent fort à celles que j'ai ressenties à escalader le K2 et l'Everest après avoir vécu une année au camp de base. Songez que les chevaliers en armes sur leur monture représentent chacun mille kilos de charge brute fonçant à trente kilomètres à l'heure l'un vers l'autre.

Kristen était bien de son temps et de sa génération, la génération Y. Les sensations extrêmes faisaient partie de son lot quotidien. Elle s'était engagée au SCRS, à la GRC, puis au service de sécurité du Bureau du Conseil privé pour mener une vie excitante et dangereuse. Elle se portait toujours volontaire pour les missions risquées, ce qui l'avait menée à traquer le responsable des attaques à l'anthrax au début des années 2000.

Kristen n'avait jamais eu la piqûre du passé comme Quentin, mais elle n'était pas pour autant immunisée contre le caractère fantastique de cette foire médiévale. Elle avait l'impression de déambuler sur un plateau de cinéma où on tournait *Le seigneur des anneaux* ou un autre film du genre.

– Ces deux poids lourds devant vous, continua l'homme à la tunique noire, sont symboliques de ce qui se passe à Ottawa ces jours-ci. Deux mastodontes vieux de centaines d'années s'affrontent dans cette société moderne, les deux ayant des pouvoirs extraordinaires, capables de mettre ce pays à feu et à sang selon leur bon vouloir. Ou, comme on disait à l'époque des croisades : «Dieu le veut.» La seule différence véritable, c'est que les deux organisations adorent des dieux différents.

Kristen combattit de toutes ses forces les implications quasi irréelles de ces paroles. De nouveau, elle se refusa à partager la passion de son interlocuteur pour mieux accomplir son devoir.

– Je suis montée ici avec vous, dit-elle d'un ton ferme qui trahissait une légère irritation. Maintenant, à vous de m'expliquer ce qui se passe. Et je ne parle pas de ce qui se passe dans ce tournoi.

– Je constate que vous n'avez pas apprécié qu'on vous sépare de Quentin DeFoix, dit l'autre avec une perspicacité un peu trop aiguë au goût de la jeune femme.

– J'aurais dû être son garde du corps jusqu'au bout, dit-elle.

– Vous le reverrez.

– Il est en danger, conclut-elle sans que transparaissent ses sentiments naissants pour le jeune homme. Vous le connaissez donc?

– Disons que Cœur-de-Lion et moi sommes de vieux amis. Il m'a dit qu'il aimerait contribuer et assister à l'implication de son «bolé» de l'université.

– Vous connaissez Plantagenêt? Faites-vous partie de la Compagnie?

– Oui. Étonnant, n'est-ce pas, de la part d'un descendant de ceux qui ont combattu les Templiers sous les murs de Jérusalem au temps de Saladin? C'est que, voyez-vous, la Compagnie s'est diversifiée. Depuis des siècles, elle accueille toutes les bonnes volontés, quelles qu'en soient la race ou la religion. Nous vivions selon les principes de l'œcuménisme bien avant que le concile de Rome de 1958 ne le mette au goût du jour. Depuis les croisades, en fait, même si l'histoire n'a retenu que les batailles et non les réunions secrètes tenues entre nous et les Templiers.

– Qui êtes-vous vraiment? demanda Kristen en ayant l'intuition d'être en compagnie non pas d'un simple indicateur, mais d'une pièce majeure sur l'échiquier.

– Ne brusquons pas les choses, agente Vale. Disons seulement que je suis l'élève des soufis, ces philosophes arabes qui ont éveillé les Templiers à une mystique tolérante. Pendant que les guerriers s'entretuaient au nom de leur Dieu, les intellectuels arabes ont semé chez eux l'idée de départ de l'architecture gothique et surtout de l'humanisme, qui devait tout modifier en Occident. Rappelez-vous que Venise et Florence étaient les plaques tournantes de ce va-et-vient entre nos deux civilisations.

— On croirait entendre Plantagenêt, dit Kristen avec humeur devant ce qu'elle considérait comme du verbiage.

— C'est moi qui ai formé Tristan Plantagenêt puis initié au sein de la Compagnie.

— Qu'avez-vous à nous apprendre ou à nous fournir pour contrer la menace d'attaque biologique ?

— Tout d'abord, je puis vous entretenir des raisons pour lesquelles votre ami Quentin a été mêlé à cette histoire. J'ai appris que quelqu'un l'avait choisi, vous savez, bien avant que vos services y voient un allié pour votre enquête.

— Choisi ? À mon avis, il s'est plutôt trouvé au mauvais endroit au mauvais moment !

— Il n'y a pas de hasard en histoire, il n'y a que des raisons cachées. Le message qu'il a reçu ce soir-là allait comme suit : « Découverte sensationnelle. Besoin d'un historien de ta trempe. Rejoins-moi tout de suite en haut de la tour de la Paix. »

— C'est tout simplement une demande d'aide du sénateur Strickland auprès d'un agent d'information de la Chambre, tout ce qu'il y a de plus normal…

— Ç'aurait été normal si ce message de Strickland n'avait pas été envoyé après sa mort.

— Par qui, alors ? Qui est ce « quelqu'un », comme vous dites ? Qui l'a choisi et pourquoi ? Plantagenêt ?

— Ce soir-là, Plantagenêt était en fuite, car il savait qu'il allait être le principal suspect dans le cadre de cette exécution perpétrée au sommet de la tour. Plantagenêt n'a pas tué Strickland, bien que ce soit lui qui en ait eu l'idée.

– Je ne vous suis plus.

– Plantagenêt est avant tout un stratège, aussi bien dans les services de renseignement qu'au sein de la Compagnie. Il a consulté les autres pour trouver la meilleure solution possible afin de récupérer le secret de Dieu, dont tout le monde avait perdu la trace. Ils se sont donc entendus pour impliquer un génie de la déduction historique comme Quentin DeFoix. Le principal avantage qu'ils y ont vu, c'est que, dans sa quête, Quentin n'attirerait pas l'attention comme l'auraient fait les membres de la Compagnie, eux qui sont tous plus ou moins brûlés. La preuve : Strickland, Mercier et Rusinski ont été identifiés et assassinés. Je suis moi-même sur écoute.

Kristen se rappela les événements récents à la tour de la Paix. Impliquer Quentin dans l'enquête ? Elle en était la première responsable, mais elle savait qu'elle ne travaillait pas pour Plantagenêt. Or, ce contact venu d'Orient en parlait comme si Plantagenêt était le maître d'œuvre.

– Quentin aurait pu refuser de participer à l'enquête, objecta-t-elle, à moitié pour se disculper.

– D'où l'aspect machiavélique de la deuxième partie de la stratégie de Plantagenêt. D'après lui, il suffisait de créer un contexte auquel un féru d'histoire comme Quentin DeFoix ne saurait résister.

– Je crains de ne pas comprendre…

– Ne croyez-vous pas que toute cette mise en scène en valait la peine ? Prenez ces meurtres bizarres commis à l'aide d'instruments du Moyen Âge, que ce soit le trépan ou l'arbalète, sans parler de la peste. Prenez aussi les citations de Boccace chez Rusinski, de même que la momification de son cadavre, dont seul un lecteur des comptes rendus des épidémies de peste au

Moyen Âge pouvait prendre la pleine mesure. J'ai donc nommé Quentin DeFoix.

– Incroyable, souffla Kristen, étourdie par la portée de ces révélations. Vous avez bombardé son subconscient pour qu'il soit séduit au point de ne pas tenir compte du danger.

– Je vous corrige, agente Vale. Oui, il a été appâté… mais non, ce n'est pas « nous ».

– Vous venez de dire que c'est la stratégie de Plantagenêt, votre frère Tristan Plantagenêt, de la Compagnie ?

– Ce n'est pas la Compagnie.

– Alors, qui ?

– La personne qui a utilisé la stratégie de Tristan Plantagenêt, qui s'est donc servie de Quentin DeFoix, est sans doute la même qui a tué plusieurs de mes frères du Canada.

– Qui est-ce ?

– Je ne le sais pas. Mais cette personne est brillante. Si elle a utilisé les idées de Plantagenêt, elle m'a aussi utilisé afin de pouvoir retrouver et tuer les trois gardiens du trésor. Voilà pourquoi je suis ni plus ni moins responsable de ces meurtres.

– Comment donc ?

– Il faut vous dire que l'ordre des Templiers, une fois ressuscité après l'extermination de 1317, s'est scindé en trois groupes plus ou moins indépendants les uns des autres. Le Groupe Pouvoir à Paris a fait la Révolution française. Le Groupe Savoir à Rome a cherché à orienter la papauté vers la tolérance et la spiritualité. Quant au troisième, le Groupe Sagesse, mon groupe, le Fedeli d'Amore, basé en Éthiopie, il s'est chargé d'initier les membres. Comme le temps était venu de regrouper ce triumvirat, je me suis mis à entrer en contact avec les sœurs et frères que je connaissais. Je l'ai fait de deux façons : l'envoi de pourriels invitant les gens au tournoi de Chelsea – nos idées datent de l'Antiquité, mais nos moyens ont évolué avec le deuxième millénaire – , puis les livres où je signais sans vraiment signer.

– Les *Oliver Twist,* c'était vous ?

– Les *Oliver Twist* ? De Charles Dickens ? Non. Le livre dont je parle est un traité sur les aromates. Il donnait à la fois mon identité personnelle et la raison de tenir une réunion de haut niveau, la première depuis des siècles.

– C'est ce livre qui a permis aux ennemis de la Compagnie de retrouver Strickland, Rusinski et Mercier ?

L'homme serra les poings jusqu'à ce que ses ongles entament la peau. Sa voix se fit sifflante.

– Les infâmes caïnites se sont servis de notre code, oui.

– Et ce livre, qu'est-ce que c'est ?

– Le traité sur les aromates ? Les parfums ont toujours été très prisés en Arabie. Notre civilisation les a d'ailleurs transmis à la vôtre, entre autres choses. C'était tout indiqué pour que les gardiens canadiens de la Compagnie me reconnaissent. De plus, je l'ai signé à l'aide d'une colonne de termes qui pouvaient facilement passer pour une simple liste d'épicerie. Cinq produits dont le nom français vient directement ou indirectement de l'arabe. C'était, en l'occurrence, « élixir », « épinards », « oranges », « riz » et « sucre ».

– À partir de là, on pouvait comprendre que le chapitre éthiopien de l'ordre désirait organiser une rencontre à Old Chelsea pour parler… d'aromates ? J'ai bien compris ? Des aromates ?

L'homme ricana sans prétention.

– Remarquez que mes sœurs et frères n'ont peut-être pas compris, comme vous, le rôle des aromates. Sauf Rusinski, peut-être. Voilà pourquoi il collectionnait les parfums de toutes sortes.

– C'est un fait, acquiesça Kristen, heureuse de s'appuyer sur une preuve concrète plutôt que sur de grandes théories fumeuses. Nous avons découvert cette collection dans le grenier de sa maison.

– Moi-même, je n'aurais pas compris le rôle des aromates si je n'avais pas ouvert l'Arche d'Alliance.

– L'Arche d'Alliance ? La même que dans le film d'Indiana Jones ? Elle est censée être perdue, non ?

– C'est un film. L'Arche n'est pas perdue. Comment je peux être aussi catégorique ? Il se trouve que je suis le gardien de l'Arche d'Alliance conservée à Axoum, dans les montagnes, à quelques kilomètres au nord d'Addis-Abeba, en Éthiopie.

Kristen prit un moment pour digérer ces dernières révélations. Le membre de la faction éthiopienne de la Compagnie poursuivit, ses paroles vibrant d'une excitation sacrée :

– Eh bien, l'Arche était vide, à l'exception d'une chose ayant rapport avec les aromates… Une toute petite chose quasi insignifiante. Néanmoins, cette petite chose pourrait être un souvenir du Dieu des premiers Hébreux ayant émigré en Afrique, emportant avec eux l'Arche du temple de Salomon.

– Le secret de Dieu ? s'exclama Kristen qui voulait se cramponner à des indices concrets.

– J'en doute. À ce que je sache, le vieux mythe du secret de Dieu qui circule dans les rangs de la Compagnie depuis des siècles fait la plupart du temps état d'un document transporté en Amérique, il y a longtemps, pour le mettre à l'abri des éléments destructeurs en Europe, soit les guerres incessantes entre royaumes et la persécution des Templiers menée par les caïnites, entre autres. Or, ce que j'ai découvert dans l'Arche n'était pas un document.

La déception se peignit sur les traits de Kristen. Puis, l'impatience et la révolte. Depuis le début, on les avait menés, elle et Quentin, les yeux bandés au hasard des méandres d'un labyrinthe. Tout pouvait avoir un sens caché si, bien entendu, il y avait un sens. Cela confirmait l'opinion qu'elle s'était forgée sur la religion depuis qu'elle était toute petite, soit qu'on en tirait plus de confusion que de certitudes.

Pour ne pas éclater, elle revint à des considérations rationnelles.

– Vous êtes au courant que des terroristes menacent de provoquer une épidémie de peste si on ne leur livre pas le secret de Dieu ?

L'homme, qui avait suivi le duel des chevaliers tout en parlant, se retourna vivement vers Kristen. Puis, se ressaisissant, il lâcha son information avec un calme olympien, sûr de sa mission de gardien de l'Arche :

– Je suis au courant. Mais même si le contenu de l'Arche était le secret de Dieu – et, je le répète, le secret de Dieu est un document américain égaré depuis des siècles alors que le lieu de résidence de l'Arche est célèbre maintenant –, croyez-vous qu'en toute conscience son modeste gardien pourrait en disposer sans en conférer avec ses frères de la Compagnie ? Et si la conférence au sommet avait pu avoir lieu ici même sans que les têtes dirigeantes ne soient toutes exécutées – vous allez me juger avec dureté –, croyez-vous que des vérités intemporelles auraient pu être livrées pour être détruites par les éléments les plus défaillants de ce monde temporel, alors qu'on sait que même les gouvernements de ce monde refusent de négocier avec des terroristes, quel qu'en soit le prix ?

– Laissez-moi juger, protesta Kristen. Qu'y avait-il dans cette Arche ayant rapport avec les aromates ?

L'homme ferma les yeux et joignit les mains en signe de recueillement. Toute la fierté de chevalier et de représentant d'un ordre immémorial venait de sombrer d'un coup. Il hésita avant de laisser tomber :

– Une branche de chêne.

Il scruta la jeune femme, cherchant dans ses yeux une lueur de scepticisme. Lui-même, malgré son sacerdoce, était tourmenté par le doute. Il détestait l'ordre d'ouvrir l'Arche, reçu dans sa jeunesse lointaine. La scène s'était gravée dans son esprit. À l'époque, il était impressionnable et avait été écrasé par sa conviction de commettre un sacrilège en soulevant le couvercle flanqué d'anges dorés. Chaque cellule de son corps hurlait de peur : c'est sûr, il allait être frappé par le feu du ciel en posant les yeux sur l'image de son Seigneur tapie au fond du tabernacle.

En fait, il aurait préféré être vaporisé par un éclair mille fois plus puissant que la bombe nucléaire. Il aurait dû mourir ce jour-là plutôt que de découvrir cette misérable branche d'arbre. Il se rappela avec honte avoir fui en pleurant hors de l'enclos de l'église Sainte-Marie-de-Sion.

Devait-on chercher un sens à la divinité au vu de cette vérité finalement dérisoire ?

Pouvait-on vivre avec une vision trop lucide ?

Pourquoi chercher si c'était pour découvrir le néant ?

La voix chevrotante de Kristen lui fit l'effet d'un baume en associant le genre humain à ses faiblesses, à ses contradictions insupportables :

– Une branche ?… prononça-t-elle.

– Une branche de chêne, oui.

– Le rapport avec les parfums ?

Toujours la logique.

– Eh bien, cette essence particulière dégage une odeur particulière. Certains l'ont reliée au chêne de Montaigu-Scherpenheuvel, en Belgique. Depuis 1200, des pèlerins allaient se recueillir auprès d'un immense chêne cruciforme à l'écorce sombre, presque noire. Il paraît que des miracles se produisaient sous son feuillage.

– Des miracles ? répéta Kristen qui classait religion et miracle dans le même dossier des cas farfelus à ne pas poursuivre.

– C'est il y a bien longtemps, sembla s'excuser l'Éthiopien. La branche, ou plutôt le nœud de bois trouvé dans l'Arche, n'a pas produit de miracles à ma connaissance. Quoique…

L'homme n'en dit pas plus. Il se tut, une stupéfaction totale se lisant dans ses prunelles noires. Kristen crut aussitôt qu'il avait remarqué quelque chose d'inhabituel dans le spectacle de la joute qui se déroulait en contrebas.

C'est seulement quand il porta la main à son flanc qu'elle vit le trait d'arbalète.

– Est-ce le même qui a tiré sur moi ?

– Non… Ce tireur-ci est probablement parmi la foule, dans les gradins…

Le blessé, qui perdait déjà beaucoup de sang, lui saisit le bras en égrenant quelques mots.

– Tous les gardiens de la Compagnie semblent brûlés, comme vous voyez… Même moi…

Kristen déplia en hâte son cellulaire.

– J'appelle une équipe d'intervention médicale d'urgence.

– Non, non… On ne peut pas avoir confiance…

– J'appelle le Bureau du Conseil privé, dans ce cas. Les services spéciaux du premier ministre.

– Non… Non. Ils peuvent être infiltrés. Quelqu'un nous a suivis à la trace, ne l'oubliez pas. Essayons plutôt de capturer mon agresseur. On pourra peut-être circonscrire la menace dont vous m'avez parlé. De toute façon, le secret de Dieu ne peut être révélé à personne, ni à eux ni à vous, pour quelque raison que ce soit. Une épidémie de peste comme celle-là peut être stoppée, mais il en va tout autrement de ce qui pourrait être la plus grosse machine d'extermination du genre humain.

Kristen grimaça.

D'une main, le Bédouin désigna vaguement la foule qui assistait au tournoi et, derrière, les villes de Gatineau et d'Ottawa, dans la vallée.

– Trouvez les caïnites et mettez-les hors d'état de nuire. Allez, vite !

Si l'homme prononça d'autres mots, ils se perdirent dans les « hourrah ! » de la foule saluant la chute d'un cavalier télescopé par la lance de son adversaire. Le Bédouin arracha sans une plainte le trait d'arbalète fiché à la hauteur de son foie. Il retira une trousse de premiers soins de sa sacoche, tout en appuyant fermement sur la plaie.

– Allez ! répéta-t-il sans être distrait de sa tâche.

Pour retourner au stationnement, Kristen devait redoubler de prudence. Elle risquait de subir le même sort que son contact. Elle entreprit donc de traverser le terrain en contournant les jouteurs et en se faufilant derrière les nombreuses petites tentes destinées à l'habillage des chevaliers. Personne ne semblait s'intéresser à elle : tout le monde suivait attentivement les péripéties du tournoi, le clou de la foire.

Elle croisa des figurants qui s'exerçaient au combat à l'épée tandis que d'autres, des écuyers, paraient des chevaux aux couleurs de leur seigneur. Le chevalier qui venait de désarçonner son adversaire dans l'arène retournait au trot vers sa remorque, son cheval en sueur.

Elle accéléra le pas afin de ne pas retarder la monture qui approchait derrière elle. C'est à ce moment que le cavalier battit les flancs de la bête, qui partit en trombe. Il braqua sa lance en direction de Kristen. Le bruit du galop la fit se retourner vivement.

– Chienne ! Meurs donc comme ce traître Markov ! entendit-elle crier devant elle.

Le chevalier poussait son cheval vers Kristen, à une cinquantaine de mètres devant lui. Elle songea alors qu'il y avait quelque chose de franchement incongru dans ce nom russe proféré par un chevalier médiéval. Ce n'était certainement pas un mot d'ordre comme les croisés en lançaient en chargeant les Sarrasins devant Saint-Jean-d'Acre. Si elle s'en souvenait bien, ils criaient plutôt quelque chose comme : « Dieu le veult » …

Elle comprit alors qu'avec ce mot, son assaillant lui annonçait le choix des armes. En effet, Georgi Markov était ce dissident bulgare assassiné sur un trottoir de Londres par les services secrets de la Bulgarie et par le KGB, en 1978. Quelqu'un l'avait piqué avec un parapluie dont la pointe contenait une dose létale de ricine.

La ricine est un poison pour lequel on ne connaît aucun antidote. « Mais on dirait bien que mon agresseur veut faire de moi un autre Markov ! » pensa-t-elle sans réfléchir plus avant au caractère incongru de la présence d'un agent du KGB dans un tournoi médiéval au Québec.

Incongru ? Il lui vint alors à l'esprit que toute cette histoire mélangeait constamment le passé et le présent. Par exemple, Quentin n'avait-il pas été agressé à la tour du parlement par des gens qui s'étaient servis de vieilles prises de combat rapproché du KGB ? Était-ce une coïncidence si le défunt KGB refaisait surface au moment où le président de la Russie était à Ottawa ?

Ces réflexions lui prirent une fraction de seconde. Kristen se rendit compte qu'elle devait plutôt penser à se défendre. Si elle roulait de côté sur le sol, le type pourrait encore l'atteindre, sa lance faisant plus de sept mètres cinquante de long. «La tête du cheval!» lui dicta alors son cerveau.

Au lieu de fuir, elle fonça droit sur son poursuivant. Celui-ci n'eut pas le temps de réagir: la tête relevée du cheval l'empêchait de bien distinguer Kristen, qui en profita. Après avoir roulé en boule sous la monture jusqu'à l'arrière, elle se releva et vit le cheval bondir vers la grande tente, parmi la foule.

Une fois à l'intérieur du chapiteau, Kristen réalisa que le chasseur déjoué avait défoncé la moustiquaire du fond et s'était enfui sans demander son reste, comme s'il était devenu la proie à son tour.

– Il a suivi le trajet que je devais emprunter.

Le cavalier avait abandonné sa lance, lourde et encombrante, parmi les victuailles étalées sur une table. Au bout de l'arme, la présence d'un dard creux confirma l'hypothèse de l'agente fédérale.

– Personne n'a été touché? demanda-t-elle.

Les bonnes gens secouèrent la tête.

– On l'a échappé belle, dit l'un d'eux. Quelqu'un aurait pu être blessé. Le bout de ces lances a beau être émoussé, comme les fleurets…

– Pas cette lance-ci, l'interrompit Kristen, haletante, en soulevant l'extrémité effilée de l'arme. Il y a au moins cinq cents milligrammes de ricine là-dedans, alors que cinq cents microgrammes, juste une tête d'épingle, peuvent tuer un homme en moins d'une journée.

Les gens reculèrent prudemment.

Chapitre 5

Course poursuite d'Old Chelsea à Ottawa
6 juin, 16 h 50, 100 minutes avant l'attaque finale

En courant vers sa voiture, Kristen repéra le cavalier, qui filait plein ouest sur la bordure de la route asphaltée menant d'Old Chelsea au lac Meech, dans le parc de la Gatineau. Les sabots du cheval soulevaient des nuages de poussière en foulant le sable de l'accotement.

Avant de traverser le viaduc enjambant l'autoroute 5, le fuyard stoppa net. Sa monture hennit et se cabra, refusant d'avancer plus loin. Kristen supposa que le cheval, même s'il était dompté pour ne pas réagir aux cris des foules et au fracas des armes médiévales, venait toutefois de prendre peur en entendant la pétarade et le klaxon d'une voiture sport qui l'avait doublé à pleins gaz, le frôlant de peu.

Ce retard permit à Kristen de s'approcher suffisamment pour invalider son hypothèse : le cheval avait été surpris par une marmotte assise sur la chaussée, inconsciente du danger. Kristen put alors détailler le cavalier, qui avait retiré son heaume afin de mieux voir. L'agresseur portait les cheveux courts à la façon des petits pages de l'époque médiévale. Le front haut et les traits forts auraient pu être ceux d'un homme, mais les lèvres charnues passées au rouge brillaient comme de l'acrylique.

« C'est une femme ! » s'étonna Kristen.

En un éclair, leurs regards se croisèrent. Kristen eut l'impression que les yeux étaient taillés dans la pierre. Aucun sentiment n'y paraissait, pas même l'excitation consécutive à une montée d'adrénaline.

Avant que Kristen ne descende de sa voiture, l'autre poussa sa monture par-dessus le parapet. Un talus de soutènement grimpait jusqu'au tablier du viaduc, où le cheval se rétablit.

« Pas bête, elle emprunte l'autoroute dans le sens contraire de la circulation, réalisa Kristen. Mais si elle croit que ça va me gêner ! »

Elle lança sa voiture sur la bretelle, où les automobilistes qui fonçaient sur elle lui firent des appels de phares et donnèrent de violents coups de klaxon. Cette manœuvre audacieuse porta ses fruits : elle se rapprocha peu à peu de la cavalière. « Si elle persiste à galoper sur l'autoroute, je vais finir par lui couper la route, c'est certain. D'autant plus qu'on arrivera bientôt en ville. Elle ne pourra pas manœuvrer à sa guise. »

C'est toutefois le contraire qui se produisit. La circulation plus dense força Kristen à stopper tellement le risque de collision frontale s'aggravait. Elle dut attendre une accalmie pour traverser diagonalement la voie et plonger dans le fossé médian avant de remonter sur la voie sud.

« C'est dans de telles circonstances qu'il me faudrait un gyrophare et une sirène ! »

Mais elle n'était pas de la GRC.

Une fois sur la voie réglementaire, elle se mit à zigzaguer à cent à l'heure en dépassant les autres voitures.

« Je ne suis peut-être pas de la GRC, mais j'ai un lien radio direct avec la police. »

Elle appela la GRC et la police d'Ottawa.

– Agente Kristen Vale, du Bureau du Conseil privé.

– À l'écoute, Conseil privé.

– Suis à la poursuite d'un terroriste, lança-t-elle dans son micro à main libre. Autoroute 5, direction sud via le pont Cartier-Macdonald.

– Direction et description du fuyard?

– Femme blonde, peut avoir une arme à feu, a sûrement une arme blanche, peut-être une épée. À approcher avec précautions : elle se sert aussi de ricine.

– De quoi?

– De ricine, comme dans l'affaire Markov.

– Euh…, bien reçu, Conseil privé. Description du véhicule? Modèle, couleur, numéro de plaque?

– Modèle de tournoi médiéval. Couleur : blanche. Numéro de plaque : inexistant. La fuyarde est à cheval.

– À chev… Vous pouvez répéter?

– Inutile que je vous décrive le cheval plus en détail, ce sera sans doute le seul que vous verrez galoper à contre-courant sur la voie nord. Je répète : l'animal est sur la voie nord et file vers le sud.

– Bien reçu.

– Moi, j'approche du pont. J'ai perdu la cible de vue.

Une minute avait suffi pour que Kristen se fasse distancer.

Une fois à Ottawa, elle souffla un peu : au bout de l'avenue King-Edward, à l'intersection de la rue Rideau, quatre ou cinq voitures équipées de gyrophares bloquaient déjà la rue.

Le doute la reprit.

« En voyant ça, elle va emprunter une rue transversale! »

Pour en avoir le cœur net, il fallait qu'elle se rapproche. Mais le barrage policier avait déjà créé un embouteillage monstre. L'avenue King-Edward était l'artère commerciale obligatoire pour le transit des camions. Kristen dirigea sa voiture vers le trottoir qui, lui, était désert.

Une fois plus près, elle distingua le cheval. Des policiers entouraient la bête. La poursuite avait pris fin. Mais Kristen déchanta de nouveau : le cheval n'était plus monté. Il arpentait le cordon de long en large comme un animal de zoo dans sa cage, les rênes pendant sous sa gueule écumante.

Kristen se précipita à l'extérieur de son véhicule et brandit sa plaque officielle sous le nez du premier policier, une agente de la police municipale d'Ottawa.

— Vale, du Bureau du Conseil privé. C'est moi qui ai communiqué avec vos services tout à l'heure. Vous avez arrêté la fugitive ?

— Non. Le cheval galopait seul quand nous sommes arrivés.

— *Jesus !*

Kristen scruta le kilomètre de route entre le pont et le barrage policier. « Elle a pu entrer dans un logis ou dans un commerce, ou elle a pu courir dans une rue transversale où une voiture l'attendait peut-être », se dit-elle.

Elle revint vers la policière municipale, qui portait un insigne d'officier.

— Lieutenant, vous pouvez veiller à ce qu'on quadrille le quartier ?

— Comptez sur moi.

— Les ponts au nord, la rue Rideau au sud, la rivière Rideau à l'est et la promenade Sussex à l'ouest.

La lieutenante se mit à retransmettre les ordres au moyen d'un micro accroché sur son épaule.

À l'insu de sa poursuivante et des policiers, la fugitive du festival médiéval s'était jetée dans le premier édifice qu'elle avait croisé après avoir abandonné sa monture. C'était une succursale haut de gamme de vente de spiritueux. À l'heure de sortie des bureaux, les allées entre les étalages de vins et de bières importées étaient assez achalandées. Mais personne ne s'occupa de la nouvelle venue ni de son étrange accoutrement.

Elle avisa aussitôt la porte du fond menant à l'entrepôt. Elle s'y engouffra en bousculant un employé qui l'interpella vivement.

– Hé! C'est interdit!

Dans cette capitale de l'ordre et du savoir-vivre, l'injonction aurait dû porter. Mais la femme continua sa course parmi les piles de boîtes de carton.

– Puisque je vous dis que ce n'est pas permis! grogna l'employé en la suivant comme un pitbull.

Il la vit essayer d'ouvrir la porte blindée des livreurs menant dans la cour arrière. Ce manège hautement irrégulier le piqua au vif, lui qui était déjà en colère, ce jour-là, contre son patron et la vie en général.

– C'est verrouillé, bon Dieu de merde! éructa-t-il. Vous ne pensez tout de même pas qu'on laisse n'importe qui entrer par ici pour faucher des grands crus, non?

Agacée, la femme pointa le canon de son pistolet sur le ventre de l'homme.

– La clé, vite, grogna seulement l'agresseuse.

– Je n'ai pas de foutue clé. Vous croyez que j'ai toutes les responsabilités par ici?

De toute sa carrière, la femme n'avait jamais rencontré un civil aussi coriace. Était-il intoxiqué ou quoi? Elle était loin de se douter que l'autre en avait ras le bol, et que, pour lui, elle était la goutte qui faisait déborder le vase. Sa colère viscérale décuplée par la drogue le rendait imperméable à la menace de l'arme qu'il ne voyait plus à travers les nappes de brouillard devant ses yeux.

Il aimait les bouteilles, mais pas les humains.

Le temps pressait : elle se jeta sur l'homme. Elle lui tordit un bras en le tirant vers elle. De sa main libre, elle lui agrippa la nuque et lui poussa la tête vers le bas, comme si elle voulait le faire passer entre ses jambes. L'employé tomba à genoux, terrassé par la célèbre prise du KGB.

– Vous êtes folle ! Vous me faites mal !

– La clé ou ça va faire bien plus mal !

La prononciation était gutturale. Une étrangère.

– Vous pouvez me casser le cou si vous voulez, vous n'aurez pas la clé ! riposta l'employé, fier et têtu.

Avec un cri de rage, la fugitive relâcha son emprise tout en repoussant l'homme d'un coup de pied dans les vertèbres dorsales.

Elle rebroussa chemin vers l'aire publique de la succursale. Elle jeta d'abord un coup d'œil vers les policiers à l'extérieur et constata qu'ils ne l'avaient pas repérée : ils s'affairaient à calmer le cheval pour le maîtriser. Plutôt que de passer par où elle était entrée, elle se mit à examiner les vitrines verrouillées une à une. Enfin, elle empoigna une bouteille de riesling sur une tablette en accès libre et s'en servit pour briser une des vitrines.

L'employé de l'entrepôt, maintenant debout et se massant la nuque, la vit revenir vers lui en portant deux bouteilles. Elle les lui plaça sous les yeux, comme si elle voulait les lui faire admirer.

– *Kak an'i dorag'i !* Ces bouteilles sont parmi les plus chères, *da ?*

– Ce sont des Pétrus à mille dollars chacun, réalisa-t-il en s'étouffant.

– La clé ou je les fracasse !

– Ça va, ça va, mais s'il vous plaît, faites attention à ces grands crus !

Le commis déverrouilla la porte de métal.

– *Spasiba.*

En le remerciant, la terroriste lui tendit les deux bouteilles, qu'il prit avec un soin infini.

Il fut surpris qu'elle s'attarde, mais il ne fut pas conscient de sa présence bien longtemps. Elle appuya le canon de son arme dotée d'un silencieux sur le sommet du crâne de l'employé. Du haut de ses deux mètres, elle le dominait d'une tête. Elle pressa la détente en grognant de plaisir.

– Ça, c'est pour m'avoir retardée, dit-elle, mais l'homme n'entendait plus.

Les yeux agrandis par la surprise, l'employé ne s'écroula pas tout de suite. La femme en profita pour lui arracher les bouteilles des mains en disant, narquoisement :

– Il vaut mieux que je reprenne cet alcool, car « la modération a bien meilleur goût » !

Elle avait entendu cette phrase dans une publicité télévisée au moment où, en compagnie de Zeklos, elle observait Rusinski en train d'agoniser.

La cour arrière de la succursale du magasin de spiritueux était en fait une ruelle étroite, encombrée par les cageots du supermarché voisin. Garée près de la porte, une benne d'éboueurs puait les matières organiques en décomposition chauffées par le soleil de juin. Elle retira en hâte sa tunique et sa cotte de mailles et les fit disparaître dans la benne. Satisfaite d'avoir tué par pur plaisir, la femme se fraya un chemin entre les obstacles avec la prestance d'une athlète olympique. En débouchant dans la rue, elle se trouva nez à nez avec un sans-abri assis sur le trottoir, main tendue.

– *Spare a dime ?* [Avez-vous de la monnaie ?]

Elle eut envie de lui creuser un trou dans le crâne à lui aussi. La signature des caïnites. Mais elle se raisonna. Il y avait du monde : inutile d'attirer l'attention.

Elle déposa les deux Pétrus dans le chapeau placé devant le vagabond, sur le béton du trottoir. Un geste noble qui la surprit elle-même. «C'est parce que j'ai eu ma petite dose de violence gratuite… La vie est belle!» pensa-t-elle en se rappelant avec joie les petits éclats d'os du crâne du commis du LCBO.

Elle s'élança vers l'ouest d'un pas rapide. Elle passa au trot, puis au sprint.

– *Il* m'attend au parlement avec *la chose*. Vaut mieux ne pas être en retard pour répandre le bacille parmi ces pauvres députés, qui n'ont rien à voir avec toute cette histoire. Non, c'est Raspoutine que je voudrais voir enterré dans une décharge publique…

***

Entre-temps, Kristen retourna sur ses pas en courant. Elle espérait apercevoir la fugitive sur une des artères qu'elle avait croisées, les rues George, York et St. Patrick. Elle ne s'attendait pas à avoir une telle chance, mais la première rue qu'elle atteignit, la rue George, fut pourtant la bonne. Elle jubila en voyant le dos de la femme longiligne, qui ne portait plus sa longue tunique de chevalier. Mais Kristen reconnut les cheveux blonds et plats. Et cette blonde courait vite.

«Elle se dirige vers l'ouest, vers le parlement. Pas étonnant!»

Entraînée à la course, Kristen était sûre de rejoindre la femme si celle-ci persistait à suivre une ligne droite.

La femme blonde semblait avoir compris la même chose. Elle vira à droite, vers la rivière des Outaouais. Quand Kristen parvint au carrefour des rues St. Patrick et Dalhousie, elle ne vit plus la fuyarde.

Elle courut jusqu'à l'intersection suivante. Rien.

– C'est pas vrai! Elle m'a glissé entre les doigts! Mais elle ne pourra pas glisser entre ceux de la police si celle-ci agit assez vite. Il ne restera plus qu'à quadriller le quartier et à y fouiller chaque millimètre carré.

Elle allait abandonner le reste de l'opération aux policiers municipaux et fédéraux quand elle se rappela le mystérieux Bédouin à Old Chelsea. « Je ne sais pas si Quentin l'aurait cru quand il a affirmé être le gardien de l'Arche d'Alliance et faire partie d'une branche moyen-orientale de la Compagnie, dont les Templiers auraient reçu leurs nobles principes. En tout cas, je me dois de continuer ma poursuite s'il s'agit vraiment de retrouver "la plus grosse machine d'extermination du genre humain", comme il l'a dit. »

Elle parcourut la rue Dalhousie du regard. Il y avait peu de passants. La femme aux cheveux blonds ne pouvait pas lui avoir échappé. Elle devait être entrée quelque part. C'est alors qu'un détail la frappa de l'autre côté de l'artère.

Le corps d'une jeune femme gisait sur le capot d'une Volvo.

« Cheveux noirs. Ce n'est pas elle. »

Elle traversa la rue en hâte au moment où le corps se mit à glisser sur le sol.

Kristen constata que la jeune femme d'à peine vingt ans avait une vilaine blessure au front.

– Femme blessée et inconsciente à l'angle Dalhousie et York, déclara Kristen à la préposée du 911 qu'elle venait de joindre par cellulaire. Envoyez une ambulance.

Rassurée quant au sort immédiat de l'adolescente, Kristen inspecta les environs du regard. Elle se trouvait devant la porte d'un restaurant français. Un jeune homme en sortit et aperçut le corps inerte au bas des marches.

– Christina! cria-t-il.

– Elle est sonnée, mais ce n'est pas grave, lui dit Kristen. J'ai déjà appelé des secours. Vous avez vu une grande femme blonde ?…

– Oui, là ! dit le garçon en désignant le restaurant. Christina m'attendait ici pendant que j'allais me renseigner : nous n'avions pas de réservation. Une grande femme blonde est entrée en courant et m'a violemment bousculé !

« Elle laisse des traces derrière elle, pensa Kristen. Elle n'a pas su garder son calme et a donc commis une erreur. »

Le canon de son arme de poing pointé vers le haut, la poursuivante s'élança dans l'établissement. L'intérieur de l'édifice patrimonial était sombre. Des lustres encastrés étaient réglés à leur intensité minimale pour conférer à l'endroit une atmosphère feutrée.

Un écriteau à l'entrée promettait que, dans ce restaurant nommé « Aux braises de l'âtre », on pouvait jouir du spectacle et du réconfort d'un feu de foyer naturel à longueur d'année. De fait, des bûches crépitaient dans un coin, créant une ambiance pour le moins étrange compte tenu du temps chaud en ce début de juin. « Qu'est-ce qu'on ne va pas imaginer pour attirer la clientèle ! Évidemment, les climatiseurs soufflent au maximum. Pas étonnant qu'on puisse supporter un feu de foyer ! »

Environ la moitié des tables, déjà peu nombreuses, était occupée par des clients préférant de toute évidence souper tôt. Sans doute des fonctionnaires et des employés de commerces environnants. Une alléchante odeur de sauce au vin flottait dans l'air.

Les clients ne mangeaient pas. Figés sur place, fourchette suspendue entre leur bouche et leur assiette, ils regardaient Kristen, qui tenait toujours son arme à la main.

Au fond, elle vit une porte vitrée entrebâillée qui devait mener à la cuisine. En progressant entre les tables nappées de coton blanc, Kristen s'aperçut que la cuisine était encore plus sombre que la salle à manger.

«Ma petite copine a dû éteindre, mais ce n'est sûrement pas pour créer une atmosphère romantique.»

Kristen allait franchir le seuil quand le verre de la porte éclata. La rafale d'arme automatique pulvérisa le plâtre du mur. Kristen s'accroupit instinctivement, tous sens aux aguets, tempes battantes.

– Couchez-vous! hurla Kristen en se tournant vers les convives.

Elle évalua la situation. «J'ai été sauvée par cette vitre. La fugitive a dû apercevoir mon reflet et, dans la pénombre, elle l'a pris pour moi. Le verre et le mur ont tout pris.»

Au même moment, on entendit une porte claquer à l'arrière.

«Elle file sans m'attendre!»

Kristen n'avait pas le choix de s'élancer à découvert.

Les lieux baignaient dans une lumière rougeâtre diffusée par de faibles ampoules ambrées suspendues au-dessus d'un long plan de travail et servant à garder les plats au chaud. Kristen reconnut le cuisinier et le marmiton à leur tablier. Ils étaient adossés à leurs marmites, totalement figés, couteau de chef et assiettes en main.

– Police! lança Kristen. Vous n'avez plus rien à craindre. Où est-elle passée?

Le réflexe normal des interpellés eût été de désigner la contre-porte qu'on venait d'entendre claquer. Des bruits lui parvinrent de la ruelle : moteurs de camions et heurts de chargement.

Les cuisiniers étaient hébétés, littéralement statufiés. Kristen songea que s'ils ne lui répondaient pas, c'était parce qu'ils avaient peur, et s'ils avaient peur, c'était parce que la terroriste…

« La terroriste est toujours à l'intérieur ! » réalisa-t-elle.

Le mot « danger » clignota comme un voyant rouge affolé dans la tête de Kristen, qui réagit instantanément. Grâce à un réflexe développé à l'Académie de la GRC à Regina, elle se jeta sur le sol de lattes en bois. Mais pas assez vite. Des coups de feu éclatèrent à répétition, une balle arrachant l'arme des mains de l'agente fédérale.

Pendant une accalmie d'à peine deux secondes, Kristen put se relever et, courbée, fonça comme un TGV vers la silhouette qui venait de jaillir derrière l'îlot pour décharger son semi-automatique des douilles, criblant le glaçage d'un gâteau blanc. L'ennemi ne devait pas s'attendre à une telle agilité de sa part. Kristen saisit les deux bras de son assaillant et les tira au-dessus de leurs têtes pour détourner l'arme. Ils accrochèrent la batterie de cuisine suspendue au-dessus de l'îlot. Les casseroles s'entrechoquèrent et certaines tombèrent sur le sol dans un fracas métallique.

C'est alors que Kristen réalisa que ce n'était pas la femme d'Old Chelsea. En effet, elle luttait maintenant contre un homme, qui portait un uniforme kaki et un casque militaire.

Ce fut une épreuve de force. Kristen jura intérieurement. « La femme m'a tendu un piège. Un complice l'attendait. *M'attendait.* »

Elle réalisa que la femme de la foire pouvait s'être cachée derrière une table de la salle à manger. Si Kristen était passée près d'elle sans s'en rendre compte, l'autre pouvait encore la surprendre par-derrière et l'abattre. Elle devait donc se débarrasser du militaire le plus rapidement possible. Elle prit le risque de lâcher le poignet gauche de son adversaire, puis saisit une cruche de verre remplie à ras bord. Son geste fut mal assuré et, au lieu de frapper l'automatique de son agresseur, la cruche heurta le casque et éclata.

Une odeur piquante de vinaigre se répandit.

L'homme émit un rire gras.

– Casque durrr, lâcha-t-il simplement avec un accent guttural qui évoquait les steppes russes.

Kristen tendit la main vers le plafond. Elle réussit à saisir une des ampoules rougeâtres suspendues à un fil électrique et la tira vers le bas. Insuffisamment tendu, le fil n'opposa aucune résistance et suivit le mouvement. Kristen fracassa alors l'ampoule sur le casque de son adversaire. Elle appliqua ensuite la douille de l'ampoule brisée sur le métal conducteur du casque. Grâce au vinaigre qui avait imbibé l'uniforme de son assaillant, le courant passa. La décharge fut faible, mais suffisamment surprenante pour distraire l'homme, qui relâcha sa prise. Une casserole l'atteignit alors en plein visage. Kristen tira la main droite de son adversaire, celle qui tenait le semi-automatique, et l'appliqua vivement sur une plaque chauffante. L'arme tomba sans que Kristen puisse s'en emparer.

Étourdi et blessé à la main, le soldat ne résista pas quand Kristen le fit pivoter à cent quatre-vingts degrés. Ils virevoltèrent dans les bras l'un de l'autre comme des danseurs de rock'n'roll. La manœuvre sauva Kristen. Elle entendit trois forts *cling* quand des balles tirées depuis la salle à manger ricochèrent sur le casque du soldat. Comme elle l'avait craint, la cavalière d'Old Chelsea l'attaquait à revers.

Se servant de l'homme en uniforme comme bouclier, Kristen le projeta devant elle en direction de la femme blonde, qui venait de franchir le seuil de la cuisine. L'assaillante ne put pas tirer. Elle reçut de plein fouet le choc de ce véritable bélier humain. Tous trois s'étalèrent sous les tables dans la pièce adjacente.

« Où est mon semi-automatique ? pensa Kristen. Il faut que je mette la main sur une arme, sinon je suis cuite… Cuite… restaurant… cuisine… »

Stimulée par cette association de mots, elle inspecta d'un coup d'œil la surface du plancher de la cuisine. La lumière avait été tamisée, sans doute à dessein, avant son arrivée. Elle ne put pas distinguer son arme, qui pouvait avoir glissé sous un meuble. Restait celle de l'homme, qui devait se trouver derrière l'îlot.

Profitant du court moment de flottement chez ses deux adversaires, Kristen s'élança vers la cuisine qu'elle venait tout juste de quitter. Elle contourna le plan de travail et trébucha dans la pénombre. Elle se retrouva par terre, à côté d'un corps dont les yeux grands ouverts la considéraient sans ciller. « À voir le veston et la chemise blanche, je dirais que c'est le maître d'hôtel. »

L'angle anormal formé par le cou de l'homme ne laissait flotter aucun doute sur ce qui s'était passé.

Entre-temps, ses adversaires devaient avoir récupéré, car d'autres balles sifflèrent aux oreilles de Kristen.

« Heureusement que je suis étendue par terre. Si je n'avais pas trébuché, je serais morte. Merci, monsieur, pour votre amabilité. »

Kristen bondit alors jusqu'au lutrin du maître d'hôtel. Sans arme, elle était aussi vulnérable qu'un lapin écorché sur l'étal d'un boucher. Sur le petit meuble trônait l'ordinateur des réservations. Sur la tablette du dessous, elle aperçut une pile de menus. Puis, elle fouilla dans ses poches : un chargeur de rechange et un mouchoir.

D'un coup d'œil, elle inspecta les lieux. Tous les clients avaient fui pendant la bagarre et la fusillade. Tant mieux. Ses deux adversaires se relevaient.

– Elle pas arrrmée, dit le soldat à sa complice avec un accent à couper au couteau. Perrrdu arrrme dans cuisine.

« Le pire, c'est qu'il a raison, pensa Kristen. Mais qu'est-ce qui m'a pris de me jeter sur cet ordinateur ? »

Elle se mit néanmoins à pianoter sur le clavier comme une forcenée.

Presque aussitôt, elle se mit à lancer des menus à la tête des deux autres. Les cartes rigides planaient comme des *frisbees*.

– Folle! ricana l'homme. Si elle pense arrrrêter nous avec bouts de carton ou avec Interrrnet...

Il hésita tout de même, se rappelant les réactions inventives de Kristen, dont il sentait encore les effets douloureux, notamment un engourdissement dans tous ses membres et une sensation cuisante à la main droite, comme si on était en train de l'amputer.

De sa main valide, il faisait dévier les menus que Kristen lui lançait au visage comme s'il s'agissait simplement de mouches importunes.

Au même moment, lui et la femme se retournèrent vers la façade. Un bruit tonitruant venait de les faire sursauter.

– Un haut-parleur au-dessus de la porte, comprit enfin la femme blonde, qui n'avait pas réagi sur-le-champ. C'est pour la musique d'ambiance. Elle vient de monter le volume à fond la caisse à partir de l'ordinateur du maître d'hôtel.

– Pfff! Ça arrrrêté cœurrr à moi! J'ai crrru que police entrrrer. Elle petite coquine! Ça empêcherrra pas moi débusquer elle et bien fairrre la peau!

Les deux convergèrent vers le lutrin et l'encerclèrent tout en gardant une distance prudente, sachant maintenant que Kristen était pleine de ressources.

– Rrrien, elle pas là, rugit le soldat.

– Elle en a profité pour fuir quand nous nous sommes retournés vers le haut-parleur.

– Elle commence vrrraiment énerrrver moi !

Avec rage, l'homme tira une rafale dans l'écran de l'ordinateur ; la musique qui faisait trembler tout l'édifice se tut. Puis, il déchargea son arme en direction de la cuisine.

Le tac-tac-tac dura quinze secondes : une éternité. Les surfaces bien astiquées du réfrigérateur et des armoires se couvrirent d'une sorte d'acné faite de petits trous bien alignés. Les ingrédients d'une salade et le glaçage du gâteau volèrent dans les airs, comme s'ils étaient animés d'une vie propre.

Sa fureur passée, son arme à court de munitions, l'homme se calma. Le silence se fit pendant quelques secondes. Puis, une fusillade éclata derrière les deux terroristes, en provenance de la salle à manger. Des balles fracassèrent un grand miroir mural à côté d'eux.

– Comment elle fairrre ? grogna l'homme en courbant les épaules. Elle allée chchchercher arrrme dans cuisine, puis contourrrné nous ?

– Impossible. Elle doit avoir appelé des renforts par Internet, supposa la femme.

– Nous pppris entrrre deux feux, alorrrs.

– Pourtant, je ne vois personne à l'entrée.

– Eux cachés parrr tables.

– On ne sait pas combien ils sont. Fonçons à la cuisine. Là, elle est seule.

Pendant que le militaire rechargeait son arme, la femme, dans un élan de frustration et de défense, se mit à son tour à mitrailler copieusement les lieux. Les cuisiniers avaient fui, Kristen était invisible ; le tir ne fit qu'aggraver les dommages matériels.

Ils furent surpris de parvenir à la ruelle sains et saufs. Des boîtes entassées et des poubelles les accueillirent en même temps qu'une odeur nauséabonde de restes de table en décomposition.

Tapie derrière la voiture du propriétaire, Kristen, toujours désarmée, les vit la dépasser et s'engager dans la rue Dalhousie. «Ouf! Quelle bonne idée j'ai eue de lancer mon chargeur de rechange dans le foyer du restaurant pendant qu'ils étaient distraits par la musique et par les menus volants. Ils ont cru qu'on les attaquait par-derrière et j'ai pu me faufiler.»

Kristen entreprit alors de les suivre. Ils bifurquèrent à droite dans la rue York.

«Ils se dirigent vers le parlement. Quelque chose se prépare. Évidemment, l'heure H va bientôt sonner. Ce sont eux qui vont sans doute actionner l'arme biologique. La peste va se répandre.»

Le Marché By bourdonnait d'activité. Les étals regorgeaient de produits des agriculteurs de la région. Vendeurs et passants souriaient et discutaient avec de grands mouvements de bras, ignorants de la menace qui, tout près d'eux, planait sur la capitale.

En fait, les vecteurs de cette menace, c'est-à-dire les deux adversaires de Kristen, traversaient le marché. L'homme et la femme ne passaient pas tout à fait inaperçus parmi la foule. Une jeep les attendait de l'autre côté, déjà occupée par deux militaires armés. Les deux terroristes prirent place à l'arrière et le véhicule démarra en direction de la promenade Sussex.

Un barrage policier les immobilisa à un coin de rue de là.

«J'espère qu'ils se feront arrêter sans effusion de sang», pensa Kristen en les suivant à bonne distance.

Effarée, elle les vit franchir le barrage sans encombre.

« Bon sang, les terroristes ont des taupes dans l'armée et dans la police ! »

Elle sortit son cellulaire de la poche poitrine de sa veste.

« Il faut que je prévienne Preston Willis. Il va les cueillir s'ils se rendent sur la colline du parlement. »

Une autre surprise attendait Kristen. Son cellulaire vibra dans sa main. Elle ne reconnut pas le numéro, mais elle reconnut la voix.

Chapitre 6

Parc Major, Basse-Ville d'Ottawa
6 juin, 17 h 38, 52 minutes avant l'attaque finale

En juin, le parc Major, situé en face de l'ambassade des États-Unis, n'affichait jamais l'effervescence qui le caractérisait pendant le Festival des Tulipes, qui avait lieu tous les mois de mai. Ce jour-là, les fonctionnaires de Revenu Canada qui travaillaient dans l'édifice adjacent à l'ambassade l'avaient déserté vers 13 h 30, après la pause du dîner. On n'y voyait plus que quelques couples de touristes avec de jeunes enfants.

Et un sans-abri…

Le vieil homme était habillé comme en hiver. Un long manteau de flanelle brun sale, troué aux coudes, lui descendait sous les genoux. Son col était relevé jusqu'à la tuque de laine qu'il avait chipée sur le présentoir d'un artisan au Marché By et dont il se servait pour mendier. Il grommelait des injures en dégageant une haleine à faire fondre le banc de métal vers lequel il zigzaguait.

Il ne put pas s'y asseoir, basculant plutôt dans un buisson derrière le banc. Il jouait à merveille le rôle de l'ivrogne pour qu'un observateur éventuel ne se pose pas de questions sur ses actions suspectes.

Son souffle souleva la terre des plates-bandes sous ses yeux. Quand la poussière retomba, il aperçut ce qu'il cherchait.

– Spy Rock, c'est toi! dit-il en caressant une pierre du regard.

Une petite merveille d'électronique se trouvait dans cette coquille creuse en granit: cinq piles au lithium longue durée et un ordinateur autonome impossible à repérer, même par les services de surveillance des télécommunications du gouvernement fédéral.

L'itinérant se releva de peine et de misère, un genou enfoncé dans la terre. Il jeta un coup d'œil furtif du côté de l'ambassade et l'aurait bien saluée s'il n'avait pas craint d'être surveillé.

– Merci, Embassy Ottawa! dit-il en utilisant l'expression en vigueur au département d'État, à Washington.

Il s'allongea de tout son long sur le banc. Il se tourna sur le flanc, le nez entre les lamelles du dossier, comme s'il s'apprêtait à piquer un somme.

Sûr de ne pas être vu, il sortit son BlackBerry.

« Encore heureux, mon vieux Tristan, que tu te sois déniché un contact fiable, se félicita-t-il. Pas question de demander de l'information au directeur de station. Il fait partie de la CIA, et la CIA est beaucoup trop proche des services de renseignement canadiens. Il pourrait me livrer à eux. J'ai débauché une de ces fouines spéciales des télécommunications que le secrétaire à la Défense a implantées dans toutes les ambassades américaines, dans le cadre de la lutte antiterroriste. Cher, très cher, mais cet aspirateur de renseignements d'Embassy Ottawa m'assure un bon retour sur mon investissement. »

Par le passé, Tristan Plantagenêt avait mis la main, grâce à Embassy Ottawa, sur des preuves concernant le rôle des unités militaires clandestines Medusa au Vietnam et Activity en Afghanistan et au Pakistan, ces commandos d'élite ayant pourchassé et finalement exécuté Oussama ben Laden en 2011. Il les avait détruites à l'époque sans les refiler aux *old boys* d'Ottawa. Les Américains avaient adoré et ils lui retournaient l'ascenseur.

Un message relayé par la Spy Rock se mit à défiler à l'écran du BlackBerry du sans-abri. Les premiers mots, «Classic Bullseye», désignaient l'opération internationale de surveillance des faits et gestes de tous les groupes terroristes connus.

Suivit une première interception qui le fit ricaner.

Cœur-de-Lion en croisade
ADM bio développée comme au Lion-Hearted Den.
Durward possiblement *clean* ou *floater*.
Activez Durward à l'aide de signes du Moyen Âge et avec une attaque de puces non infectées chez lui. Il sera d'autant plus motivé à faire le saut.

«Palsembleu! Mon propre message a été intercepté et il me revient! Mon idée d'utiliser un type comme Quentin DeFoix pour décoder les indices historiques a non seulement été reçue depuis Bruxelles, mais aussi mise en œuvre, on dirait!»

Le sans-abri reprit son sérieux en regardant sa montre.

«Hé! Le temps file! Je dois m'occuper du plus urgent.»

Dans une boîte du moteur de recherche, il tapa quelques mots selon la formule booléenne chère aux bibliothécaires: «peste et/ou "Simu Zeklos" et/ou Canada».

Les résultats s'affichèrent: transcription d'un appel téléphonique du Kazakhstan au sujet d'une île de la mer d'Aral, lien vers une vidéo captée au Grand Hôtel du Brabant flamand à Bruxelles, notes de frais du même hôtel, fiches signalétiques d'individus accomplissant des missions en tant que mulets, portrait-robot de Simu Zeklos avec, en italique, des descriptions de caractéristiques psychologiques…

Le curieux sans-abri était branché et il utilisa ensuite son BlackBerry en mode téléphonique:

– Allô? dit-il. Agente Kristen Vale, je présume?

La connexion était bonne et, à l'autre bout, Kristen Vale reconnut la voix.

– Bonjour, docteur Plantagenêt. On vous cherche. Où êtes-vous?

– Au parc Major. C'est là que mon contact à l'ambassade des États-Unis dépose du courrier électronique pour moi dans une fausse pierre, près d'un banc.

– Que puis-je faire pour vous?

– Venez me rejoindre. Je dois vous révéler des choses capitales qui pourraient mettre fin à la prise d'otages à la Chambre des communes.

Kristen consulta sa montre.

– Il est 18 h. Il reste peu de temps et je dois filer à la Chambre pour arrêter une Russe qui m'a attaquée. Je suis d'ailleurs arrivée devant l'édifice de l'Est. Qu'avez-vous à me dire?

Plantagenêt avait acquis une grande crédibilité aux yeux de Kristen depuis sa rencontre avec le Bédouin à Old Chelsea. Celui-ci avait confirmé l'existence d'un groupe appelé «la Compagnie», opposé aux terroristes. Malgré cela, elle ne pouvait pas se permettre de faire un détour par le parc Major.

La voix de Plantagenêt se tut. Il hésitait sans doute à transmettre des renseignements confidentiels par cellulaire. Plantagenêt vint à bout de ses craintes et enchaîna:

– J'ai une bonne et une mauvaise nouvelle. Écoutez-moi bien et ne m'interrompez sous aucun prétexte. D'accord?

– OK.

– La bonne nouvelle, c'est qu'un type que j'ai rencontré lors d'un congrès de morts-vivants à Bruxelles…

– De morts-vivants ?

– Vous m'avez interrompu.

– Désolée.

– «Morts-vivants» désigne les personnes condamnées par la médecine, qui n'ont plus beaucoup de temps à vivre. Elles se réunissent pour s'appuyer. Eh bien, les services secrets noyautent ces rencontres : les gens sur le point de mourir font d'excellentes recrues. Certains bouillent de rage contre le monde entier, d'autres feraient n'importe quoi pour assurer l'avenir financier des êtres chers qu'ils laissent derrière. Ils servent de kamikazes. Je suis donc entré en contact avec un dénommé Simu Zeklos, que j'ai recommandé au SCRS, mais quelqu'un semble m'avoir court-circuité. Zeklos a été embauché par la partie adverse, et il semble faire partie du complot de la peste. Je vous envoie sa photo en ce moment même.

– Bien reçue. Je vais la faire circuler au Centre gouvernemental de situations d'urgence. Vous avez autre chose à son sujet ? *Modus operandi ?*

– Tout d'abord, c'est un méticuleux. On l'appelle «le prof» ou «professeur Jeopardy» parce que c'est un maniaque du détail. Si on lui fixe un rendez-vous au coucher du soleil, il sera là à l'heure exacte du coucher de soleil ce jour-là, à la seconde près.

– Et la mauvaise nouvelle ?

– Le travail d'espionnage électronique a prouvé que je n'étais pas le seul à Bruxelles, au congrès des morts-vivants, à discuter avec Simu Zeklos pour en faire un de nos contractuels. L'individu dont je parle a su éviter les caméras vidéo dont est truffé le Grand Hôtel du Brabant flamand. Mais en infiltrant l'ordinateur central de l'hôtel, nos collègues au Royaume-Uni ont mis au jour une facture d'achat de soda tonique. Cela ne peut désigner qu'un seul homme : Preston Willis.

Chapitre 7

24, promenade Sussex, résidence du premier ministre Shackleton,
Ottawa
6 juin, 18 h, 30 minutes avant l'attaque finale

– Tout n'est pas perdu, laissa tomber Shackleton, cet éternel optimiste qui avait réussi à fouetter ses troupes lors de la dernière campagne électorale même si les sondages d'opinion publiés à dix jours du scrutin annonçaient la défaite de son parti. Je vais communiquer avec Willis et Tranchemontagne, du Comité de coordination des services de sécurité nationale. Les choses ont peut-être progressé sur ce front. D'ailleurs, je me demande pourquoi on ne m'a pas appelé, ne serait-ce que pour me breffer sur l'incident de la promenade du Colonel-By.

Il sortit en hâte et grimpa deux à deux les marches de l'escalier en colimaçon.

Après l'avoir suivi des yeux, Ali Legendre se secoua à son tour.

– N'y a-t-il rien d'autre à faire? On ne peut rester là à se ronger les ongles alors qu'il reste encore du temps. Pas beaucoup, remarquez, mais ces trente minutes pourraient suffire si nous réagissons dès maintenant.

Quentin, qui s'était affalé sur une causeuse, se sentit visé par ce boniment digne d'un général en campagne ou d'un de ces motivateurs qui font le tour du continent pour donner des conférences.

Après le coup d'éclat qu'il avait accompli en déchiffrant le message de la tour de la Paix, il avait l'impression d'être un joueur de baseball qui a accumulé deux prises au bâton. Les choses ne s'étaient pas déroulées pour le mieux à Niagara Falls et à Ottawa le jour même. Mais il comptait bien ne pas se faire retirer sur une troisième prise.

– Quelque chose ne tourne pas rond, laissa-t-il échapper en réfléchissant à voix haute. Quelqu'un s'amuse à nos dépens. C'est un bien mauvais moment pour les poissons d'avril !

– En effet, il y a quelque chose qui cloche, l'appuya Ali Legendre. L'agent du Bureau du Conseil privé, celui qu'on appelle Nobody et qui transportait votre découverte, ne devait-il pas nous rejoindre ?

– Je l'avais oublié, celui-là. Maintenant que vous le mentionnez… C'est vrai qu'il devrait être ici. J'aimerais bien jeter un autre coup d'œil à l'exemplaire d'*Oliver Twist* découvert à Niagara Falls.

– Je vérifie immédiatement auprès des agents qui surveillent la résidence, trancha la chef de cabinet en passant devant les toilettes pour dames afin de rejoindre le hall d'entrée et la porte principale.

Quentin examina la cour par la fenêtre à carreaux. Personne. Il attendit un moment, mais ne vit pas Ali Legendre franchir la porte et déboucher sous l'auvent du perron. Rien.

– Elle en met, du temps !

Il allait imaginer le pire quand Ali Legendre réapparut dans le petit salon. Un pli de contrariété lui barrait le front.

– C'est incroyable ! dit-elle simplement. Il y a vraiment quelque chose qui ne tourne pas rond !

– Qu'y a-t-il ?

– La porte est verrouillée de l'extérieur. J'ai traversé la maison : la porte qui donne sur le jardin est cadenassée, elle aussi.

– Des mesures de sécurité, sans doute, dit Quentin.

***

Le surintendant Julien comptait trente années d'expérience dans la GRC. Au milieu de sa carrière, on l'avait chargé d'une mission à haut risque : l'infiltration de groupes de motards. Il avait dû se salir les mains pour qu'ils finissent par l'accepter parmi eux, mais il avait amassé suffisamment de preuves pour que la police puisse effectuer une razzia dans le bunker des Hells Angels à Sorel, au Québec. Après cette mission, il avait été promu. Il dirigeait maintenant les services de protection du premier ministre depuis cinq ans. Aucun incident n'était survenu pendant son règne. Mais l'attentat sur la promenade du Colonel-By l'avait vraiment mis sur les nerfs.

Son adjoint le vit sortir de la maison des Shackleton, une grimace marquant son visage bouffi à la peau couperosée.

– Qu'est-ce qu'on fait, monsieur ?

– Ordre exprès du premier ministre : nous établissons un périmètre de sécurité à l'extérieur de la propriété.

– Aucun garde à l'intérieur ? Est-ce bien prudent ?

– Le premier ministre est formel : il faut que nos gens soient visibles pour décourager toute attaque ici. Une démonstration de force devrait les en dissuader. De toute façon, les Forces armées sont sur un pied d'alerte. Elles envoient des renforts pour prendre le relais.

L'adjoint se tourna vers son équipe.

– OK, vous autres, vous avez entendu ? On forme un cordon le long de la promenade et autour de la propriété, mais on s'éloigne de la maison, le plus près possible de la falaise. Exécution !

***

À l'intérieur du 24 Sussex, Quentin et Ali Legendre ne comprenaient toujours pas les motifs de leur isolement.

– Montons rejoindre les Shackleton. Le patron aura peut-être du nouveau.

Ils retrouvèrent le premier couple du pays dans la salle de séjour. Jeanine Shackleton était assise dans un fauteuil de cuir, devant le foyer. Debout près d'une table basse, son mari venait de raccrocher le combiné du téléphone.

– La ligne est coupée, dit-il. Je ne peux pas communiquer avec l'extérieur. Tu as ton cellulaire, Jeanine ? Le mien est resté dans la limousine.

– Il est dans la chambre, sur la table de chevet.

Comme Legendre avant lui, Shackleton revint bredouille.

– Tu es sûre qu'il était dans la chambre, Jeny ? Je ne l'ai pas trouvé.

Jeanine Shackleton monta à l'étage et ouvrit tous les tiroirs de la chambre. Elle souleva les piles de chemises, examina la lingerie et tâta même les paires de chaussettes. Elle dut se rendre à l'évidence : le cellulaire était introuvable. Elle redescendit à la salle de séjour.

– Je vais demander à Lucille, aux cuisines.

Sa femme venait à peine de quitter la pièce que Shackleton s'élança, pris d'une inspiration subite. Quand Quentin et Ali Legendre le rejoignirent dans la chambre principale, ils virent qu'il était blême comme s'il avait vu un revenant.

– La ligne directe avec la Défense nationale… Le téléphone est enfoui sous les couvertures dans le placard. Quelqu'un l'a trouvé et l'a démoli.

– Comment est-ce possible ? dit Legendre.

– C'est impossible ! Le personnel est au-dessus de tout soupçon. Ce ne sont que des vétérans comptant au moins vingt ans de service, triés sur le volet par la GRC et par la SPPCAD.

– Monsieur, il y a peut-être une explication, suggéra Quentin.

– Oui, monsieur, dit Legendre, qui avait compris elle aussi. L'agent du Bureau du Conseil privé qui vous accompagnait depuis l'aéroport, vous l'avez revu après l'attentat ?

– Oui, il est monté en arrivant ici pour mettre le colis en sûreté dans le coffre-fort mural de la salle de séjour.

Mû par un mauvais pressentiment, le trio redescendit au salon. Il était vide. Cependant, un feu crépitait dans le foyer, ce qui n'était pas le cas lorsqu'ils avaient quitté la pièce, un moment plus tôt. Ils furent tous attirés par cette anomalie et réalisèrent ensemble ce qui se passait.

– Il n'y a pas qu'une bûche qui brûle dans ce foyer, remarqua Legendre.

– Mon Dieu ! s'exclama Quentin. C'est la couverture d'*Oliver Twist* !

Quentin s'empara d'un coussin et tenta d'étouffer les flammes. Une fumée âcre se répandit dans la pièce, mais il avait réagi juste à temps.

– À défaut d'être attisé par un accélérant, constata Quentin, le feu a mis du temps avant de s'attaquer à l'épaisse couverture du livre.

D'abord, personne n'osa retirer le livre du foyer, de crainte qu'il ne se désagrège.

– Nobody! C'est lui qui a fait le coup! affirma Quentin en jetant des regards angoissés dans toute la pièce.

– Et c'est probablement lui aussi qui a saboté les téléphones, ajouta Shackleton.

– Et qui nous a emprisonnés dans la maison, conclut Legendre.

– Vous avez une arme, monsieur? demanda Quentin, hypnotisé par la masse noircie de l'exemplaire d'*Oliver Twist*. Si oui, il serait temps de…

– Non… Enfin, j'ai un fusil pour le tir au pigeon d'argile. Il est à notre résidence d'été, au lac Mousseau. Il faudrait s'adresser aux agents de sécurité autour du périmètre…

– Dans ce cas, il ne reste plus qu'à briser la fenêtre, conclut Quentin. Un bahut fera l'affaire.

– Pas tout de suite, protesta le premier ministre. Jeanine n'est pas encore revenue des cuisines. Je dois aller la chercher. Elle peut être en danger si ce Nobody rôde dans la maison…

– Dans ce cas, je vous accompagne, décida Quentin. Pendant ce temps, Ali, vous verrouillez derrière nous et vous lancez un appui-livres de marbre dans la fenêtre pour attirer l'attention des gardes.

– Entendu, dit la chef de cabinet.

Quentin et Shackleton empruntèrent l'escalier de service devant les chambres du personnel. En entrant dans la cuisine principale, ils eurent la surprise de constater que le chef et ses aides brillaient par leur absence. Tout ce qu'on pouvait entendre dans la cuisine ultramoderne, c'était de la musique. De l'opéra, un air célèbre de *Madame Butterfly*, de Rossini, où l'héroïne, une geisha au Japon, pleure le départ de son amoureux, un marin américain.

Sur le plan de travail central, un bol était renversé. Un fouet avait roulé sur le parquet en laissant derrière lui une traînée de pâte gluante.

– Jeanine ! appela le premier ministre. Lucille ! Où êtes-vous ?

Pas de réponse.

– Même mon cuistot semble s'être volatilisé…

Inquiet, le premier ministre espéra obtenir une ébauche d'explication de la part de Quentin. Mais ce dernier l'avait quitté, se dirigeant vers l'arrière, d'où ils étaient arrivés.

– Que faites-vous, Quentin ?

– Voyez sur le plancher, ces taches… De la pâte à gâteau très sucrée, dit-il après avoir goûté à la substance.

Shackleton réalisa que le jeune historien suivait une piste de pâte. Rien d'évident, seulement de tout petits monticules.

– On dirait que ça mène au garde-manger, remarqua-t-il en s'approchant.

Quentin avait déjà posé une main sur le loquet de la large porte du garde-manger.

Shackleton le regarda d'un air angoissé.

– Mon Dieu ! Qu'allons-nous trouver ?

– Ce ne sont pas des traces de sang, c'est toujours ça, dit Quentin en tentant de son mieux de rassurer Shackleton.

Cependant, les circonstances inquiétantes rappelèrent à Quentin des images troublantes : Strickland au crâne transpercé, Rusinski couvert de bubons de peste…

Chapitre 8

Chambre des communes, édifice du Centre sur la colline parle-
mentaire, Ottawa
6 juin, 16 h 55, 95 minutes avant l'attaque finale

À soixante et un ans, Preston C. Willis était encore très
alerte. Il faisait en sorte de l'afficher le plus possible dans ce
monde où l'image de la jeunesse est idolâtrée, ce qu'incarnaient
les Kristen Vale et les Quentin DeFoix dans son entourage
immédiat. Teinture de cheveux régulière chez le coiffeur attitré des technocrates d'Ottawa. Garde-robe étudiée de teinte
sombre, même l'été, afin d'amincir sa silhouette qui tendait à
s'alourdir. Posture droite, déambulation toujours rapide, même
pour aller aux toilettes.

Il avait fait du triathlon à trente ans, mais avait dû se
résigner à des activités moins violentes à cause d'un soupçon
d'arthrose qu'il combattait discrètement, élégamment, avec du
gin tonic. Le soda tonique, ou *tonic water*, est une boisson
gazeuse additionnée de quinine. La quinine n'a pas seulement
un goût amer qui crée facilement l'habitude : elle a aussi des
vertus anti-inflammatoires aussi efficaces que les oméga-3 et la
codéine. Le léger œdème de ses jambes en était donc atténué.
Il pouvait ainsi s'afficher en short blanc sur les courts de son
club de tennis privé.

Il marchait beaucoup, laissant sa Beamer au garage chaque fois qu'il le pouvait. Les mauvaises langues disaient qu'il avait fait transférer au centre-ville d'Ottawa le siège social du service de soutien administratif du Comité de coordination des services de sécurité nationale parce qu'il demeurait dans un nouveau condo de luxe à un million de dollars au coin de la rue Rideau et de la promenade Sussex. Il pouvait donc se rendre au travail à pied tous les jours, ce qui était assez cocasse compte tenu du fait que, dans le milieu, les gestionnaires comme lui étaient appelés des « piétons », par opposition aux opérateurs de terrain comme Kristen Vale.

Mais aujourd'hui, ce n'était pas le souci d'une saine hygiène de vie qui le poussait à couvrir à pied la distance séparant le parlement de l'édifice Langevin, qui abrite les bureaux du premier ministre. Il voulait vérifier certaines choses.

Une fois franchies les grilles de la colline parlementaire, il se prit à scruter le ciel bleu clair. Pas de voile d'air chaud et humide, si fréquent à Ottawa. Il aurait donc dû distinguer ce qu'il s'attendait à voir.

À ses côtés, le général Blenkinship remarqua le manège de son patron et le rassura d'un jappement bref, selon son style incisif devenu célèbre depuis son séjour en Bosnie.

– Il est là.

– Je l'entends, mais je ne le vois pas, vitupéra Willis.

– Il est là, insista le général en détachant bien chaque syllabe.

Le capitaine Pierre-Luc Tranchemontagne de la GRC, qui les accompagnait, se fit l'interprète du général.

– Il suit une trajectoire circulaire de trois kilomètres de diamètre. Il est caché par les tours derrière nous, mais il apparaîtra dans une vingtaine de secondes.

Malgré la rumeur sourde qui montait de cette ville active dont la population ignorait encore tout de la prise d'otages qui paralysait la Chambre des communes, Willis perçut le battement uniforme et monotone des pales de l'hélicoptère.

– Un biosenseur est à bord, continua Tranchemontagne. Un modèle dernier cri très performant.

Willis hocha la tête, satisfait, en voyant apparaître le gros appareil.

– Après le 11 septembre, on a bien fait de confier à divers sous-traitants la tâche de concevoir un détecteur d'armes biologiques.

– C'est nous, à la Défense nationale, qui avons été prévoyants, dit le général, heureux de ses bons coups passés en cette journée où le premier ministre avait décerné un humiliant prix Citron aux services secrets. Nous avons subventionné Recherche et développement pour la défense Canada, le CNRC, des universités et des entreprises privées.

– Nous avons obtenu quelque chose de très sophistiqué, dit Tranchemontagne. Techniques d'impression moléculaire, que ça s'appelle. Nous en sommes aussi fiers que du bras articulé de la navette spatiale.

– Excellent, s'exclama Willis. Si les terroristes mettent leur menace à exécution par la voie des airs, le biosenseur nous donnera quelques minutes pour réagir et limiter les dégâts. D'ailleurs, nous avons déjà évacué tout le personnel non essentiel de la colline.

– Espérons que ce ne sera pas une vaporisation, acquiesça Tranchemontagne, car le major Cloutier nous a dit que la souche aérienne du bacille est la forme la plus virulente de la peste.

– De toute façon, on a bouclé l'espace aérien, n'est-ce pas ?

– Nous avons fermé tous les aéroports civils dans un rayon de cent kilomètres, monsieur, répondit Blenkinship en regardant à son tour le ciel du côté de Rockcliffe. Des CF-18 font respecter une interdiction de vol de classe F. Une mouche ne pourrait pas faire cent mètres, et encore moins cent kilomètres, sans recevoir un sérieux coup de tapette sur la tête.

En remontant la vaste esplanade, lieu de nombreuses manifestations de citoyens au fil des ans, des agriculteurs aux environnementalistes, le trio croisa des groupes de parlementaires en complet-cravate noir ou bleu foncé. Les employés se reconnaissaient à la diversité de leurs vêtements. Ils descendaient vers la rue Wellington.

– Vous avez eu une idée géniale, Preston, commenta Tranchemontagne en désignant les personnes évacuées. Pour obtenir la coopération de tout le monde sans affoler qui que ce soit, rien de mieux que d'annoncer la tenue d'un exercice antiterroriste comme celui que nous avons mené à l'aéroport de Vancouver, il y a quelques années.

– Je m'en souviens, dit Blenkinship afin de faire valoir sa compétence. Nous avions simulé une attaque terroriste à la petite vérole dans le cadre de l'exercice Global Mercury I.

– C'était en 2003, précisa Willis. Confucius a déjà dit une chose qu'on applique aujourd'hui dans le domaine de la sécurité : ce qui n'est pas mis au point en temps de paix ne fonctionnera jamais en temps de crise. En prétextant aujourd'hui une autre phase de cet exercice tenue cette fois-ci à la Chambre des communes, l'exercice Global Mercury II, j'ai pensé qu'on gagnerait du temps précieux avant de devoir divulguer la nouvelle de l'ultimatum terroriste au public.

Willis, Tranchemontagne et Blenkinship empruntèrent l'escalier menant au hall d'honneur, sous la tour de la Paix. Ils bifurquèrent à gauche dans le premier corridor. Un collaborateur de Tranchemontagne les y attendait. Il avait les yeux exorbités d'un chevreuil aux abois et des plis soucieux en travers du front.

– Vous savez, à propos du premier ministre ? leur demanda-t-il d'emblée.

– Oui, répondit Tranchemontagne. On a entendu l'explosion jusqu'au quartier général de la GRC, sur Alta Vista.

– J'ai cru un moment que c'était un coup de canon. Vous savez, c'est ainsi qu'on annonce la visite de la gouverneure générale sur la colline.

– Il y a beaucoup d'édifices en construction dans ce coin-là, opposa Willis. Moi, j'ai cru que ça pouvait être relié à l'expansion du campus de l'université…

– Non, c'était bel et bien un attentat contre le premier ministre.

D'un accord tacite, ils turent l'anxiété qui les étreignait. Leurs responsabilités exigeaient d'avoir les nerfs solides, mais des scènes de catastrophes surgirent malgré tout dans leur imagination, surtout lorsqu'ils virent le haut panache de fumée noire au sud de leur position. Comme pour corroborer leurs plus sombres appréhensions, les cellulaires des trois hommes sonnèrent à l'unisson.

– *Fucking bastards !* rugit Blenkinship. Ils n'ont pas respecté leur propre échéance !

D'un seul coup, les trois membres du Comité de coordination s'entre-regardèrent, les yeux exorbités.

– Un attentat contre le premier ministre, dit Willis.

– C'est une première au pays, fit remarquer l'officier de la GRC.

Le message des terroristes avait brutalement mis fin au sentiment de sécurité qui avait prévalu au Canada jusqu'alors. Cette nouvelle prouvait que la guerre était bel et bien déclarée.

– Heureusement, à l'exception d'un attaquant, personne n'a été tué dans l'attentat, les rassura Willis. Le premier ministre est indemne.

– En tout cas, le gros des troupes est stationné aux portes de la ville, en plus des unités qui s'amènent sur la colline, déclara Blenkinship. J'aurais pu envoyer une compagnie au 24 Sussex...

– ... mais le premier ministre a refusé, compléta Willis.

– En effet, confirma Tranchemontagne. Le surintendant principal Julien m'a transmis les ordres du premier ministre : interdiction absolue de déployer autant de monde afin de ne pas effrayer la population outre mesure. Déjà que l'attaque contre les voitures officielles a dû être mise sur le compte d'une mise en scène réaliste pour une simulation terroriste. Et déjà qu'il y a un cordon autour de la colline...

– Mais on s'en fout, du premier ministre ! Il faut au moins doubler la garde de la GRC !

– C'est fait, répondit Tranchemontagne. Mais malgré cela, le premier ministre a insisté pour que le contingent se poste à l'extérieur de l'enceinte du 24 Sussex.

– Autour du périmètre ? sursauta Willis.

– Oui. Question de principe : le 24 Sussex est un sanctuaire civil, un point c'est tout, toujours d'après Julien. On n'a pas décrété les mesures de guerre. Pas de ça pendant qu'il est premier ministre. Si on doit se retrancher, faisons-le à la Chambre, où il faut protéger les députés, qui représentent les citoyens.

– Extrêmement risqué, se plaignit Willis.

– Que voulez-vous ? C'est lui, le patron.

Les quatre hommes reprirent leur marche.

– Messieurs, c'est par ici, trancha Willis pour oublier sa fureur. Le centre de gestion de notre pseudo-exercice Mercury II a été établi dans les locaux du président de la Chambre, la pièce 328 Nord.

Sur leur route, ils traversèrent le foyer de la Chambre, là où avaient lieu les points de presse. Mais les réseaux RDI et CBC News Network ne diffuseraient aucune image captée à cet endroit aujourd'hui : l'endroit était désert, à l'exception des gardes de sécurité.

– Continuez tout droit, messieurs, dit Willis. J'ai un ou deux détails à régler et je vous rejoins.

Sans prêter attention aux objections de ses compagnons, Willis se précipita dans l'escalier menant aux niveaux supérieurs. Au troisième étage, il fit un arrêt à la salle des dépêches, port d'attache des reporters couvrant la politique fédérale. «Personne, réalisa-t-il. Je sais que la plupart des journalistes sont retenus prisonniers dans les tribunes puisqu'ils couvrent tous la période des questions. Ils ne pourront pas joindre l'extérieur parce qu'on brouille les ondes autour de la colline. Et je vois que les chefs de pupitre de l'AFP, de Reuters et de la CBC ont obéi à la consigne d'évacuation. Eux vont inévitablement se précipiter à leurs bureaux de la rue Sparks et vont imputer l'évacuation et l'explosion à l'exercice Mercury II. Mais ils vont finir par avoir des soupçons.»

Il redescendit et fit un arrêt au pied-à-terre du premier ministre dans l'édifice du Centre. Le personnel avait évacué les lieux.

«Personne.»

Il frappa le cadre de la porte de son poing. «C'est embêtant! Le message trouvé à Niagara Falls a tout de suite été monopolisé par les services de sécurité du Bureau du Conseil privé, Kristen Vale en tête. Shackleton s'est chargé lui-même d'aller le cueillir à l'aéroport. "Raison d'État", a-t-on prétexté pour court-circuiter mes services de renseignement depuis le début de cette affaire. Le premier ministre me soupçonnerait-il de jouer double jeu? Si c'est le cas, il me faudra être très prudent d'ici à ce que tout soit fini. En tout cas, Shackleton ne semble pas être revenu sur la colline après avoir quitté le bunker sous l'édifice de la Défense nationale. Il me reste donc à rencontrer mon contact du côté russe. »

Il savait que les membres de la brigade de sécurité rapprochée du président russe étaient vexés et en colère. Non seulement ils avaient été séparés de leur patron, retenu dans l'enceinte avec un seul garde du corps, mais on leur avait aussi demandé de quitter les lieux comme tout le monde. « Je les comprends de piaffer ! Déjà que nous nous sommes opposés à leur exigence de porter des armes et d'avoir des radios ! Encore heureux qu'ils n'aient pas insisté pour utiliser leurs propres limousines, comme le font toujours les services secrets américains quand quelqu'un de Washington monte à Ottawa. »

Willis se souvenait de la visite du président Ronald Reagan lors du sommet irlandais tenu à Québec en 1985. À l'époque, responsable de la sécurité à la GRC, il avait opposé une fin de non-recevoir catégorique au port d'armes par les membres de la délégation américaine, tout comme le faisaient ses homologues du MI-5 en Grande-Bretagne. Le premier ministre Brian Mulroney lui avait ordonné d'acquiescer à cette exigence. John Shackleton lui avait récemment demandé de faire la même chose en vertu de ses liens d'amitié avec le président russe. Willis avait réussi à convaincre son patron de surseoir à ces mesures de bon voisinage.

À l'approche du centre des opérations, les corridors se firent plus achalandés. Willis reconnut des membres de l'équipe d'intervention en cas d'attaque chimique, biologique, radiologique ou nucléaire. Certains portaient déjà une combinaison protectrice, leur capuchon rabaissé sur les épaules. « Heureusement que cette invasion d'extraterrestres sera attribuée à l'exercice Global Mercury II, sinon les Russes disjoncteraient totalement. Ils savent comment ça se passe dans ces cas-là puisqu'ils participent à ces scénarios d'attaques terroristes avec le Canada, le Royaume-Uni, les États-Unis, la France, l'Union européenne, l'Allemagne, le Japon et le Mexique.»

– Où se trouve donc ce fichu contact? lança-t-il à voix haute.

Retournant sur ses pas, Willis rejoignit ses accompagnateurs dans les bureaux du président de la Chambre et se mit à observer le personnel de crise. «Je déteste travailler avec des gens que je ne connais pas, se plaignit-il intérieurement, mais je dois me faire reconnaître. Le code de prise de contact avec mon indicateur russe consiste à comparer la géographie de nos deux pays.»

Il avisa un petit groupe de civils dans un coin, tous vêtus de complets sombres. L'anxiété leur barrait le front et certains piétinaient d'impatience. «On dit souvent, en anglais, que si ça ressemble à des canards et si ça marche comme des canards, il doit tout simplement s'agir de canards. Eux ont tous l'air d'être des gardes du corps; voyons s'ils marchent comme des gardes du corps.»

Il en fut certain dès qu'il vit leur alliance: ils la portaient à la main droite.

Willis avait réussi à démasquer des agents dormants du KGB plusieurs années auparavant, grâce à sa connaissance de cette particularité culturelle. Les espions soviétiques au Canada avaient eu beau usurper l'identité de bébés canadiens décédés, comme c'était courant à l'époque de la guerre froide, ils avaient eu beau se fondre dans le paysage en devenant de parfaits Nord-Américains, ils avaient oublié un tout petit détail: en Occident, les hommes portent généralement leur alliance de mariage à l'annulaire de la main gauche.

Tout en serrant des mains, Willis reçut les plaintes et les critiques des Russes sans broncher. Il se concentra sur leurs micro-expressions faciales afin de percevoir tout signe pouvant lui indiquer qu'il avait enfin trouvé son contact.

Une déléguée russe semblait particulièrement agacée. Au lieu de s'adresser à Willis en anglais, elle demanda à voix haute si quelqu'un parlait russe parmi le personnel canadien dans la pièce :

– *Kto zd'és' oum'éyet gavar'it' pa-roussk'i ?*

– *Mü fs'e oum'éyem.* Évidemment que nous savons tous parler russe, répondit Willis avec un sourire coquin, comme si la question était une bonne blague puisqu'ils savaient très bien, elle et lui, que ce n'était pas le cas.

– *Tü pan'imayech i gavar'ich pa-roussk'i ?*

– *Da ya oujê n'imnoga pan'imayou i gavar'ou. Ya mnoga rabotayou.*

Une fois ce petit test linguistique réussi avec brio, la Russe se détendit à son tour. Elle tendit la main pour les formules de politesse habituelles.

– *Zdrastvouït'e d'ad'e ! Kak vü pajüvayet'e ?*

– *Zdrastvouï ! N'é plokha. A kak tü ?*

– *Spasi'ba, otch'en' kharacho. Privet ! Menya' zavoot Daria Polienko.*

– Preston Willis.

Sans montrer la moindre insistance, Willis avait mentalement photographié Daria Polienko grâce à son obturateur interne, développé au cours des années qu'il avait passées dans les services d'espionnage. Elle mesurait plus d'un mètre quatre-vingt-quinze. Ses traits vaguement mongoloïdes étaient surmontés par de courts cheveux blonds qui mettaient en valeur son front haut et noble. Willis la reconnut pour l'avoir vue sur la chaîne TSN, lors des demi-finales de l'omnium de tennis canadien, l'année précédente.

Elle portait une sacoche de cuir en bandoulière. Ce genre de sac servait souvent à apporter le plus de choses possible avec soi dans la carlingue d'un avion : comptait-elle partir bientôt ? Il pouvait aussi s'agir d'une façon commode de transporter des documents reliés à ses responsabilités. Willis crut reconnaître la tranche d'un livre. Lecture de voyage ?

– Désolé. Je crains que mon russe ne soit plutôt rouillé, s'excusa-t-il avec une gêne sincère. *Ya ne govoryu po russki.*

– Vous vous débrouillez très bien, au contraire. Si vous étiez français, je vous inviterais à prononcer vos *r* comme les Bourguignons ou comme les chanteurs d'opéra. Vous le savez sûrement : les Russes roulent les *r* à l'extrême.

Willis n'avoua pas avoir appris le russe avant même son séjour au consulat du Canada à Leningrad, à titre d'attaché culturel. Il avait joué un rôle primordial en zone ennemie à l'époque de la guerre froide. Il n'avait que vingt ans et ne participait pas encore à des opérations musclées en raison de son manque d'expérience. Il épaulait plutôt l'équipe de la CIA chargée du « pipeline » à Moscou. Le pipeline, c'était la filière de transmission, au-delà du rideau de fer, des révélations obtenues auprès d'informateurs soviétiques, généraux ou petits fonctionnaires, appâtés par les devises fortes ou par le rêve de vivre un jour à Etobicoke ou à Georgetown. Il avait même contribué une ou deux fois à la défection et à l'exfiltration, comme on le disait à l'époque, de citoyens soviétiques désabusés.

– *Spasi'ba.* Quant à vous, vous parlez l'anglais avec le délicieux accent d'Oxford, c'est tout à fait charmant, répondit-il en retournant le compliment.

Il serra la main de la femme avec plus de chaleur. Elle crut percevoir que son interlocuteur avait un faible pour les

Européennes de l'Est. D'ailleurs, elle avait étudié attentivement le dossier sur Willis. On le disait divorcé d'une Hongroise, blonde comme Polienko, avec qui il avait eu un fils et une fille alors qu'il était en poste à Budapest pour le «Department», c'est-à-dire le ministère des Affaires étrangères du Canada.

– *Po zha'luista,* dit Daria Polienko. J'ai déjà visité votre beau pays à une époque moins troublée. Entre deux tournois de tennis, j'ai admiré les couleurs automnales dans le parc tout près d'ici. Le parc de la Gatineau, si je me rappelle bien. Je me croyais revenue à ma *datcha* de campagne, sur les bords du lac Baïkal.

«Si elle était "attachée culturelle" comme je l'étais moi-même, se dit Willis en réprimant un sourire, c'est qu'elle faisait partie du KGB. Mais ce qui compte, c'est qu'elle ait comparé le parc de la Gatineau à une forêt de Russie. C'est mon contact.»

– Je crains que nous devions discuter de la sécurité du président Raspoutine, ajouta-t-elle, même si Mercury II n'est au fond qu'un simple jeu, dont nous étions d'ailleurs au courant dès notre départ de Moscou.

– Ça va de soi : parlons donc de sécurité, répondit Willis en notant que Daria Polienko savait mentir avec l'assurance d'un arracheur de dents, et ce, même devant ses compatriotes et collègues.

Cette femme lui plaisait de plus en plus.

– Si vous voulez bien me suivre, chère collègue.

Il repéra Tranchemontagne et Blenkinship, qui écoutaient les rapports de leurs subordonnés un peu plus loin. Il leva discrètement son index pour les inciter à la patience. Il sortit enfin de la pièce en compagnie de Polienko.

Les deux agents n'étaient pas aussitôt sortis qu'ils se jaugèrent avec attention tout en marchant. Après l'échange poli vinrent les questions sèches et précises.

– Agente Polienko, vous faites partie du FSB, n'est-ce pas ? demanda Willis. Mais vous êtes aussi une agente double en mission pour nos amis caïnites, est-ce exact ?

– *Da*. Et vous, agent Willis, vous êtes membre du Comité de coordination des services de sécurité nationale. Mais vous êtes aussi un agent double à la solde de nos amis caïnites parce que, permettez-moi de le préciser, ils payent fort bien.

– *Da*, répondit Willis. Daria, vous lisez en moi comme dans un livre ouvert. *Brysto !* Vite ! Vite !

Ils en restèrent là. Ils empruntèrent l'ascenseur de l'aile ouest et débarquèrent au sixième et dernier étage.

– Le restaurant parlementaire, annonça Willis tout simplement.

Ils descendirent quelques marches où commençait le tapis qui couvrait toute la salle à manger. La Russe fut sensible au charme feutré des lieux. On aurait dit un gros hôtel cinq étoiles avec sa cinquantaine de tables et ses alcôves sur les pourtours. À cette heure, les tables étaient mises pour le souper. L'argenterie rutilante sur laquelle étaient gravées les armoiries du Canada scintillait.

La Russe s'avança dans la salle à manger, tête tournée vers le haut. Elle pivota sur place comme un enfant sur un manège.

– Ces plafonds ouvragés, dit-elle d'un ton admiratif, me rappellent l'architecture du restaurant Le Train Bleu à la gare de Lyon, à Paris. Ou, mieux encore, celle du musée de l'Ermitage, à Saint-Pétersbourg.

– Si le temps ne pressait pas autant, je vous ferais visiter les alcôves, d'où on a une vue imprenable sur l'Outaouais, au bas de la falaise.

– Mais ne me dites pas, Preston, que vous n'avez pas le temps de goûter à ce superbe buffet ?

– À cette heure, tout est froid, protesta l'autre.

– Si vous saviez ce que j'ai ingurgité en Sibérie…

Polienko s'était élancée vers la longue table où s'étalaient des mets raffinés abandonnés. Elle déposa son sac, qui ne l'avait pas quittée depuis le bureau de la présidence de la Chambre. Puis, elle s'empara d'une cuillère d'argent frappée aux armoiries du Canada, lion et licorne. Elle l'enfonça dans la chair tendre d'un aspic de poisson. Elle engouffra une bouchée avant d'en offrir une à son compagnon.

– Goûtez, mon ami. À ce que je vois, ce sont tous des produits du Canada.

– Nous devons y aller, rétorqua Willis, flegmatique, en jetant un coup d'œil à sa montre-bracelet.

– *Da, da.* Mais nous avons bien une minute, non ?

Elle se versa une flûte de vin.

« J'aurais dû être moins gentille et garder les bouteilles de Pétrus, se dit-elle. Ce vin n'est pas mal, mais il ne supporte pas la comparaison avec de grands crus. »

De nouveau, elle fit signe à Willis de s'approcher.

Comme il ne bougeait pas, elle le rejoignit à la porte de la cuisine. À la grande surprise de Willis, la Russe l'enlaça et l'embrassa. Elle le força doucement à entrouvrir les lèvres et fit couler une larme de vin encore frais dans sa bouche.

En toute autre circonstance, Willis aurait été conquis par l'audace de Daria. Il ne pensa toutefois qu'à poser une question :

– C'est la mission, Daria, qui vous enivre à ce point ?

– *Da,* lui chuchota-t-elle à l'oreille. Et j'ai tué aujourd'hui. Ça fait un bien immense. Mille fois mieux qu'un service sortant au tennis et qui sidère l'adversaire.

Willis se secoua, car lui aussi était émoustillé. Il conduisit la Russe à la cuisine, puis à la chambre froide.

– Où est-ce, Daria ? demanda-t-il en soulevant le col de son veston après avoir vu son haleine se cristalliser en nuage.

– Dans une caisse de laitue. Vous devriez pourtant le savoir. C'est grâce à vous que le camion a pu franchir sans encombre le poste de contrôle des véhicules motorisés à l'entrée de la colline du parlement. Le *car wash*, comme vous dites ici.

Ils tirèrent presque avec hargne les pommes de laitue hors de leurs boîtes de carton.

Daria Polienko émit enfin un ricanement de plaisir, presque de volupté. Elle venait de reconnaître, au fond d'une boîte, deux bouteilles de plastique coiffées d'un bec vaporisateur et portant simplement le mot «Kirov» en cyrillique.

– *Prvoskhodhi*! Excellent! clama la Russe. Qui aurait pu croire que les recherches de Biopreparat sur les armes biologiques se retourneraient un jour contre le président de la Russie?

– Et qui pourrait croire aujourd'hui que l'ancienne championne des Internationaux de tennis et membre du FSB est en fait une agente double qui trahit Gregor Raspoutine aussi facilement que si elle frappait un revers sur la ligne de fond?

– Qui pourrait croire aussi, monsieur Willis, que vous, le grand manitou des services de renseignement canadiens, avez retenu les services d'un homme de main de la mafia russe à Bruxelles en laissant croire qu'un autre agent, un mythomane âgé du nom de Plantagenêt, était le véritable coupable?

– La GRC et le SCRS sont aux trousses de Plantagenêt en ce moment même. Ils nous laisseront tranquilles pendant quelque temps.

– Oui, Plantagenêt a été compromis lors des événements survenus à la tour du parlement, relança Daria Polienko. Qui aurait cru que c'était vous qui aviez laissé d'autres indices accusant la pauvre mafia? Que le jeune employé – DeFoix, c'est son nom – se ferait maîtriser sur cette même tour grâce à une prise de combat rapproché propre au KGB? Il pourra en témoigner.

– C'était une gageure. Mais je connais bien ce jeune homme grâce à son mentor, Tristan Plantagenêt. Il se souviendra de chaque détail et révélera tout aux enquêteurs, détournant ainsi les soupçons.

– Vous êtes un stratège de génie, Preston. Puis-je vous appeler Preston?

Flatté par le compliment de la jeune femme, Willis hocha la tête, puis recourut à une autre de ses tactiques avec les femmes: les citations érudites.

– Vous connaissez Sun Tzu, Daria? lança-t-il.

La femme roula des yeux grondeurs.

– Si vous en doutiez, permettez-moi de vous dire que c'est un militaire chinois qui a écrit un traité sur la guerre bien longtemps avant Jules César. Il accordait une importance fondamentale au renseignement et à la surprise.

– Tout juste, s'exclama Willis, décontenancé par la réplique vive de Polienko. J'aime bien me rappeler un de ses principes, à savoir qu'il faut avoir gagné la guerre avant même qu'elle n'ait commencé.

Cet échange endiablé les avait surexcités. Contrôler tous les paramètres, tirer les ficelles de l'histoire depuis les coulisses, quoi de plus stimulant? Alors qu'il ne restait que quelques minutes avant l'attaque finale qui allait décimer Ottawa, ils vivaient un moment d'exaltation suprême.

Ils avaient tous deux l'impression d'être comme des intimes après une nuit d'amour. Ils se laissèrent de nouveau aller à des compliments étonnants alors que c'était le moment de passer à l'action.

– J'ai aimé votre revers contre Petra Kurylenko aux Internationaux de tennis, l'an dernier. C'est dommage que…

Polienko grogna au rappel de cette finale exclusivement russe, ses compatriotes ayant envahi le circuit mondial.

– Je déteste la pitié, cingla-t-elle. Gardez la vôtre si vous voulez vivre vieux. Oui, une fichue tendinite au pied gauche a saboté mes services pendant tout le tournoi. Puis, j'ai dû prendre ma retraite avant d'amasser les millions qui viennent avec les titres. D'où l'intérêt pour moi de servir des gens aussi puissants et aussi généreux que les caïnites.

Le retour de sa bonne humeur lui fit exprimer une confidence qui la rendit encore plus désirable aux yeux de Willis, comme si la déesse descendait au niveau du commun des mortels.

– C'est l'histoire de ma vie. Avant de déclarer forfait dans les sports, j'avais d'abord abandonné une carrière de mannequin international.

– L'âge, je sais. Dans ce milieu, ce sont les gamines de quinze ans qui attirent les appareils photo…

– À qui le dites-vous ! J'ai dû abandonner à cause de la forte propension du marché à s'extasier devant les anorexiques. Un mètre quatre-vingt-dix-huit, cinquante-cinq kilos, et malgré cela, je ne faisais pas le poids… Ou je le faisais trop… Il aurait fallu que je ne sois que quarante kilos d'os.

Willis aurait volontiers fait la cour à Daria Polienko, tout en savourant au maximum la quarantaine d'années qui les séparaient, s'il n'y avait pas d'abord eu l'attaque à mener à bien après avoir transporté en Chambre les bonbonnes fabriquées à Kirov.

Le séducteur fit place au professionnel. Il invita sa complice à parcourir à rebours le chemin jusqu'à l'ascenseur, puis jusqu'au bureau du président, qui servait de centre de gestion de crise.

Daria Polienko, cependant, reprit là où ils avaient laissé au restaurant parlementaire. Comme une amoureuse, elle s'écria avec un enthousiasme d'adolescente :

— Vraiment brillante, aussi, l'idée que vous avez eue de mener une attaque contre une agente du Bureau du Conseil privé à l'aide d'une pointe de lance trempée dans de la ricine lors d'une foire médiévale au nord d'Ottawa. Une autre arme propre au KGB et à la Mafiya. Si Kristen Vale survit, et même si elle ne survit pas, on pourra retracer l'arme et établir le lien.

À la mention du nom de Kristen Vale, Willis sursauta. Il ne laissa rien paraître de son trouble soudain. Il dut s'avouer qu'il n'était pas au courant de cet attentat. Il n'aurait jamais attiré dans un piège cette collègue qui lui était chère, très chère. Un peu trop au goût d'un agent double.

« J'ai mis Kristen à l'abri de la violence pour la protéger, et voilà que mes commanditaires en profitent pour la traquer », pensa-t-il.

Il se sentit alors trahi par Polienko et par les caïnites. Ils avaient tout organisé à son insu.

— Comment se fait-il que nos patrons aient voulu la mort de l'agente Vale ? demanda-t-il à Daria Polienko avec une nonchalance toute feinte, bien qu'il eût la gorge serrée. Elle revenait de Niagara Falls en avion, où elle appuyait les recherches visant à retrouver le secret de Dieu que les caïnites convoitent...

— Mon patron, qui est aussi le vôtre, monsieur Willis, a jugé bon de l'éliminer puisqu'elle ne pouvait plus contribuer à retrouver le trésor une fois séparée de Quentin DeFoix.

« Cause toujours, la belle, pensa Willis en réprimant une grimace. Ton patron, mon œil. Je sais que toi et tes frères, les caïnites, ne vivez que pour tirer sur tout ce qui bouge, ami ou ennemi. »

Willis tourna la tête pour ne pas trahir la colère qui enflammait son regard.

«Ce n'est pas ce qui était prévu! grogna-t-il silencieusement. D'abord, on retient mes services pour organiser un acte terroriste afin de retrouver un trésor perdu. Puis, on se met à exécuter un à un les gardiens de ce trésor, des gens comme Plantagenêt, Rusinski et Strickland et tous ceux qui sont les mieux placés pour retrouver ce trésor sans m'en parler auparavant? C'est ce que ça donne de travailler pour une maudite secte vouée à répandre le chaos dans le monde: leur propre organisation fonctionne dans le chaos le plus total. C'est le plus terrifiant!»

Cette prise de conscience ne sembla pas refroidir les ardeurs de Willis. Ce fut au tour de Polienko d'être surprise par la fougue de son complice. Une fois dans l'ascenseur qui les ramenait à la Chambre, Willis attira la jeune femme à lui et savoura sa bouche ourlée d'une lèvre inférieure boudeuse.

– On est pareils tous les deux, lui susurra-t-il.

En bas, il sembla reprendre contenance. Il quitta Daria Polienko. Il appela aussitôt le centre des opérations au bureau du président de la Chambre, où il avait abandonné Tranchemontagne et Blenkinship.

Tant son amour pour Kristen Vale que sa fierté froissée de commandant en chef de l'attaque à l'arme biologique accélérèrent le flot d'images dans sa mémoire.

«Il semble que quelqu'un fasse des manigances sans que je sois au courant. Ce n'est pas très reluisant de ma part, je dois le reconnaître. Déjà que je suis un agent double, un traître à ma patrie, voilà maintenant que mes propres maîtres, les caïnites, m'auraient trahi!»

Dans son métier, cela ne le surprenait pourtant qu'à moitié.

Il devait maintenant faire tout son possible pour se tirer de ce qu'il croyait être un coup fourré. Il lui restait trente minutes avant l'attaque de Zeklos. Il reprit son cellulaire. Plus tôt, il avait cru voir un message en attente. Il provenait de Nobody.

«Prière de rappeler. Urgent.»

Il composa aussitôt le numéro de Nobody. Pas de réponse. Il appela ensuite Kristen Vale. Pas de réponse.

– Trouvez-moi Nobody, commanda-t-il à un de ses hommes à la porte du centre de gestion de crise. Et Vale. Vous avez cinq minutes.

Puis, il chercha Polienko, qu'il avait oubliée pendant un moment.

Comme elle avait été son contact depuis le début, c'est de ce côté qu'il devait chercher.

Il retrouva rapidement la Russe, qui jetait des regards anxieux à sa montre dans le corridor de l'édifice du Centre, à quelques pas de la Chambre.

– Dix-huit heures, laissa-t-elle tomber quand il s'approcha d'elle.

À ce moment précis, les pensées de Polienko étaient focalisées sur le kamikaze, le mafieux Zeklos.

Elle revit la bonbonne mortelle avec un frisson de plaisir ainsi que les rougeurs de peste pulmonaire envahissant le visage de Raspoutine, le président de la Russie devenu *par hasard* une victime des terroristes. Daria imagina ensuite une banque suisse et un bordereau de dépôt, dans son propre compte, au montant de deux millions de dollars.

Polienko vit Willis se tourner vers elle en lui décochant un sourire engageant. Elle crut qu'il ressentait encore les effets de leur récent rapprochement, fortement teinté d'érotisme. Elle n'aurait jamais pu deviner la citation qui venait de s'imprimer en lettres de feu dans l'esprit de Willis.

«"Déjà la cognée se trouve à la racine des arbres; tout arbre donc qui ne produit pas de bons fruits va être coupé et jeté au feu." Évangile selon saint Matthieu. Polienko est le mauvais arbre. »

Dès le moment où ils s'étaient présentés dans le bureau du président de la Chambre, Willis avait perçu un autre élément très séduisant chez Daria Polienko, en plus de sa grande beauté. Lui-même était amateur d'eau de Cologne, mais il n'en portait jamais en mission. Polienko, elle, se parfumait même à la veille de leur attaque à la Chambre des communes. En effet, sa peau dégageait un arôme de fleur, d'œillet en fait, jugea-t-il. Mais il n'y avait pas que l'œillet. Le mélange qu'elle portait était complexe. L'homme des services de renseignement était très sensible au tourbillon aigre accompagnant les mouvements de la tueuse professionnelle. Il le reconnut aussitôt. Agrume. Citron. Peut-être même de l'ylang-ylang… Ce mélange aromatique l'envoûtait.

« Le fameux parfum "L'Impératrice", avait-il pensé tout simplement. Le seul parfum russe toléré après la Révolution d'octobre de 1917, même s'il avait porté le nom de la tsarine à une certaine époque. Daria Polienko a tout d'une tsarine, après tout. Peut-être aussi belle, certainement plus puissante. »

Willis s'était demandé où, il n'y avait pas si longtemps, il avait senti cette essence qui le charmait tant.

Tout à coup, il s'en souvint. Il avait participé à l'inspection des appartements privés du premier ministre au 24 Sussex, après la réception offerte pour le président russe. Ce même parfum flottait dans l'air.

Il en déduisit que Polienko était en service commandé chez le premier ministre pour surprendre les échanges entre les gardiens de la Compagnie, Strickland, Rusinski et Mercier, qui avaient tous été invités. C'est là, à cause de leur discussion à propos du secret de Dieu, qu'elle avait peut-être décidé de les éliminer, Mercier le premier.

Et il y avait une seconde raison.

Elle avait transmis la peste au ministre Mercier après lui avoir dérobé les livres qu'il comptait offrir à ses frères de la Compagnie. Elle avait tiré la langue devant un traité sur les aromates jugé insignifiant, l'abandonnant dans une toilette du 24 Sussex. Mais il en allait autrement d'une copie d'*Oliver Twist* de Dickens qui valait son pesant d'or pour les caïnites sur la piste du secret de Dieu.

« Daria, vous aurez toujours eu un pas d'avance, sauf maintenant. »

Pour s'en convaincre, il sentit à travers son mince porte-documents les formes carrées d'un livre. Quelques instants auparavant, pendant que Daria satisfaisait son goût pour la bonne chère au restaurant parlementaire, il avait dérobé le contenu du sac qu'elle avait déposé sous la table du buffet, dans lequel il avait reconnu la copie conforme du roman de Dickens rapporté de Niagara Falls par Kristen Vale et Quentin DeFoix. Par la suite, étreignant la Russe pour un baiser dans l'ascenseur, il en avait profité pour confisquer le vaporisateur de Kirov que Polienko avait enfourné dans son sac lors de leur visite des cuisines.

Il n'était pas question de laisser l'avantage à la meurtrière de Kristen Vale. Et il se demandait s'il n'allait pas mettre des bâtons dans les roues à tous ses autres maîtres adorateurs de bêtes visqueuses. Si c'était à refaire, il leur aurait jeté leur argent à la face. Pour le moment, en caressant le Dickens et le vaporisateur, il esquissa un rictus mauvais.

« Vous connaissez le proverbe, ma chère Daria : *Voler un voleur n'est pas voler ?* »

Chapitre 9

Chambre des communes, édifice du Centre sous la tour de la
colline parlementaire
6 juin, 18 h 11, 19 minutes avant l'attaque finale

Kristen avait mis cinq minutes pour récupérer sa voiture.
Après avoir examiné sa carte des services de sécurité du premier
ministre, les policiers la laissèrent franchir le barrage au coin
de l'avenue King-Edward et de la rue Rideau.

En chemin, des sentiments contradictoires l'avaient
troublée.

Que devait-elle penser de l'appel de Plantagenêt ? Selon
lui, le système mondial d'interception des télécommunications
avait fouillé l'ordinateur du Grand Hôtel du Brabant flamand
à Bruxelles. À défaut de conversations téléphoniques ou de
courriels, le fouineur avait déterré une note de bar. Sur cette
note, de malheureuses canettes de soda tonique semblaient
suffire pour pointer en direction du chef de Comité de coordination des services de sécurité nationale, son patron à elle :
Preston Willis.

Elle frappa le volant du plat de la main en stoppant à un
autre barrage qui interdisait l'accès à la zone située au nord de
la rue Wellington. Là, des sentinelles des Forces armées étaient
postées derrière les policiers.

«*Jesus!* Pas Preston!»

Elle était assaillie d'émotions déchirantes. Sa loyauté en prenait un coup, car d'autres considérations ravivaient ses doutes. «Il est vrai qu'une taupe peut se cacher longtemps. Robert Hanson, de la CIA, a travaillé pour les Soviétiques pendant des années à Langley, faisant arrêter et exécuter de nombreux agents américains sur le terrain à Moscou. Et ce n'est pas arrivé il y a cinquante ans, mais à la fin des années 1980, malgré les immenses progrès techniques, malgré l'épreuve annuelle du détecteur de mensonges que doit passer chaque employé des services secrets. Willis peut très bien avoir trompé tout le monde lui aussi.»

Se fier à Preston ou se fier à ce mystérieux docteur Plantagenêt? Ce dernier était considéré comme un agent double par les services de renseignement. Il avait peut-être tué Strickland, Mercier et Rusinski. Selon ses propres dires, il faisait partie d'une organisation secrète.

Kristen décida de poursuivre la Russe jusqu'à la Chambre et de la mettre hors d'état de nuire. Quant à Willis, elle en confierait la surveillance rapprochée au premier collègue qu'elle croiserait sur place.

Elle embraya et, faisant crisser les pneus, gravit la pente avec fureur. Sans ralentir devant le passage prioritaire pour piétons, elle passa devant l'édifice de l'Ouest, une des constructions néogothiques de 1867.

Elle ne savait pas encore comment réussir à déjouer le complot tout en empêchant l'utilisation de l'arme biologique. Tout ce qu'elle savait, c'était que la menace était bel et bien réelle puisque des enfants, le restaurateur Rusinski et le ministre Mercier étaient morts de la peste.

Elle savait aussi qu'il était 18 h 13.

«Il ne reste plus que quinze minutes.»

Elle franchit un second barrage de la GRC. Un camion vert de l'armée s'était joint aux voitures blanches des services de sécurité.

Elle se précipita hors de sa voiture une fois rendue sous la tour de la Paix. Son cœur fit un bond dans sa cage thoracique quand elle croisa plusieurs combinaisons HAZMAT dans l'antichambre. « Mon Dieu! Aurait-on déjà déclenché l'attaque? »

Elle vit aussi des équipes d'infirmiers poussant des civières, reconnut des tireurs du groupe d'intervention tactique de la GRC et quelques militaires en uniforme. Elle se jeta sur un collègue du Comité de coordination des services de sécurité nationale pour obtenir des renseignements.

– Une couverture imaginée par Willis, lui expliqua-t-il au sujet des combinaisons HAZMAT. On prétend faire un exercice de simulation d'attaque avec des armes biologiques de destruction massive, similaire à l'exercice Global Mercury I mené à l'aéroport de Vancouver il y a quelques années, et ce, pour ne pas ameuter les médias à propos de ce qui se passe vraiment.

– Et Willis, où est-il?

– Aucune idée. Il s'est rendu au camp de base établi dans les bureaux du président de la Chambre. Ensuite, il a pris l'ascenseur. Pour monter ou pour descendre, je n'en sais rien.

– Seul?

– Une Russe de la délégation de Raspoutine l'accompagnait.

– Une... une Russe? répéta Kristen alors que les accusations de Plantagenêt lui revenaient en mémoire. Il a dit où il allait?

– Non.

– Quelqu'un a-t-il les dossiers personnels des membres de la délégation russe? J'ai besoin d'examiner les photos.

Kristen regretta qu'il n'y ait pas de caméras dans les corridors. Ils auraient pu découvrir l'itinéraire de la Russe. Mais les députés avaient refusé d'être épiés à longueur d'année. Depuis lors, les services de sécurité insistaient sur les accès de l'édifice, les points névralgiques du pays.

Au QG des opérations, on lui fit voir une photo de Polienko sur un écran d'ordinateur.

– Je connais cette femme, dit Kristen.

– Pas étonnant. On l'a vue à la télé lors des tournois de Wimbledon, de Forest Hills et du Canadian Open au Centre Rexall, à Toronto, affirma le collègue. C'est Daria Polienko en personne. J'aurais aimé pouvoir m'approcher d'elle pour lui demander un autographe.

– Ce serait la dernière chose à faire, crois-moi, rétorqua Kristen d'une voix grinçante. Je l'ai eue tout près de moi au Festival médiéval d'Old Chelsea et, il y a quelques minutes, dans un restaurant de la Basse-Ville. Et j'ai failli y laisser ma peau.

– Comment… comment ça ?

– Sache en tout cas qu'elle ne joue plus avec une raquette.

Kristen consulta sa montre pour la millième fois de la journée.

– Déjà 18 h 20.

La pression aurait emballé son esprit n'eût été son expérience. Néanmoins, les muscles de sa nuque lui faisaient mal tant ils étaient tendus, comme les câbles d'acier d'un pont suspendu.

– Je prends l'ascenseur, lança-t-elle à son collègue. Toi, prends quelqu'un de sûr avec toi et vérifiez les coulisses autour de la Chambre. Trouvez-moi le patron et arrêtez la Russe en usant de prudence. Elle est armée et dangereuse. Et vous surveillerez les visages autour pour un certain Simu Zeklos. Il pourrait être mêlé à l'affaire. J'ai déjà envoyé sa photo sur les cellulaires.

– D'accord, mais peux-tu me dire ce qui se passe ?

Kristen était déjà loin, aiguillonnée par sa montre dont elle imaginait entendre le tic-tac. Mais il s'agissait plutôt des battements de son cœur.

« Nous devons les trouver ! Ce serait trop bête d'être si près du but et de ne pas pouvoir intervenir ! »

Trouver ! Trouver ! Elle et Quentin DeFoix s'étaient répété ce mantra des centaines de fois depuis le matin. Malgré tous leurs efforts, ils n'avaient presque aucun atout en main. Les renseignements de Plantagenêt, cet agent désavoué, allaient-ils intervertir les rôles afin que les services de sécurité deviennent les chasseurs à leur tour ? « Je n'ai pas le temps de ratisser les six étages, raisonna-t-elle en pressant le bouton de l'ascenseur à la porte coulissante de métal doré. Alors, aussi bien commencer par le premier. C'est là que se trouvent les tribunes destinées au public. Ils peuvent être montés là, d'où ils domineraient toute l'enceinte de la Chambre. »

Malgré sa hâte, Kristen se força à demeurer prudente. Avant de sortir de l'ascenseur, elle jeta donc un coup d'œil discret vers le corridor menant à la tribune est, celle des invités de marque. Heureusement, car elle dut immédiatement reculer au fond de l'ascenseur pour qu'un membre du groupe d'intervention portant une combinaison antidanger biologique ne l'aperçoive pas. Celui-ci avait déjà relevé son capuchon sur sa tête et sur son visage, ce qui lui parut louche. Elle se félicita de sa prévoyance quand elle lut le nom imprimé sur la combinaison de protection : Willis.

Elle le laissa la dépasser. Elle le vit stopper devant la porte des tribunes où quelques membres de l'escouade tactique étaient en faction pour en interdire tant l'entrée que la sortie.

Ces agents savaient que Willis dirigeait les opérations spéciales. Ils s'écartèrent donc pour laisser passer la combinaison HAZMAT. Cependant, Willis n'entra pas.

« Dès qu'il touche la porte, je m'élance », se dit-elle en regrettant de ne pas pouvoir ameuter l'escouade tactique.

En effet, ce serait sa parole contre celle de Willis tant que ce dernier n'aurait pas déclenché l'attaque finale.

L'homme à la combinaison demeurait immobile. Les secondes s'égrenaient douloureusement dans la tête de Kristen, toujours confinée dans l'espace réduit de l'ascenseur.

« Mais qu'attend-il donc ? »

C'est alors qu'elle comprit. « Une minute avant 18 h 30. Il attend que ce soit l'heure pile, le moment précis de l'ajournement quotidien des débats. Le message des terroristes mentionnait cette échéance. Décidément, ils tiennent parole ! »

C'est à ce moment que Kristen se rappela la conversation interceptée par les services d'espionnage du Royaume-Uni et transmise à Plantagenêt par quelqu'un de l'ambassade américaine à Ottawa.

Elle se frappa le front de la main droite.

« J'aurais dû y penser plus tôt ! Ça peut marcher comme ça peut merder… Mais on n'en est plus aux grandes réflexions ! »

Avec la rapidité de l'éclair, elle plongea la main dans le compartiment situé sous les boutons de l'ascenseur et arracha le fil de l'alarme prévue en cas d'immobilisation prolongée. D'une main, elle retint le panneau coulissant de la porte et, de l'autre, composa un numéro sur son cellulaire.

« Ça peut marcher ! Ça *doit* marcher ! Si c'est le cas, je jure de devenir profileuse criminelle ! »

– […]

– Oui, ici l'agente Kristen Vale, du Bureau du Conseil privé. Vous pouvez vérifier mon numéro si vous croyez que c'est une blague...

– [...]

– Parfait. Maintenant que les présentations sont faites, donnez-moi l'adresse électronique du président de la Chambre !

– [...]

– Non, non ! Pas le numéro de téléphone de son bureau, puisqu'il n'y est pas... À moins que j'aie raté quelque chose ! Je dois immédiatement le joindre grâce au portable devant lequel il est présentement assis dans l'enceinte de la Chambre, où il est retenu en otage avec les députés...

– [...]

– Il faut l'autorisation de Willis ? Appelez-le, alors, et faites vite ! Qu'est-ce que vous attendez ?

– [...]

– Pas de réponse au cellulaire de Willis ?

– [...]

– Personne ne l'a vu ?

– [...]

– Écoutez, on n'a plus le temps. Il reste une minute avant l'attaque. Vous avez quelque chose de mieux à proposer ?

– [...]

– Alors donnez-moi l'adresse électronique du président de la Chambre !

– [...]

– Les cellulaires et les BlackBerry sont interdits dans l'enceinte ? Bon sang, il doit bien y avoir un autre moyen de le joindre ?

– [...]

– Le portable devant le fauteuil de la présidence ? Donnez-moi son adresse Internet immédiatement !

Chapitre 10

24, promenade Sussex, résidence du premier ministre, Ottawa
6 juin, 18 h 24, 6 minutes avant l'attaque finale

Des corps gisaient sur le sol du réfrigérateur bétonné servant de garde-manger au 24 Sussex. Le premier ministre reconnut sa femme Jeanine et quelques membres de leur personnel. Il resta figé sur place. Il réussit à prononcer quelques mots malgré sa gorge nouée.

– Mon Dieu! Ils sont…

Quentin s'agenouilla pour procéder à ce qu'il craignait être un constat de décès.

«Pas de sang sur la tête, c'est toujours ça de gagné», se dit-il alors que le souvenir du visage ensanglanté du sénateur Strickland l'obsédait.

Shackleton le vit examiner les bras et le cou de son épouse sans se douter que le jeune historien de la Chambre était à ce point effrayé à l'idée de découvrir des taches noires, symptôme de la peste.

Il n'y avait rien des terribles marques déjà relevées sur le corps momifié de Rusinski.

– Elle… elle est?… bégaya le premier ministre.

– Non, je sens son pouls, s'empressa de répondre Quentin avec un faible sourire. Les autres aussi sont vivants.

Ayant soudain senti une étrange odeur dans le réfrigérateur, Quentin regarda autour de lui.

– Qu'est-ce qu'on sent, là ? demanda Shackleton.

– Là, un tampon qui empeste l'éther. Ces gens vont se réveiller avec un solide mal de tête.

Shackleton s'agenouilla à son tour et souleva le corps inanimé de son épouse. D'abord réconforté, il exprima tout à coup de l'appréhension.

– Ce Nobody doit être une taupe infiltrée au sein du Bureau du Conseil privé. Si je l'attrape, il va voir que les Canadiens peuvent faire autre chose que maintenir la paix dans le monde !

C'est alors que Quentin prit la mesure du danger qu'ils couraient en se trouvant dans une pièce qu'on pouvait facilement verrouiller de l'extérieur. Après l'épisode de l'insectarium du docteur Plantagenêt, il ne tenait pas à ce qu'un autre piège se referme sur lui. Il s'élança vers la porte avant qu'elle ne claque sur eux. Il imaginait déjà entendre les paroles proférées par un détraqué : « *Se lou meritavo !* Ils l'ont mérité ! *They had it coming !* »

Rien de tel ne se produisit. La cuisine devant lui était déserte. À part le bol en inox renversé sur le carrelage, rien n'indiquait qu'il se passait des choses très étranges au 24 Sussex.

Il régnait un calme anormal. On aurait au moins dû entendre le fracas des agents de sécurité se ruant dans la maison pour porter secours au chef du gouvernement du pays. Où étaient-ils donc ? L'attaque sur la promenade aurait déjà dû entraîner un impressionnant déploiement de forces. Mais ce n'était pas le cas. « Et Nobody, pensa Quentin, avait-il des complices avec lui ? Probablement, puisqu'il a agi très rapidement pour neutraliser et transporter plusieurs personnes dans ce frigo. »

– Où sont les agents de la SPPCAD? demanda Shackleton, sujet aux mêmes réflexions que Quentin. Ali aurait dû les ameuter, mais on n'entend rien!

– Rien, en effet, dit Quentin en écho.

Comme pour les contredire, un cri aigu déchira le lourd silence.

– Ça vient d'en haut, monsieur.

– Ali! C'est la voix d'Ali! Mon Dieu! Ce foutu terroriste a profité de notre départ pour s'en prendre à elle. Remontons vite!

Quentin s'interposa.

– Je m'en occupe, monsieur. Pendant ce temps, sortez de la maison par n'importe quel moyen, mais sortez. Les services de sécurité vous connaissent, vous: ils vous obéiront.

Shackleton réfléchit avec intensité, partagé entre sa loyauté envers sa chef de cabinet et la logique implacable du jeune indexeur de la Chambre.

Finalement, il hocha la tête en signe d'approbation. Avant de se relever et de foncer, il désigna les couteaux de boucherie glissés dans leur bloc de rangement. Lui et Quentin s'armèrent de solides lames étincelantes.

Avec un peu plus d'assurance, Quentin refit le trajet vers la salle de séjour.

« J'espère qu'il n'est rien arrivé à Ali! »

Tout en prenant conscience de la charge prophétique de ces mots, il s'arrêta devant la porte entrebâillée du salon.

« Elle était pourtant censée verrouiller derrière nous. Ce n'est pas bon signe. »

Avec l'imprudence qui accompagne toujours le manque d'expérience, il se précipita dans la salle de séjour. Tous ses sens étaient en éveil et, sous l'effet de l'adrénaline, des gouttes de sueur perlaient sur son front.

– Quentin!

Ali était étendue sur le sofa de cuir fauve, mains et pieds liés. Un bâillon avait glissé et pendait sur son cou. Quentin entreprit de la détacher.

– J'ai eu peur pour vous deux, lança-t-elle. Il est descendu derrière vous et monsieur Shackleton.

– Ça explique pourquoi les renforts ne sont jamais arrivés. Vous n'avez pas pu sortir.

– Il m'a surprise avant que j'aie pu verrouiller. Il est toujours là? Vous l'avez vu?

– Qui était-ce? Nobody? Enfin, l'agent qui est arrivé à bord de la voiture de tête?

– Je n'ai rien vu. Il s'est glissé derrière moi. Mais vous êtes seul? Où est monsieur Shackleton? demanda Legendre, maintenant libérée.

– En bas. Il doit essayer de défoncer une porte ou de briser des carreaux pour sortir d'ici.

– Il n'en aura pas le temps. Nobody l'a sûrement suivi. Il ne fallait pas laisser le premier ministre seul, Quentin!

– Le premier ministre est peut-être déjà à l'extérieur en ce moment.

– Je ne peux pas me permettre de courir ce risque! rétorqua Legendre en courant vers la porte.

– Ali, Ali! Il vaut mieux sauter par la fenêtre! C'est trop dangereux de retourner...

La loyauté d'Ali Legendre envers son patron commandait toutes ses décisions. Elle n'entendit même pas les sages paroles de Quentin, qui dut se résoudre à la suivre en courant.

À peine quelques minutes s'étaient écoulées depuis que Quentin et Shackleton s'étaient séparés. De retour dans la cuisine toujours déserte, Quentin remarqua avec regret que la fenêtre était intacte.

– Shackleton a dû sortir par la porte, comme tout le monde…

Un détail retint l'attention du jeune indexeur. Une sorte d'imperméable reposait de travers sur le plan de travail.

– Ça, ce n'était pas là tout à l'heure.

Quentin frémit quand il reconnut le vêtement.

– La robe des médecins du Moyen Âge! dit-il d'une voix blanche.

– Qu'est-ce que c'est? demanda Ali.

– Le costume que portait l'agresseur chez le docteur Plantagenêt.

– Alors, la ou les personnes qui m'ont attaquée, ce sont les terroristes?

– Oui, ceux qui veulent m'empêcher de retrouver le secret de Dieu.

– Empêcher? Je ne comprends pas. Le message transmis au Bureau de l'opposition nous ordonnait de retrouver le secret de Dieu.

– Ce n'est pas logique, je sais. Il semble que notre quête ne fasse pas l'unanimité chez nos adversaires.

– Ce qui m'inquiète, moi, c'est monsieur Shackleton.

Ils n'eurent pas le temps de quitter la cuisine. Dans un sifflement sourd, un projectile frôla le cou de Quentin et alla claquer sur les carreaux de céramique du comptoir, derrière le plan de travail.

– On nous tire dessus! cria Quentin sans vérifier s'il avait raison.

Il avait trop souvent été la cible de tueurs au cours des derniers jours pour ne pas réagir instinctivement. Il tira Ali derrière l'îlot où ils s'accroupirent, tous sens en état d'alerte.

– Vous avez vu quelque chose? demanda-t-il.

La femme hocha la tête.

– Je suis sûre que c'est un trait d'arbalète.

– Toujours la même mise en scène. D'après la trajectoire, on nous interdit la sortie de la cuisine. On ne peut même pas s'approcher de la fenêtre, car on serait alors en terrain découvert.

– Quentin, il faudrait déplacer l'îlot !

– Trop bien amarré au plancher. Vous voyez autre chose qui pourrait nous servir de bouclier ?

Ils regardèrent autour d'eux, mais ne virent que le bol en inox renversé et son contenu répandu sur le sol.

Quentin avança la main à découvert pour faire glisser le panneau coulissant de l'armoire sous l'îlot. La porte se déplaça sur ses rails bien huilés et claqua en frappant la cloison opposée.

Aucun autre projectile n'avait été tiré. Enhardi, Quentin jeta un coup d'œil dans l'espace de rangement, à la recherche d'un plateau suffisamment grand pour servir de bouclier. Comme un diable jaillissant de sa boîte, un visage grimaçant s'échappa de l'armoire. Surpris, Quentin eut un mouvement de recul mêlé de terreur.

Les yeux grands ouverts, l'homme qui gisait sous le plan de travail était certainement mort. Ses cheveux étaient détrempés, rendus poisseux par une substance que Quentin devina être du sang, car la tête était ceinte d'un curieux carcan qu'il reconnut facilement.

Quentin sut aussitôt que le malheureux avait subi le même sort que le sénateur Strickland au sommet de la tour de la Paix.

– Le trépan, réussit-il à articuler avant que les sons ne s'étranglent dans sa gorge.

Il fit alors un autre constat qu'il ne put pas expliquer sur le coup.

– Ce n'est pas monsieur Shackleton, souffla Ali après avoir jeté un coup d'œil. Ce n'est pas non plus un employé de la maison. Qui cela peut-il être?

– C'est celui que nous accusions d'avoir brûlé l'exemplaire d'*Oliver Twist* rapporté de Niagara Falls. C'est celui qui était censé vous avoir ligotée, que nous soupçonnions d'avoir drogué et enfermé le personnel dans le frigo.

– Qui donc?

– Nobody! C'est Nobody, le collègue de Kristen Vale au Bureau du Conseil privé!

Chapitre 11

Toujours postée dans l'ascenseur près de l'entrée de la Chambre, Kristen s'attendait au pire. Elle croyait déjà entendre des cris de douleur et des bruits de bousculade après le déclenchement de l'arme biologique. Elle se dit qu'une vague de panique suivrait certainement l'explosion. Foudroyés sur place, les députés les plus près de l'arme biologique s'écrouleraient alors en se tordant et en hurlant. Les visiteurs, adultes et enfants, se précipiteraient vers les sorties. Les premiers à atteindre la porte verrouillée de l'extérieur seraient piétinés à mort. Si les portes ne résistaient pas et s'ils parvenaient à sortir de la Chambre, puis de l'édifice, ils sèmeraient la mort dans la ville. « Il vaut mieux que les portes résistent à l'assaut de ces pauvres gens : il n'est pas exclu que l'armée ait reçu l'ordre de tirer sur ceux qui réussiront à s'échapper. Non, c'est impossible qu'ils y parviennent : les portes de la Chambre sont aussi épaisses que celles des châteaux forts. »

Elle entendait les battements de son cœur comme s'ils provenaient des parois de l'ascenseur. Elle parvenait difficilement à garder son sang-froid et à passer en revue toutes les possibilités. « Le bacille a-t-il été déposé par Willis ou par un complice des services secrets sur le pupitre d'un ministre ou sur le siège d'un visiteur ? se demanda-t-elle avec inquiétude. L'arme allait-elle être activée par Simu Zeklos, le mafieux devenu terroriste ? »

Ses doigts tambourinaient sur le cadre de l'ascenseur. « Surtout… surtout, Zeklos est-il à ce point maniaque du respect des consignes, comme Plantagenêt l'a affirmé ? »

Kristen avait envoyé un courriel au président de la Chambre, lui enjoignant de surseoir à l'ajournement prévu à 18 h 30 et de prolonger la séance. Si ce que Plantagenêt lui avait révélé était exact, Zeklos, obsédé par la précision, refuserait peut-être d'agir s'il n'y avait pas d'ajournement, à la condition, bien sûr, qu'on lui ait dit de déclencher l'attaque à ce moment précis.

Elle estima que ses chances de succès s'élevaient à moins de dix pour cent. Il fallait espérer que Zeklos était un véritable maniaque du détail. Et un psychopathe… Car les psychopathes répètent toujours le même scénario quand ils commettent leurs crimes.

« On ne sait jamais ! » s'était-elle dit.

Concentrée au point de frôler la migraine, elle comptait les secondes et les minutes.

« 18 h 28… 18 h 29… 18 h 30… 18 h 31… 18 h 32… »

De toute évidence, la mise à exécution retardée de la menace des terroristes prouvait qu'un grain de sable s'était logé dans leur mécanique pourtant bien huilée jusque-là. Le courriel envoyé au président de la Chambre avait peut-être permis d'éviter le pire. Pour le moment, du moins. Kristen respira plus librement.

C'est alors que l'homme à la combinaison devant la porte de la tribune du public bougea après avoir été pétrifié comme une statue. Avec horreur, Kristen le vit sortir un vaporisateur de la musette suspendue à sa ceinture.

Willis fit ensuite irruption dans la tribune.

« Il passe à l'attaque ! » se dit Kristen en courant vers la porte que son patron venait de franchir.

Elle se rua dans la tribune au moment où Willis, l'homme à la combinaison, se précipitait sur un homme maigre assis dans la deuxième rangée. Il le força à se lever, puis un corps à corps s'engagea. L'homme n'opposa que peu de résistance. Chose curieuse, le vaporisateur passa de la main de Willis à celle du visiteur.

– Idiot, tu vas lancer cette bombe, oui ? éclata Willis.

Déboussolé par le report de l'ajournement, Simu Zeklos était devenu totalement passif. Il ne tint aucun compte de l'ordre de son recruteur à Bruxelles. Son esprit s'était enrayé, repassant en boucle les règles parlementaires qu'il avait mémorisées. « Mon contact m'a bien dit de passer à l'attaque à l'ajournement et à aucun autre moment, quand le président de la Chambre mettra fin aux travaux », se répétait-il.

« À l'ajournement, à l'ajournement, seulement à l'ajournement. À 18 h 30. À 18 h 30. »

L'esprit tourmenté de Zeklos n'avait de place pour rien d'autre que cette échéance immuable. « Mais qu'arrivera-t-il si le président de la Chambre prolonge les travaux ? Il n'y a donc pas d'ajournement ? Pas d'ajournement ! Je dois pourtant attendre l'ajournement ! »

Zeklos savait qu'on pouvait déroger aux règles parlementaires. Il repassa dans sa tête un paragraphe du manuel de procédure parlementaire qu'il avait appris par cœur sur le site Internet du Parlement, alors qu'il attendait patiemment la confession de Rusinski.

« À certains moments, la Chambre peut choisir de s'écarter des règles qu'elle s'est données, de les modifier ou de les simplifier. Pour apporter des modifications importantes ou permanentes à ses procédures ou pratiques, la Chambre a normalement recours à une motion précédée d'un avis ; toutefois, on s'entend souvent sur des changements *ad hoc* en obtenant le consentement de tous les députés présents au moment où il est proposé de s'écarter des règles ou des pratiques habituelles. Les règles ou pratiques en question sont suspendues avec ce qui est appelé "le consentement unanime" de la Chambre. Lorsqu'on demande le consentement unanime, la présidence prend soin de vérifier qu'il n'y a absolument aucune opposition ; si une seule voix exprime sa dissidence, il ne peut y avoir unanimité. »

Tout arriva ensuite très vite, une série de gestes en cascade. L'homme maigre recula sous la poussée de Willis. Il trébucha sur le dossier de la première rangée, bascula par-dessus puis heurta la rambarde qui le séparait du vide. Il avait empoigné le bras du scaphandre qui, seul, l'empêchait maintenant de tomber sur le parquet de la Chambre, dix mètres plus bas.

— Passe-moi la bonbonne, vite ! ordonna l'homme à la combinaison HAZMAT en tendant son bras libre.

— Ce n'est pas le moment, rétorqua Zeklos, incroyablement calme. Il faut attendre la fin de la séance.

— Elle est terminée, cette foutue séance ! Il est passé 18 h 30 depuis un bon moment !

Zeklos baissa la tête vers l'assemblée des représentants du peuple.

— Ils sont tous là. La séance a été prolongée à l'unanimité.

— Vas-tu enfin m'écouter ?

— Vous m'avez dit de déclencher l'attaque à la fin de la séance parlementaire, ni avant ni après. Mais elle a été prolongée. Le règlement stipule que…

— Tu es fou, Zeklos ! Arrête de me citer ton foutu règlement ! Si tu ne fais pas ce pour quoi tu as été payé, passe-moi au moins l'arme !

– Je suis ici pour venger ma femme et mes filles. C'est à moi d'agir. Je veux tuer le responsable de leur mort.

– Moi aussi, je veux tuer le président Raspoutine. Il est là, à notre merci. Il faut lancer le bacille des laboratoires de Kirov dans sa tribune !

– Non, non. Ma femme et mes filles vont être vengées !

Tout à coup, Willis vit avec horreur Zeklos lui faire un grand sourire. Comprenant que ce fou furieux allait commettre une bêtise, il l'agrippa de sa main libre. Tout ce que ce geste donna fut d'arracher la poche du gilet de Zelkos, qui lâcha prise.

Il alla s'écraser sur le parquet en face des députés de l'opposition dans un fracas d'os brisés. Il souriait toujours.

Ce suicide provoqua un flottement dans l'assemblée. Les représentants du peuple avaient mené leurs travaux de façon stoïque tout l'après-midi, malgré l'épée de Damoclès suspendue au-dessus de leur tête. Maintenant, croyant l'attaque déclenchée, plusieurs députés jugèrent inutile de rester sur place et amorcèrent un mouvement de fuite. Pourtant, cela risquait de se communiquer à la foule dans les tribunes.

La plupart des députés restèrent toutefois assis, considérant le fauteuil du président de la Chambre comme si celui-ci leur ordonnait de ne pas bouger.

Son plan saboté par ce complice incontrôlable, Willis décida de pulvériser lui-même le bacille avec la bonbonne. Il trouverait bien un moyen de s'échapper ensuite. En menaçant les autorités d'utiliser une seconde bonbonne contre les enfants dans les gradins, puis en prenant quelques otages, il saurait bien se glisser entre les mailles du filet.

« J'ai bien l'intention de toucher mes deux millions ! » se convainquit-il.

Il se rapprocha lentement de la tribune des personnalités située du côté est de la Chambre, aménagée perpendiculairement à la tribune des visiteurs. Cloués sur leurs fauteuils, les Russes étaient abasourdis. Il pointa vers eux le bec gicleur d'une bombe aérosol sortie de son sac. Le président Gregor Raspoutine ignorait que cette menace de mort était signée par son propre pays. Peu de temps après son investiture, les patrons du FSB l'avaient informé au sujet des dizaines de complexes scientifiques comme celui de la mer d'Aral. Mais les armes stockées étaient censées avoir été détruites.

Le nuage invisible qui surgirait entraînerait la mort à brève échéance sans aucune possibilité de salut, l'antidote contre cette souche industrielle de la peste n'étant connu que des agresseurs.

Heureusement, personne, que ce soit les Russes, les députés ou les membres du public, n'inhala le bacille. Kristen Vale venait de rabattre et d'immobiliser les deux bras de Preston Willis. « J'aurais pu le menacer avec mon arme, pensa Kristen, mais s'il est bel et bien un terroriste, il n'aurait pas écouté. Il se serait tué avec sa cible. »

L'acte insensé de Zeklos démontrait qu'elle avait affaire à des gens qui ne craignaient pas la mort. « Quant à tirer, *Jesus*, non, c'est Preston... De toute façon, en l'immobilisant, je gagne du temps, et les renforts vont affluer. »

Kristen plaqua l'homme des caïnites contre la porte des tribunes et se plaça devant lui. Les agents de l'escouade tactique qui allaient bientôt faire irruption dans la tribune se porteraient certainement à la défense de Willis, le chef des services secrets canadiens. Ils pouvaient donc l'abattre, elle. « Si je tourne le dos au parquet, réalisa-t-elle, des tireurs pourraient m'atteindre de n'importe où en bas ou à partir de la tribune de la presse. »

Les agents de la GRC envahissaient déjà les tribunes et la Chambre en contrebas.

En arrachant la poche de Zeklos, Willis avait mis la main sur un couteau, grossièrement fabriqué avec une cuillère. La lame n'était pas très acérée, mais elle réussit tout de même à entailler le cou de Kristen. Craignant pour son artère carotide, Kristen relâcha sa prise. Willis se tourna alors vers le président russe. Il leva le bras pour lancer la bombe aérosol et fit un moulinet bien calculé. Il savait qu'il n'avait qu'à enfoncer le bouton-poussoir pour que la buse se bloque en position ouverte.

Willis était sur le point d'appuyer sur la valve lorsqu'une vive douleur lui fit pousser un cri. Kristen venait de lui tordre la main, paume tournée vers le haut. Il laissa tomber le couteau, mais il orienta la bonbonne vers le visage de la jeune femme.

Willis prit une fraction de seconde pour ajuster son geste. Cela suffit pour qu'un miracle se produise, laissant Kristen complètement tétanisée. Une balle tirée depuis les tribunes du public frappa Willis en plein front. Une autre balle lui fracassa la colonne vertébrale à la hauteur de la nuque. Tué sur le coup, il s'écroula sur le dossier d'un siège.

Le vaporisateur roula et tomba sur le parquet de la Chambre. Il rebondit avant de s'immobiliser sans avoir diffusé quoi que ce soit.

– Vale, Bureau du Conseil privé! hurla Kristen en brandissant sa carte d'identité à bout de bras afin de ne pas devenir la prochaine cible. Il n'y a aucun risque de contamination! Ils n'ont pas réussi à vider le vaporisateur!

Dans tout ce désordre, la jeune femme s'attendait tout de même à ce que des balles de pistolet-mitrailleur la coupent en deux. Au lieu de cela, elle alla de surprise en surprise. Non seulement elle était toujours vivante, mais elle n'en crut pas ses oreilles lorsqu'elle entendit une voix familière s'imposer grâce à un système de haut-parleurs.

– Ne tirez pas ! Ne tirez pas ! entendit-elle en provenance de la porte des tribunes, au-dessus d'elle.

Comme tout le monde, elle reconnut le grand manitou du groupe spécial dont elle faisait partie. C'était Preston Willis. Elle sut tout de suite qu'il avait lui-même tiré au moins une des deux balles qui avaient tué l'homme à la combinaison HAZMAT, qu'elle avait cru être ce même Willis.

– Bravo, agente Vale ! lança le chef. Vous êtes arrivée juste à temps. Sans vous, il y aurait eu des morts du côté des Russes.

Willis affichait un grand sourire. Son nœud papillon était parfaitement ajusté et sa chemise de soie ne présentait aucun pli. Seul son front couvert de sueur montrait que les émotions pouvaient parfois entamer son flegme typiquement britannique.

Intérieurement, il pestait toutefois contre la tournure des événements.

« *Bloody hell*, Kristen ! se dit-il. Je t'envoie vadrouiller à Old Chelsea pour que tu échappes au danger, et voilà que je dois brouiller les plans de mes patrons parce que tu es comme une de mes filles ! »

Ce monologue silencieux fut interrompu par une question de Kristen.

– Ce n'était pas vous ? dit-elle en désignant le scaphandre.

– Je vois pourquoi vous avez pensé cela, agente Vale : mon nom apparaît sur la combinaison, répondit Willis en se penchant sur le corps inerte. Les terroristes avaient un complice au parlement, un complice qui a volé ma combinaison de protection.

– Le bacille ? demanda ensuite Kristen en jetant des regards angoissés vers les tribunes.

– Il n'y a pas eu de propagation, répondit Willis, rassurant. Tout le monde est sain et sauf.

Kristen éprouvait encore de vives craintes après l'angoisse provoquée par les terroristes depuis une journée. Pourtant, elle avait beau regarder autour d'elle, aucun symptôme d'une terrible épidémie n'était visible. Les députés, en bas, et les visiteurs, en haut, se regardaient entre eux, surpris d'avoir échappé à un sort funeste. Le président de la Russie se faisait raccompagner à l'extérieur par les membres d'un cordon de sécurité formé par un commando des Forces armées.

– Apportez les biosenseurs, cria quelqu'un parmi les policiers.

– Je ne crois pas que l'arme ait servi, lança Willis. Les biosenseurs vont le confirmer. C'est terminé.

Il se tourna vers un groupe de militaires abrités derrière leurs boucliers.

– Tout va bien, mesdames et messieurs! Vous pouvez vous détendre!

Les doutes qu'entretenait Kristen à propos de Willis depuis qu'elle avait entendu l'enregistrement livré par Plantagenêt la firent réagir. Elle s'empara de l'arme d'un collègue et la pointa sur Willis.

– Hé! doucement, agente Vale! dit Willis en allongeant les bras et en agitant les mains devant lui. Détendez-vous, c'est fini, et vous avez fait du bon travail! Tout comme il y a quelques semaines, quand vous avez stoppé une épidémie d'anthrax, rappelez-vous!

Kristen se détendit enfin en se rappelant que Willis venait de tuer un des deux terroristes, l'empêchant ainsi de mettre à exécution la menace de déclenchement d'une pandémie. Il devait être de son côté.

Il lui restait toutefois une dernière vérification à faire pour en avoir la certitude.

En soulevant le capuchon de la combinaison de l'homme mort, elle laissa échapper un formidable juron. Elle voyait non pas les traits de Preston Willis, contrairement à ce qu'elle avait cru quelques minutes auparavant, mais bien les joues grasses du soldat avec qui elle s'était battue dans un restaurant de la rue Dalhousie, un peu plus tôt en journée.

— Il n'y a pas de signes vitaux, dit Kristen.

— Appelez une équipe de soins médicaux d'urgence! cria enfin Willis à l'adresse des gardes en civil qui l'avaient suivi.

— Trop tard: il est bel et bien mort, déclara Kristen.

Preston Willis était penché au-dessus de la rambarde. Il fixait un endroit précis dans l'assemblée des députés. Quand il se releva, il hocha la tête.

— Je reconnais ce type. Nos caméras l'avaient surpris avec ce traître de Plantagenêt à l'hôtel de Bruxelles. Malheureusement, Plantagenêt a sûrement retardé l'envoi de la bande vidéo, car on vient seulement de la recevoir. Sinon, on aurait pu le stopper à sa descente de l'avion.

— Qui est-ce? Un terroriste fiché?

— Il s'appelle Zeklos. Simu Zeklos. Un Roumain à la solde de la mafia russe, que Plantagenêt a sans doute embauché pour répandre la peste.

— Avant sa chute fatale, je l'ai entendu dire: «Je suis ici pour venger ma femme et mes filles. C'est à moi d'agir. Je veux tuer le responsable de leur mort.»

— Il a dit ça? Pourtant, nos services ont pu reconstituer les derniers moments de sa famille. Ses beaux-parents nous ont révélé que Simu Zeklos avait tué sa femme et ses enfants de ses propres mains.

– Il a pourtant dit en mourant qu'il se vengeait de leur assassin. Peut-on jouer la comédie jusqu'au seuil de la mort ?

– Il avait raison en disant cela puisqu'il s'est suicidé. Zeklos était un psychopathe infanticide. Il avait le même genre de casier judiciaire que le terroriste qui a été tué lors de l'attentat contre le cortège du premier ministre.

– *Jesus !* Le premier ministre a-t-il été...

– Non. Il va bien. Mais on ne peut pas en dire autant de celui qui a tiré sur sa limousine. Blessé par un agent de la GRC, il a été achevé par son propre complice, qui a ensuite pris la fuite. Le terroriste mort était recherché pour le meurtre de son frère.

– Si ces deux-là étaient des caïnites, on pourrait donc croire que ces terroristes sont recrutés selon les mêmes critères, notamment le fait d'avoir tué des membres de leur propre famille.

– Ce ne serait pas illogique quand on connaît la Bible et même le Coran, fit remarquer Willis. Enfant du premier couple mythique créé par Dieu, Caïn a tué son frère Abel, qu'il jalousait.

Les infirmiers allaient se retirer. Willis les héla.

– Revenez ! Il y a quelqu'un d'autre qui a besoin de soins !

Les membres de l'équipe des services d'urgence hésitèrent.

– Le type en bas a peut-être survécu, affirma une infirmière en roulant des yeux anxieux. On doit y aller.

– Il est mort, trancha Willis. Vous avez vu la position de sa tête ? Non, il y a quelqu'un d'autre ici qui doit vous suivre à l'hôpital pour être traité d'urgence.

Willis désigna du pouce les deux seules personnes derrière lui : le type à la combinaison HAZMAT et Kristen Vale.

– Il a son compte, Preston, répéta Kristen.

– Ce n'est pas pour lui, c'est pour vous, agente Vale ! cria Willis en pointant un doigt vers elle. Infirmiers, faites vite, cette femme est malade !

Kristen releva son arme, croyant que Willis était devenu fou. Elle se demanda tout à coup si Willis faisait la grimace en la regardant parce qu'elle avait été touchée par un des tireurs qui avaient abattu l'homme à la combinaison HAZMAT. L'adrénaline avait pu la rendre insensible à la douleur.

Pourtant, en se palpant l'abdomen, elle ne décela ni blessure ni traces de sang. Mais elle vit alors quelque chose qui lui parut bien pire que des impacts de balles.

Sur ses mains et sur ses bras, elle remarqua des taches noirâtres qui n'avaient rien à voir avec des traces de poudre brûlée.

Elle suivit le regard de son patron et se palpa le cou. Elle sentit des bosses étranges de chaque côté, comme des nodules.

– Votre cou est enflé et rouge, dit Willis.

Et il conclut en son for intérieur, la chose lui paraissant trop horrible pour l'annoncer à quelqu'un : « Ce sont des bubons. La peste bubonique. »

Chapitre 12

Halifax, cinéma du centre-ville
6 juin, une heure plus tôt, soit 19 h 03, heure avancée de
l'Atlantique (18 h 03 à Ottawa)

Le couple dans la cinquantaine venait de sortir d'un des meilleurs restaurants de la ville, tout près du port. L'homme, un colosse au teint vermillon, et sa femme avaient dégusté ce qui était d'après eux le meilleur homard au pays, pêché le matin même dans la baie de Mahone. Iris et Edwin Borg étaient tous deux de très bonne humeur : non seulement l'homme était en vacances, mais on leur avait aussi proposé, en riant, un poisson tropical pêché au même endroit.

On signalait de plus en plus souvent, dans la région, la présence d'espèces venues du sud, par exemple des poissons-lunes longs de deux mètres et pesant mille kilos. Le couple avait refusé, car il avait ses habitudes lors des grandes occasions : toujours du homard, parfois jumelé à un gros steak, le *surf'n'turf*.

Autre habitude : le cinéma, le mardi, toujours en semaine, parce que c'était moins cher et parce qu'il y avait moins de monde. Mais ce soir-là, le couple dut déchanter. Le cinéma de deux cents places était bondé. Heureusement, leur fils et sa conjointe étaient déjà arrivés et leur avaient réservé deux sièges près d'eux, dans la dernière rangée de l'orchestre, juste au-dessous de la première rangée de la mezzanine en surplomb.

– Vous avez trouvé une gardienne pour vos deux petits chéris ? demanda Iris Borg. Comme vous n'avez pas pu nous rejoindre au restaurant, j'ai cru qu'Ed et moi, on allait passer toute la soirée seuls.

– La petite voisine est arrivée plus tard que prévu, répondit la belle-fille des Borg. Trop tard pour le restaurant, mais pas pour un bon film finalement. J'aime bien nos escapades avec vous, Iris.

– Sauf qu'elle va regarder son cellulaire pendant toute la représentation, ajouta le fils en embrassant sa conjointe sur la joue avec tendresse. Elle tient au cordon ombilical avec la maison.

– Je la comprends, dit Iris Borg en plongeant la main dans le sac de maïs soufflé déjà acheté par les jeunes. Vos deux amours sont des bébés encore.

– Voyons, maman, ils ont dix et douze ans.

– Je sais bien, mon garçon, mais une mère…

– …c'est une mère, compléta la belle-fille.

Les deux femmes éclatèrent de rire, amusées par leur habituelle démonstration de solidarité.

Le fils se tourna vers son père pour solliciter son appui :

– Et toi, papa, qu'est-ce que tu en penses ?

En temps normal, Edwin Borg se serait jeté dans ces échanges comme si sa vie en dépendait. Mais depuis son arrivée au cinéma, il était distrait.

– Pfff! Si j'avais su, soupira le quinquagénaire sans répondre, on serait allés ailleurs. Avec cette foule, on crève, ici.

– On nous a prévenus à l'entrée, monsieur Borg, expliqua sa belle-fille ronde au visage angélique. On répare l'air conditionné en ce moment même et c'est censé fonctionner pendant la représentation.

– Il peut bien ronchonner, dit la femme mûre, lui qui revient d'une mission en Asie.

– Il faisait chaud ? Vous étiez à la mer d'Aral, je crois ?

– Oui. Du quarante à l'ombre. Dire que des gens pensent que le Kazakhstan est en Sibérie !

– Moi, reprit l'épouse, j'ai davantage redouté les maladies que les insolations pendant qu'il séjournait là-bas.

– Dis-moi, papa, intervint le jeune homme, il paraît que le gouvernement kazakh vous a fait venir, toi et d'autres scientifiques de l'Organisation mondiale de la santé, pour endiguer une épidémie de peste ?

– Une vraie cochonnerie, Josh. On se demande encore ce qui a pu se passer. Tout porte à croire qu'un cocktail de maladies s'est formé par un étrange caprice de la nature. Deux grippes saisonnières, la grippe de Californie et la H1N1. Quand nous sommes partis, c'était rendu en Ukraine.

Edwin Borg, virologiste à l'OMS, omit toutefois de parler de l'inquiétante découverte qu'il allait révéler la semaine suivante à ses collègues, lors de son retour au travail. Il croyait avoir décelé un type de peste camouflé sous les autres virus. Mais il s'agissait d'une souche de peste d'une rare virulence. En laboratoire, il avait inoculé les meilleurs antibiotiques dans le bacille furtif. Le bacille n'avait même pas bronché.

Cela pouvait vouloir dire qu'on avait affaire à une manipulation effectuée en laboratoire. C'était assez curieux puisque la peste, à l'origine, était apparue au pied de l'Himalaya et avait frappé l'Europe pour la première fois en 540 après Jésus-Christ. La mer d'Aral, c'était ni plus ni moins dans le voisinage himalayen, et c'était là que l'Union soviétique avait déjà exploité un centre d'expérimentation en armes biologiques.

Mais Edwin Borg voulait oublier tout cela pendant sa semaine de vacances. Il en avait donc profité pour embrasser ses deux petits-enfants, sortir en mer avec son fils et manger du homard au meilleur restaurant de fruits de mer de la Nouvelle-Écosse et sans doute des provinces de l'Atlantique. Ne restait plus que la fameuse sortie au cinéma, en semaine, toujours le mardi, depuis trente-deux ans.

Les lumières s'éteignirent. Le film était un suspense, un genre dont toute la famille Borg raffolait. Le virologiste de l'OMS fut particulièrement intéressé par l'histoire de cette société pharmaceutique qui retenait les services de terroristes pour poser des bombes biologiques un peu partout dans le monde. Les autorités accusaient les fondamentalistes religieux, tandis que la multinationale engrangeait des milliards de dollars en vendant ses vaccins.

Plus de trois quarts d'heure après le début de la représentation, Edwin Borg se mit à se trémousser sur son siège à cause de la chaleur. Il suait à grosses gouttes.

– Je crève, souffla-t-il à son fils.

– Moi aussi, papa.

– Vive le vent du large!

Comme s'il les avait entendus, le climatiseur se mit tout à coup à souffler un air glacial dans la salle bondée.

– Le voilà, ton vent du large, papa.

Pourtant, quelques minutes plus tard, le père s'agita de nouveau.

– Arrête, Ed, tu ne peux plus te plaindre de la chaleur, maintenant, le gronda son épouse, surprise, car son mari était une vraie bouillotte humaine.

Il la réchauffait au lit depuis trente-deux ans.

– Moi, je commence d'ailleurs à geler, ajouta-t-elle en se blottissant contre une des larges épaules de son mari, un fils de marin né à New Germany.

Edwin Borg n'osa pas avouer qu'il frissonnait lui aussi. Pour un virologiste, la rapidité avec laquelle les autres symptômes se succédèrent fut un objet de fascination. La forte fièvre et les maux de tête qui s'ensuivirent lui rappelèrent son enfance et ses sorties en mer avec son père sous les crachins d'automne, qui lui irritaient les sinus pendant des jours.

Un poids douloureux comprima la poitrine de taureau du spécialiste. Il toussa.

«Maudit air conditionné! À moins que ce soit un homard avarié, mais ça, c'est impossible…»

Il jeta un coup d'œil à sa droite, au centre de la rangée, où son fils tentait lui aussi de réprimer des quintes de toux.

À sa gauche, sa femme était toujours appuyée contre lui. Mais le bras qu'elle avait passé sous le sien était mou. Sa main s'était relâchée. Elle ne regardait plus le film. Son menton étant appuyé sur sa poitrine.

– Iris!

C'est à ce moment qu'il sentit quelque chose couler sur sa main. Un liquide chaud et visqueux.

La lumière reflétée par l'écran de cinéma lui permit alors de mieux voir. Il se rendit compte que la substance provenait de la tête de sa femme, plus particulièrement de sa bouche.

Il fut stupéfié d'éprouver la même sensation sur son crâne chauve. Il se passa l'autre main sur la tête et y sentit le même liquide visqueux.

«Des gouttes, ça tombe par gouttes, on dirait…»

Dans la pénombre, il distingua la mezzanine au-dessus de lui. Il aperçut la tête d'un spectateur appuyée sur la balustrade. Une autre tête dont s'échappait un liquide semblable à du sang.

La foule amassée dans la salle fut alors prise d'une gigantesque quinte de toux collective.

« Bordel de merde ! On est empoisonnés au monoxyde de carbone ou quoi ? »

Il n'osa pas préciser davantage le diagnostic qu'il avait pourtant commencé à échafauder, lui qui connaissait très bien les symptômes des maladies infectieuses, surtout celles d'origine asiatique.

Il se refusa à dramatiser. C'était impossible. « Nous ne sommes pourtant pas dans un pays chaud, nom de Dieu ! Nous sommes entourés par l'Atlantique, avec le courant du Labrador et son eau à cinq degrés Celsius l'été ! »

Il craignit alors d'avoir transporté le bacille en lui ou sur lui après avoir oublié de se désinfecter en sortant du laboratoire pendant sa dernière mission. Pourtant, il se rappelait très bien avoir suivi scrupuleusement toutes les étapes du protocole. Certes, au départ, il ne s'était pas attendu à découvrir un bacille furtif, mais il savait au moins qu'il aurait affaire à des grippes mortelles au Kazakhstan. Les règles de sécurité n'avaient jamais été relâchées.

Comment cela était-il donc possible ?

En voyant d'autres spectateurs affolés bondir de leur siège, se bousculer vers la sortie, pour finalement s'écrouler dans l'allée, il jeta un œil au plafond. Les déflecteurs concentriques de la grosse bouche de ventilation luisaient dans le noir.

« Qu'est-ce qui nous a foutu… »

Dans deux jours, il devait justement évoquer devant ses collègues la possibilité d'une épidémie par aérosol ou par pulvérisation au Kazakhstan de la souche pulmonaire de…

– Iris !

Sa femme était inerte. Impossible que l'effet ait été aussi foudroyant. Il venait à peine de ressentir les premiers symptômes qu'une saloperie, qui prenait généralement des jours à tuer, faisait déjà des victimes autour de lui.

– Josh! Ruthie!

Son fils, bâti comme lui, et sa belle-fille ne bougeaient plus. Il aurait aimé tendre le bras pour les secouer, mais tout son corps était devenu lourd comme du béton. Il tenta laborieusement de prendre son cellulaire dans une de ses poches.

«Il nous faut de l'aide de toute urgence...»

Il ne le trouva pas. Il l'avait laissé à la maison avec son iPhone de service.

Il voulut alors se mettre debout sur ses jambes. Mais quelles jambes? Il ne sentait plus rien sous ses épaules.

Il toussa à s'en arracher les poumons et ne vit pas ses expectorations, formées d'un mystérieux liquide visqueux, couvrir le dossier du siège devant lui.

***

Le rapport de synthèse d'autopsie déposé par l'équipe de médecine légale de Halifax parla d'expectorations composées d'un mélange de plasma, de cellules nécrosées de parenchyme, de fibrinogènes et de neutrophiles. En clair, cela signifiait, dans l'ordre, des cellules de tissus humains détruites en moins de deux minutes, des protéines de sang coagulé ainsi que des globules blancs, trop peu nombreux et trop peu puissants, pour digérer l'agent pathogène responsable de la nécrose.

Les deux cents spectateurs du cinéma étaient tous morts quasi instantanément en crachant du pus.

Sur les ordres d'Ottawa, la cause de ce phénomène fut inscrite officiellement sur le constat en tant que pneumonie.

Mais on tut la cause derrière la pneumonie: des vaporisateurs de peste logés dans les conduites d'air conditionné.

Pendant ce temps, le BlackBerry du scientifique de l'OMS laissé à la maison portait le véritable nom du coupable.

Docteur Borg, prière de communiquer avec l'Agence de la santé publique du Canada. Besoin de vos services de toute urgence. Voyage de retour au Kazakhstan annulé. Traiter ce qui suit en toute confidentialité : danger d'épidémie dans des villes à travers le pays. *Yersinia pestis* soupçonnée.

Chapitre 13

Chambre des communes
6 juin, 18 h 55, 25 minutes après l'expiration de l'ultimatum

Kristen fit tourner ses deux mains devant ses yeux. Elle fut d'abord surprise de voir ces curieuses taches qu'elle ne reconnut pas et qui parsemaient son épiderme comme de gros grains de poivre. Elle les frotta vigoureusement. Au lieu de disparaître, les marques provoquèrent une cuisante sensation de brûlure.

– Activez-vous ! hurla Willis à l'adresse des gardiens de sécurité qui s'engouffraient dans les tribunes. Dépêchez immédiatement les équipes de soins médicaux d'urgence !

Puis, ne s'adressant à personne en particulier, il dit d'une voix blanche :

– Ce salopard de Zeklos a réussi à actionner le vaporisateur ! Il y a déjà une victime !

– Non, je suis certaine que ça ne s'est pas produit ici, le corrigea Kristen. J'ai été contaminée à l'insectarium de Plantagenêt !

Effectivement, les biosenseurs installés sur les lieux ne détectèrent aucun élément pathogène dans l'air de la Chambre des communes, que ce soit dans les tribunes ou sur le parquet. On dut alors se rendre à l'évidence : Kristen Vale s'était fait contaminer à un autre endroit.

– Il va falloir vous isoler, Kristen, la prévint tout de même Willis. Et moi aussi, puisque je suis entré en contact avec vous.

– Pas de danger. Ce type de bacille de la peste n'est transmis que par le sang, expliqua-t-elle. Oui, oui. J'ai été mordue par des puces.

– Mon Dieu, Kristen, dit Willis, l'air terriblement désolé.

Il cria de nouveau en direction du personnel affairé :

– Des antibiotiques, vite !

– Si c'est le même bacille que celui des terroristes, monsieur Willis, et on peut le supposer, il n'existe aucun remède.

– Comment pouvez-vous savoir que c'est le même bacille ?

– J'ai posé la question au docteur Plantagenêt. Oui, il vient de m'appeler, du parc Major. Des informations à me donner, m'a-t-il dit. J'en ai profité pour lui parler de son insectarium. Il a confirmé que certains de ses rats et de ses puces étaient infectés avec un bacille découvert il y a des années par les nettoyeurs d'un centre de recherche soviétique situé près de la mer d'Aral. Il en avait obtenu auprès du Conseil national de recherches du Canada pour mener des expériences de son côté.

– Dites plutôt qu'il avait sorti le bacille illégalement du centre de Beacon Hill avant d'être congédié. Cœur-de-Lion est fou à lier, je l'ai toujours dit. Un sociopathe mythomane. On aurait dû le faire suivre après son départ du SCRS. Flanders ! Où est Flanders, que je lui dise ma façon de penser à propos des agents désavoués de son service !

– Du moment qu'il n'y a pas d'autres victimes, dit Kristen pour se consoler.

– Vous, trouvez-moi un remède, et que ça saute ! cria Willis à l'adresse des équipes de soins médicaux d'urgence.

Kristen n'avait jamais vu son patron aussi près de paniquer.

Elle fut ensuite surprise de le voir effleurer sa joue droite avec le dos de ses doigts repliés. Presque une caresse.

– On va réunir tous les meilleurs spécialistes du monde, la rassura-t-il. Mais pourquoi diable êtes-vous allée fouiner dans le labo de ce Frankenstein de Plantagenêt? Si je l'avais intercepté… Si j'avais pu établir plus tôt le lien entre son voyage à Bruxelles et le recrutement de Zeklos, cela ne serait pas arrivé.

Kristen était plus troublée par ses propres doutes que par l'annonce de sa mort imminente. Ses doutes sur Plantagenêt refaisaient surface, maintenant qu'elle avait chassé ses doutes sur Willis.

Elle avait en tête un conseil que Willis lui avait donné plusieurs années auparavant :

– Il y a toujours deux vérités, lui avait-il dit à l'époque : la vérité superficielle et la vérité vraie, la vérité fondamentale.

« Dans ce cas-ci, se dit Kristen, le docteur Plantagenêt semble nous avoir menés en bateau, Quentin et moi, malgré sa sincérité apparente. Si c'est le cas, c'est de la désinformation à son meilleur ! La Russe a dû berner Willis de la même façon. »

– Monsieur, la femme blonde avec qui vous étiez ?…

– Services secrets de Raspoutine…

– Oui, eh bien, elle a cherché à me tuer à Old Chelsea…

– Qu'est-ce que vous racontez, Vale ? dit Willis, rageant intérieurement que son contact des caïnites ait pris la liberté de s'en prendre à Kristen. Je viens de la quitter il y a un moment. Je vais la faire arrêter.

Willis contacta ses subordonnés. Il secoua la tête en remettant son cellulaire en poche.

– Elle a disparu. On est à ses trousses. Les Russes ont leurs traîtres, comme nous on a Plantagenêt.

– J'ai toujours douté de Plantagenêt. Mais pourquoi donc m'aurait-il appelée pour dénoncer Zeklos s'il était son complice ? C'est vrai que l'esprit des agents doubles peut être tordu.

Toutefois, ce n'était pas le moment de mener une enquête sur qui que ce soit. Il fallait avant tout qu'elle retrouve Quentin, qu'elle remonte l'enchaînement d'indices déments semés par cette fichue Compagnie pour tenter de calmer les terroristes, qui pouvaient déclencher une autre attaque à n'importe quel endroit et à tout moment.

— On va venir à bout de ce bacille, lui assura Willis, les poings serrés, en la voyant caresser avec un air sceptique sa peau tachetée par le bacille.

— Soyons réalistes, répliqua Kristen. Nous devons immédiatement nous remettre à la recherche du secret de Dieu.

— L'agente Vale a raison, approuva le chef du SCRS, Flanders, qui venait d'arriver dans la tribune du public du parlement.

— Ce n'est pas ce que vous chantiez dans le bunker, cracha Willis. Vous disiez alors que les messages codés n'étaient que des idioties !

— Disons que c'est mon chemin de Damas, mon chemin de conversion, comme celui de saint Paul dans la Bible, répondit Flanders en désignant les deux terroristes morts.

— Voilà que le SCRS cite les Saintes Écritures, maintenant ! On aura tout vu !

— Ce n'est pas tout, continua le chef du SCRS. Le Bureau de l'opposition vient de recevoir un second ultimatum.

— Un autre ? s'étonna Kristen. On vient à peine de stopper leur attaque, de sauver de la mort les députés et la délégation russe, et vous nous dites que ces foutus terroristes viennent de rappeler ?

— Ils se sont ressaisis très vite, approuva Flanders.

— Comment cela ? demanda Willis.

Flanders lui remit une feuille fraîchement sortie de l'imprimante. Willis lut les quelques lignes d'un courriel adressé au chef de l'opposition à 18 h 51 précises. On approchait maintenant de 19 h 05.

– Ça continue, affirma Willis, sans qu'on sache…

– J'en ai bien peur, confirma Flanders. La Défense nationale vient tout juste de communiquer avec nous. Deux autres attaques ont été menées simultanément dans un cinéma de Halifax et dans un centre commercial de New Westminster. Le nombre des victimes s'élève maintenant à quatre cent cinquante-sept.

– Les monstres ! grogna Kristen en serrant les mâchoires. Il faut trouver Quentin et lui dire que la recherche prend fin ici.

– Pas question ! claqua Willis qui, ayant parcouru le communiqué jusqu'à la fin, le froissa avec rage. Quand on va retrouver Quentin DeFoix, il faudra lui demander de poursuivre ses recherches.

– Mais pourquoi, Pressing ?

– Les terroristes disent qu'ils nous remettront l'antidote contre le bacille de Kirov dès qu'ils auront le secret de Dieu en leur possession.

– Ils n'ont pas mis beaucoup de temps à connaître mon état de santé, fit remarquer Kristen.

– Ils ne sont peut-être pas au courant, répliqua Willis. Tout ce qu'ils nous disent, c'est qu'ils pourraient tuer quelqu'un aveuglément dans la rue ou dans une école, comme ils l'ont déjà fait. Détenir l'antidote minimiserait une telle menace. Je conseille de prendre la chose au sérieux.

Ne serait-ce que pour sauver Kristen. « Oui, il faut sauver Kristen », se disait Willis.

Kristen était tout ce qui pouvait encore attendrir le cœur de pierre de cet espion cynique prêt à vendre sa mère pour un compte bien garni dans une banque à Lausanne.

Chapitre 14

Quentin s'était pétrifié en voyant le corps sans vie de Nobody dissimulé sous l'îlot de la cuisine.

– Dire que j'avais soupçonné ce pauvre Nobody, dit l'employé de la Chambre des communes à l'adresse d'Ali Legendre. Oui, j'ai cru que c'était lui, le terroriste qui s'était infiltré au 24 Sussex et qui avait tenté de brûler le livre de Dickens dans le foyer de la Freedom Room.

– Il est... il est vraiment mort? demanda Ali Legendre, bouleversée.

C'était sans doute le premier cadavre qu'elle voyait de sa vie. Quentin, lui, avait acquis de l'expérience avec Strickland et Rusinski.

– Aucun doute, répondit Quentin en secouant sa torpeur. Comme les autres. Quand les caïnites...

– Les caïnites s'infiltrent dans les endroits les plus protégés, d'abord au parlement, puis ici, à la résidence officielle. Comment ces caïnites, comme vous les appelez, ont-ils pu déjouer les services de sécurité?

– Ils semblent agir de l'intérieur. Ils ont un complice à l'intérieur.

Ali Legendre se sentit visée. Elle protesta avec force.

– C'est impossible. Les membres de la sécurité sont sélectionnés avec soin. On peut aussi exclure tous les employés du Bureau du premier ministre.

– N'empêche que nos ennemis savaient tout au sujet du cortège du premier ministre revenant de l'aéroport, puisqu'ils lui ont tendu une embuscade à un endroit stratégique où le canal Rideau empêchait toute tentative de fuite. Puis, une fois ici, ils ont empêché la GRC d'entrer dans la résidence pour protéger le premier ministre. Ah! si seulement Kristen Vale était ici! C'est la seule personne en qui j'ai toujours confiance. Ne le prenez pas mal, Ali.

– Ne vous en faites pas. Je vous comprends.

Une détonation les ramena soudain à la réalité. Un tireur embusqué derrière la porte de la cuisine venait de tirer sur eux. Un éclat de bois avait volé de l'îlot.

– Il faut trouver un moyen de fuir. Si le tireur décide de nous prendre d'assaut, nous ne pourrons pas nous défendre contre une arme à feu.

Le bruit suivant fut plus inquiétant. Il provenait de pas dans l'escalier qu'ils venaient d'emprunter.

– La GRC arrive, dit Ali avec un trémolo.

– Les secours ne peuvent pas venir de l'étage. Mais nos agresseurs, eux, pourraient bien y être montés pour nous prendre à revers.

– On va être pris entre deux feux.

– En effet. On ne sera plus à couvert et mon couteau ne sera d'aucune utilité. Il faut trouver une autre solution.

Avec une hâte non contenue, Quentin allongea la main au-dessus de sa tête et parcourut la surface du plan de travail. Il n'avait aucun souvenir de ce qui s'y trouvait, à part le grand manteau médiéval.

– Vous sentez quelque chose ?

– Un gros sac de farine comme on en trouve dans tous les restaurants.

– Monsieur Shackleton a reçu de gros groupes ici dernièrement, expliqua la chef de cabinet. Toute cette farine a dû servir à préparer de la pâte feuilletée ou des desserts pour une véritable armée. D'habitude, les chefs d'État étrangers sont invités à Rideau Hall, chez la gouverneure générale, mais dans le cas du président russe, un grand ami du premier ministre, on a offert le banquet en son honneur au 24 Sussex.

Une idée venait de germer dans la tête de l'indexeur. Ali Legendre comprit elle aussi quand elle le vit tirer vers eux le fil électrique d'un gros ventilateur sur pied relié à une prise de courant sur l'îlot. Quentin secoua le sac de farine afin d'en répandre le contenu sur la surface du meuble.

Réglé en mode oscillation, le gros ventilateur souleva un nuage de poussière blanche. En quelques instants, les deux assiégés furent cachés par un écran de fines particules en suspension. Cet abri visuel leur permit de se replier en hâte vers le garde-manger.

– Il y a un autre sac de farine, Ali. Prenez-le. Moi, j'emporte le ventilateur avec nous. Si on subit un assaut, je vais encore souffler de la farine dans la cuisine et l'allumer pour provoquer une explosion et tout faire flamber comme avec un lance-flammes.

– Une explosion ?

– J'ai appris ça dans l'armée, à la base de Wainwright.

– Drôle de formation !

– Non, non, c'est une recrue de la Saskatchewan qui m'en a parlé. Un silo de la ferme de son père avait pris feu, emportant toute la récolte. L'enquête a conclu qu'une étincelle avait dû enflammer les particules de grain en suspension. À ce propos, vous fumez ?

– Non. Pourquoi ?

– Moi non plus. Mais peut-être qu'un des employés de la maison…

Quentin venait de se souvenir des gens ligotés dans le grand réfrigérateur de la résidence. Il recula vers l'épaisse porte restée entrebâillée derrière eux. Ali Legendre le suivit et laissa échapper une plainte devant tous ces corps étendus.

– Oh ! c'est affreux ! Ils sont morts ?

– Endormis, plutôt, ne vous en faites pas.

– Le chef fume…

Quentin se précipita et fouilla les poches du chef sous son tablier blanc.

– Je l'ai !

Il brandit un briquet jetable.

– Vous n'avez pas l'intention de mettre le feu ? Nous serions les premiers à griller !

– Les cloisons du frigo sont en béton. Son plancher est sous le rez-de-chaussée. Ça va nous garder au frais pendant un certain temps. Et il y a la bouche d'aération pour l'approvisionnement en oxygène.

Ali Legendre esquissa une grimace exprimant un doute.

– Vous n'y pensez pas, Quentin ! C'est la résidence du premier ministre !

– Je sais, approuva Quentin, ce n'est pas l'idée du siècle. J'espère ne pas devoir aller jusqu'au bout.

– Ah bon ?

– En attendant, il me manque une amorce.

Ali Legendre vit son compagnon d'infortune retirer des billets de banque de sa poche. Puis Quentin entrouvrit la porte pour détecter d'éventuelles présences dans la cuisine.

– Personne ne s'est hasardé ici. Mon nuage de farine a fait son petit effet. Martha Stewart n'a jamais parlé de cette façon d'utiliser la farine dans son émission… Et attendez de voir la suite : la farine se transforme en explosif.

Rassuré que l'assaut n'ait pas encore été déclenché, Quentin avança la tête dans l'ouverture et cria d'une voix qu'il voulut la plus ferme possible :

– J'ai de quoi allumer ce nuage de farine et il est hautement inflammable. La cuisine va exploser. Je ne vous conseille pas d'approcher du garde-manger ou de l'îlot.

Quentin espérait que les terroristes prendraient la mesure du danger et abandonneraient. Il souhaitait ne pas devoir mettre sa menace à exécution, sa situation et celle des autres prisonniers pouvant vite devenir intenable au milieu d'un incendie.

De longues minutes s'écoulèrent. Quinze, vingt, peut-être plus. Pendant de tels moments d'inaction forcée, l'anxiété grandissait. Mais Quentin préférait l'attente à la violence. Comme l'ennemi ne se manifestait plus, il crut avoir gagné. C'est alors qu'il sursauta en voyant des silhouettes se profiler au centre du nuage de farine.

Avec regret, il approcha le briquet d'une liasse de billets de vingt dollars disposée en éventail. Au premier essai, aucune flamme ne jaillit. Il se mit à trembler de peur quand les autres essais furent tout aussi infructueux.

– Le briquet est vide !

Il n'avait plus le temps de chercher des allumettes sur les gens étendus derrière lui. Il allait refermer le battant de la porte quand il entendit une voix en provenance de la cuisine.

– Quentin ? C'est vous, Quentin ? Pour l'amour du ciel, êtes-vous là ?

La voix lui parut familière, mais il ne pouvait pas risquer de se tromper. Elle se fit entendre de nouveau :

– Quentin ! C'est Preston Willis ! Vous n'avez plus rien à craindre !

Quand il vit le patron de Kristen Vale avancer à travers le brouillard de farine, Quentin se tourna vers Ali Legendre.

– C'est fini, Ali ! On peut sortir sans crainte !

– Oh ! répondit Ali Legendre, encore hésitante, car elle ne semblait pas vouloir quitter leur abri de fortune.

Quant au jeune historien, on venait de lui ôter tout le poids du monde des épaules. C'est avec un enthousiasme juvénile qu'il s'élança hors du garde-manger pour aller à la rencontre de l'homme des services de renseignement, laissant Ali Legendre derrière lui.

Tenant une arme de la main droite, Willis portait son inévitable complet trois pièces bleu marine, qui lui donnait habituellement un air très officiel. Cette fois-ci, une fine pellicule de farine s'était déposée sur ses épaules et sur le revers de son veston. Homme du monde jusqu'au bout, Willis pensa aussitôt à son apparence, malgré le contexte. De sa main gauche demeurée libre, il épousseta ses revers en pestant avec un flegme presque comique :

– Dire qu'il ne faut envoyer un costume à la blanchisserie qu'une seule fois par année, pas plus. Oui, le nettoyage à sec peut détruire un habit, le saviez-vous ? Ça amoche la doublure, ça abîme la coupe du vêtement...

L'aplomb de l'agent serait vite devenu surréaliste si Quentin n'était pas revenu à des considérations plus pressantes.

– Ce que je suis content de vous voir, monsieur Willis ! s'exclama-t-il. Vous arrivez juste à temps !

– C'est votre idée, cette petite célébration ? demanda Willis en désignant la cuisine couverte de farine.

– On a dû se défendre avec les moyens du bord. Quelqu'un a réussi à s'infiltrer au 24 Sussex et a attaqué madame Legendre et les membres du personnel. Et probablement tué Nobody. On croyait bien y passer.

– Ils ont tué Nobody ? Ces salauds de terroristes vont me payer ça, dit Willis avec une sourde détermination.

Joignant le geste à la pensée, il releva son arme de service. Quentin vit avec surprise la bouche du canon pointée sur lui. Tout comme dans la voiture de Shackleton immobilisée sur la promenade du Colonel-By, il n'eut pas le temps de penser à sa mort.

C'est alors qu'il remarqua que Willis ne le regardait pas dans les yeux. L'agent secret fixait un point au-dessus de son épaule droite, vers la porte du réfrigérateur. Quentin tourna la tête. Ali Legendre était sortie du garde-manger.

En la reconnaissant, Willis baissa son arme.

– Pourtant, les caïnites n'ont pas intérêt à m'empêcher de trouver le secret de Dieu ! s'exclama Quentin. Je ne comprends pas pourquoi ils nous ont attaqués…

– Une cellule dissidente en est sans doute responsable, expliqua Willis en ne révélant pas qu'il était lui-même au service des caïnites et que cette cellule dissidente le mettait hors de lui. La logique de ces gens se résume à ceci : si le secret de Dieu est perdu depuis un siècle, inutile de le chercher pour ensuite le détruire. Le risque de divulgation publique serait trop élevé.

– Vous croyez que Strickland et Rusinski sont morts pour que cette faction rebelle des caïnites empêche toute possibilité de retracer le secret de Dieu ? Ce serait la même chose pour l'attentat sur Colonel-By ? Puis l'attentat ici même ?

– Évidemment, il y a une autre explication.

– Laquelle ?

– Il est bien possible que tout cela soit une mise en scène. Le secret de Dieu est peut-être un prétexte. Sa recherche oblige les membres de la Compagnie à sortir de l'anonymat. Ils sont aussitôt démasqués et tués. On veut peut-être tout simplement annihiler cette société secrète, que ce soit en perçant le crâne de ses membres ou en leur transmettant la peste.

Preston Willis était conscient de révéler la véritable mission qui lui avait été confiée par les caïnites. Il le faisait par calcul. Sa candeur empêcherait les autorités de le soupçonner, d'autant plus qu'il était accouru au 24 Sussex pour sauver Quentin DeFoix.

– Mon Dieu! s'exclama Quentin. Avec tout cela, j'oubliais la peste... Il est presque 19 h 30 et l'arme biologique devait être utilisée à 18 h 30. Savez-vous si les terroristes ont mis leur menace à exécution?

– Ne vous inquiétez pas, Quentin. On a pu prévenir l'attaque à la Chambre des communes.

– Et monsieur Shackleton?

– Il est sain et sauf. Il voulait rentrer avec moi pour vous secourir vous, madame Legendre, sa femme Jeanine et le personnel qui serait dans le garde-manger, paraît-il. Mais on lui a conseillé de rester à l'abri. On ne sait pas encore d'où vient l'attaque contre le 24 Sussex.

– L'attaque vient de quelqu'un de l'intérieur, dit Quentin. Quelqu'un qui était au courant du voyage du premier ministre à l'aéroport.

– C'est mon opinion aussi, confirma l'agent du contre-terrorisme. Par exemple, une personne bien placée au Bureau du premier ministre pouvait connaître l'itinéraire du cortège. Cette personne devait avoir aussi une grande liberté d'action au parlement et au 24 Sussex.

Willis s'était tourné vers Ali Legendre. Son regard en disait long sur ses pensées. Il pointa son arme vers la femme.

Celle-ci prit un air offusqué.

— Que voulez-vous dire, Willis ? Vous pensez que je pourrais être… C'est tout à fait ridicule !

— Vous correspondez au profil de la complice des terroristes, insista Willis. Vous avez accès partout sur la colline. N'êtes-vous pas la fonctionnaire la plus influente à Ottawa ? Et ne me dites pas que les femmes ne font pas partie des caïnites. Je viens d'en empêcher une d'assassiner le président russe avec l'arme biologique. Une dénommée Daria Polienko, qui est en fuite.

— Tout cela est ridicule, ri-di-cu-le ! tonna Ali Legendre avec autorité en faisant une grimace éloquente quant à son opinion sur la santé mentale de Willis.

— Considérez-vous comme suspecte numéro un et comme prisonnière, trancha Willis en faisant signe à des gardes de la GRC de s'emparer de la femme.

La meilleure défense pour l'agent double Willis consistait à passer à l'offensive. Il avait conscience d'être sur la corde raide. Il était responsable de la mort de Strickland et de Rusinski. Mais il n'était pas question pour lui de porter le chapeau pour les tentatives d'assassinat contre Kristen Vale et Quentin DeFoix. Au contraire, ces derniers leur servaient, à lui et aux caïnites qui avaient envoyé les deux ultimatums, depuis la veille au soir. « Ali Legendre n'est peut-être pas mon gibier, pensa-t-il en la voyant sortir encadrée de membres de la GRC, mais je compte bien faire sortir la taupe de son trou. Celui ou celle qui m'a trahi se croira en sécurité si Legendre est accusée à sa place. »

Le premier instant de stupeur passé, Quentin désigna le réfrigérateur.

— Les gens de la maison sont tous là, inconscients. Je vais vous montrer…

— Non, nous n'avons pas le temps, répliqua Willis, gonflé à bloc par le risque qu'il prenait. Les services de sécurité de monsieur Shackleton sont prévenus. Ils vont s'en occuper quand nous serons en route.

– Que voulez-vous dire, « en route » ? Où allons-nous ? Au parlement ?

– À Montréal, de toute urgence.

– Je ne vous suis plus. Je croyais que la menace avait été écartée et que la course contre la montre était donc terminée.

Le chef de l'équipe de lutte antiterroriste fronça les sourcils.

– Vous avez votre BlackBerry ? demanda-t-il en guise de réponse.

– Oui, voilà.

– Eh bien, allez voir les bulletins de nouvelles de n'importe quelle chaîne télé au pays. Regardez les grands titres.

Quentin avait ajouté plusieurs chaînes télé parmi ses favoris. Il en choisit une de Montréal.

– J'y suis. Qu'est-ce que vous vouliez me…

Il ne termina pas sa phrase. Son attention fut aussitôt attirée par les manchettes.

Le retour de la bactérie C. difficile fauche 10 vies dans un hôpital de Vancouver

– C'est de ça que vous vouliez me ?…

Une fois de plus, l'esprit de déduction de Quentin fut plus rapide que ses paroles.

– À Vancouver ? C'était une des cibles des terroristes, avec Ottawa, si on ne leur livrait pas le secret de Dieu à 18 h 30 aujourd'hui. Mais on parle de la bactérie *C. difficile* et non de la peste, dit Quentin.

– Justement. C'est bien la peste, mais on ne voulait pas qu'un tel mot apparaisse dans les médias. Le rapport officiel parle de bactérie *C. difficile* comme, à Kingston et à Ottawa, on a parlé de grippe.

— Les attaques se poursuivent… Les terroristes n'ont pas bluffé.

— Non. Je crains fort qu'il faille se presser, sinon on pourrait perdre encore bien du monde.

Chapitre 15

À bord d'un hydravion en route pour Montréal
6 juin, 19 h 53, près de 90 minutes après l'attaque finale (heure
du décollage)

Willis avait entraîné Quentin dans les jardins à l'arrière du 24 Sussex. Ils marchèrent jusqu'à la falaise surplombant les eaux sombres de la rivière des Outaouais.

– L'attentat de Vancouver prouve que les terroristes ne reculeront devant rien pour parvenir à leurs fins, reprit Willis en descendant les marches d'un escalier de bois menant à la rive. La vie humaine n'a aucune valeur pour eux.

– Vous croyez qu'il y aura d'autres attaques ?

– Oui. Les terroristes sont conséquents. Ils ont envoyé un second ultimatum : le secret de Dieu en échange de l'antidote contre leur bacille manufacturé.

La colère de l'agent double était sincère. Ses mystérieux patrons le visaient, lui, dans ce qu'il avait de plus cher. Il ne devait plus échouer puisque, maintenant, la vie de Kristen Vale était en jeu.

Après ce bref accès de fureur, le ton de Willis changea. On sentit presque de la tendresse dans ses paroles.

– Vous ne savez pas, au sujet de Kristen Vale ?

– Ne me dites pas qu'il lui est arrivé quelque chose !

Willis lança un regard anxieux vers l'hydravion qui, amarré au quai en contrebas, les attendait en résistant au courant de la rivière.

– Non, rien de cela, dit-il, mais si on ne retrouve pas le secret de Dieu, elle mourra. Et ça, c'est *inacceptable*.

– Elle a été enlevée?

– Pis que ça: on lui a inoculé le bacille de la peste.

– Il y a donc eu des victimes au parlement?

– Ce n'est pas arrivé au parlement. N'avez-vous pas été la proie de puces pestiférées dans l'insectarium de Tristan Plantagenêt?

Quentin se rappela le sacrifice de Kristen qui l'avait poussé dans une cage vitrée, la jeune femme restant à l'arrière. Il la voyait encore en train de balayer ses vêtements pour chasser les redoutables insectes, sujets des expériences du docteur Plantagenêt.

– Les bubons ont commencé à apparaître sur sa peau, raconta Willis. Heureusement que c'est la peste bubonique et non la peste pulmonaire, sinon le voyage à Montréal serait inutile. Il n'y aurait plus rien à faire.

– Pourquoi donc?

– La peste bubonique met plus de temps que la peste pulmonaire à venir à bout des défenses du corps. Rusinski a sans doute mis des jours à en mourir, tandis que les victimes des aérosols de Kirov, de la variété aérienne, pulmonaire, ont été fauchées en quelques minutes.

– Combien de temps avons-nous?

– Le major Cloutier n'en sait rien: douze minutes, douze heures, douze jours? Ce bacille de la peste est fabriqué en laboratoire, ce qui le rend imprévisible.

Le chef des services secrets grimaça.

– En principe, le processus est lent. Je peux vous le dire en termes crus, puisque Kristen Vale n'est pas là : par le passé, les victimes présentaient, les premiers jours, une série de symptômes allant des frissons et de la fièvre à la démarche titubante, en passant par des rougeurs aux yeux, une inflammation de la gorge et une soif impossible à étancher.

– Je sais, les pestiférés au Moyen Âge avaient si soif qu'ils se noyaient dans les rivières et dans les puits où ils se jetaient.

– Les bubons, les taches violettes et les pustules noires auraient dû apparaître bien plus tard. Il semble que cette peste fabriquée en Sibérie brûle les étapes.

– Dans ce cas, c'est à l'hôpital que Kristen devrait se trouver en ce moment, non ?

– Elle nous accompagne pour trois raisons. On lui a déjà fait une injection d'antibiotique. C'est tout ce qu'on peut faire pour le moment.

– Un bacille manufacturé sera résistant aux remèdes connus, je suppose ?

– Exactement. Mais si nous parvenons à mettre la main sur l'antidote là où nous allons, je serai en mesure de le lui administrer le plus vite possible. Enfin, elle se porte assez bien et insiste pour participer aux recherches.

Ce fut au tour de Quentin d'avoir la voix étranglée par l'émotion. Lui et Willis aimaient la même personne. Kristen, avec ses longs cheveux noirs et ses grands yeux verts.

– Il faut réussir à trouver le secret de Dieu, cette fois-ci. Je ferai tout mon possible.

– Je sais. Je compte sur vous, mon cher Quentin.

Willis se garda bien de lui dire que les caïnites qu'il représentait comptaient aussi sur l'érudition et la débrouillardise du jeune indexeur de la Chambre.

Willis n'avait pas conscience du poids de la responsabilité qu'il venait de confier au jeune homme. Ou il le savait trop bien. C'était une sorte d'ultimatum : Quentin devait se surpasser, sinon il pouvait devenir responsable de la mort de celle qui, pour lui, n'était plus une simple collègue circonstancielle.

Willis dut empoigner Quentin par le bras pour qu'il continue à marcher en direction de l'hydravion.

– Écoutez, Quentin : le major Cloutier pense que trente-six heures constituent une bonne moyenne.

– Mais il faut se hâter quand même ! S'il y a une moyenne, c'est qu'il y a une possibilité de durée plus courte !

– Et de durée plus longue aussi. Je propose donc de travailler en fonction de la moyenne. D'accord ?

Quentin ne répondit pas. Il venait de s'immobiliser en voyant Kristen assise sur la banquette arrière de l'hydravion amarré au quai du 24 Sussex, à côté d'un yacht et d'un canot que le premier ministre utilisait pour se rendre au club d'aviron d'Ottawa, en amont.

– Venez, Quentin. Kristen nous attend déjà dans la carlingue.

Quentin allongea le bras au-dessus du dossier du siège avant pour toucher la jeune femme assise à l'arrière, lui faire sentir qu'elle pouvait compter sur lui. Il ne put que constater la progression de sa maladie. Elle avait caché les bubons de sa gorge et de ses bras en enfilant un chandail à col roulé et à manches longues, malgré la chaleur de juin. Il remarqua les taches sur le dessus de ses mains alors qu'elle massait doucement son cou à travers le tissu du vêtement.

– Comment te sens-tu ?

– Ces maudites bosses sur mon cou et sous mes aisselles brûlent comme du feu… Et je suis fatiguée comme si je n'avais pas dormi depuis une semaine.

– Tu dormiras pendant le trajet.

– Impossible. Tu y comprends quelque chose ? Épuisée, mais incapable de fermer l'œil.

– C'est bien cette fichue maladie, intervint Willis. Elle entraîne ça. À cause de la fièvre.

– Ouais ! Une fièvre de cheval, approuva-t-elle d'une voix rauque qu'on avait peine à reconnaître. Et je ne suis pas certaine que mes jambes me porteraient s'il fallait courir le kilomètre. Pour ce qui est des vomissements, il y a des sacs en papier derrière le siège de l'hydravion, comme dans les avions de ligne.

– Tu vas t'en tirer.

– Je sais. On a essayé de me tuer plusieurs fois depuis qu'on s'est quittés et je suis toujours là.

– Aucun doute là-dessus.

– Nous volerons jusqu'au Vieux-Port de Montréal, expliqua Willis en faisant démarrer le moteur. J'ai prévenu l'Aviation royale, qui surveille l'espace aérien de la Capitale nationale.

– Pourquoi Montréal ?

Willis ne répondit pas. Tout en préparant le décollage depuis son siège de pilote, il tira vers lui un sac à dos déposé à côté de Kristen, sur la banquette arrière. Puis il le tendit à son autre passager.

– Là-dedans, commanda-t-il simplement.

Quentin ne savait pas à quoi s'attendre en enfonçant la main dans le sac. Sa surprise fut totale.

Il palpa la couverture beige d'un livre dont le recto était couvert de marbrures bleu-gris et violettes, comme c'était la mode anciennement chez plusieurs éditeurs. Seul le titre, *Oliver Twist,* apparaissait sur le dos, entre la deuxième et la troisième nervure du haut.

– Le roman de Dickens. L'indice que j'ai trouvé dans le baril, sous les chutes du Niagara, déclara Quentin avec une admiration non feinte. Comment est-ce possible ? Je l'ai vu brûler dans le foyer du 24 Sussex !

Aussitôt, il comprit l'étourderie de sa réflexion. Entre les pans de la couverture rigide se trouvait l'intégralité du roman, alors que l'exemplaire découvert à Niagara Falls était presque entièrement rongé par l'humidité.

— Ce n'est pas le même... tout en étant le même... D'où vient-il ?

Au bout de sa course sur les eaux de l'Outaouais, l'appareil prit de l'altitude. Très peu cependant, comme lorsqu'on veut déjouer les radars. Le pilote maintint le petit avion au-dessus du tracé de la rivière.

— D'où il vient ? répondit Willis. J'ai été aussi surpris que vous de voir surgir cette copie conforme du premier *Oliver Twist* de 1841 que vous aviez découvert dans le sud de l'Ontario. C'est une agente double russe qui l'a dérobée lors du dîner offert en l'honneur de Gregor Raspoutine au 24 Sussex. Le ministre Mercier l'avait apportée.

— Mais qu'est-ce que cet *Oliver Twist* nous apprend à propos du secret de Dieu ? demanda Quentin en feuilletant le livre. Au premier coup d'œil, pas de commentaires dans les marges, pas de mots soulignés...

— Voyez vous-même la dédicace.

Quentin revint au début de l'ouvrage. Sur la page du faux titre, au-dessus de la mention « Oliver Twist », quelques mots avaient été griffonnés à la hâte.

Montréal, mai 1842
À Athanase Mercier, p.s.s.
Avec les salutations cordiales de l'auteur
Charles Dickens

– N'est-ce pas que j'ai bien fait de le reprendre à la Russe ?

Quentin se frappa le front de la paume de sa main, comme il le faisait toujours pour saluer une révélation.

– Je pense bien. On savait que Dickens avait séjourné à Montréal lors de son premier voyage en Amérique du Nord. Mais on ignorait tout de ses liens avec cet Athanase Mercier, qui doit être un ancêtre du ministre Mercier.

– Et s'il est de la famille de Mercier, dit Kristen en poursuivant le raisonnement, il peut être de la grande famille de la Compagnie comme son descendant.

– On peut le supposer, l'appuya Willis.

– Si c'est un deuxième indice sur la voie qui nous mènera au trésor, il me semble plus clair que le premier, continua Kristen. Il faut vraiment suivre l'itinéraire de Dickens à Montréal.

– Vous avez une idée de cet itinéraire, agente Vale ?

– Non. Toi, Quentin ?

Quentin se gratta la tête, ne sachant pas s'il devait se réjouir du défi. Comme la vie de Kristen dépendait de sa puissance de raisonnement, il entendait bien se surpasser.

– Eh bien, ce qu'on sait d'après les notes de Dickens, c'est que celui-ci est descendu à l'hôtel Rasco et au Royal Theatre. Les deux édifices originaux se trouvaient dans le quartier qu'on appelle « le Vieux-Montréal » de nos jours. Mais ça ne nous aidera pas…

– Que voulez-vous dire ?

– Ça remonte à plus de cent cinquante ans. L'hôtel Rasco et le Royal Theatre, construits par la famille Molson sur la rue Saint-Paul, n'existent plus depuis belle lurette. Les édifices ont été rasés, comme bien d'autres qui ont été victimes du progrès…

N'eût été la maîtrise de soi de Willis, sa déception lui aurait fait lâcher les commandes et l'hydravion aurait piqué du nez pendant quelques secondes. Il y eut à peine un léger heurt, qu'on aurait pu attribuer à un simple trou d'air. Son amour pour Kristen Vale suscita cependant un commentaire amer de la part de Willis :

— On ne va quand même pas se mettre à fouiller tout Montréal… Notre voyage ne servira à rien, au bout du compte. Quel idiot je suis d'avoir frété cet hydravion !

— Oui, d'autant plus que Dickens est allé aussi à Québec, laissa tomber Quentin.

Un silence lourd s'installa dans l'avion. Quentin et Willis se demandèrent ce que le nom d'un sulpicien mort il y a cent ans leur apprendrait au sujet du secret de Dieu. Et s'il avait laissé quelque chose qui pourrait le retracer ? Ses biens devaient avoir disparu. S'il avait eu des biens… 1842, c'était vraiment trop loin.

Quentin consulta sa montre. Il avait appris à la détester depuis la veille.

« Il est 20 h passées, se dit-il. Il nous reste de moins en moins de temps. »

Il prit alors la mesure de ses sentiments pour Kristen Vale. Il revit la momie de Rusinski, le corps noirci et squelettique ravagé par la peste. Cette image lui parut intolérable. « Je ne veux pas la perdre. »

Le pilote à ses côtés rompit le silence. Ses paroles eurent l'effet brûlant d'un poignard fouillant les chairs, les torturant longuement en tournant sans arrêt dans la plaie.

— Si vous voulez mon avis, Quentin, cet Athanase Mercier n'a sans doute rien à voir avec le secret de Dieu. On ne le retrouvera jamais à temps.

Mais Quentin se répéta comme à lui-même : « Je ne veux pas la perdre. »

Chapitre 16

Centre hospitalier pour enfants de l'est de l'Ontario, Ottawa
6 juin, 21 h 17, moins de 34 heures avant la mort annoncée de
Kristen Vale

Semira Sleeman examina les radiographies d'une partie du cerveau de Grady Vale en compagnie de son assistant. Elle l'avait déjà fait plusieurs fois avec l'aide d'une équipe formée d'épileptologues et d'hématologues. Avant de se laver les mains à côté de la salle d'opération, elle voulait être sûre de la marche à suivre.

– J'aurais préféré que les médicaments suffisent dans son cas, dit-elle à l'adresse de son assistant, un tout nouveau diplômé de l'Université d'Ottawa.

– Si quelqu'un peut faire un miracle, c'est vous, docteure Sleeman.

Semira Sleeman pratiquait à peu près cent interventions par année pour traiter des cas d'épilepsie. Elle le faisait à deux conditions : que la zone à retirer du cerveau soit minuscule et que l'opération ne pose aucun danger pour les facultés du patient. Si elle ressentait de l'inquiétude dans le cas de Grady, c'était à cause de l'hémophilie. À ce jour, elle avait travaillé à West Beyrouth et à London, dans le sud de l'Ontario, ainsi qu'à Ottawa, et elle n'avait jamais encore vu une telle combinaison de pathologies. D'ailleurs, personne dans la profession n'avait jamais entendu parler d'un cas semblable.

Le moindre stress pouvait déclencher une hémorragie dans le cerveau de l'enfant.

Sa tête chauve enveloppée dans de la ouate, Grady était étendu sur une civière dans sa chambre. On allait bientôt le mener vers le dernier étage de l'hôpital, et le jeune garçon ne croyait pas vraiment encore au danger. Son grand-père lui tenait la main pendant qu'il était encore éveillé.

– Grand-papa, tu me promets quelque chose ?

– Bien sûr, *buddy,* répondit Lawrence Vale en s'attendant à ce que le petit lui demande de rester près de lui dans la salle d'opération.

La suite le prit de court.

– Grand-papa, il ne faut pas tuer les pigeons et les outardes. Il ne faut pas tuer les chevreuils, ni les souris dans le grenier. Tu me promets de ne plus mettre de poison dans le grenier ?

– Entendu. Promis, mon grand.

– Mon cellulaire, répéta l'enfant pour la centième fois, est-ce que tu l'as comme je te l'ai demandé ?

– Le voici, *buddy,* répondit Lawrence Vale en lui tendant l'appareil. Mais je ne sais pas si c'est une bonne chose…

– Nous sommes seuls. Profitons-en.

Malgré les consignes bannissant les appareils électroniques, son grand-père n'eut pas le cœur de refuser à Grady ce qui pouvait s'avérer être ses dernières volontés.

– Tu peux composer son numéro ? insista l'enfant.

– D'accord.

Il entendit la voix rauque de sa fille.

– Bonjour, Krissie. Désolé de te déranger.

– [...]

– Si on ne te dérange pas, c'est bien. Tu es dans un avion qui vole vers Montréal ? Oui, Grady veut te parler.

– Salut, ma tante maman, dit Grady en émettant un faible ricanement quand son grand-père approcha le cellulaire près de sa tempe. Excuse-moi, je ne peux pas t'entendre. J'ai un turban comme les guerriers dans *Le Royaume des cieux*. Tu te rappelles quand on est allés au cinéma ? Oh ! merci pour le parc d'animaux à Montebello, c'était super !

– On arrive, Grady, l'interrompit son grand-père. Fais vite.

– Il fallait que je t'appelle, tante Krissie. Tu vas rire de moi. Non ? OK. Je vais te le dire…

C'est alors que le petit étonna son grand-père une fois de plus, de même que sa correspondante en route pour Montréal.

– Tu es malade, n'est-ce pas ?

Personne dans la famille n'était au courant au sujet de Kristen et de la peste. Il y avait bien assez de Grady qui risquait de mourir ; nul besoin d'alourdir le fardeau des parents Vale.

– Tu ne veux pas me le dire, mais moi, je sais que tu ne vas pas bien, continua l'enfant sur la civière après avoir fermé les yeux parce que l'éclairage au plafond du corridor l'aveuglait.

Si ces paroles quasi prémonitoires surprirent Kristen et Lawrence Vale, la suite les affligea bien davantage, comme si l'esprit du petit était plus affecté que prévu par les effets combinés de l'hémophilie et de l'épilepsie.

– Je ne les laisserai pas faire, ces méchants microbes, poursuivit Grady, dont les mots se bousculaient dans sa bouche, ce qui lui arrivait lors de moments de grand stress, notamment à l'école. Tu vas guérir, Krissie, à cause de la senteur… La senteur va te guérir…

Dépassé par la situation, Lawrence Vale décocha un regard empreint d'inquiétude à l'interne qui dirigeait la civière vers le bloc opératoire. Imperturbable, très concentré sur le déroulement de l'intervention chirurgicale à venir, l'interne jugea bon de tenter une explication.

– C'est l'odeur du désinfectant, je suppose. À son âge, Grady doit associer l'odeur de l'antiseptique aux médicaments, et les médicaments à la guérison…

– Mon petit-fils n'a pas arrêté de jouer avec la distributrice de savon antiseptique dans sa chambre, acquiesça Vale avec un sourire de soulagement. On s'est excusés auprès des infirmières…

– Ne vous en faites pas pour si peu. Nous autres aussi, nous jouons constamment avec nos bouteilles de Manorapid.

En disant cela, l'interne désigna le contenant de plastique accroché à sa ceinture.

– On se promène tous avec ça depuis qu'une infirmière de l'hôpital Maisonneuve-Rosemont, à Montréal, en a eu l'idée après avoir vu sa massothérapeute porter son flacon d'huile à massage à sa ceinture, comme ça.

– C'est froid, dit l'enfant, qui avait compris de quoi on parlait.

– C'est comme un gel, en effet, approuva l'interne.

Cependant, Grady contredit l'interne quand il poursuivit à l'adresse de Kristen, toujours au bout du fil :

– C'est que depuis qu'ils m'ont enlevé de l'os dans la tête, ça sent de drôles de choses. Oui, oui, c'est comme une senteur que je sens, mais une senteur bizarre.

– C'est peut-être aussi l'eau de Javel de l'hôpital, déclara l'interne. Mais je n'exclus pas que son hémorragie ait endommagé le bulbe olfactif… Vous savez, c'est une partie du cerveau située très près de la région limbique, qui traite les odeurs perçues par le nerf olfactif.

– Mais j'y pense : il s'est plaint de ça bien avant la première intervention, le contredit Lawrence Vale. Il sentait des odeurs dans sa chambre que ma femme et moi n'avons jamais perçues le moindrement.

Se tournant vers le petit être étendu, il lui demanda :

– Ne penses-tu pas que ça peut attendre, Grady ? Tante Krissie est sûrement occupée.

Grady n'entendit pas. Il était tout à coup très agité. L'interne fit un geste pour confisquer l'appareil, mais Lawrence Vale l'en empêcha.

– Laissez-le faire.

– Il fallait que je te parle, ma tante maman, insista Grady. L'autre nuit, je t'ai vue en rêve. Tu allais voir la chute à Niagara Falls pour lire un vieux livre. Tu étais habillée en noir. Fais attention. Ça m'a fait peur, car tu n'es jamais habillée en noir. Il n'y a que les méchants qui s'habillent en noir, comme Darth Vader. Le méchant en noir va te rendre malade.

À bord de l'hydravion bien loin de là, Kristen Vale pensa alors à la femme en noir qu'elle avait vue en rêve. Elle s'inquiéta de cette coïncidence. Comment son neveu de sept ans, sur le point de subir une très sérieuse opération au cerveau, pouvait-il avoir fait le même cauchemar qu'elle ? Avaient-ils tous deux eu l'intuition que la peste risquait de tuer des gens, dont Kristen elle-même, puisqu'elle était désormais contaminée par le bacille ? « La femme en noir, c'est peut-être une représentation symbolique de la peste noire », songea-t-elle.

– Il pense plus à ma fille qu'à son opération, fit remarquer Lawrence Vale en souriant à l'interne.

L'enfant continua sur sa lancée, au grand étonnement des adultes.

– Tu vas guérir, Krissie, car tu sens bon. La senteur. C'est la senteur… Je vais penser bien fort à toi et tu n'auras plus mal… Pour ça, il ne faut pas qu'ils m'endorment trop longtemps, la docteure Semira et les autres… Il ne faut pas qu'ils m'opèrent. Je vais tout faire pour ça.

La jeune femme n'entendit pas ces derniers mots : la civière avait franchi la porte de la salle d'opération, une infirmière qui les attendait retira le cellulaire au petit.

— Tu vas pouvoir parler au téléphone encore plus longtemps après, Grady, dit-elle avec un sourire angélique. Tu vas voir, ça ne sera pas long.

Derrière l'infirmière, Semira Sleeman et son équipe attendaient le petit malade. Quand il fut sous anesthésie générale, la neurochirurgienne remonta son masque et répéta à voix haute la procédure qu'elle et son équipe allaient suivre, donnant le plus de détails possible à l'intention notamment des étudiants qui les observaient derrière une baie vitrée en surplomb.

— Nous allons commencer par soulever le cuir chevelu et par mettre à nu la pièce ovale du crâne que nous avons mise en place après les deux premières opérations. Le tissu à enlever doit faire dix centimètres sur huit. Il a la consistance du caoutchouc et est de couleur gris-rose.

Elle désigna les instruments qu'une infirmière lui tendait.

— Celui-ci va cautériser et irriguer la région. Beaucoup de vaisseaux sanguins autour. Ils ne doivent pas être touchés.

— Ça va bien se passer, docteure Sleeman, dit un assistant.

— Que Dieu vous entende.

On n'avait pas encore entrepris de dévisser la plaque crânienne quand un moniteur se mit à sonner.

— Qu'est-ce que c'est ? demanda la neurochirurgienne.

— Je… je n'y comprends rien, dit quelqu'un. Cela n'aurait pas dû se produire.

— Quoi ?

— La tension artérielle monte dangereusement, docteure Sleeman.

– Pourtant, elle était normale à 140/110 avant l'opération.

– Maintenant, on parle de 150, non, 160…

– L'anesthésie aurait plutôt dû faire chuter la pression. 2 milligrammes de Midazolam en intraveineuse. Vite !

– Pas d'effet. Mon Dieu ! 180, 190… je n'ai jamais vu une telle escalade.

– Ce moniteur est-il devenu fou ? Enlevez-moi ce chariot et branchez l'électrocardioscope de secours.

– Pas de changement : toujours stationnaire à 190.

– Avec son hémophilie, tous les vaisseaux sanguins de Grady risquent d'éclater d'une seconde à l'autre. Je me demande pourquoi ça n'a pas encore commencé. On n'a pas le choix de tout arrêter pour aujourd'hui.

C'est alors que John Shackleton sortit du poste d'observation des étudiants. Hypnotisés par ce qui se déroulait sous leurs yeux, ils ne l'avaient pas vu arriver. En se dirigeant vers les ascenseurs, le premier ministre avait encore à l'esprit les mots de Grady qu'il avait entendus dans le corridor : « Tu vas guérir, Krissie, car tu sens bon. La senteur. C'est la senteur… Je vais penser bien fort à toi et tu n'auras plus mal… Pour ça, il ne faut pas qu'ils m'endorment trop longtemps, la docteure Semira et les autres… Il ne faut pas qu'ils m'opèrent. Je vais tout faire pour ça. »

Pendant ce temps, à environ cent kilomètres de là, dans le petit hydravion de Preston Willis, Kristen Vale, inconsciente du drame, se remémora les paroles de son neveu.

« Il m'a vue en rêve, habillée en noir. Grady a les mêmes visions que Quentin et moi. J'espère que ce n'est pas un mauvais présage. Je vais l'appeler dès notre arrivée. Il faut que tout se passe bien, il faut que tout se passe bien. »

Accablée par la fièvre causée par la peste, Kristen se laissait aller à son imagination, ce qu'elle faisait rarement, et même à un peu de superstition, ce qu'elle ne faisait jamais.

« Si j'ai été contaminée par la peste, ce doit être un mauvais présage. Je porte la mort noire en moi. »

Chapitre 17

Montréal, quartier du Vieux-Montréal
13 mai 1842, 19 h 03

Après sa rencontre avec Margaret Dorsay à la Burning Spring, dans la partie britannique des chutes du Niagara, Charles Dickens profita des charmes de Table Rock, à Niagara Falls, avec sa femme Kate. Les deux coulèrent des heures délicieuses comme on peut le faire à trente ans, et le rendez-vous devint rapidement un simple souvenir.

Le célèbre couple quitta à regret cette véritable oasis. Le vapeur de cinq cents tonnes les amena d'abord à Queenston, à la pointe sud du lac Ontario. Il cingla ensuite vers Toronto. Après une escale dans la capitale du Canada-Uni, Kingston, à la pointe nord du lac, les voyageurs appareillèrent pour Montréal le 10 mai.

À Dickinson's Landing, ils prirent une diligence afin de contourner des rapides sur le Saint-Laurent. Ce fut ensuite une nuit de navigation sans histoire, puis une autre diligence une fois qu'ils furent rendus au Bas-Canada.

À Montréal, les rues étroites et irrégulières bruissaient d'activité. Ils emménagèrent à l'hôtel Rasco, le plus gros hôtel de la ville, situé tout près du Royal Theatre, sur la rue Saint-Paul.

– Lord Mulgrave nous attend pour monter trois pièces de théâtre avec les militaires de la caserne à proximité, déclara Dickens, heureux de se plonger de nouveau dans le monde artistique après les banquets et les visites de prisons et d'asiles aux États-Unis.

– Je sais, opina Kate. Il s'agit de *A Roland for an Oliver* de Morton, de l'interlude *Past Two O'Clock in the Morning* de Mathews...

– ... et de la comédie *Deaf as a Post* de Poole.

– Vous jouerez dans les trois, mon cher ?

– Oui, j'interpréterai Alfred Highflyer, Mr. Snobbington et Gallop. J'ai hâte au 25, quand nous monterons sur scène.

– Il paraît qu'on renommera le Royal Theatre des Molson à cette occasion ?

– En effet, les gens sont d'ores et déjà invités au Queen's Theatre.

Après les répétitions, le couple pouvait admirer, en face du théâtre, le clocher à double lanterne et l'oculus du pignon de la chapelle Bonsecours. La rue Saint-Paul n'avait pour ainsi dire pas changé depuis 1771.

Ce jour-là, les deux touristes britanniques remontèrent jusqu'à la rue Notre-Dame. Ils empruntèrent le trottoir dallé longeant l'étroite voie est-ouest dont les pavés résonnaient à l'occasion sous les roues d'une voiture. Ils passèrent devant le palais de justice et l'église Saint-Gabriel à la façade de brique. Quand ils aperçurent, un peu plus au loin, la façade récemment complétée des deux tours de la nouvelle cathédrale Notre-Dame, Kate s'extasia.

– Notre bonne Ann Brown s'est laissé dire que c'est la plus grande église du continent, fit-elle remarquer. Je l'ai déjà noté dans un journal que j'ai commencé à rédiger lors de notre traversée.

Elle allait ajouter : « Et que je fais lire à Ann Brown », mais elle se retint. Dickens ne savait absolument rien de la complicité entre sa femme et la domestique.

– Pour l'amour de Dieu ! s'exclama Dickens, ces tours me rappellent quelque chose.

– Quoi donc ?

– La géométrie sacrée, l'obélisque dont m'a parlé Margaret Dorsay à Niagara Falls. Et le fameux pli contenant le dessin des pièces d'architecture supposément nécessaires à la construction du siège du gouvernement pour que le pays prospère. Quelle chance ! Je porte justement le costume que je portais lors de cet étrange rendez-vous avec l'épouse de ce grippe-sou d'Ebenezer. Je dois d'ailleurs avoir ce pli sur moi…

Il eut beau retourner ses poches, ses doigts ne retrouvèrent pas le contact du sceau de cire rouge représentant un soleil. « Sur le vapeur, je me souviens, se dit-il en lui-même, que j'avais bel et bien verrouillé la porte de notre cabine avant d'aller dîner à la table du capitaine. Or, elle était ouverte quand nous sommes revenus. J'ai mis cela sur le compte de la distraction. »

Le pli avait disparu : il l'avait égaré ou on l'avait volé. Mais Dickens avait en mémoire le contenu du pli et l'adresse du destinataire.

– Pardon, ma bonne dame, seriez-vous assez obligeante pour m'indiquer la direction du marché Sainte-Anne ? demanda-t-il à une passante.

– Beau dommage ! Le faubourg Sainte-Anne est au sud-ouest, lui répondit-elle. Une fois à la rue Saint-Pierre, juste avant l'église des Récollets, descendez vers le fleuve.

– Je n'ai jamais vu autant d'églises, remarqua Kate. Il doit bien y en avoir une centaine. On ne voit que des clochers !

Dickens se confia ensuite à son épouse.

– Des amis m'ont demandé de livrer une lettre à Montréal. C'est là, au marché Sainte-Anne, qu'on doit m'attendre. Au coin des rues McGill et Saint-Pierre.

– Quel curieux endroit pour donner rendez-vous, ne trouvez-vous pas, mon cher ?

Dickens ne pouvait pas distinguer la couleur des yeux bleus de Kate. Mais ils étaient plus grands que d'habitude : elle relevait très haut ses paupières, qu'elle avait lourdes depuis sa naissance.

– Croyez-le ou non, ma chère, il paraîtrait que le gouvernement de la Province-Unie du Canada s'apprête à déménager dans cet édifice du marché Sainte-Anne, Kingston n'ayant pas répondu à des attentes architecturales assez particulières. D'après les Dorsay, on fait pression pour doter la capitale canadienne de codes sacrés déjà utilisés à Washington par l'architecte officiel de la ville, un Français, le major Pierre Charles L'Enfant. Il appert qu'il faudra un obélisque à Montréal et des mesures, des dimensions divines pour décupler de prétendues forces invisibles qui baigneraient le monde visible.

– *Why*, mon cher monsieur Dickens ? Vous voilà, c'est sûr, aussi transporté que dans les horribles prisons de Boston, oui, en vérité, et peut-être bien autant que lors des parties de cricket à Gad's Hill !

– Mais ne comprenez-vous donc pas ? Montréal ne pourra pas être le siège de gouvernement sans un obélisque aux dimensions sacrées.

– Mais, mon cher, il existe déjà, votre obélisque. Regardez derrière vous !

Ils déambulaient au nord d'une place et Dickens, tout absorbé par son propos, n'avait pas remarqué la haute aiguille plantée au centre de la vaste esplanade.

– L'obélisque. Ma foi, vous avez raison, madame.

– C'est la colonne Nelson. Ann m'en a parlé.

– Ann Brown, notre bonne ? Qu'est-ce qu'elle peut bien connaître là-dedans ?

Kate roula des yeux de conspiratrice avant de répondre :

– Elle connaît plus de choses qu'on pense, mon ami. Cette fille est très mystérieuse. Elle sait, par exemple, que des sulpiciens dont je ne connais ni la nature ni le métier – c'est peut-être l'équivalent de nos échevins – auraient imposé certaines dimensions avant l'érection, en plus d'exiger que ces dimensions précises soient dans une mesure française appelée « le mètre ».

– Quelles dimensions ? De quoi parlez-vous donc ? demanda Dickens avec fébrilité.

À Niagara Falls, Margaret Dorsey avait gravé deux chiffres de façon indélébile dans la mémoire de Dickens. Elle avait bien insisté sur le 6 et sur le 5.

– Le 6 et le 5 : mais est-ce que cette colonne mesurerait cinquante-six pieds ou soixante-cinq pieds ?… la pressa-t-il. Dans ce cas, ce serait rien de moins qu'extraordinaire…

Kate chercha dans son sac.

– Ann me l'a peut-être précisé. Je vais vérifier dans mon journal.

Mais tout ce qu'elle trouva fut le guide touristique *Manual for the Use of Visitors to the Falls of Niagara,* du voyageur américain Joseph Wentworth Ingraham. Elle le replongea dans le sac avec humeur.

– Je me suis trompée de livre. Mon journal est à l'hôtel, sans doute. Désolée.

– Mais, ma chère, il est primordial de connaître les dimensions. Figurez-vous que le 6 et le 5 seraient les chiffres du nom de Dieu, déclara Dickens en se remémorant avec passion les révélations de Margaret Dorsay, l'envoyée de la Compagnie à Niagara Falls. Ces chiffres font partie des constructions les plus célèbres à travers le monde, dont le futur obélisque à Washington. Voyez : si un peuple veut s'attirer les bonnes grâces des divinités, il doit entourer son gouvernement de cette géométrie sacrée.

Sur ce, Dickens se mit à inspecter le quadrilatère d'édifices enserrant la colonne Nelson.

— Remarquez que, à vue d'œil, je ne trouve guère de candidat éligible à loger le siège d'un gouvernement. Prenez ce marché Sainte-Anne...

Tout à coup, Dickens retrouva la veine satirique ayant animé ses reportages sur Westminster dans sa jeunesse.

— Quoique certains de nos élus seraient tout à fait à leur place entre les sacs de pommes de terre et les cageots de choux.

— Mais ça ne nous dit pas les dimensions de la colonne. Elle n'a sans doute pas les qualités de cette curieuse théorie qui vous vient d'on ne sait où. Pas de 6 et 5...

— Il y a bien 6 et 5, je suis heureux que vous le remarquiez, entendirent-ils derrière eux. En fait, c'est 16 et 5.

— Comment ?

Le couple britannique se retourna pour se trouver nez à nez avec une étrange apparition. Dickens réprima un haut-le-cœur tellement l'étranger ressemblait au vieux Fagin, le chef de la bande de jeunes pickpockets d'*Oliver Twist*, tel que dessiné par Cruikshank dans l'édition de 1838.

L'inconnu était très grand et anguleux. Sa soutane noire usée, sans doute aussi graisseuse que la longue tunique de Fagin, paraissait avoir été confectionnée pour un autre tellement elle lui remontait aux genoux. Le crâne chauve débordait de la barrette noire, un bonnet rigide à trois cornes. Les Dickens surent avoir affaire à un ecclésiastique, puisque l'homme portait une sorte de bavette, le rabat, qui allait d'ailleurs être en usage dans le diocèse de Montréal jusqu'en 1860.

Un œil averti aurait facilement lu les trois 6 tatoués sur l'occiput, à l'endroit de la tonsure réglementaire dans les ordres. Mais le crépuscule cachait déjà les détails. Les Dickens, après un recul, auraient changé de trottoir n'eût été l'introduction rapide effectuée par le religieux.

Il répéta :

– Seize et cinq. Seize mètres cinquante.

« Deux fois cinq égale dix, plus six égale seize, plus cinq…, songea Dickens, extatique. Montréal aura donc son gouvernement, c'est confirmé. Nous sommes en 1842. Je parie que ce sera fait d'ici la fin de la décennie. »

– Ah ! ça, par exemple ! Ne seriez-vous pas par hasard l'ami dont m'ont parlé les Dors…, commença Dickens en passant de la frayeur à la satisfaction.

Tout bien considéré, sa mission ne serait peut-être pas un échec complet.

– Chut ! Pas de noms ! On ne sait jamais ! l'interrompit l'homme dans un anglais correct en jetant des regards inquiets autour de lui.

Le plus étonnant ne fut pas la méfiance du religieux, pareille à celle de Margaret Dorsay, mais le fait qu'il prit alors Dickens par les deux épaules et l'embrassa sur la joue.

Le voyageur venu d'Angleterre avait beaucoup lu dans sa vie. Il savait que les membres de l'ordre des Templiers et les chevaliers en général s'accueillaient ainsi entre eux. Certes, il y avait eu, lors de leur procès collectif sous Philippe le Bel, des accusations de commerce physique contraire aux bonnes mœurs entre ces soldats qui avaient fait vœu de célibat. Mais Dickens reconnut tout de suite une coutume orientale dépourvue de tout sous-entendu « choquant ». Jésus-Christ n'embrassait-il pas ses apôtres à tire-larigot, le baiser symbolisant la transmission de la connaissance?

— Oh! comme c'est gentil de votre part! marmonna-t-il alors que son corps raide jusqu'à la douleur exprimait tout le contraire.

— *Quite proper and civil* [plutôt correct et courtois], glissa-t-il discrètement à sa femme en clignant de l'œil.

Flatté d'une telle marque de confiance à son endroit, Dickens eut tout de même envie de protester en affirmant qu'il ne méritait pas un tel honneur, qu'il n'était pas membre de la fameuse Compagnie de Dorsay, du moins pas encore. Mais pour un être comme Dickens, doté d'une imagination galopante, c'eût été trop. Saint Pierre n'avait-il pas renié le Christ pendant qu'on torturait le fils de Dieu?

— Emmenez-vous! commanda l'inconnu en pointant les marches menant au marché.

Une fois rendu à destination, Dickens fut déçu de l'édifice en question. C'était une longue construction rectangulaire en pierre. Les halles du marché couvraient deux étages percés de rangées de fenêtres. Avec ses six colonnes, la façade principale faisait penser à un temple.

— Ça ne ressemble pas du tout à un cénotaphe de mausolée, commenta-t-il en faisant référence aux croquis soumis par le comité des citoyens de Washington. Pas de pyramide non plus. On n'y trouve même pas de tour, aussi modeste soit-elle, où pourraient se concentrer les proportions spécifiques de la géométrie sacrée.

— Il faut toutefois reconnaître qu'il y a beaucoup de cheminées, concéda Kate avec humour après avoir remarqué les nombreux clochers aux environs.

— Vous avez raison, *my dearest life*.

Kate fut heureuse d'entendre les mots « *my dearest life* », termes attendrissants qui avaient parsemé les lettres de Charles avant leur mariage. D'ailleurs, ne les terminait-il pas, ces lettres, par « *990000000000000000 kisses* » ?

Elle se sentit proche de lui, tout comme au Royal Theatre, le jour précédent, alors qu'elle et son mari répétaient la pièce *A Roland for an Oliver* de Morton, qu'ils devaient jouer devant public le 25 mai suivant. Dickens avait été agréablement surpris de la performance de Kate et l'avait complimentée. Ce soir, elle aurait aimé le consoler en lui révélant que sa mission à elle avait réussi, qu'elle avait livré le deuxième coffret de Margaret Dorsay avec le secret de Dieu à son contact lors de leur escale à Toronto et que le scellé qu'on lui avait confié à lui contenait seulement des œuvres d'architecture sans grande signification pour les non-initiés aux dimensions divines.

À la porte sud du marché Sainte-Anne, l'inconnu lança un autre regard derrière lui. La place était déserte. Pas de soldat avec une muselière en bois.

– Allons ! Ne traînons pas ! insista-t-il avec un sourire. Vous allez assister à ce qu'aucun non-initié n'a encore vu depuis la fondation de Ville-Marie.

– Villa Maria ?... oh ! Marianapolis, bien sûr ! Nous vous suivons : faites donc, mon brave. Euh ! cependant, j'ai bien peur de devoir vous avouer qu'on m'a dérobé le message que je devais vous remettre. Je ne sais que dire, franchement. Par contre – Dickens appuya alors un doigt sur sa tempe –, tout est là.

– Ne vous en faites pas. Vous saurez bien me le dessiner, n'est-ce pas ? Puisque c'est de dessins qu'il s'agit...

– Dessiner ? *Why* ? Je suppose que oui, en quelque sorte... Avez-vous du papier ?

– Je n'ai pas de papier, non, mais il y a un livre digne d'intérêt là où nous allons : le livre des alchimistes qui ont mené leurs travaux dans l'hôpital fondé par l'infirmière Jeanne Mance aux premiers temps de la colonie française. L'hôpital permettait de cacher les cornues et l'athanor parmi les pansements et les attelles.

– *Splendid!*

Dickens ne connaissait ni cette Jeanne Mance ni l'histoire de Montréal. Quelque chose lui disait cependant qu'il pouvait en apprendre beaucoup plus maintenant que tout au long de son voyage de New York à Saint Louis, de janvier à mai. Depuis sa rencontre avec Margaret Dorsay, il allait de surprise en surprise, ce qui n'était pas pour lui déplaire.

– Ils en font beaucoup pour que je me joigne à eux ou, du moins, pour que je les serve avec ma plume, souffla-t-il à l'oreille de Kate. Qu'est-ce qui nous attend dans ce marché Sainte-Anne ?

– Je m'étonne de votre engouement, lui reprocha Kate avec un sourire entendu.

– Qu'est-ce qui vous fait dire cela, ma chère ?

– Ce que vous m'avez avoué du peu d'intérêt de votre famille pour la religion quand vous étiez jeune, à Chatham.

– Nous n'avons jamais pratiqué de façon très dévote auprès de l'Église d'Angleterre, c'est vrai, si c'est ce que vous voulez dire.

– Mais encore… N'avez-vous pas qualifié le ministre et ses sermons de *dismal and oppressive charade* [une supercherie lugubre et écrasante] ?

Dickens ricana.

– Il y avait de quoi ! Loin de s'en douter, ce cher révérend Giles, de la Zion Baptist Chapel, poussait les fidèles à perdre la foi, voire à recourir au suicide, avec ses prêches qui duraient plus de deux heures.

– Vous suivez maintenant un prêtre catholique, au cas où vous ne l'auriez pas remarqué.

– Pas n'importe quel prêtre, *by all means*. Il fait partie d'une conspiration, j'en suis sûr, s'il est acoquiné avec les Dorsay, qui sont aussi protestants que vous et moi. Depuis les chutes du Niagara, je respire le doux parfum du non-conformisme. Il y aurait donc de l'espoir pour ce nouveau continent?

À cette heure tardive un jour de semaine, le vaste édifice était désert et sombre. Une certaine appréhension empoigna le couple, surtout quand un bruit étrange les accueillit. On aurait dit le bruissement de l'eau. Il leur parvenait de sous leurs pieds.

– Une rivière encercle Ville-Marie, leur confirma leur hôte. La petite rivière Saint-Pierre.

– Diable! Nous avons arpenté tout le quartier! Je veux bien être coupé en huit dans le sens de la longueur si nous avons pu remarquer la moindre rivière ou, *for that matter*, le moindre pont, protesta Dickens.

– Elle est pourtant là, dit le religieux en pointant un doigt maigre vers le bas. Le marché Sainte-Anne a été construit sur son lit. Enfin, il faut dire que la rivière a été canalisée dans l'égout conducteur. Son eau sert à garder au frais les celliers des marchands.

Dickens ne put imaginer qu'un tel endroit devienne un jour le siège d'un gouvernement moderne, avec sa façade de temple antique.

– Il faut avouer que la première Chambre des communes à Londres, au pied de Big Ben, était vétuste, elle aussi. On y marchait sur de la terre battue, mais on a bien déjà joué *King Lear* sur de la terre battue, vous vous rappelez?

Leur guide alluma une lanterne et les invita à gravir l'escalier menant à l'étage. Là, ils traversèrent l'édifice sur toute sa longueur et franchirent un entrepôt jonché de sacs de jute. Il en émanait une odeur aigre de pommes de terre pourries. Leur hôte tira le bas de sa soutane et le plongea dans sa poche pour disposer d'une plus grande liberté de mouvement. Il s'attela à la tâche de déplacer des sacs de pommes de terre qui cachaient une porte étroite ressemblant fort à un soupirail.

— De l'autre côté, souffla le religieux avec un air de conspirateur.

Il se baissa et disparut dans l'ouverture.

— Franchement, *my good man*, vous n'y pensez pas ! protesta Dickens.

— Faites-moi plaisir, allons-y ! l'encouragea Kate en lui donnant une petite tape enfantine.

Dickens était excité, mais il ne le laissa pas paraître. Il maugréa pour la forme.

— Ça me rappelle ma jeunesse. Les reporters à Westminster devaient se faufiler vers la dernière rangée obscure de la Strangers' Gallery en passant par un affreux trou qui ne faisait même pas deux pieds de diamètre.

Grâce à la lanterne de leur guide, les Dickens réalisèrent qu'ils étaient dans une sorte de placard. Ou peut-être même dans un grenier. Une faible lumière filtrait d'œils-de-bœuf pratiqués dans le plancher sous leurs pieds, qui était percé comme un gruyère.

Dickens se fit prier, mais puisqu'il s'agissait en principe de la Compagnie, la curiosité l'emporta. Il daigna s'agenouiller et appliquer un œil sur une des petites ouvertures. D'abord, les Dickens ne virent rien d'autre que des ombres chinoises. Puis, peu à peu, les détails se précisèrent.

Des formes humaines occupaient une salle, mais elles restaient dans l'ombre de chandeliers placés sur une estrade à l'avant. En plus des chandeliers, ils remarquèrent un écu bien en évidence.

– On dirait un blason, remarqua Dickens. Est-ce celui de votre Compagnie ?

– Vous vous y connaissez dans le noble art de l'héraldique ? C'est le sceau des Associés que vous avez là, oui, le sceau de la Compagnie des Cent-Associés, qui a fondé la ville de Montréal. C'est donc celui de la Compagnie, en effet, car les Associés sont des membres de la Compagnie.

Le religieux s'y connaissait en emblèmes, car il fit une description précise et respectueuse.

– D'azur à une Notre-Dame d'argent, ayant un manteau de pourpre, posée sur un mont d'argent, tenant à la main senestre un lis de jardin à trois fleurs, portant sur son bras dextre un Enfant-Jésus d'argent, qui tend une couronne d'épines. Entouré d'un liséré d'argent avec l'inscription : « Nostre-Dame de Montréal ».

– Le sceau des Cent-Associés, vous dites, mon brave ? Des commerçants qui viennent ici vendre leurs produits ? demanda l'écrivain qui, au fond, espérait entendre une théorie mystérieuse.

Il ne fut pas déçu.

– La Compagnie des Cent-Associés est célèbre dans les manuels d'histoire. Le roi lui attribua le monopole du commerce des fourrures au début de la Nouvelle-France. La plupart ne savent pas que c'était un prête-nom pour « notre » Compagnie, la Compagnie du Saint-Sacrement. Nos buts étaient plus sociaux et religieux que commerciaux et financiers. C'est pourquoi la Compagnie des Cent-Associés a été distraite de son rôle de développement économique de la colonie et qu'elle a ainsi perdu ses titres.

— Si je comprends bien, la Compagnie se réunissait ici ?

— Vous dites cela au passé… Mais elle se réunit encore, vous savez, le corrigea le religieux avec un sourire affable où ne perçait aucune condescendance. Voyez vous-mêmes et gardez le silence, je vous prie, pendant la cérémonie.

Captivés par les décorations, les Dickens en avaient oublié les personnages devant eux. Des choses étranges et fascinantes se produisaient. D'abord, ils perçurent des glissements et des chuchotements qui n'avaient rien à voir avec le bruissement de la petite rivière Saint-Pierre. Puis, ce furent des ombres mouvantes en clair-obscur dans la lumière de flambeaux.

Un frisson parcourut l'échine de Charles Dickens. Sous eux, on aurait dit des fantômes. De plus en plus nombreuses, les formes humaines qui se déplaçaient au-delà de la cloison étaient recouvertes de capes blanches au liséré de couleurs diverses.

Le religieux profita de ce moment pour glisser une confidence à l'adresse de Dickens et de Kate.

— En passant, je m'appelle Athanase Mercier, p.s.s. Je suis prêtre de Saint-Sulpice et je n'aimerais rien de mieux que vous me dédicaciez votre livre, *Oliver Twist*.

Chapitre 18

Dickens promit un roman et une dédicace au religieux. Mais il s'intéressait davantage à la scène qui se déroulait sous leurs yeux qu'à la marque d'affection d'un lecteur. Aux États-Unis, il avait failli être écrasé à maintes reprises par les foules de lecteurs et de lectrices en délire.

« *I say!* Les couleurs des capes, pareilles à celles des diplômés d'Oxford, constituent sans doute un code interne pour distinguer les grades », pensa le Britannique.

Il en fut certain lorsqu'un de ces fantômes se détacha du groupe. Son liseré était d'or, une croix écarlate cousue au centre sur la partie antérieure de sa cape.

– Pour l'amour de Dieu ! Le… le maître des Templiers ? chuchota nerveusement Dickens à l'oreille d'Athanase Mercier.

– Le commandeur du chapitre, oui. Mais ce sont des descendants des Templiers qui s'en sont distingués sur certains points. Nous sommes la Compagnie. Bientôt, vous allez pouvoir constater les différences.

Comme la plupart des érudits de l'époque, Dickens ne connaissait que les Templiers, ceux qui avaient été exterminés au début du XIVe siècle. Aussi s'opposa-t-il :

– La croix pattée sur la chape, c'est celle des Templiers, non ?

– Il est vrai que les sociétés se recoupent. Par exemple, le commandeur a hérité de la cape du gouverneur de Québec, Montmagny, à l'époque de la fondation de Montréal, en 1642. Or, Montmagny faisait partie de l'ordre de Malte, un des nombreux noms adoptés par l'ordre du Temple pour déjouer l'Inquisition.

– J'oserais dire que je ne comprends pas un traître mot…

Le religieux reprit alors les explications qu'allait donner Plantagenêt à Quentin et à Kristen un siècle et demi plus tard.

– Nous sommes des frères, issus de la même famille, mais ayant suivi des voies différentes. Vous savez, des frères ennemis ont fondé Québec et Montréal. Montréal s'est distingué par son rejet du conformisme religieux et politique tel qu'appliqué à Québec par Montmagny et par monseigneur de Laval, le premier évêque de la Nouvelle-France. Laval, pour nous, fut un autre Richelieu.

– Vous avez parlé d'un livre d'alchimie. Voulez-vous dire que des alchimistes se cachaient parmi les fondateurs de Montréal ? Sous l'Hôtel-Dieu même ?

– Oui, mais rien d'officiel.

– Évidemment. Les alchimistes risquaient d'être brûlés sur un bûcher, tout comme les premiers scientifiques qui ont osé affirmer que la Terre tourne autour du Soleil.

– Il y a eu des charlatans parmi les alchimistes, mais il y a aussi eu les premiers scientifiques. La science a été une cible de choix à une certaine époque. Enfin, vous allez voir tout de suite que nous avons toujours été en avance sur notre temps.

Le conciliabule fut interrompu par le commandeur, qui venait de s'adresser aux membres de l'archiconfrérie.

– Voulez-vous que nous la fassions venir ? dit-il, emphatique.

Dickens sursauta, car il crut un moment qu'on parlait de Kate, donc que ceux d'en bas avaient détecté leur présence. À moins que le religieux en soutane noire ne les ait trahis ? Il esquissa un mouvement de recul et un geste protecteur devant sa femme en attendant la réponse du groupe de fantômes.

– Faites-la venir, par Dieu !

Mais l'imagination de Dickens lui jouait des tours. Personne ne portait la moindre attention aux intrus.

Après un lourd silence, une jeune femme aux longs cheveux roux bouclés qui lui tombaient sur les épaules se détacha de la foule. Elle s'approcha du commandeur. Aussitôt, elle s'agenouilla et joignit les mains.

Ce fut au tour de Kate d'être stupéfaite. Elle serra si fort le bras de son mari qu'il dut réprimer un cri de douleur.

– Lâchez-moi ! chuchota Dickens. Quelle mouche vous a piquée, madame ?

– C'est extraordinaire ! dit Kate pour unique réponse.

Elle avait les yeux fixés sur la rouquine qui venait de faire son apparition en bas.

C'est alors que Dickens comprit à son tour.

– Ma parole ! Elle est forte ! Elle va se faire botter le train, celle-là !

Craignant la colère de son mari, Kate lui empoigna fermement le bras tout en le bâillonnant de sa main potelée.

– Chut ! Pas un mot, le pressa-t-elle. Oui, il s'agit bien de la même contenance plaisante, des mêmes boucles rousses, du même nez retroussé, des mêmes poignets épais de cette fille de Bleeding Heart Yards réchappée des fabriques. Il s'agit bien de notre chère Ann Brown.

Dickens fut surpris par l'assurance de sa femme dans de telles circonstances. Elle semblait aussi à l'aise dans ce nid de conspirateurs en pleine nuit que lors du thé de 16 h à leur résidence du 1 de la Devonshire Terrace, en plein cœur de Regent's Park, à Londres.

– Ann fait partie de la Compagnie, souffla Kate avec une pointe de fébrilité.

– Je comprends pourquoi les Dorsay sont entrés en contact avec moi à Niagara Falls, chuchota Dickens à son tour après s'être libéré de la poigne de sa femme. Votre bonne, madame, nous avait infiltrés avec ses idioties.

– Je ne saurais dire. Assurément, les choses ont dû se passer ainsi, mais vous conviendrez sûrement que des idioties cessent d'être des idioties quand elles viennent d'une personne intelligente.

– Retrouver cette fille ici, c'est plutôt, à vrai dire, comme se donner une tape à soi-même, ne trouvez-vous pas ?

– Que vous êtes drôle… Chut ! Taisez-vous, je vous prie !

– Euh ! oui, bien sûr, bredouilla l'intimé, désarçonné par le ton impératif de Kate.

Le commandeur reprit avec une autre question.

– Sœur, demandez-vous la compagnie de la Maison ?

– Sire, je viens et devant Dieu et devant vous et devant les frères et sœurs…, répondit Ann.

– C'est bien la voix d'Ann, mon cher. Vous savez maintenant que c'est bien elle.

– … et vous prie et vous requiers par Dieu et pour Notre Dame que vous m'accueilliez en votre Compagnie et aux bienfaits de la Maison.

Le guide souffla quelques explications à l'adresse de Dickens.

– Ce langage est tiré directement des règles des Templiers lors de l'introduction d'une recrue. Voilà comment ont été initiées à la Compagnie des femmes comme Jeanne Mance, Marguerite Bourgeoys, Madame de la Peltrie et Marie de l'Incarnation, toutes des fondatrices de Montréal. Il faut dire que ces femmes ont été les piliers du projet de nouvelle société sur le Nouveau Continent. Tantôt bailleurs de fonds, tantôt démarcheurs. Jeanne Mance a été la trésorière et sans doute la commandeure locale. La jeune fille en bas sera peut-être un jour la commandeure, elle aussi.

– Pas si elle me tombe entre les mains, râla Dickens en seigneur et maître.

Sa femme l'intima de nouveau au silence.

La cérémonie se poursuivait à coups de questions de la part de l'officiant.

– Sœur, serez-vous encore en votre bonne volonté en sachant les grandes duretés de la Maison ? Il faudra la mettre avant enfants et mari, au risque d'être bannie.

– Je le veux.

– Êtes-vous prête à tout pour la Maison ?

– Je le suis.

C'est alors que le maître prit un objet sur une table. Dickens et Kate le reconnurent.

– Êtes-vous prête ? tonna l'homme à la cape dorée. Alors, faites-le.

La jeune femme cracha sur l'objet trois fois. Dans l'assemblée, la tension ayant précédé le geste fut suivie d'un soupir de satisfaction. Des chuchotements empressés remplacèrent les applaudissements.

Ann Brown se releva avec gravité et sembla s'apprêter à quitter les lieux. Mais elle s'était approchée d'un objet qui l'attendait dans un coin de la salle et que Dickens et les siens ne pouvaient apercevoir. Quelques minutes plus tard, ils la virent passer devant leurs œils-de-bœuf. Dickens ne put réprimer un cri de surprise tellement cela semblait extraordinaire.

– *For Heaven's sake, man, what is that?*

Athanase Mercier ne dit mot. D'ailleurs, les Dickens avaient compris ce qui se passait.

Ann Brown portait sur son dos une grosse pièce de charpenterie faite de deux madriers inégaux croisés perpendiculairement. Le madrier horizontal était plus court que le madrier vertical et conférait à la structure une allure mythique.

– Une croix, dit Dickens.

– Une croix, répéta Kate en écho.

– Je savais cette fille solide comme un bœuf, ajouta Dickens, mais pas au point de pouvoir porter une croix de cette dimension.

– Notre Ann Brown n'a pas fini de nous surprendre, mon cher.

– Que va-t-il lui arriver? demanda l'écrivain.

– Pour que l'initiation soit complète, répondit le sulpicien, cette femme va devoir porter la croix jusqu'au mont Royal.

– C'est loin? s'effraya Kate.

– Plutôt. Mais elle a toute la nuit devant elle. Et, comme on dit ici, la nuit est jeune.

– Excusez ma rudesse, gronda Dickens, mais à quoi servent toutes ces simagrées?

– Comme je vous l'ai dit, il s'agit de l'épreuve initiatique. Maisonneuve a porté une croix en janvier 1643 afin d'être reçu chevalier, premier chevalier de la Croix. En effet, l'année précédente, le pape Urbain VIII avait rendu aux ordres chevaleresques leurs lettres de noblesse. Il promulgua l'édit selon lequel ceux qui referaient le pèlerinage de la Passion recevraient le titre de chevalier de l'ordre du Saint-Sépulcre.

– Le *Mount Royal* devenant alors le calvaire ? demanda Kate.

– En quelque sorte. Il faut vous mettre dans la peau des gens de l'époque. Pour eux, vous savez, la ville de Montréal a été fondée en tant que « sainte colonie », comme l'ont appelée les Récollets. En fait, il s'agissait d'une nouvelle Jérusalem.

Dickens fit mine de s'élancer aux trousses de sa domestique, mais Kate le retint par la manche de sa redingote.

– Est-ce fini, monsieur ? demanda-t-elle à Mercier.

– Au contraire, le meilleur reste à venir, comme vous le verrez.

En effet, la réunion dura encore une heure, au terme de laquelle plusieurs nouveaux membres, hommes et femmes, furent reçus. Athanase Mercier reconnut Louis-Hippolyte Lafontaine.

Enfin, le commandeur laissa longuement planer son regard sévère sur l'assemblée. Puis, il leva les bras au ciel pour indiquer la fin de la cérémonie.

Les observateurs auraient pu penser que tout était fini pour ce soir. Le commandeur, son état-major et les initiés quittèrent les lieux un à un. Cela prit une bonne heure, comme s'il ne fallait pas sortir en groupe devant le marché Sainte-Anne afin de ne pas alerter les passants ou d'éventuels espions.

Dickens fit mine de se retirer à son tour, mais le sulpicien l'en empêcha en lui désignant la salle de réunion. Là-bas, quelqu'un faisait la tournée des lampes disposées dans des niches autour de la pièce. Dickens le vit retirer une à une les sources de lumière. Après quelques moments, il revint les remettre à leur place.

Dickens fut particulièrement sensible à ce manège. De l'endroit où il se trouvait, il pouvait bien voir les lampes et, grâce au regard perçant qu'on a à trente ans, surtout lorsqu'il s'agit du regard d'un romancier pour qui l'observation est le principal outil de travail, un détail attira son attention.

Ce détail lui rappela les lampes de Baltimore dont il avait entendu parler au début de son voyage en terre américaine. Il se demanda si, à Montréal, le souvenir de ces lampes, qui provoqua chez lui quelques crampes à l'estomac, n'était pas tout simplement le fruit de son imagination enflammée par son périple. « Pourtant, ce n'est pas possible, songea-t-il. S'il y avait un problème, notre guide s'en serait aperçu. »

Sa soudaine angoisse fut apaisée par l'approche d'un nouveau groupe de conspirateurs. Ils ne portaient pas les marques distinctives d'une société secrète, à l'exception de robes de bure caractéristiques des moines bénédictins. Pendant la cérémonie précédente, ils étaient demeurés en périphérie, sans intervenir, comme si la Compagnie leur était étrangère. Maintenant, ils s'étaient rassemblés au centre.

Les moines attendirent que le porteur de lampes se retire, puis rabattirent leur capuchon sur leurs épaules. Apparurent alors des têtes blanches et grises ainsi que quelques crânes chauves, un seul moine ayant des cheveux gominés noirs de jais. L'un d'eux, sûrement dans la trentaine, prit la parole.

— Je suis l'abbé Charles Langevin, secrétaire de monseigneur Bourget, évêque de Montréal.

— L'abbé Charles Langevin a été mon meilleur élève au séminaire, ne put s'empêcher de souligner Athanase Mercier. Oui, je suis professeur d'art oratoire. Pour les sermons dominicaux, vous savez. C'est le seul qui n'avait pas peur de la chaise des tremblements…

— La chaise des tremblements ? reprit Kate Dickens en relevant la tête de son œil-de-bœuf.

— Chut, madame ! la coupa Dickens, qui voulait saisir la suite. Que dit maintenant votre élève, monsieur Mercier ?

Mercier traduisit au fur et à mesure.

– Nous sommes rassemblés aujourd'hui, continua le président d'assemblée, en contravention des directives papales. Et, inutile de le dire, des directives de mon patron, monseigneur Bourget, qui condamnerait vigoureusement ma démarche ici. Je vous remercie donc de votre discrétion et je loue votre courage dans les circonstances.

– J'ai failli me noyer trois fois dans ce maudit canot d'écorce en venant ici ! lança un homme au teint de terre cuite.

Il y eut quelques rires discrets, voire gênés, comme si l'esprit du cardinal O'Reilly, qui avait lancé ces mots, ne réussissait pas à passer totalement dans cette atmosphère empreinte de gravité.

– Monsieur l'abbé Langevin, vous avez des nouvelles des amis de l'Église primitive encore présents à Rome ? demanda le cardinal McNamara, de Toronto.

– Oui : un pli de monseigneur Valençay, de Lyon, qui a ses entrées au Saint-Siège.

– Un Français ? s'exclama O'Reilly avec sa gouaille coutumière. Nous avons des appuis fermes en France ?

– En fait, seuls les Espagnols et les Italiens font front commun derrière le pape, expliqua Langevin. D'ailleurs, la majorité italienne semble unanime pour élire un nouveau pape d'origine italienne.

– On connaît les candidats pressentis ? dit Cummings, de Saint Louis.

– De toute évidence, laissa tomber l'émissaire de France présidant l'assemblée, il y a une étoile montante, et une seule : le cardinal Ferretti. Des fuites font croire qu'il pourrait l'emporter au conclave et qu'il prendrait même le nom de Pie IX.

Le cardinal Thibodeaux, l'homme à la chevelure noire, leva la tête pour mieux se faire entendre.

– On devrait plutôt élire un Jean XXIII !

– Que voulez-vous dire, Armand ? demanda McNamara.

– Eh bien, rendez-vous compte : un Jean XXIII suivrait en principe la voie tracée par Jean XXII il y a cinq siècles, soit condamner l'idée de l'infaillibilité du pape, idée qui, paraît-il, avait été lancée plus tôt par un moine franciscain. Je suis sûr que le prochain Jean XXIII mettra un terme à la rigidité de l'Église.

– Vous croyez vraiment que cette vieille question de l'infaillibilité va revenir sur le tapis ? demanda à son tour le représentant du diocèse de Québec.

– Assurément, Votre Éminence, clama Langevin. La papauté va friser l'extinction en notre siècle, elle qui a été mise à mal par les révolutions et qui le sera par la saisie des États pontificaux. Le dogme de l'infaillibilité est la seule arme qu'il lui reste pour retourner les choses en sa faveur.

– Nous, évêques et cardinaux, continuerons à n'être que des lèche-bottes ! cria le jeune Thibodeaux, dépité, avec des trémolos dans la voix.

– Je le crains.

– Mais ne fera-t-on rien au sujet de l'infaillibilité ? fit remarquer McNamara pour revenir à une démarche plus pragmatique. Il y aura sans doute un concile où on débattra de la question.

– On prévoit en effet un concile. Deux factions s'opposeront : pour ou contre l'infaillibilité. En ce qui concerne la Compagnie, nous présenterons les arguments contre une telle erreur.

– De quelles sortes d'arguments parle-t-on ? insista McNamara.

– Monseigneur, nous sommes encore loin des audiences sur le procès de l'infaillibilité, tempéra l'aide de camp de monseigneur Bourget.

– Sauf votre respect, monsieur l'abbé, nous ne sommes pas venus d'aussi loin pour nous faire parler de patience, rétorqua le cardinal de Toronto.

– Je suis d'accord. D'ailleurs, nous sommes réunis aujourd'hui pour écouter un de nos amis venu de France. Il a fait le voyage pour vous entretenir de la stratégie à adopter à l'avenir. Je vous présente le père Vérot, professeur à la Faculté de théologie d'Aix-en-Provence.

– Je salue Vos Éminences, dit Vérot, un type robuste aux cheveux drus et blonds coiffés avec soin et à la mâchoire carrée d'un général prussien. J'irai droit au but : on s'attend à ce que le nouveau pape poursuive une politique d'intolérance envers les synodes régionaux.

– Nous avons tenu nos synodes, intervint McNamara. Mais certains participants se sont dits épiés, d'autres, harcelés, même.

– Il se peut que vous ayez eu affaire à des éléments radicaux, expliqua Vérot.

– Les caïnites ?

– Eux, c'est autre chose, répondit Langevin. Ils représentent un danger mortel qui n'a rien à voir avec les préfets de discipline de notre Curie. Par exemple, les caïnites doivent avoir eu vent qu'un prélat américain importait le secret de Dieu dans les colonies britanniques. Ils ont suivi le secrétaire de monsignor O'Reilly à la trace comme des prédateurs. Ils n'hésiteraient pas à assassiner tout le genre humain afin de mettre la main sur le secret de Dieu pour le détruire et ainsi, éviter de voir invalidée leur foi en Satan et en ses suppôts, Judas et Caïn.

Qui sait si nos autres amis au sud de la frontière n'ont pas été suivis jusqu'à Montréal ?

— Enfin, reprit Vérot, il se peut que le nouveau pape aille encore plus loin et impose à chaque cardinal une visite régulière à Rome. C'est une façon de les contrôler. Aussi faudra-t-il profiter de vos voyages pour entrer en contact avec les fonctionnaires du Vatican qui pensent comme nous, de même qu'avec les autres pour les convaincre. À défaut de les persuader d'annuler le concile, il faudra tout mettre en œuvre pour le retarder le plus possible, en espérant qu'avec le temps les évêques conservateurs seront remplacés par des éléments modernistes.

— Monsieur Vérot, avez-vous des arguments pour les convaincre, justement ? demanda McNamara.

— Oui, oui. Je vous les soumets sur une feuille pour que vous en preniez connaissance. Vous voudrez bien la faire circuler, monsieur l'abbé Langevin. Cette feuille est le seul exemplaire, et il vous faudra la déposer dans vos archives les plus secrètes.

— La Compagnie n'apprécie pas les archives manuscrites, lança Langevin avec vigueur, mais s'il n'y a pas de noms, on pourra faire une exception.

— En attendant, je vous mentionne certains aspects de notre plaidoirie. À vous d'apporter vos réflexions et vos suggestions. Voilà donc notre plan de défense des évêques et d'attaque contre l'infaillibilité du pape. Il y aura d'abord des citations des Pères de l'Église, qui serviront en quelque sorte de jugements de jurisprudence. Vous avez leurs noms sur la feuille : saint Augustin, saint Jean Chrysostome et d'autres encore. Par ailleurs, il y a une série de faits, dans l'histoire de l'Église, qui tendent à nier la primauté de saint Pierre et des papes. Je vous les énumère succinctement :

1. Jésus a donné à ses apôtres le même pouvoir qu'Il a donné à saint Pierre.

2. Les apôtres n'ont jamais reconnu en saint Pierre le vicaire de Jésus-Christ et le docteur infaillible de l'Église.

3. Saint Pierre n'a jamais eu le sentiment d'être pape et il n'a jamais agi comme s'il l'était.

4. Les conciles des quatre premiers siècles, malgré qu'ils reconnurent la haute position qu'occupait dans l'Église l'évêque de Rome à cause de l'importance de cette ville, ne lui confèrent seulement qu'une prééminence honorifique, mais jamais d'autorité ni de juridiction.

5. Les Saints Pères ne traduisirent jamais le fameux passage « Tu es Pierre et sur ce roc je bâtirai mon Église » avec les termes latins « super Petrum » signifiant que l'Église était édifiée « sur Pierre » mais bien avec les termes « super petram », « sur le roc », c'est-à-dire sur la profession de foi de l'apôtre.

J'en conclus victorieusement, avec l'aide de l'histoire, de la logique, de la raison, du bon sens et avec une conscience chrétienne, que Jésus n'a accordé aucune suprématie à saint Pierre et que les évêques de Rome ne sont devenus les souverains de l'Église qu'en confisquant un à un les droits de l'épiscopat.[1]

– Bravo ! cria Thibodeaux alors qu'une cacophonie de murmures et de conversations enflammées emplissait la salle de réunion.

C'est alors que Dickens sentit la main d'Athanase Mercier s'appesantir sur son épaule.

– La révolte gronde, lui confia Mercier en roulant des yeux d'enfant surexcité.

---

1. Cette argumentation historiquement véridique a été utilisée plus tard par l'évêque croate Josip Strossmayer, qui mena le procès contre l'infaillibilité papale lors du concile Vatican I, en 1870.

Mais aussitôt, un nuage noir obscurcit son regard, et il ajouta :

– Mais ces cardinaux jouent leur vie, car les caïnites les tueraient tous pour moins que ça.

– Vous dites qu'ils sont en danger ? l'interrogea Dickens.

– En danger mortel. Mais nos ennemis ne savent rien au sujet de cette réunion…

– Vous en êtes sûr ? demanda Dickens. Je veux dire, vous êtes sûr que vos ennemis ne sont pas déjà ici ?

Ces mots tombèrent comme une sentence. Plus tôt, Dickens s'était remémoré un souvenir angoissant de son voyage à Baltimore. Il l'avait aussitôt rejeté parce qu'il semblait trop extraordinaire, trop terrible. Mais quand Mercier avait mentionné les risques courus par les cardinaux, le même souvenir avait refait surface avec insistance.

À son tour, Dickens adopta le ton grave de leur guide pour laisser tomber des paroles où pointait l'anxiété.

– Nous devons faire vite, *mister* Mercier, dit-il en cherchant la sortie. Oui, vous avez raison, vos cardinaux vont être tués à partir de maintenant, et je sais comment !

Chapitre 19

À bord de l'hydravion en route vers Montréal
6 juin, 21 h 40, peu après l'attaque à la Chambre des communes

L'île de Montréal commençait à se découper à l'horizon et, à peu près au milieu, quelques gratte-ciel surgissaient du sol comme les tours de cathédrales modernes. Quentin, Kristen et Willis n'avaient pas ouvert la bouche depuis une quinzaine de minutes. Quentin avait gardé les dents serrées et les muscles de ses maxillaires lui faisaient mal. Pour se distraire, il pensa à vérifier son BlackBerry, qu'il n'avait pas eu le temps de consulter depuis l'atterrissage du Challenger et les agressions qui avaient suivi jusqu'au 24 Sussex.

Trois appels avaient été reçus et enregistrés depuis le milieu de l'après-midi. L'un d'eux provenait d'un copain d'université qu'il aurait dû affronter dans un match de handball au gymnase, la veille. À l'heure de ce rendez-vous, il était chez Plantagenêt et avait oublié d'annuler. Robin aussi lui demandait des nouvelles de ses parents et, bien entendu, de lui-même. Elle lui demandait aussi la raison de ses questions sur la mise en scène médiévale chez Rusinski.

Le troisième appel venait de son père. En toute autre occasion, il n'aurait pas écouté tout de suite le message de Robert DeFoix sur son répondeur, s'attardant à rêver à Robin et à un possible retour en grâce à ses yeux. Mais les paroles de son père causèrent tout un émoi. Il ne put réprimer un hurlement qui, malgré le bruit du moteur, glaça le pilote. L'hydravion tangua dangereusement.

– Que se passe-t-il? cria Kristen en avançant la tête pour mieux se rendre compte de l'état du jeune homme.

Quentin réfléchit un instant afin d'en être certain, puis il s'adressa à ses compagnons, une pointe de triomphe dans la voix.

– On n'aura pas à fouiller tout Montréal, comme vous l'avez dit, monsieur Willis.

– Du nouveau? Sur ton BlackBerry?

– Oui. Mon père m'annonce fièrement qu'il a retrouvé le texte inscrit derrière la pierre marquée d'une croix sur la tour de la Paix. Il croyait l'avoir perdu dans une altercation avec les services de sécurité de la Chambre, mais il était tombé dans… dans une conduite d'aération, où il a rampé comme un scout en mission d'exploration, ce qui lui a rappelé sa jeunesse, explique-t-il finalement.

– Comment cela, dans une conduite d'aération?

– Mon père a été sculpteur parlementaire, continua Quentin sans répondre à la question. Imaginez-vous que c'est lui qui avait été chargé de le graver, ce message secret, sans savoir pour quelle raison ni ce que ça voulait dire.

Quentin passa son BlackBerry à Willis, qui lut le message en baissant trois fois les yeux de l'horizon devant le nez de l'hydravion.

Loin sur la Grande Île, l'eau sèche s'est tue où les Géants de glace ont traversé vers les colonies américaines pour que les enfants d'Israël avancent à travers la mer en terrain sec. (Exode 18,46)
Sous le triangle de la chapelle des Seigneurs en amont de Gibraltar.

Les Égyptiens sauront qui je suis (Y)HWH quand les eaux reflueront vers la chaise des tremblements de la plus grande Dame du continent nouveau. (Exode 20,7)

– Le premier paragraphe avait été sauvé sur la tour et transmis par Plantagenêt, mais les deux autres sont nouveaux, finit par dire Willis.

– Le docteur Plantagenêt ne les avait pas transmis parce qu'ils avaient été effacés à coups de ciseau à pierre.

– Mais pour moi, ça reste du chinois.

– Pourtant, c'est archiclair! déclara Quentin avec mauvaise humeur devant le peu d'effet suscité chez Willis. On nous informe de l'adresse et même de la pièce où se trouve le secret de Dieu!

Il se tourna vers la passagère en souriant, puis, en son nom et en celui de Kristen, il embrassa l'écran de son appareil.

– Merci, papa! C'est le plus cadeau que tu pouvais me faire!

Chapitre 20

À la suite de la menace évoquée par Dickens, Athanase Mercier se releva de son œil-de-bœuf en soulevant sa soutane. Puis, il considéra son invité dans le noir.

— Vous croyez que les cardinaux sont en danger de mort? Soyez rassuré, monsieur Dickens, nous surveillons le quartier depuis deux jours. Il n'y a pas eu de déplacements de groupes suspects. Les trois frères Kane, par exemple, sont toujours dans les environs du lac Ontario. Non, nous avons déjoué les caïnites, je suis formel. Il n'y aura pas d'attaque.

— Au contraire, mon brave. Si c'est ce que je pense, non seulement l'attaque est déjà lancée, mais elle est commencée depuis plus d'une heure déjà.

— Comment est-ce possible?

— Il suffit d'une brebis galeuse... Venez, il faut prévenir les participants à la réunion qu'ils seront exécutés.

Mercier se refusait à admettre une telle possibilité. Il ne bougea pas.

— De qui voulez-vous parler? Qui avez-vous vu?

— Le sacristain. Vous êtes sûr de votre sacristain, celui qui s'est occupé des lampes? répondit Dickens, qui ne pouvait pas y aller seul, de peur de s'égarer dans le labyrinthe de ce grand édifice sombre.

– Oui. D'ailleurs, il a près de soixante-dix ans, il ne pourrait guère attaquer les cardinaux.

Le souvenir des lampes de Baltimore… Dickens se rappelait les grands titres des journaux.

– Vous avez l'habitude de travailler aux lampes lors de ces réunions ?

– Euh, oui, bredouilla Mercier. L'huile des lampes brûle vite. On fait le plein des réservoirs pour le reste de la soirée. C'est ce qu'on a fait tantôt. Mais pourquoi cette question ?

– C'est que, si je ne m'abuse, monsieur, on n'a pas seulement rempli les lampes, on les a changées. Ce ne sont plus les mêmes qu'au début.

Mercier le regardait sans comprendre où il voulait en venir.

– Le carburant de ces lampes ne serait pas de la camphine, par hasard ?

– De la quoi ?

– Oui, de la camphine, c'est-à-dire de l'huile de térébenthine distillée, si vous préférez ?

– En effet, monsieur Dickens. Non seulement l'huile de baleine est trop dispendieuse, mais elle implique aussi la mort de superbes créatures qui sont nos égales dans le grand projet de Dieu.

Dickens ne savait pas si la vie des cétacés valait la vie des *Homo sapiens*, mais il savait une chose, une autre chose, et cela, avec certitude.

– De la camphine, mon Dieu. Je l'ai su tout de suite, car en brûlant, la camphine dégage une odeur plus supportable que celle du naphta.

En disant cela, l'auteur à succès se mit à se tortiller, mal à l'aise. S'il y avait eu plus d'espace, il se serait mis à arpenter les lieux comme un ours en cage. Il poursuivit, la gorge serrée, presque furieux que le sulpicien n'ait pas compris.

– Mais bon sang, mon bon ami, la camphine, c'est de la térébenthine, comme vous dites. Et la térébenthine, vous devriez le savoir, est hautement instable !

– On s'en sert pourtant depuis longtemps, sans problème.

– Je suis d'accord. La camphine est inoffensive dans les nouvelles lampes Vesta, celles qui étaient utilisées au début de votre cérémonie secrète, parce qu'elles ne comportent pas de vice de fabrication. Sauf qu'on vient de les remplacer par de vieilles lampes Argand avec réservoir et conduit en métal.

– Je ne vois pas…

– Mais oui, mais oui ! J'oserais croire que le métal, en se réchauffant, risque de faire exploser la térébenthine. J'ai lu des journaux de Baltimore qui faisaient état d'incendies tragiques causés par ces damnées lampes. Et voilà qu'on les installe obligeamment autour de vos curés…

– Mon Dieu ! Dans ce cas, le sacristain a commis une terrible erreur !

– Ou un attentat ! Vous parliez de danger mortel, tantôt…

Ce fut au tour d'Athanase Mercier de se tordre les mains.

– Nous sommes trahis ! Suivez-moi !

Les Dickens sortirent du grenier sur les pas de leur guide. Celui-ci descendit l'escalier avec hâte et suivit le mur qui séparait la salle de réunion de la vaste esplanade où les marchands disposaient leurs étals de produits aux jours de marché. Sur leur chemin, ils croisèrent une crédence appuyée contre la paroi. Dickens et Kate reconnurent l'accessoire utilisé pendant la cérémonie d'initiation, qui avait été déplacé hors de la salle. Le cadre y reposait toujours. Kate se demanda ce que ce cadre avait d'aussi infâme pour être la cible des crachats d'Ann Brown et des autres initiés.

Elle s'en approcha pour satisfaire sa curiosité. Le petit châssis en bois encadrait la reproduction d'un portrait, celui d'un homme âgé assis. Sans doute un ecclésiastique, un cardinal pour être plus précis, car il portait une calotte et une cape rouge d'hermine. Il avait les joues flasques, le menton fort, le nez long et recourbé, les paupières lourdes et les lèvres boudeuses. «Voilà la contenance d'un homme accablé», pensa-t-elle.

Au physique ingrat de l'homme du portrait se superposaient des taches sur la vitre. Des coulées blanchâtres, à moitié séchées. De la salive.

— Qui est-ce? demanda Dickens.

— Bartolomeo Alberto Cappellari, répondit le sulpicien.

— Un nom italien? demanda Kate. Un ennemi de la Compagnie, je présume, pour qu'on le traite avec si peu d'égards?

— Ennemi? Oui et non. Disons un symbole, expliqua le religieux sans marquer d'émotion. C'est le pape, l'évêque de Rome, Grégoire XVI.

— Vous le traitez à votre guise? dit Kate. Mais n'êtes-vous pas des catholiques? Je nous vois mal, n'est-ce pas mon cher époux, traiter ainsi l'archevêque de Canterbury!

— Il a parlé d'un symbole, madame, répondit Dickens, à peine un symbole…

— Je vous ai mentionné que l'élite fondatrice de Montréal avait rejeté le conformisme religieux, du moins en privé, développa Mercier. On ne fait que perpétuer la tradition. D'ailleurs, la tradition veut que l'épreuve initiatique à laquelle vous venez d'assister symbolise la totale obéissance à la Maison, à la Compagnie si vous voulez, plutôt qu'à l'Église. Le geste dégradant ne s'adresse pas au pape personnellement. Ce pauvre Grégoire a déjà assez de mal à défendre Rome contre les révolutionnaires qui sortent de partout. Il faut dire que les révolutions de 1776 et de 1789 ont fait des petits en Italie. Mais je peux comprendre que les crachats soient mal interprétés.

– Il paraît qu'on insultait le crucifix à l'origine, insista Dickens, qui se souvenait du célèbre procès ayant scellé le destin des Templiers.

– Que des symboles, rien que des symboles. La Vérité est là.

En parlant, l'homme pointa un doigt sous son sternum, sur son plexus solaire. Dickens fut surpris que ce ne soit pas le cœur ou la tempe.

– L'âme est là, déclara Mercier.

Ils poursuivirent leur marche pendant qu'ils parlaient. En arrivant devant la porte menant à la réunion secrète, Mercier montra des signes d'affolement.

– Regardez! On a barré la porte de l'extérieur! Nous sommes vraiment trahis!

Il souleva le lourd madrier qui bloquait le battant de la porte, refusant ainsi toute fuite aux participants à cette réunion extraordinaire.

En entendant ce bruit sourd, les cardinaux relevèrent leur capuchon et baissèrent la tête. Seul Lemelin, leur hôte, se hasarda à affronter le danger provenant de la porte.

– Qu'est-ce que cela signifie?

– Monseigneur, vous êtes trahis!

– Ah! c'est vous, monsieur Mercier! Que se passe-t-il d'assez grave pour interrompre cette réunion qui peut changer le cours de l'histoire?

– Je sais, je sais, et je suis désolé. Mais grâce à monsieur Dickens ici présent, nous savons que les lampes autour de vous ont été sabotées.

– Tout peut exploser, renchérit Dickens.

– Que faut-il faire?

– Ou on éteint les lampes *immédiatement,* ce qui est très risqué pour ceux qui s'en approchent, ou on fuit les lieux, lança Dickens.

– Nous sommes une douzaine, objecta Lemelin, et vous savez bien, monsieur Mercier, qu'on ne peut pas tous sortir à la fois. Quelqu'un pourrait comprendre qu'il y avait ici une réunion, et comme les réunions sont une infraction...

– Il y a les galeries sous Montréal, monseigneur, rétorqua le sulpicien. Nous pouvons tous nous y réfugier.

– Ah ça! monsieur Mercier, vous êtes au courant de plus de choses que votre évêque.

– Et plus au courant que n'importe quel Montréalais de ce qui se passe sous nos pieds...

– Procédons sans tarder.

Les prélats encapuchonnés allaient s'exécuter quand ils butèrent sur Mercier, resté interdit devant la porte.

– On a refermé la porte sur nous, dit-il d'une voix blanche à l'adresse des Dickens. Nous n'avons pas été assez prudents et nous nous sommes laissés piéger à notre tour.

– *God damn!* rugit Dickens. Oh! pardon, mes révérends, euh... messieurs les... euh... curés! *Good heavens!*

À trente ans, il avait confiance dans ses muscles. Il se précipita sur la porte en se servant de son épaule comme bélier, sans que le battant tremble le moins du monde. Il cria de douleur. D'autres se joignirent à lui et plusieurs épaules frappèrent la porte en même temps. Rien.

Il se ravisa aussitôt.

– Aux lampes, et en vitesse! commanda-t-il. Nous n'avons plus une seconde à perdre!

Douze des participants se dirigèrent spontanément vers les douze niches où les lampes diffusaient la lumière tirée de la combustion de la camphine, plus pure et plus éclatante que la lumière jaunâtre du naphta. L'extrait de térébenthine devait être frais, car aucune fumée n'entachait les globes, et les mèches n'étaient pas noircies par des dépôts de carbone.

Dickens lança un dernier avertissement.

– Surtout, ne manipulez pas la lampe. Contentez-vous de souffler la flamme. Un rien pourrait déclencher...

Il ne termina pas sa phrase. À l'autre extrémité de la salle, on entendit un claquement de tonnerre.

– Thibodeaux! C'est Thibodeaux! cria le cardinal McNamara.

Le jeune cardinal de La Nouvelle-Orléans, sachant avoir le physique le plus athlétique du groupe, avait opté pour la niche la plus éloignée. Il avait agrippé la lampe qui s'y trouvait avant que Dickens n'émette son avertissement. Ballottée, la camphine se répandit sur les parois du réservoir chauffé à blanc. La réaction explosive ne se fit pas attendre. Des flammes jaillirent dans tous les sens, happant la bure de Thibodeaux et grimpant le long du mur et du plafond. En quelques secondes, le jeune ecclésiastique se transforma en torche vivante.

– Enlevez vos robes et couvrez-le, vite! ordonna Dickens à l'adresse de McNamara et de Cummings, tout près de leur collègue du sud profond des États-Unis.

Thibodeaux ne leur en laissa pas le temps. Comment aurait-il même pu penser en cet instant où la douleur devait être un supplice? Il ne hurla pas non plus. Il s'empara de la lampe que Cummings allait éteindre et fonça vers la porte.

Il s'écrasa contre la porte, provoquant une seconde explosion qui embrasa le lourd battant.

Dickens crut d'abord que ce curé était devenu fou alors que chaque millimètre carré de sa peau envoyait des signaux cuisants à son cerveau. Puis, il eut une pensée émue.

– Cet homme est extraordinaire!

Tous comprirent avec lui que Thibodeaux s'était sacrifié pour leur donner une chance de s'en tirer. Si la porte et le madrier qui l'entravait parvenaient à brûler, quelques-uns, sinon tous, pourraient échapper à leur exécution sur le bûcher.

– Soufflez les autres lampes, répéta Dickens devant les cardinaux atterrés par cette scène infernale.

Heureusement, il n'y eut plus d'explosion. Cependant, en regardant au fond de la salle, Dickens évalua l'incendie. « Le feu est encore loin de nous. Mais est-ce que la porte tombera avant que les flammes ne nous rejoignent ? "Être ou ne pas être, voilà la question !" »

Le risque lui semblait trop grand pour attendre là, les bras croisés. La salle était un cube fermé à l'intérieur des halles, sans fenêtre pour s'échapper. La nuit avait déjà chassé les piétons. L'aide ne viendrait certainement pas de l'extérieur. Dickens fit alors deux choses : il sonda l'épaisseur des murs et chercha autour de lui un objet pouvant servir à défoncer une cloison.

– C'est de la pierre derrière le plâtre, déclara Athanase Mercier en notant l'inspection que faisait le romancier. Cette salle sert le jour pour garder des denrées au frais après les avoir montées de la cave. Difficile à percer.

– D'ailleurs, nous n'avons rien qui puisse servir de foret, ajouta Dickens.

Les évêques catholiques semblaient laisser l'initiative à Dickens. Ils l'entouraient, les yeux hagards malgré une lueur d'espoir insensé au fond de leurs prunelles.

Dickens entendit un chuchotement par-dessus le crépitement des flammes. Il ne pouvait pas en être sûr, mais il crut reconnaître du latin.

« Ces gens appellent leur bon Dieu : ils prient. »

Pour Dickens, cet exercice était plus ou moins futile. Néanmoins, il regarda Lemelin, McNamara et Cummings avec admiration. À la porte de la mort, ils n'avaient de pensées que pour leur maître des cieux. Ils étaient conséquents avec leurs croyances.

Dickens jugea bon de réessayer le coup du bélier.

– La porte doit être affaiblie par le feu. Essayons de nouveau de la défoncer !

Cinq captifs de cet enfer formèrent une ligne et s'élancèrent d'un même élan vers la porte enflammée, devant laquelle le corps du brave Thibodeaux dégageait une fumée nauséabonde.

Rien.

– Encore ! hurla Dickens.

Cette fois-ci, cinq autres religieux formèrent la ligne d'attaque. Sans plus de résultat. Tous se tapèrent mutuellement les épaules pour éteindre le feu qui avait gagné leur robe de bure.

– Encore ! Encore !

L'opération se répéta une demi-douzaine de fois, mais les évêques âgés perdaient vite leurs forces, d'autant plus que l'oxygène se raréfiait. Dickens jeta un autre coup d'œil vers l'arrière pour constater que si l'intérieur des murs était rempli de moellons, le revêtement de boiseries était hautement inflammable. La conflagration s'approchait dangereusement.

Devant le spectacle de ses compagnons qui s'affaissaient les uns après les autres sur le sol, il se précipita sur la porte avec l'énergie du désespoir.

– Le feu doit avoir traversé jusqu'au madrier. Il faut que ça cède !

À son tour, il s'écroula, épuisé, sans avoir réussi à ébranler la planche, ce misérable bout de bois, qui s'interposait entre la liberté et une mort certaine. Sa seule consolation, c'est qu'ils ne sentiraient pas la morsure des flammes comme Thibodeaux, car ils seraient sans doute asphyxiés avant.

Il jura sans que personne lui en tienne rigueur. Il serra dans ses bras Kate, assise à ses côtés. Sa femme ne montrait aucun signe de panique. Elle pouvait être butée comme tous les membres de sa famille, les Hogarth, et ne semblait pas avoir abandonné la partie, malgré les recours infructueux à la force brute. Ses yeux bleus fixaient un point au plafond avec insistance. Dickens suivit son regard, qui le mena à une rose sculptée dont le bouton n'était rien d'autre qu'un des œils-de-bœuf qu'ils avaient utilisés un peu plus tôt.

– Voyez, mon cher, cette rose.

– Ce n'est vraiment pas le moment d'admirer l'architecture, ma chère, la coupa Dickens. Quoiqu'on puisse en effet se demander ce qu'une rose sculptée fait dans un marché. C'est la salle des fleuristes, ici ?

– *Subrosa*, laissa simplement échapper Athanase Mercier.

– *Subrosa ?* s'exclama Dickens. C'est du latin signifiant « sous la rose ». Nous sommes en effet sous la rose, et alors ?

– Les sociétés secrètes ont toujours placé une rose au plafond de leurs salles de réunion, expliqua le religieux à la soutane noire. D'où le sens anglais de *subrosa* : « confidentiel ». C'est ce que signifie le fameux nom de la rose.

– C'est bien beau, tout ça, vitupéra Dickens, croyant que sa femme et leur guide étaient devenus fous. Mais ce n'est pas votre botanique, aussi mystérieuse soit-elle, qui va nous sortir de cette fournaise.

– Peut-être que oui, insista Kate.

Dickens comprit enfin.

– On peut essayer, lui souffla Kate, qui savait qu'il avait compris.

– C'est insensé, *utterly pure nonsense*, protesta tout de même son conjoint, le cou cassé en fixant ce point au-dessus de lui.

– Le plafond ne doit pas être en pierre comme les murs, continua Kate. À peine du bois sous du plâtre. Et remarquez que le plâtre est fissuré autour de la rose, parce qu'il y a plein de petites ouvertures rondes qui permettent de suivre les réunions sans être vu.

– C'est vrai, approuva Mercier, assis près d'eux. Et derrière, c'est le grenier où nous étions, donc le vide, la liberté !

Les prisonniers toussaient de plus en plus. La chaleur devenait intolérable et ils suaient, leurs vêtements collant à leur peau.

– Il faut que je me débarrasse de cette maudite redingote qui me consume à petit feu, grogna Dickens.

Cette idée rageuse lui fit envisager une autre possibilité.

– Oui, oui, déshabillez-vous, Kate.

– Vous avez perdu la tête, mon ami ?

Il la fit pivoter pour qu'elle lui présente son dos. Il se mit à délier robe et corset.

– Vous avez tellement de vêtements que quelques épaisseurs en moins n'y paraîtront pas. Et vous, monsieur Mercier, demandez à vos collègues de retirer leur robe et de fabriquer une bonne corde.

Kate lui embrassa la joue, qui lui parut aussi chaude qu'au temps de leurs premières fréquentations. L'auteur était surexcité par l'espoir.

– Monsieur Mercier, qui sont les plus solides parmi vos gens ?

Dickens avait d'abord pensé à avoir recours à la courte échelle pour atteindre la rose en relief. Mais le nombre de dos disponibles lui fit préférer la pyramide humaine. Réparti, l'effort serait moindre, et l'édifice jusqu'au plafond en serait d'autant plus stable.

Les prélats accroupis formèrent deux étages superposés. Mais quand Dickens voulut escalader la pyramide tronquée, quelqu'un s'affaissa en toussant, entraînant toute la construction. Le maillon faible jura de résister le prochain coup et, comme de fait, Dickens put se rendre jusqu'à la base de la sculpture florale.

Il y avait en effet de bonnes fissures autour de la rose. Dickens se mit à gratter le plafond avec ses ongles. Il eut d'abord du succès. De la poussière de plâtre se détacha et lui irrita les yeux. Le travail était lent et il se dit que le temps lui manquerait.

En bas, quelqu'un s'était écrié en toussant :

– Dépêchez-vous ! Je ne pourrai pas tenir longtemps !

– Moi non plus, dit un autre en écho.

– Amen, conclut un troisième.

Cela ajouta à la pression. Le feu gagnait rapidement leur position. La fumée devenait de plus en plus opaque et meurtrière. « C'est moi qui risque le plus d'étouffer en premier, pensa-t-il. La fumée monte ! »

Il eut beau s'acharner sur le revêtement du plafond, ses doigts ensanglantés ne réussirent pas à approfondir l'ouverture autour de la décoration symbolique.

C'est alors qu'il entendit la voix de sa femme sous lui.

– Attrapez !

Kate avait un crucifix à la main et s'apprêtait à exécuter un mouvement du bras pour le lui lancer.

– Bien sûr ! cria Dickens. Tous ces prêtres catholiques sont bardés de crucifix !

– Non, rétorqua monseigneur McNamara en gémissant sous l'effort. Nous ne devions pas voyager avec nos symboles religieux, de peur d'être reconnus, mais moi, je n'ai pas pu résister…

– Thad, vous n'êtes qu'un vieux toqué, gouailla Cummings, son collègue de Saint Louis. Mais je vous embrasserais si je n'étais pas à quatre pattes, dans cette position compromettante qui, paraît-il, a mené les Templiers au bûcher.

Dickens planta le pied du crucifix de métal dans la croûte de plâtre qui refusait de céder. Des éclats se détachèrent en plus grande quantité et Dickens sentit que la partie était peut-être gagnée.

– Ma chère dame Dickens, je vous adore !

Il regretta sa bonne humeur. Derrière le plâtre, il y avait du bois.

– Je devais arriver dans le grenier, selon monsieur Mercier. Il ne devrait pas y avoir de plancher de bois, seulement la charpente.

Les yeux de Dickens étaient irrités, enflés par la fumée âcre, et il ne pouvait plus regarder pour vraiment se rendre compte. Ses doigts se mirent à s'agiter avec frénésie, cherchant un orifice.

– Il faut que je trouve ! Il faut que je trouve !

À chaque mouvement qu'il faisait, la pyramide tremblait de plus en plus sous lui. Le moment allait venir où les hommes âgés seraient épuisés. Alors, plus rien ne pourrait plus être tenté. C'était sa dernière chance.

Dès qu'il imagina le pire, le pire arriva. Trois évêques lâchèrent prise et tous s'écroulèrent. D'en bas, Kate ne voyait plus le plafond tellement la fumée s'était épaissie. Elle ne vit Boz ni en haut ni en bas. Mais Dickens n'était pas tombé.

– Où êtes-vous, monsieur Dickens ? cria-t-elle. *Dear heart !* Où êtes-vous ?

Une avalanche de plâtras s'ensuivit. Kate entendit un cri.

– Ahhh !

« Il tombe ! » pensa-t-elle, la main sur le cœur.

Mais rien ne vint. Que se passait-il dans toute cette fumée au-dessus de leur tête ?

– Vous pouvez grimper, dit la voix de Dickens. J'ai accroché la corde de vêtements à un madrier de la charpente.

– Le trou est donc assez grand ?

– Oui. J'ai donné un bon coup de tête pour l'agrandir, d'où mon cri. Vous savez, ma chère, que j'ai la tête dure.

– À qui le dites-vous!

Tous firent ensuite comme il avait été convenu. Les plus forts des évêques se hissèrent à la force de leurs bras. Ensuite, les autres passèrent la corde sous leurs bras, la nouèrent solidement et furent hissés un à un jusqu'au grenier. Là, ils brisèrent le verre de la lucarne et reprirent l'exercice d'évacuation.

Laissant derrière eux le corps de monseigneur Thibodeaux, tous regagnèrent l'air libre et mirent le pied sur les pavés de la rue Saint-Paul en remerciant Dieu de son aide et en entonnant ce même *Te Deum* qui avait présidé à la fondation de Ville-Marie, en 1642. Bien des mains serrèrent celles de Dickens et de Kate. McNamara émit toutefois une réclamation :

– Remettez-moi mon crucifix, monsieur. Il ne me quittera plus jamais, même s'il faut encore cacher que nous sommes des prêtres catholiques. Quant à vous, monsieur Mercier, défaites la corde et rendez sa robe à madame Dickens. Nous sommes tous de vieux «eunuques» ici, mais tout de même…

Kate s'adressa à son époux sur un ton badin, comme elle savait si bien le faire en toutes circonstances :

– Je n'aurais jamais cru trouver un avantage à cette mode qui nous écrase sous des tonnes de jupons!

Cette boutade de la jeune mère cachait la peur qui la tenaillait. Kate avait su lui résister pour agir avec bravoure au milieu du brasier. Sa présence d'esprit et la maîtrise de ses sentiments les avaient sauvés.

Mais elle était loin de penser que sa mission pour la Compagnie n'était pas terminée.

Chapitre 21

Après avoir quitté le sulpicien, les Dickens regagnèrent leur hôtel dans l'obscurité de la nuit. Ils ne pouvaient pas se perdre, car l'hôtel Rasco était situé en face du Royal Theatre, que le couple fréquentait presque tous les jours en vue des représentations devant commencer le 25 courant. C'est à la lumière des lampadaires à gaz qu'ils reconnurent la façade de calcaire blanc avec ses arcades en pierre taillée. « Quatre-vingts chambres de prestige pour le plaisir des gentilshommes et des familles », disait la publicité dans un journal du Haut-Canada.

Les calèches-taxis stationnées en lignes parallèles à la porte de l'établissement de Francesco Rasco avaient presque toutes disparu, l'activité débordante du jour ayant fait place à la quiétude de la nuit, comme s'il n'y avait jamais eu, à quelques rues de là et peu de temps auparavant, ni complot ourdi par une secte secrète ni attaque sournoise perpétrée par une autre secte.

Kate Dickens se souleva sur ses coudes pour regarder son mari tombé dans un profond sommeil. Elle ne pouvait pas dormir. Les récents événements suscitaient un trop-plein d'émotions excessives où la peur se montrait après coup.

«Comment pouvez-vous ronfler, monsieur Dickens? songea-t-elle. Nos pauvres enfants ont failli perdre leurs parents! J'en suis encore toute retournée!»

Son cœur battait à tout rompre. Beaucoup plus fort maintenant que dans l'enfer du marché Sainte-Anne.

Comme Ebenezer et Margaret Dorsay, son monde avait basculé. La chaude atmosphère familiale à Londres semblait bien loin. Dans cette colonie, elle et les siens en étaient venus à risquer leur vie pour un idéal dont elle ignorait la puissance il y avait quelques jours à peine.

Les premières lueurs de l'aube n'allaient plus tarder quand, tout à coup, elle sursauta. Son cœur s'arrêta. La porte de la chambre venait de s'entrouvrir en silence. Elle eut envie de crier en voyant apparaître une lampe au bout d'un bras, mais elle se retint. Elle venait de reconnaître le visage mince de sa bonne. Elle enfila le châle en cachemire qu'elle aimait tant et rejoignit Ann Brown dans la chambre d'à côté.

– Mon Dieu, Ann! dit-elle une fois loin de Dickens, Boz pour les intimes. Est-ce bien vous que j'ai vue dans cette cérémonie de conspirateurs, tout à l'heure?

– Ça vous en a bouché un coin, n'est-ce pas?

– Même si je vous savais capable de cacher votre double personnalité, docile et effacée devant monsieur et les Hogarth mais enjouée et pleine de malice avec moi…

– Parce que je vous crois capable de dépasser les conventions et de vivre… vivre…

– Vivre? Ne vit-on pas? Qu'y a-t-il de plus que cela?

Pour seule réponse, Ann l'entraîna devant le grand miroir à bascule. Kate tressaillit. Son visage avait changé. Elle, dont les journalistes américains avaient vanté la beauté, ne s'était jamais trouvée belle. À cause de cela, elle portait toujours une boucle et un ruban dans sa chevelure, au-dessus de l'oreille.

Une boucle rendait moins austère la mode du chignon et des cheveux séparés au milieu. Mais maintenant, elle se sentait transfigurée. Certes, elle avait les joues rougies par l'incendie. Ses paupières étaient encore à demi refermées à cause de la fumée. Elle se mit à frissonner, puis éclata en sanglots.

– Nos pauvres enfants... Il est vraiment dommage – et je vous confesse la vérité – que leurs parents ne soient plus dignes d'eux. À vrai dire, nous n'aurions jamais dû faire ce voyage sans eux.

Elle se ressaisit presque aussitôt. Une nouvelle voix intérieure s'ajoutait à celle de sa conscience de mère. «Indignes, mais tout de même les instruments d'une noble mission, rien de moins...»

Elle n'était déjà plus la même depuis qu'elle avait été pressentie par Margaret Dorsay, l'épouse de ce «fichu grippe-sou d'Ebenezer», comme son époux le disait toujours en riant.

Dans la lueur discrète du bougeoir d'Ann, ses traits étaient tirés, mais son regard était de braise derrière ses paupières gonflées, comme si une nouvelle résolution enflammait sa vie d'épouse et de mère. À la lumière du jour, elle aurait sans doute remarqué que les courants violets de ses yeux chassaient la douceur du bleu. Ils lui conféraient une détermination presque froide.

– Mon Dieu, Ann, dans quoi nous avez-vous embarqués? Cette initiation dans le domaine des ombres où vous êtes descendue tantôt, et ce rendez-vous à Niagara Falls, dans cet autre domaine des ombres régnant autour de la Burning Spring... C'est à vous qu'on doit tout ça?

Ann hocha la tête. En parlant, elle invita Kate à s'asseoir devant le petit secrétaire de la chambre.

– J'étais en contact avec la Compagnie depuis Londres.

– Mais vous êtes protestante, ma pauvre fille!

– Les Dorsay aussi. Comme au début de la Nouvelle-France, la Compagnie recrute des bonnes volontés, non des sexes ou des cultures. C'est ce qui m'a séduite.

– Et monsieur Dickens, là-dedans ?

– Monsieur a lui aussi été pressenti par la Compagnie parce que son *Oliver Twist* a prouvé qu'il a le profil d'une âme généreuse, mais il ignorait que je vous avais recommandée aux Dorsay pour la mission la plus importante.

– J'ai été convoquée à la Burning Spring une heure avant lui. J'ai prétexté une visite aux boutiques en votre compagnie.

– Monsieur n'était qu'un appât pour les caïnites s'ils nous surveillaient.

– Que contenait ce coffret ciselé que vous m'avez fait remettre en mains propres à un certain monsieur Booth, de Toronto ?

– Ce n'était pas pour ce Booth.

– Comment cela ?

– C'était pour son petit-fils.

– Que me chantez-vous là, ma pauvre fille ? Ce Booth de Toronto auprès de qui vous et Margaret Dorsay m'avez envoyée avait à peine trente ans !

– Son petit-fils n'est pas encore né, vous avez raison, madame.

– Dites donc, la jeune cockney fantasque qui brisait mes services de porcelaine sur Doughty Street est devenue une vraie sorcière ! Et, en passant, elle a perdu son accent des quais de Londres !

C'était une boutade de pure forme. C'était ainsi que devait réagir une jeune mère respectable de la classe moyenne qui habitait une des maisons géorgiennes à la fois si proches et si éloignées des quartiers populaires de la capitale britannique.

Kate Hogarth avait été aussi émue que son mari, sinon plus, par les expériences qu'ils avaient connues dans le monde secret de Montréal et de la pointe sud du Haut-Canada.

– *Mister* Booth est un cousin de la famille des Booth du Middlesex…, expliqua Ann.

– Oui, et alors?

– Les Booth vont réaliser de grandes choses. Ils vont améliorer le monde comme la Compagnie l'espère. Ils parlent de lever une armée, mais pour le salut des faibles. Une armée du Salut, comme les Templiers.

– Je veux bien, mais le contenu du coffret? Des plans de construction comme le parchemin confié à monsieur, qu'il a laissé traîner et qu'on lui a dérobé?

Ann Brown hésita avant de répondre. Seule une question lui vint.

– Qu'est-ce que Margaret Dorsay vous a dit à la Burning Spring?

– D'après elle, c'était très grave, une «mission sacrée», selon ses propres mots. Et il y a cette phrase qu'elle a répétée et qui a sonné à toute volée dans ma tête, comme le carillon de l'abbaye de Westminster: «Le secret de Dieu est le plus grand secret jamais révélé puisqu'il est la réponse à la question que se pose le genre humain depuis ses débuts.»

C'est à la demande de Margaret que, avant son départ de Montréal pour Québec, Kate allait offrir un exemplaire d'*Oliver Twist* à Athanase Mercier, le religieux à la soutane élimée comme les haillons des clochards de Whitechapel.

Sur la table de chevet, elle en avait un deuxième. Elle prit le livre et, après s'être assurée que son mari dormait à poings fermés, elle se mit à encercler de sa plume une série de lettres le long de certaines pages.

Elle frissonna et, machinalement, couvrit ses épaules du châle de cachemire qui avait glissé pendant la conversation de conspiratrices qu'elle avait eue avec sa servante. Le châle avait été tissé par la maison Norwich & Paisley en Angleterre. Elle pensa qu'un jour prochain, elle se rendrait aux Indes pour voir les artisans dont la firme britannique s'était inspirée. Elle sentit pour la première fois que tout était possible. Malgré les enfants, elle et son mari ne venaient-ils pas de découvrir l'Amérique? Les confins de la civilisation, c'était Saint Louis à l'ouest et Bombay à l'est.

Le châle ne fit aucun effet, car ses frissons étaient ceux de la passion. En tombant sur le parquet astiqué de l'hôtel, il révéla une épaule nue, blanche, presque transparente, sillonnée de délicates veines bleues.

— Où voulez-vous, ma pauvre fille, que je dépose cet autre exemplaire du roman de monsieur? avait-elle demandé à Ann.

La bonne avait esquissé un sourire mystérieux. Sans répondre directement à la question, elle en posa plutôt une autre:

— Avez-vous remarqué que, sur la façade de la cathédrale, il y a trois statues, mais que Jésus-Christ n'y figure pas?

— Un hasard?

— Madame… Kate, il n'y a pas de hasard dans ce monde. Par exemple, si vous croyez que vous m'avez embauchée, détrompez-vous. Monsieur Dickens est trop important pour que la Compagnie ne noyaute pas ses romans. Il en va de même de monsieur Thomas Carlyle, son ami, chez qui mes services sont aussi très prisés.

Ann Brown aurait pu parler de la raison cachée de leur voyage dans l'ancienne colonie britannique, de contacts politiques du Massachusetts à l'Illinois, de leurs discussions contre l'esclavage et de leur résolution à tout mettre en œuvre contre ce prurit antihumanitaire.

Mais les choses à venir risquaient de susciter le scepticisme de sa maîtresse. Elle se contenta de rapprocher le deuxième *Oliver Twist* de son visage. On eût dit qu'elle voulait l'embrasser.

Quelqu'un lui avait dit que ce succès littéraire mondial remettait en question la recherche du profit au prix de l'exploitation des petites gens. Quoi de mieux pour mener au secret, en plaçant ces petites gens au niveau, sinon au-dessus, des riches ?

Avant de refermer l'ouvrage, elle souffla sur les traits de plume tracés par Kate Hogarth tout en arborant un sourire de satisfaction. Ann Brown lui avait finalement dit ce qui devait être dit cette nuit-là, mais cela lui avait d'abord paru incompréhensible. Puis, cette chrétienne estomaquée par l'hérésie d'Ann et de la Compagnie avait peu à peu assimilé le tout.

— Le livre de monsieur, vous m'avez demandé où mettre le livre de monsieur ?

— Vous le placerez tout simplement derrière le vrai Dieu dans la chapelle, répondit Ann.

— Que me chantez-vous là, ma fille ? Dans la chapelle ? Quelle chapelle ? Et d'abord, qui est ce « vrai Dieu » ? Vous allez me faire jurer comme monsieur ! Il n'y a qu'un seul Dieu, voyons ! De qui voulez-vous parler ? Allons, qui est ce « vrai Dieu », Ann ?

Sans répondre, Ann lui mit un feuillet de papier à lettres sous le nez.

— Vous voulez savoir qui est le vrai Dieu, madame ? La postérité voudra le savoir, elle aussi, et vous allez immédiatement rédiger le texte qui mènera à ce vrai Dieu.

— Mais vous êtes complètement folle !

— Passionnée, oui, parce que je connais la Vérité.

– Qui vous vient de…

– De la Compagnie. Allez, madame, écrivez ce que je vais vous dicter.

Kate haussa les épaules et trempa sa plume dans l'encrier. Puis elle dévisagea Ann, dont les prunelles dilatées jetaient des éclairs dans la semi-obscurité. « Mon Dieu ! Est-elle possédée par le Malin ? » se demanda-t-elle.

Kate ne put détacher son attention de cette femme qu'elle croyait connaître, elle qui menait une vie sans relief, sans histoire, tout occupée à survivre au jour le jour plutôt qu'à transcender le quotidien comme le faisait son artiste de mari. Puis, elle s'attarda aux lèvres minces, presque inexistantes, de son employée, encore bleuies par l'énorme effort physique fourni sur le mont Royal, comme si Dieu lui-même allait se révéler à elle par le truchement des mots qui franchiraient bientôt ces lèvres.

– Où est Dieu ? Qui est Dieu ? Je vais vous répondre, madame, par une simple phrase. La Compagnie, monsieur Athanase Mercier et les sulpiciens ainsi que vous-même m'avez inspiré cette simple petite phrase qui mène au trésor.

Ann se plaça derrière les épaules voûtées de sa maîtresse au-dessus de l'écritoire. Kate ne comprit rien à cette phrase supposément si simple dont une partie lui était pourtant redevable. La voix d'Ann avait pris un ton si grave qu'elle crut avoir affaire à une prêtresse des cultes antiques comme la pythie de Delphes.

– Oui, écrivez pour la postérité : « Les Égyptiens sauront qui je suis (Y)HWH… », mettez le « yod » entre parenthèses, madame ; « […] quand les eaux reflueront vers la chaise des tremblements de la plus grande Dame du continent nouveau. » Puis, ajoutez « Exode 20,7 » entre parenthèses, madame.

– Ma parole, ma fille, vous avez utilisé plusieurs expressions que j'ai notées dans mon journal de voyage. Des expressions que j'ai entendues autour de nous à Montréal : « chaise des tremblements », « la plus grande Dame du continent nouveau »….

– On m'a demandé de rédiger un code menant au secret de Dieu. D'autres de la Compagnie pourront y ajouter des parties avec le temps. Pour le moment, vous êtes plus douée que moi pour écrire de belles grandes lettres rondes. Et il faut que ce soit de belles lettres, car elles nous survivront, madame, je puis vous l'assurer.

Chapitre 22

*Grand Séminaire de Montréal, rue Sherbrooke Ouest
6 juin, 22 h 47, moins de 33 heures avant la mort annoncée de
Kristen Vale*

La voiture banalisée de la Gendarmerie royale s'arrêta devant le Grand Séminaire. Avant de descendre, Quentin DeFoix, Kristen Vale et Preston Willis voulurent se faire une idée de ce qui les attendait et scrutèrent la façade de l'édifice.

– L'endroit n'est pas exactement en proie au délire comme le Centre Bell quand le Canadien gagne, fit remarquer Kristen en réprimant un accès de toux.

– Ces grosses constructions de pierre impressionnent déjà en pleine lumière du jour, ajouta Quentin en déployant son parapluie. Elles deviennent franchement menaçantes dès que la nuit tombe, surtout quand il fait orage, comme ce soir.

Quentin ne le mentionna pas, mais le Grand Séminaire dans le noir lui faisait penser à la tour de la Paix, l'autre nuit. C'était encore des pierres sombres, parfaites pour dissimuler des complots et des meurtres.

– Ne nous laissons pas intimider, trancha Willis. C'est l'orage qui risque de faire galoper notre imagination.

Ce qui préoccupait l'agent fédéral, c'était le pratico-pratique. Il fit part de ses priorités.

– Vous êtes sûr, Quentin, que le message de la tour de la Paix fait allusion à ce Grand Séminaire?

– Pas sûr, mais c'est possible.

– J'aimerais mieux «probable» que «possible».

Davantage pour Kristen que pour Willis, Quentin aurait aimé lui aussi être certain de ses déductions. L'antidote était la récompense de justes déductions, et Kristen en avait besoin d'urgence. À la fin de leur voyage dans l'hydravion qui les avait menés d'Ottawa à Montréal, la lecture et la relecture du deuxième paragraphe du message de la tour l'avaient incité à poursuivre les recherches au Grand Séminaire de Montréal. Ce paragraphe disait ceci:

Sous le triangle de la chapelle des Seigneurs en amont de Gibraltar.

– Si Dickens était la clé de tout cela, Montréal serait annoncé d'une autre manière, avait déclaré Quentin en ayant hâte de descendre de l'hydravion.

– En plus de la dédicace dans *Oliver Twist* renvoyant au sulpicien Mercier? Comment cela? demanda Willis.

– Souvenez-vous du message de la tour: «Sous le triangle de la chapelle des Seigneurs en amont de Gibraltar.» Gibraltar... Gibraltar pointe en direction de Montréal.

– Il ne s'agit pas de la même géographie, avec atlas et tout ça, dit Willis. Le rocher de Gibraltar est en Europe. Je pouvais le voir tout illuminé comme un bateau à l'ancre au-delà de la fenêtre de ma chambre d'hôtel à Algésiras, en Espagne, où on situe la ligne imaginaire séparant la Méditerranée de l'Atlantique.

– Vous avez raison. Mais le mot «Gibraltar» doit être utilisé selon la pensée de Charles Dickens.

– Il n'y a qu'un Gibraltar.

– Pas pour les poètes. Ceux-ci l'utilisent dans des figures de style. Dans les notes de Dickens publiées sur son voyage en Amérique en 1842, l'auteur compare la ville de Québec et son cap Diamant au Gibraltar du Nouveau Continent. Or, si nous revenons au message des Templiers qui dit «en amont de Gibraltar»...

– ... Montréal est en amont de Québec sur le fleuve Saint-Laurent, termina Willis. Bon sang! Vous avez raison, Quentin. Il est quasi certain que nous devions faire ce voyage. Un problème demeure, cependant.

– Quoi donc?

– Montréal, c'est bien grand. Autant chercher une aiguille dans une botte de foin.

– Pas sûr. N'oublions pas l'autre indice dans le livre *Oliver Twist* de Dickens, la dédicace à un certain «Athanase Mercier, p.s.s.».

– Oui, et alors?

– «P.s.s.» veut dire «prêtre de Saint-Sulpice». Athanase Mercier était sulpicien. Or, le Grand Séminaire de Montréal est dirigé par les sulpiciens depuis sa fondation.

– Vous m'étourdissez. Pourtant, j'ai l'habitude des devinettes depuis mon séjour à Moscou, où je décodais les transmissions interceptées au siège moscovite du KGB, place Dzerjinski... Le message de la tour ne renvoie pas aux sulpiciens, lui.

– Je crois que oui.

De mémoire, Willis répéta le paragraphe envoyé par les parents de Quentin.

– «Sous le triangle de la chapelle des Seigneurs en amont de Gibraltar»... Les sulpiciens seraient donc...

– ... les «Seigneurs», oui, c'est archiclair. Il faut connaître l'histoire de la Nouvelle-France, monsieur Willis. Il semble que les gardiens du trésor la connaissent parfaitement, eux. Ils ont écrit : « Sous le triangle de la chapelle des Seigneurs ». Eh bien, ces messieurs de Saint-Sulpice portaient justement le titre de seigneurs à l'époque de Maisonneuve, car ils possédaient presque toute l'île de Montréal.

– Excellent ! Nous approchons du but ! Allons chez les sulpiciens ! Mais… vous ne semblez pas heureux, Quentin ?

– C'est qu'à partir de là, ce n'est plus aussi simple, je le crains.

– Vous m'avez fait une fausse joie, *old chap*.

– Le problème, c'est qu'il ne reste qu'une partie encore debout du Vieux Séminaire fondé par les sulpiciens au début de la colonie. Et il ne s'y trouve pas de chapelle, à ce que je sache.

– C'est pas vrai ! On n'a donc aucun respect pour les édifices historiques !

– À l'époque, on n'était pas aussi sensibilisé au patrimoine, monsieur Willis. Raser des bâtiments pouvait être considéré comme un progrès. Et il y a eu des incendies. Par exemple, la chapelle Notre-Dame-de-Bonsecours a été détruite par les flammes.

– Ce que vous me dites, c'est que le feu a pu emporter le secret de Dieu. Dans ce cas, l'agente Vale est condamnée.

– Je ne voulais pas paraître défaitiste. C'est une réalité historique, voilà tout. Mais j'y pense…

– Quoi ?

– Attendez…

Willis vit son passager de droite pianoter sur son BlackBerry.

– Voilà, c'est confirmé, monsieur Willis. Les sulpiciens sont responsables du Grand Séminaire qui, lui, est toujours debout. Et il y a une chapelle !

– Nous allons donc au Grand Séminaire.

Ottawa et le sud du Québec subissaient à ce moment-là les caprices de ce qu'on aurait pu prendre pour un climat tropical. L'orage surgissait de nulle part, la pluie tombait comme des cordes et on ne pouvait pas voir à plus de un mètre devant soi. C'était ensuite l'éclaircie, puis une chaleur de serre, humide et étouffante. Un de ces orages avait d'ailleurs gonflé les eaux dans les égouts sous la maison de Plantagenêt à Ottawa la veille. Un autre les attendait à Montréal.

Pourtant, tout s'était bien déroulé jusque-là. L'hydravion avait amerri au Vieux-Port, salué par un soleil éclatant. Les reflets sur les eaux du Saint-Laurent avaient failli aveugler le pilote comme une plaque de magnésium.

Le crépuscule zébré par des éclairs semblait conférer une vie propre au Grand Séminaire. La large façade en forme de U, d'un classicisme anglais écrasant, frémissait à chaque coup de vent. C'était à cause du lierre qui grimpait jusqu'au toit, les feuilles bruissant comme des grillons. La pauvre lumière des lampadaires accentuait l'impression que l'endroit était hanté par des êtres maléfiques.

En se retournant, Quentin plongea son regard dans le long jardin séparant le Grand Séminaire de la rue, au-delà d'une statue. Là aussi, le rideau de peupliers de Lombardie était secoué par la tourmente et faisait penser à une armée d'ennemis revêtus de capes noires qui allait les prendre à revers. La girouette de la tour est, vestige du fort de Vachon de Belmont, construit en 1685, grinçait en dansant sur le pignon comme un diablotin.

Devant cet arrière-plan de pénombre tourmentée, une statue blanche de la Vierge, dite « de la vie intérieure », apparut tel un fantôme.

La porte du Grand Séminaire s'ouvrit sans offrir de résistance, même à cette heure tardive.

– Venez, dit simplement Quentin.

Celui-ci et ses compagnons suivirent un long corridor décoré de portraits anciens, parallèle à la façade. Il nota que cette galerie était consacrée aux supérieurs qui s'étaient succédé depuis un certain monsieur Pierre-Louis Billaudèle, le premier supérieur de l'établissement religieux, à l'époque de la visite de Charles Dickens.

Ils croisaient parfois de jeunes hommes en civil, sans doute des étudiants. À mesure qu'ils avancèrent, un bruit monta. D'abord une rumeur bourdonnante, le bruit se changea peu à peu en musique.

– Un concert ? demanda Kristen.

– C'est possible. On a déjà joué une pièce de Paul Claudel dans la chapelle où nous allons.

Le corridor les mena à une grille au-delà de laquelle une foule s'était amassée.

– La chapelle, souffla Quentin.

– On a vu ses fenêtres illuminées en arrivant, dit Kristen.

– C'était pour ce concert, conclut Willis.

– Pas tout à fait, réalisa Quentin en voyant ce qui se passait dans le chœur. Venez, on aura une meilleure vue de là-haut.

Quentin les entraîna dans le jubé, au-dessus du portique de la chapelle. C'est de là que parvenait la musique d'un orgue dont les tuyaux encerclaient la tribune.

– C'est pas vrai, vitupéra Kristen Vale devant la cérémonie qui se déroulait sous leurs yeux. Tu ne songeais pas déjà à mon service funèbre en nous emmenant ici, Quentin DeFoix ?

– Ce que nous voyons là n'est pas un service funèbre, mais sans doute une répétition de la chorale, la corrigea le jeune homme, exaspéré par cet esprit lugubre.

Mais au fond, il ne pouvait que la comprendre. La situation était désespérée : comment pourraient-ils obtenir ce fameux antidote ?

De la tribune où ils s'étaient arrêtés, les trois visiteurs jouissaient d'une vue d'ensemble sur les lieux. L'édifice étroit leur parut démesurément long par rapport à sa largeur. Les stalles de chêne qui se faisaient face de chaque côté de l'allée principale étaient vides.

Des séminaristes, certains en aube blanche, d'autres en civil, occupaient le centre de la nef, droits comme des cierges. Un peu raidis par l'émotion, ils semblaient d'abord digérer la signification des soubresauts du maître de chant qui gesticulait devant eux. Puis, ils transformaient ces mimiques en sons mélodieux, graves et vibrants. Quentin reconnut du grégorien, une musique divine pour lui, l'amoureux du Moyen Âge.

Le chœur et l'organiste étaient parfois interrompus par les claquements de la baguette de leur chef sur le lutrin. Quentin ne jugea pas de la qualité du chœur, distrait par les trésors architecturaux devant lui.

– Non, Kristen, je ne nous ai pas emmenés ici pour assister à un concert. Regarde plutôt le style de ce pur chef-d'œuvre qui nous entoure.

– Désolée, Quentin, je n'ai jamais fréquenté les églises dans ma vie et je ne m'y connais pas. Parle-moi plutôt de Scotiabank Place et du Centre Bell, où on joue au hockey, et je te ferai une solide comparaison entre les loges VIP et les gradins à prix populaire…

– Regarde, Kristen, souligna-t-il, ouvre bien les yeux. Tu vas réaliser à quel point cette chapelle cache des secrets.

– Que veux-tu dire ?

– Beaucoup de choses anormales dans sa conception. D'abord, les bancs des fidèles se font face de chaque côté de l'allée. C'est assez particulier. Les églises catholiques ne sont jamais conçues de cette façon.

– Tu sais à quoi ça ressemble ? dit l'agente à son tour.

– Aux temples protestants et aux monastères, voilà à quoi ça ressemble.

– Peut-être, mais je pensais à la Chambre des communes, à Ottawa.

– Tu as raison. Pas étonnant, puisque c'est le même architecte qui les a dessinées, toutes les deux : la chapelle en 1903, la Chambre des communes en 1916.

– Tu parles d'un hasard !

Quentin eut envie de lui dire, comme le docteur Plantagenêt l'avait fait, qu'il n'y avait pas de hasard dans ce monde. Il préféra relever d'autres éléments qui faisaient de cette chapelle un endroit hors du commun.

– Et vois les croix pattées tout autour de la nef !

– Tu ne veux pas dire…

– Oui, justement.

– Les croix dont parlait Plantagenêt ? s'étrangla Kristen. Les croix des Templiers ?

– Oui, et il y a deux colonnes flanquant le chœur. Ce n'est pas banal. De plus, si elles paraissent noires vues d'ici, c'est qu'elles sont en marbre de Bordeaux couleur vert de mer. On ne voit ça nulle part ailleurs dans les églises du Québec.

– C'est riche, comme décor.

– En effet : tout cela a coûté cent quarante mille dollars, une fortune à l'époque, déclara Quentin. Dire que les sulpiciens avaient imposé un plafond de soixante-dix mille dollars ! Comme tu vois, le dépassement des coûts n'est pas une invention de notre époque moderne ! Mais là n'est pas vraiment l'intérêt. C'est que son inspiration n'en est pas fondamentalement catholique. Cette chapelle est aussi étrange dans un établissement religieux comme le Grand Séminaire que, disons, un Christ crucifié dans une synagogue !

– Ça vous dit quoi, tout cela, Quentin ? l'interrogea Willis. Vous êtes notre génie de l'histoire.

– Ça me dit que les Templiers et leurs descendants sont passés par ici en marquant les lieux par des signes concrets de leur ouverture d'esprit à l'égard de toutes les confessions religieuses.

– Je vois ce que vous voulez dire. Les Templiers, c'est en fait la Compagnie qui est passée par ici. C'est extraordinaire. Montréal qui affiche des symboles jugés hérétiques par le clergé. Ils ont bien caché leur jeu.

– Mais ça ne nous rapproche pas du secret de Dieu, protesta Kristen.

– Bien sûr! Il est là qui nous crève les yeux!

– Où?

– Le triangle du message de la Compagnie, Kristen, tu ne vois pas le triangle?

Après avoir observé la chapelle dans son ensemble, Kristen se mit à la détailler. Elle examina de nouveau les deux triples rangées de stalles agencées à la charpente de bois du plafond. Elle s'attacha au motif des vitraux, aux reliefs en stuc d'un chemin de croix sculptés entre les fenêtres et présentant une forme désespérément rectangulaire. Avec une impatience croissante attribuable à sa maladie et à ses convictions antireligieuses, elle écarquilla les yeux pour étudier la toile au-dessus du maître-autel. Tout ce qu'elle put en dire, c'est que parmi les personnages se trouvaient trois saints catholiques, leur halo en faisant foi. «Des halos circulaires et non triangulaires», se dit-elle avec dépit.

Elle avait bien envie que Quentin mette fin à son jeu-questionnaire: le temps pressait. C'est alors que les motifs du plancher lui sautèrent aux yeux. Le dessin complexe était constitué de mosaïque. Au lieu de scènes bibliques, de la représentation d'un calvaire ou des habituelles colombes, elle ne vit que des figures géométriques.

– Je dois me tromper. Pourtant, non...

Directement sous elle, à l'entrée de la nef et un peu plus loin, on pouvait voir une série de cercles juxtaposés formant des huit. Ces cercles semblaient soutenus par des croix pattées en leur milieu. Entre les séries de cercles, des losanges posés sur des rectangles apportaient une certaine variété.

Quentin dut deviner où elle en était rendue, car il donna des explications.

— Ces losanges avec les pointes du rectangle, on dirait des étoiles de David.

— L'étoile de David n'est-elle pas propre à la religion juive?

— Tout à fait. Cette chapelle était œcuménique bien avant le concile Vatican II.

— Il y a donc des cercles et des carrés, récapitula Kristen. Il ne manque plus que…

C'est alors qu'elle le vit. Le triangle avait été en partie caché par la chorale au pied des marches du chœur. Mais maintenant que la séance prenait fin et que les séminaristes quittaient les lieux, les trois spectateurs dans la tribune reconnurent la figure géométrique qu'ils cherchaient.

— Après les cercles et les carrés, voilà le triangle!

— Vous croyez que c'est le triangle dont parle le message de la tour du parlement? demanda Willis, qui venait de l'apercevoir à son tour.

— Le secret de Dieu serait donc devant nous, dans cette chapelle, conclut Kristen.

— Sous la chapelle, précisa Quentin. Rappelez-vous: « Sous le triangle de la chapelle des Seigneurs ».

— Il y a quelque chose sous la chapelle?

— Des morts.

— Quoi?

— Oui, c'est la crypte où sont enterrées cinq générations de sulpiciens.

Chapitre 23

Crypte des sulpiciens, Grand Séminaire de Montréal
6 juin, 23 h 35, moins de 32 heures avant la mort annoncée de
Kristen Vale

À l'invitation de Quentin, le trio quitta la tribune où l'orgue monumental brillait de tous ses tuyaux polis. Une fois dans le vestibule, ils se dirigèrent vers la gauche.

– La sacristie est à droite de l'entrée ; l'escalier qui mène à la crypte est à gauche.

Une fois au bas des marches, ils se heurtèrent à une porte massive verrouillée.

– Laissez-moi faire, dit Willis en fouillant dans la poche de poitrine de son éternelle veste bleu marine.

Il en sortit une trousse à crocheter les serrures. Il lança un regard vers l'escalier pour s'assurer qu'ils n'étaient pas suivis. Des jeunes gens de la chorale passaient tout près d'eux, dans le vestibule, commentant leurs performances musicales ou se souhaitant de bonnes vacances.

Tous les bruits étaient amplifiés comme si une troupe de caïnites allait les surprendre. Le claquement des pas sur la mosaïque, le grincement de la grille débouchant sur les corridors du Grand Séminaire, le chuintement des conversations étouffées : tout leur faisait redouter l'attaque des terroristes ou des gardiens de la Compagnie qui pouvaient bien les avoir filés depuis Ottawa.

Willis exprima leur inquiétude, accentuée par le spectacle qui les attendait derrière la porte. Un spectacle à l'opposé de celui de la chapelle.

– Ce serait l'endroit idéal pour faire disparaître trois curieux.

Le cœur de Quentin se mit à battre à tout rompre quand il vit la longue étendue de la crypte. Soutenu par des piliers rectangulaires au centre, le cimetière intérieur courait sans doute sous toute la superficie de la chapelle et peut-être même plus loin, sous l'aile Saint-Marc, la partie est du Grand Séminaire. Les ténèbres y régnaient et les visiteurs n'auraient pas pu en évaluer les dimensions exactes.

– On n'allume pas, conseilla Kristen. On pourrait nous surveiller du jardin.

Quentin se demanda comment on pourrait bien les apercevoir de l'extérieur. Il reçut une réponse quand l'alternance stroboscopique des éclairs de l'orage révéla les moindres recoins de la crypte à travers les fenêtres percées tout le long des fondations.

– En arrivant, j'ai remarqué qu'un fossé dégage les fenêtres entourant la crypte à l'est et à l'ouest, expliqua l'agente, plus à l'aise avec ces détails pragmatiques qu'avec les symboles religieux. Elles sont sans doute visibles d'aussi loin que de la rue Sherbrooke et du chemin de la Côte-Sainte-Catherine.

Quentin n'écoutait plus. Les éclairs avaient révélé des formes noires sur les murs autour d'eux. Il réussit à réprimer ses souvenirs de l'insectarium du docteur Plantagenêt, mais son imagination le porta à craindre le pire.

Les faisceaux de leurs lampes de poche braqués sur les murs latéraux ne firent rien pour dédramatiser la situation.

– Des croix noires sur les murs, comprit le jeune homme.

Même baignée de soleil en plein jour, la crypte devait paraître bien austère. Dans la pénombre de cette soirée d'orage, les nombreuses croix de bois apposées sur les murs ressemblaient à des ombres vivantes ou à autant de corbeaux aux ailes déployées.

Les égyptologues qui avaient exhumé la tombe de Toutânkhamon ne devaient pas avoir été saisis d'une fureur sacrée plus grande que celle de Quentin en ce moment.

– Il doit bien y avoir une centaine de ces croix de bois, dit-il pour entendre sa voix, en espérant entendre celle des autres pour dissiper son angoisse.

On eût dit que le trésor tout près devait être protégé par des gardiens prêts à tuer ou par le mécanisme d'un piège mortel.

– Elles sont faites de deux lattes toutes simples, fit remarquer Willis.

– Il y a comme des écriteaux sur chacune des croix, ajouta Kristen.

– Des écriteaux en forme d'écu, selon l'usage en vigueur du temps de Jacques Cartier, conclut Quentin.

Les inscriptions leur parurent banales et uniformes. En les parcourant, Quentin chercha un détail auquel s'accrocher. Mais rien ne le ramena au message de la tour de la Paix transmis par le docteur Plantagenêt. «Jules Vallières, né à Montréal le 2 septembre 1880, décédé à Montréal le 20 décembre 1968. Marcellin Gagnon, né à Montréal le 14 mai 1897, décédé…»

Il y avait quelque chose de surréaliste à visiter un cimetière souterrain en pleine nuit d'orage.

Les chercheurs se turent, prêtant l'oreille aux bruits provenant de l'extérieur, de peur d'avoir été repérés. Les rumeurs de la foule là-haut se dissipaient peu à peu, laissant présager que le trio serait bientôt isolé dans ce monde du passé.

Kristen fut prise d'une toux sèche à lui arracher les poumons, mais sans la satisfaction d'un crachat libérateur. Cette toux leur rappela que la mort se rapprochait. Quentin sentit l'angoisse lui contracter la nuque au point de produire une douleur semblable à celle d'une vrille qui lui aurait percé les tempes.

Willis jeta de l'huile sur le feu en accentuant la pression qu'il ressentait.

– *Showtime,* monsieur DeFoix! Montrez-nous que la Compagnie et Plantagenêt avaient raison de vous confier ce rébus historique!

Willis ne communiqua pas le reste de sa pensée. «Vous devrez résoudre ce casse-tête débile inventé par la Compagnie, évita-t-il d'ajouter, sinon l'agente Vale mourra. Plus que quelques heures.»

Il aimait Kristen, plus qu'un chef, plus qu'un gestionnaire de réseau d'agents du renseignement et même plus qu'un père. Il n'osait pas se l'avouer complètement, de crainte que ses sentiments ne nuisent à sa mission.

Avec Quentin DeFoix, il était plus opportuniste. Willis avait toujours estimé que l'élément humain était le maillon le plus important du travail des services de renseignement, et cet universitaire surdoué en apportait la preuve. Tout comme Tristan Plantagenêt, son ancien collaborateur à l'époque de jours plus heureux. Dans les équipes créées pour les opérations spéciales, que ce soit la Deuxième Force opérationnelle interarmées en Bosnie et en Afghanistan ou le Comité de coordination des services de sécurité nationale, chargé du contre-terrorisme au pays, la règle voulait que l'individu apporte plus d'information que n'importe quel appareil électronique, aussi sophistiqué soit-il.

Selon cette même règle, la qualité était toujours préférable à la quantité. En ce sens, Quentin déchiffrait beaucoup d'éléments du message sans toutefois prouver la véracité de ses déductions. Cela commençait à déranger Willis.

Après avoir épié Quentin qui parcourait les épitaphes l'une après l'autre, Willis le vit s'intéresser à la série de cadres accrochés au mur, au-dessus des tombes, à intervalles de cinq. Les cadres portaient eux aussi des inscriptions.

– Des passages du Nouveau Testament, réalisa Quentin. Quelqu'un a ajouté des citations de la Bible aux épitaphes.

– Ce sont des épitaphes toutes désignées pour des prêtres, glissa Kristen avec mauvaise humeur. On ne va pas trouver d'expressions du genre «À un époux bien-aimé».

– Vous voulez prendre la rangée ouest, monsieur Willis? suggéra Quentin sur le coup d'une inspiration subite. Kristen pourrait prendre la rangée est. Moi, je vais descendre au bout de la crypte et remonter vers vous afin de couvrir le plus de terrain possible.

– Que cherchons-nous? l'interrogea Kristen, frustrée de sentir ses forces l'abandonner peu à peu.

– Je suppose qu'on devrait chercher en priorité des passages du livre de l'Exode, puisque le message de la tour de la Paix le mentionnait.

– Je ne saurai pas si les textes viennent de l'Exode ou du *Petit Livre rouge de Mao*, protesta Kristen.

– Tu as raison. L'origine des citations n'est pas indiquée. Je vais donc parcourir toutes les tombes à triple vitesse.

Quentin dut vite se rendre à l'évidence qu'on avait fleuri les sépultures de citations tirées exclusivement du Nouveau Testament, comme si le Dieu vengeur de l'Ancien Testament n'était pas l'hôte idéal pour accueillir les âmes dans l'au-delà.

Perdu dans ses pensées, il réalisa qu'il était seul, ayant abandonné à l'entrée de la crypte les agents fédéraux rendus inutiles. Des toiles d'araignées pendaient entre les solives. Il dut se dépêtrer avec une hâte nerveuse. Dans un mouvement de bras maladroit, il frappa une colonne de bois et laissa tomber sa lampe de poche, qui s'éteignit.

– Où est cette maudite lampe? Je ne peux tout de même pas marcher sur la tête d'un de ces religieux!

Sans éclairage au milieu de la pénombre, Quentin sentit son imagination se mettre à lui jouer des tours. Au bout de cet immense sous-sol où reposaient les sulpiciens morts au XIXe siècle, il crut entendre un glissement. Il se retourna vivement en écarquillant les yeux.

Rien.

Ses yeux s'habituaient peu à peu à l'obscurité. Il retrouva sa lampe, qui avait roulé entre deux tombes.

– Manquerait plus qu'elle ne veuille pas s'allumer!

Quentin apprit à ses dépens qu'il ne faut pas tenter le sort. Sa lampe ne diffusa pas le réconfortant rayon de lumière jaunâtre. Il la secoua quelques fois en la frappant dans la paume de sa main. Il n'eut pas de succès et décida de rejoindre ses compagnons à l'avant. « Les piles sont mortes, se dit-il. Kristen et Willis auront de la lumière. »

C'est alors qu'il la vit surgir devant lui. Comme sortie d'une tombe, une forme humaine bougea à quelques pas de lui. Il crut reconnaître Kristen Vale.

– Kristen, c'est toi?

Son chuchotement était suffisamment fort pour être compris. À l'extérieur, le tonnerre grondait, mais les épaisses fondations de béton étouffaient les bruits de l'orage. S'il avait affaire à une personne, elle aurait dû l'entendre chuchoter.

Quentin se crispa, car l'apparition avançait vers lui. « La dame noire », pensa le jeune homme.

En effet, il avait devant lui la vision qui ne les avait pas lâchés, lui et Kristen. Et cette vision ne s'était pas précisée suffisamment pour qu'il la reconnaisse autrement que par sa couleur. Il n'y avait pas de visage, ou plutôt, il n'y avait pas de traits sur ce visage. Ce qui était évident, cependant, c'est que le visage était couvert d'un voile, comme toute la silhouette d'ailleurs. « La dame noire, pensa de nouveau Quentin. On dirait qu'elle porte une tunique ancienne. En tout cas, il n'y a pas de doute, c'est la même que dans le Challenger en revenant de Niagara Falls. Elle n'existe donc pas. »

Malgré tout, prenant son courage à deux mains, Quentin tendit le bras vers elle. Ce n'était peut-être pas prudent, car en agissant ainsi, il se rendait vulnérable. Ses doigts balayèrent le vide.

Il émit un ricanement nerveux. « De l'air, rien que de l'air. Mon subconscient s'amuse à mes dépens. On dirait qu'il veut que ma raison s'intéresse à une femme habillée de noir. »

Encore une fois, il ne put pas l'identifier. Il rejoignit Kristen et Willis, qui l'attendaient avec impatience à l'abri d'un pilier.

– Vous avez eu du succès ? lui demanda Willis.

– Non. J'en ai profité pour chercher le nom de la dédicace de Dickens, « Athanase Mercier ». Rien de ce côté-là non plus.

– Notre visite ici n'a donc rien donné.

– Pas tout à fait. Ça n'a rien donné jusqu'à ce que ma lampe de poche me lâche. Dans le noir total, j'ai finalement vu plus de choses qu'en pleine lumière.

– Que veux-tu dire ? demanda Kristen avec une hâte non contenue.

– Une silhouette, toujours la même, sortie de mon imagination.

– Tu veux dire la dame noire ?

– Oui, comment le sais-tu ?

– J'ai pensé à la même chose, il y a un instant. Est-ce que cette crypte est magique ? reprit Kristen sans conviction parce que ce n'était pas rationnel. Ou sommes-nous tellement épuisés que nous avons des hallucinations ?

– Il y pousse peut-être des champignons hallucinogènes ? railla Willis, exaspéré par ces histoires d'apparitions. En tout cas, je n'ai rien vu, moi !

– Ce n'est pas la crypte, convint Quentin. Ce doit être quelque chose d'imprimé dans notre subconscient.

– Mais comment ? l'interrogea Kristen.

Quentin ne répondit pas. De la main, en silence, Willis leur indiquait quelque chose derrière eux.

Les deux jeunes se retournèrent vers la porte menant à la chapelle, qu'ils avaient franchie plus tôt. C'est alors qu'ils virent une forme humaine se dessiner en ombre chinoise dans la lumière qui pénétrait à flots par la porte ouverte.

– La dame noire ! s'exclamèrent-ils à l'unisson.

Chapitre 24

Crypte du Grand Séminaire de Montréal
7 juin, 1 h, 30 heures avant la mort annoncée de Kristen Vale

Devant cette présence humaine inattendue dans la crypte, les trois visiteurs eurent la même pensée.

– La dame noire, répéta Quentin. Elle existe donc vraiment en dehors de notre cerveau !

Kristen et Willis se refusèrent à accepter cette hypothèse. Ils sortirent leur arme de l'étui passé sur leur poitrine.

– On nous a suivis…, supposa Willis.

– Les caïnites ont attendu qu'on s'isole pour nous surprendre, dit Quentin, qui rejeta lui aussi son rêve : la forme humaine était bel et bien vivante, puisqu'elle descendait toujours l'escalier en parlant.

– Vous venez, mon père ? entendirent-ils distinctement.

– C'est peut-être simplement le sacristain, risqua Willis.

– Peut-être. Mais la sacristie est de l'autre côté de la chapelle, au même niveau, rétorqua Quentin. Ici, dans la crypte, il n'y a rien à faire en pleine nuit pour quelqu'un d'honnête.

Ils virent la silhouette de Willis passer à côté de leur abri.

– Pas de contact, si possible : il faut rester incognito à Montréal, chuchota-t-il. Je vais voir s'il y a une autre sortie.

De retour au fond de la crypte, il écarquilla les yeux afin de ne pas devoir allumer sa lampe. Il se mit à ausculter la largeur du mur.

À partir de ce moment, tout se passa très vite.

Une seconde ombre descendit l'escalier du vestibule.

Son instinct de survie porta Quentin à se retourner, craignant d'avoir été contourné sur le flanc. Un autre éclair provenant de l'extérieur illumina la crypte et sembla lui donner raison. Une forme humaine derrière lui les épiait, peut-être prête à se jeter sur eux. « Le trépan, pas le trépan ! » gémit Quentin intérieurement.

Kristen devait avoir vu elle aussi, car elle appela à voix basse.

– Preston ? C'est vous, Preston ?

Pas de réponse. Elle s'adressa alors à Quentin.

– Où est Willis ?

Le plafonnier s'alluma à ce moment précis, éclairant l'homme qu'ils croyaient posté derrière eux.

– Une statue, réalisa Kristen.

– Un buste monté sur un socle circulaire, précisa Quentin en poussant un soupir de soulagement.

En effet, le buste représentait le visage rond, les lèvres charnues, la moustache et le pinceau de barbe au menton du fondateur de l'ordre de Saint-Sulpice, le Français Jean-Jacques Olier.

Quentin était à peine rassuré quand il entendit une voix inconnue résonner trop près d'eux à son goût.

– Docteure Mercier ? Vous êtes là, madame ? dit la voix.

Ce fut le signal pour Kristen de s'élancer vers l'endroit d'où provenait la voix.

Une fois Quentin revenu de cette nouvelle frayeur, il osa regarder au-delà du pilier et aperçut Kristen et Willis qui retenaient un homme étendu sur le ventre, les bras repliés perpendiculairement au-dessus de son dos. «La prise du KGB, songea Quentin, toujours porté aux analyses. Celle de mes agresseurs à la tour de la Paix!»

Ce devait être une technique maintenant adoptée par plusieurs services secrets.

Il n'eut pas le temps d'épiloguer sur cet épisode dont ses muscles endoloris se remettaient à peine. Une femme surgit sur la scène en courant. Ce devait être la deuxième ombre de l'escalier.

Dans la cinquantaine, elle portait un tailleur sombre sans accessoire, aussi sévère que ses cheveux grisonnants ramenés en chignon. Les yeux gris étaient plus déterminés que froids.

Une idée furtive traversa l'esprit de Quentin.

– Elle a vraiment l'air de la femme en noir.

Cette dernière ne semblait armée que d'une force de caractère peu commune, car elle tonna sans aucune hésitation:

– Vous pouvez relâcher monsieur Marquette. C'est le bibliothécaire du Grand Séminaire. Il n'a rien d'un terroriste.

Puis, à l'adresse de l'homme couché et grimaçant de douleur, elle continua:

– Vous auriez pu vous faire tuer, monsieur Marquette, à vous annoncer comme ça!

La surprise passée, Willis l'interpella.

– Qui êtes-vous?

– Une collègue de Tristan Plantagenêt. Il m'a prévenue de votre visite, photos à l'appui. Agents Vale et Willis, et là, monsieur DeFoix, je présume?

Quentin réalisa que son directeur de thèse à l'université travaillait toujours pour eux dans l'ombre.

– Madame Mercier? s'exclama Kristen Vale. Vous êtes la conjointe du ministre Mercier, de l'Assemblée nationale?

– Veuillez excuser mes manières, je ne me suis pas présentée. Quand il s'agit des affaires de la Compagnie, j'ai tendance à raser les murs et à garder l'anonymat. Il n'y a que monsieur Marquette pour crier mon nom sur les toits.

Elle décocha un regard de reproche au sulpicien, qui baissa les yeux. C'était une femme de tête avec le charisme pour commander. Elle se nomma avec la fierté d'une aristocrate.

– Agente Vale, je suis Marie Mercier, la sœur du ministre Marc Mercier, et non sa femme. Je suis médecin rattaché à l'Hôtel-Dieu.

– Désolé pour votre frère, laissa tomber Quentin.

– Les forces du Mal nous en veulent depuis toujours, dit-elle avec résignation. Elles ont eu raison de Strickland et de Rusinski. Il faut dire que nos frères d'Ottawa ont été imprudents. Ils ont révélé leur rôle de gardiens du secret dès qu'ils sont tombés par hasard sur le message de la tour. Quant à mon frère Marc, le ministre, il a subi le châtiment suprême, la peste, imaginez. Vous savez que la peste est liée à nos ennemis. Elle apparaît quand l'influence des sociétés secrètes humanistes est annihilée par les forces du Mal. Après que les Templiers eurent été brûlés sur le bûcher, au début du XIVᵉ siècle, sur l'ordre du roi de France Philippe le Bel, l'Europe a été décimée par la Grande Peste. Plus tard dans l'histoire, après que l'Inquisition eut assassiné le philosophe libéral Giordano Bruno et les nouveaux Templiers à Florence au début du XVIᵉ siècle, la peste a ressurgi pour frapper l'Italie d'abord, puis tous les pays d'Europe occidentale jusqu'en Angleterre, passant très près de tuer la Renaissance dans l'œuf.

– La Renaissance est une époque désignée ainsi par les historiens, expliqua Quentin à l'adresse de ses compagnons, parce que la civilisation occidentale s'est enrichie très rapidement après la découverte de l'Amérique.

– Ces grands progrès ont failli ne jamais se produire, acheva Mercier, et ce, à cause de nos ennemis.

La fascination se mêlait maintenant à l'angoisse chez Quentin. Apprendre les dessous de l'histoire non racontés par l'école ni par l'université pouvait être aussi voluptueux pour lui que les plaisirs des sens. Mais en bon intellectuel, il fut poussé à se faire l'avocat du diable.

– La peste de la Renaissance est un hasard, rien de plus. Comme le SRAS et la grippe aviaire de nos jours.

– Ce n'est pas si sûr. La peste fait partie de la tradition biblique, ce qui n'est pas le cas du SRAS, du virus H1N1 et de l'influenza aviaire H5N1. Souvenez-vous de Luc, chapitre vingt et un, verset onze, annonçant la fin des temps : « Il y aura de grands tremblements de terre et, par endroits, des pestes et des famines ; il y aura aussi des phénomènes terribles et, venant du ciel, de grands signes. »

– Si je me rappelle bien, la peste fut aussi une des dix plaies d'Égypte.

– « Pharaon, voici que la main de Yahvé frappera tes troupeaux [...] d'une peste très grave » : livre de l'Exode.

– Les pestes étaient prévues depuis Moïse.

– Oui, et bien d'autres choses.

– D'autres choses comme la fin du monde, suggéra Quentin.

– Tout à fait, car le mot « peste », pour les lecteurs anciens de la Bible – ce que nous sommes, nous de la Compagnie et les caïnites – , oui, le mot « peste » ne se borne pas à désigner une maladie, mais comprend tout ce qui détruit. D'après les caïnites, la peste contient tous les fléaux, toutes les maladies. Il y a le choléra qui frappa Québec en 1849 et décima les pauvres immigrants irlandais en quarantaine sur la Grosse Île. Il y a eu la petite vérole et la fièvre typhoïde à Ottawa de 1880 à 1915, forçant à isoler les habitants dans des tentes sur l'île Porter.

Et n'oublions pas la grippe espagnole qui éclata partout après avoir été ramenée d'Europe et que mon arrière-grand-mère, sur sa ferme à Montebello, prévint avec un régime lacté, sauvant mon grand-père aux couches… La Compagnie est fermement convaincue que les vaccins avaient été contaminés par les forces obscures que nous combattons et que le haut taux de mortalité était plus attribuable au remède qu'au microbe de la grippe lui-même. Donc, l'arme biologique, c'est le meilleur moyen de déclencher la fin du monde. Si mon frère de Québec est mort de la peste, on peut être certain que nos ennemis sont derrière et cherchent toujours à provoquer la fin de notre monde, qu'ils détestent.

Quentin vit la médecin serrer les poings, son regard prenant la dureté de la pierre. Cet abandon à l'amertume et à la haine ne dura qu'un court instant. Elle était rompue à la discipline exigée par un doctorat en médecine et par sa mission de soldat de la Compagnie.

— Que cherchez-vous dans la crypte ?

— J'ai déduit du message de la Compagnie que le trésor devait se trouver sous le triangle des seigneurs. Il y a bel et bien un triangle dessiné sur le plancher de la chapelle au-dessus de nos têtes.

Marie Mercier réfléchit un moment.

— Vous avez raison pour le triangle au-dessus de nos têtes, dans la nef de la chapelle. La grande allée menant au chœur est ponctuée de figures géométriques propres aux francs-maçons. Les francs-maçons ont été nos alliés à travers les siècles.

— Alors, nous avons eu raison de descendre à la crypte ?

— L'idée d'explorer le sous-sol est tout à votre honneur, oui. Le secret de Dieu se trouve quelque part sous Montréal.

— Vous êtes sa gardienne, vous devez donc connaître le lieu exact ?

– Moi-même, non. Nous sommes de pauvres gardiens, moi, Plantagenêt et les autres, puisque le trésor s'est perdu autour de la première moitié du XIXe siècle. Je me contente de surveiller toutes les ouvertures pouvant mener au trésor sans jamais l'avoir vu. Il s'est perdu et la Compagnie n'a pas vraiment cherché à le retrouver, jusqu'à ce que des terroristes le réclament. Mon père n'a pas connu le lieu exact où il se trouve. Il faut remonter à mon arrière-arrière-arrière-grand-oncle, un sulpicien qui, d'après la tradition orale de la Compagnie, aurait été le dernier à connaître l'emplacement précis. Ce qu'on sait, c'est qu'il aurait été enseveli sous Montréal.

– Qu'est-ce qu'on dit du sous-sol de Montréal ?

– En fait, des hypothèses ont circulé depuis la création de Ville-Marie selon lesquelles le sous-sol de la colonie avait été percé de galeries souterraines. Comme le démontrent les archives de l'ordre de Saint-Sulpice, le château à la place duquel a été bâti le Grand Séminaire aurait été relié par un système de galeries à l'Hôtel-Dieu, à la chapelle Notre-Dame-de-Bonsecours et à la pointe à Callières.

– On aurait creusé le métro dès 1642 ? dit Quentin d'un ton mi-figue, mi-raisin.

– En quelque sorte. Cela, autant pour échapper aux attaques des Iroquois que pour dérober à la vue des non-initiés des activités secrètes menées par certains des fondateurs, activités qui n'avaient rien à voir avec la mission officielle, soit l'évangélisation et l'apostolat. L'existence de ces galeries n'a jamais été prouvée.

– Ça m'étonne que les travaux d'excavation pour le métro, au milieu des années 1960, n'aient pas mis ces galeries au jour, remarqua Kristen.

Marie Mercier sourit comme un professeur sourit devant l'innocence d'un enfant. Elle répondit à la façon du Sphinx.

– Ou bien on ne s'est pas posé de questions, ou bien une personne bien placée a interdit les réponses.

– Pardon?

– Il en va de même des fouilles archéologiques menées depuis 1997 par le ministère québécois de la Culture et des Communications entre les deux tourelles de la façade et dans la crypte de Notre-Dame-de-Bonsecours. Rien n'a transpiré au sujet de ces puits. Si vous découvrez le passage, vous allez être les premiers à réaliser qu'ils existent vraiment.

– Si on découvre le passage?

– La Compagnie est passée maître dans les écrans de fumée et le brouillage des pistes. Prenez ce triangle dont vous parliez. Il n'y a que ça par ici, des triangles. Allez savoir lequel est le bon. Mais ne me croyez pas sur parole et venez voir, plutôt.

Ils remontèrent dans le vestibule maintenant désert, tout comme la chapelle. Marie Mercier désigna les deux grilles de fer forgé qui servaient de porte à la chapelle.

– Regardez le médaillon sur chacune des deux grilles.

– Le centre du médaillon est occupé par des lettres stylisées ayant à peu près la forme d'un triangle. On dirait un A et un M imbriqués avec le mot de bienvenue « *Et porta coeli* ».

– La porte du ciel, traduisit Marie Mercier en français. *Heaven's gate*. Mais regardez mieux les lettres…

Quentin se pencha sur les monogrammes.

– Tout ce que je peux dire, c'est que le médaillon de gauche se distingue de l'autre par l'expression latine *Haec est domus Dei*. Il est semblable à celui de droite par les lettres et par le fait qu'il est surmonté d'un chérubin aux ailes déployées.

Peu à peu, les formes courbes des lettres permirent d'autres interprétations.

– On dirait une fleur de lys stylisée, hasarda-t-il enfin.

– C'est vrai. La fleur de lys remonte à beaucoup plus loin que la Nouvelle-France et la royauté en France. Elle est un symbole religieux. Mais voyez la lettre A : elle forme un triangle, expliqua Marie Mercier d'une voix sourde. En fait, c'est un pentacle, une étoile à cinq branches ayant la valeur d'un talisman.

– Un talisman ? Ça voudrait dire que c'est un symbole païen. Il y a bien des choses hors de l'ordinaire par ici.

– Oh oui ! Et nous n'avons fait que gratter la surface.

– Je ne vous suis plus, grogna Kristen.

– Le pentacle est une étoile stylisée à cinq branches, reprit Marie Mercier. Le pentacle fait partie de la géométrie sacrée transmise d'une génération à l'autre par les sociétés d'artisans. Rien d'étonnant quand on sait qu'Henri Regaudie a créé cette grille selon les plans de l'architecte Marchand. Ce dernier avait étudié à l'École des beaux-arts de Paris, sous la direction de Victor Laloux, un franc-maçon confirmé.

– Je voyais seulement des lettres dans le médaillon…, souffla Kristen, penaude.

– Ne vous en faites pas. Les symboles sont faits pour cacher des choses aux yeux des gens, y compris vous. Mais vous avez raison au sujet des lettres : à part le A triangulaire, on peut y voir aussi le M de la Vierge Marie. D'autres, comme les théologiens, croient que ces lettres sont la représentation géométrique de Dieu, alors que les philosophes, eux, y voient l'Idée, la forme de l'Être. Mais philosophie et religion s'équivalent pour la Compagnie, puisqu'elle est ouverte à toutes les pensées.

La nouvelle venue émettait les principes déjà énoncés par Plantagenêt. Quentin vit ainsi confirmé son statut de gardienne des temps modernes du secret de Dieu.

Il en profita pour l'interroger sur le mobile derrière toute cette histoire, puisque le docteur Plantagenêt n'avait pas pu le faire auparavant.

– Docteure Mercier, vous savez ce qu'est le secret de Dieu ? l'interrogea l'indexeur en partie pour chasser son anxiété. Ce ne serait pas un Évangile qui n'aurait jamais été rendu public, comme celui de Judas révélé il y a peu de temps ?

– Tristan vous a dit cela ? tonna l'autre sur un ton réprobateur, la mise en doute de ses croyances la rendant émotive.

– Non, non, s'empressa de répondre Quentin. C'est mon idée depuis le début. Pourquoi pas un texte inconnu, puisqu'il y a eu l'Évangile de Thomas, l'Évangile de Pierre et enfin l'Évangile selon Judas, découvert en Égypte à la fin des années 1940 ?

– Excusez-moi, les derniers événements m'ont mise sur la défensive. Je sais que Tristan n'a pas pu vous dire cela puisque bien des gens parmi nous croient que Jésus est un mythe. Il est l'équivalent des symboles fictifs qu'on trouve dans d'autres religions : Jésus est comme le Prométhée des Grecs, l'Isis des Égyptiens, soit une création littéraire. D'ailleurs, les rédacteurs de la Bible lui ont fait subir le même sort que celui subi par ces dieux païens : il a été exécuté.

– Je ne peux pas croire cela. Ce serait jeter par terre les fondements du christianisme.

– Personne ne vous y oblige. Remarquez que, moi-même, je n'avouerais pas cela devant ces messieurs de l'ordre de Saint-Sulpice.

Elle entendit Marquette s'éclaircir la gorge derrière elle. Elle rougit quelque peu, sa peau de marbre blanc affichant facilement ses humeurs.

– Je connais votre libéralisme, monsieur Marquette. Votre érudition vous porte à plus de nuance dans l'interprétation de l'histoire, je le sais. N'êtes-vous pas notre guide, ici, ce soir ?

Quant à Quentin, il restait songeur. Un pli de contrariété lui barrait le front.

– C'est le monde à l'envers, déclara-t-il enfin sans animosité. Votre génération de la Compagnie, docteure Mercier, jette la tradition par la fenêtre, et c'est moi, de la génération Y ou Z, qui espère prouver grâce au secret de Dieu que Jésus le Nazaréen a vraiment existé, qu'il fut plus qu'un prophète qui fut marié à Marie Madeleine. Déjà que l'Évangile de Marie Madeleine trahissait la Bible en la mariant à Jésus, pourquoi a-t-il fallu que la Compagnie détienne si longtemps une autre preuve irréfutable de la nature purement fictive du Livre saint ?

Les voyageurs d'Ottawa avaient oublié le but de leur visite pendant quelques minutes. L'ecclésiastique les ramena à leur affaire.

– J'y pense, docteure Mercier, quand vous m'avez parlé d'une « chapelle des Seigneurs », ça ne m'a pas frappé sur le coup, mais il y a une autre possibilité qui aurait dû m'être évidente. Je suis désolé.

– Que voulez-vous dire ? demanda la médecin.

– Eh bien, la chapelle que vous voyez ici est plutôt jeune : 1904. Pour le Québec, qui est né en 1534, c'est comme si c'était hier. Encore plus que le Grand Séminaire lui-même, qui ne remonte même pas aux débuts de la colonie. Il y a une autre chapelle qui a la particularité de dater de la mainmise des seigneurs.

– Que je suis distraite ! réagit Mercier en se frappant le front. Bien sûr, il y a une autre chapelle ! Mais je ne suis pas certaine qu'on y trouve un triangle. N'oubliez pas le triangle, monsieur Marquette…

– De quelle autre chapelle parlez-vous ? les interrompit Kristen Vale. Une chapelle de la Nouvelle-France existerait-elle encore ?

– Notre-Dame-de-Bonsecours, dans le Vieux-Montréal, répondit Mercier avec une pointe d'émotion. Et là aussi, il y a une crypte sous la nef. Allons-y!

Les membres de ce commando improvisé s'élancèrent au trot dans le corridor aux photographies déjà parcouru à leur arrivée. Après quelques enjambées, ils réalisèrent que Marquette ne les avait pas suivis.

– Vous venez, monsieur Marquette? dit Mercier sur le ton autoritaire d'une gestionnaire.

Ils virent l'autre secouer la tête tout en marmonnant des paroles qui leur apparurent incompréhensibles.

– Je crois qu'il y a une troisième chapelle, laissa tomber le prêtre.

– Que voulez-vous dire? l'interrogea la gardienne de la Compagnie.

– Je ne suis pas sûr, mais je vais m'en assurer. On peut prendre cinq minutes?

N'obtenant pas de réponse négative, Marquette les dépassa et, à l'aide d'un passe-partout, il se précipita dans le bureau le plus près, celui du registraire.

Il alluma le plafonnier alors que les autres restaient interdits derrière lui, dans l'encadrement de la porte. Ils le virent s'asseoir devant un ordinateur.

C'est à ce moment que le cellulaire de Willis grésilla. Même ce signal discret paraissait très incongru dans ces lieux qui semblaient hantés par les figures d'un passé lointain.

– Excusez-moi, dit simplement Willis.

Il n'entra pas dans le bureau du registraire comme les autres. Il leur fit un signe de la main pour leur enjoindre de continuer sans lui, puis traversa le corridor sur sa largeur. Le front appuyé sur la vitre battue par le vent, il ouvrit son portable.

– C'est vous, Harris?

– [...]

– Du succès ? Non, malheureusement, pas encore, mais on progresse. Je sens que ce Grand Séminaire va nous livrer la clé du mystère. De votre côté, il y a du nouveau à Ottawa ?

– [...]

– Le corps du Russe mort sur la promenade du Colonel-By ne nous a rien appris ? On ne pouvait pas s'attendre à ce qu'un fanatique prêt à commettre un attentat-suicide ait sur lui la liste de ses commanditaires, avec adresses et numéros d'assurance sociale.

– [...]

– Les autres fugitifs de l'attaque au bazooka sont toujours au large ?

– [...]

Willis écoutait le rapport de son collaborateur, mais le cœur n'y était pas. Le destin de Kristen était lié désormais à la découverte du trésor. Pour lui, elle était devenue la priorité.

– [...]

– Qu'est-ce que c'est que ce délire ? La chapelle ? Dans le Vieux ? Vous savez, Harris, que l'on ne peut se fier à des idioties du genre qui pointent dans toutes les directions pour trouver le secret.

– [...]

– Écoutez, mon vieux, on n'a pas de temps à perdre à ce stade. D'accord, on vérifiera tout de même. Merci.

Ayant rejoint le groupe derrière l'ordinateur du registraire, il dut patienter, car tous étaient hypnotisés par les paroles de Marquette.

– Nous avons organisé les archives avec une bonne base de données informatisée. Nous disposons d'indexeurs comme vous, monsieur DeFoix, qui nous permettent de nous y retrouver rapidement. Yahoo et Google sont fondés sur le travail d'indexeurs. Enfin, je n'ai eu qu'à taper « chapelle » et un petit miracle est apparu à toute vitesse.

– Vous avez quelque chose d'intéressant ?

Sans répondre, il frappa sur quelques touches du clavier. Il devait faire défiler un document, car ses yeux bougeaient à la verticale. Le reste de son corps était de marbre.

– Voilà ! cria-t-il, victorieux.

Les autres le rejoignirent derrière le bureau. Ils restèrent sceptiques devant l'écran, où ils pouvaient admirer une photo grand angulaire de la façade du séminaire.

La photo en couleurs était récente : « 1995 » était indiqué dans la légende. Les enquêteurs d'Ottawa furent déçus, mais n'en soufflèrent mot, attendant plus d'explications.

Mercier pointa son index droit vers un détail à l'avant-plan.

– Je vois ce que vous pensez, monsieur Marquette. L'architecture la plus ancienne du Grand Séminaire est constituée des deux tourelles de pierre qui flanquent encore l'édifice aujourd'hui. Mais il ne s'agit pas de chapelles, à ce que je sache.

Avec un grognement froissé, le religieux fit dérouler le document et s'arrêta sur un passage du texte, qui retraçait l'historique de l'établissement.

– On parle ici d'une chapelle qui aurait existé il y a bien longtemps dans une de ces tourelles. Plus précisément dans la tourelle à l'est.

Quentin parcourut les paragraphes avec la vitesse de lecture qui lui était devenue naturelle dans le cadre de son travail d'indexeur. Tous les jours, il devait lire la volumineuse production de documents parlementaires et relever les idées importantes après une analyse aussi précise que rapide. Il baragouina le passage qui venait d'attirer son attention.

– « Elle a disparu aujourd'hui, lut-il avec des trémolos aigus dans la voix, mais le tombeau est intact, celui-là même où s'affiche le triangle des Seigneurs. » Wow ! Les mots exacts du message de la tour du parlement qui nous a conduits ici !

– Où est-ce, déjà ? dit Kristen, qui combattait une nausée causée par la fièvre.

– En avant d'ici, aux abords de la rue Sherbrooke, répondit Marquette. J'ai bien peur que, pour vous y rendre, il vous faille sortir dans l'orage et vous mouiller.

– Allons-y, commanda-t-elle en s'éloignant vers la porte du bureau.

C'était moins sa maladie que la sécurité du groupe qui inquiétait Kristen. La présence des séminaristes dans la chapelle avait pu les protéger jusque-là. Maintenant, les étudiants avaient tous disparu comme par enchantement. Pas de retardataires perdant leur temps à bavarder. Discipline.

En scrutant la pénombre du long corridor maintenant désert, elle craignait que la voie ne soit libre pour leurs ennemis. En fait, elle se demandait où étaient les caïnites. Jusque-là, ils avaient semblé informés de tous leurs déplacements. Ils les avaient attendus à leur retour de Niagara Falls, osant même attaquer le cortège du premier ministre. Puis, elle-même avait été visée à la foire médiévale. Pas étonnant, puisqu'ils avaient affaire à une puissante organisation qui avait mis plusieurs villes canadiennes en état d'alerte.

Sans compter que la situation était embrouillée. Les terroristes avaient chargé le gouvernement de retrouver le secret de Dieu mais, en même temps, les chercheurs étaient ciblés. Comme si deux factions de caïnites avaient des buts opposés.

De nouveau, elle jeta des coups d'œil anxieux le long du corridor où seules les veilleuses rouges indiquant les sorties éclairaient faiblement les lieux, contribuant à une atmosphère lugubre, irréelle. Tout à coup, la lumière intense d'un éclair jaillit dans l'édifice à travers les fenêtres de la façade. Le temps ne s'améliorait pas, dehors. Pourtant, il fallait que le groupe sorte.

— Vous venez, monsieur Marquette ? insista-t-elle.

Le religieux était demeuré rivé à l'écran de l'ordinateur.

— Mon Dieu ! dit-il.

— Qu'y a-t-il ?

— Excusez-moi de retarder les recherches, mais je viens de découvrir quelque chose de tout à fait extraordinaire !

Chapitre 25

Grand Séminaire de Montréal
7 juin, 2 h, 29 heures avant la mort annoncée de Kristen Vale

Quentin, Kristen, Marie Mercier et Preston Willis virent Marquette passer d'une profonde concentration à la satisfaction la plus complète. Le sulpicien donna un coup de poing sur la table en signe de victoire.

– Qu'y a-t-il ? répéta Marie Mercier après Kristen Vale.

– J'ai bien fait de lire plus loin.

– Qu'avez-vous trouvé ? dit Quentin à son tour en reprenant sa place derrière le sulpicien.

– Regardez vous-même !

Marquette montra l'écran du doigt.

– C'est le nom d'Athanase Mercier ? le questionna Quentin avec une pointe d'incrédulité. Vous êtes tombé sur le nom de notre homme, par hasard ? Il n'était pas dans la crypte, mais il a donc vraiment existé ?

– En effet. Remarquez que la crypte a été utilisée à partir de 1875 seulement. Athanase Mercier est peut-être mort bien avant. Enfin, ce que je lis est un document d'époque numérisé par un de nos archivistes. C'est un petit cahier tenu par l'économe au début du Grand Séminaire, dans le genre des coutumiers notant les événements, les fêtes, les retraites et aussi certains propos confidentiels de l'administration.

– Au sujet d'Athanase Mercier, monsieur ? le coupa Marie Mercier.

– Eh ! bien, ce que ça dit ici, c'est qu'il est lié à la chapelle dans la tourelle.

– Nous progressons, conclut Quentin.

– Je pense que oui. Ça dit qu'Athanase Mercier affectionnait particulièrement la tourelle à l'est.

– On peut imaginer pourquoi, si le trésor s'y trouve.

– Il aimait y donner des cours.

– Quelle sorte de cours ?

– Voyons voir… Il a été professeur d'art oratoire auprès des séminaristes pendant quelques trimestres. Oui, évidemment, il faut savoir que les futurs prêtres recevaient des principes de rédaction des sermons qu'ils auraient à faire tout au long de leur carrière. J'ai aussi l'explication pour laquelle Athanase Mercier n'était pas dans la crypte.

– Dites-nous, s'écria Kristen.

– L'économe note vraiment tout. D'après lui, Athanase Mercier a été très apprécié pour son chant et pour ses qualités de prédicateur lors de retraites fermées. Mais ses cours d'art oratoire ont été interrompus et il a quitté le Grand Séminaire.

– Comment cela ?

– Attendez… Hum ! il est arrivé quelque chose de grave.

– Ne me dites pas que les maudits caïnites l'ont retrouvé ? lança Marie Mercier.

– Pas tout à fait, mais ça confirme ce que je savais déjà sur la fondation de cet établissement. Oui, au début, il paraît que des conférenciers auraient affiché des principes de théologie qui leur auraient attiré les foudres de l'évêché, considéré comme ultramontain.

– Ultra… comment ?

– Ultraconservateur, si vous préférez. L'évêque de Montréal, monseigneur Ignace Bourget, faisait partie de la faction conservatrice qui a mis au pas les éléments récalcitrants sur son territoire, allant même jusqu'à les évincer. Il faut se remettre dans le contexte de l'époque. Le pape cherchait à contrôler ses troupes tandis que des dissidents s'opposaient à sa prétention à l'infaillibilité. Ces courants de pensée ont marqué le XIXe siècle.

– Où se situait Athanase Mercier dans tout ça ? demanda Marie Mercier.

– En bon membre de la Compagnie, il était contre l'infaillibilité papale. Dans ses cours sur la façon de préparer les sermons, il aurait utilisé des textes théologiques mettant en cause cette infaillibilité. L'économe cite le *Compendiosæ Institutiones Theologicæ,* du séminaire de Poitiers, et *Institutiones theologicæ ad usum seminariorum,* de monseigneur Jean-Baptiste Bouvier, évêque du Mans. Enfin, l'important, c'est que Mercier est parti.

– Il a quitté l'ordre ?

– Ça ne le dit pas, docteure.

– On aura peut-être la réponse dans la tourelle, dit Kristen en sortant du bureau pour de bon, cette fois suivie de ses compagnons.

Les deux tours de pierre grise postées en face de l'édifice principal étaient tout ce qui subsistait d'un fort aménagé en 1685. Dans l'orage et la pluie, on distinguait leur forme ronde et leur toit en poivrière luisant sous les éclairs et les lumières de la ville.

On entendait aussi grincer la girouette, un coq en cuivre malmené par les tourbillons du vent. Le bruit désagréable n'augurait rien de bon.

Quentin, Kristen, Marie Mercier, Preston Willis et le père Marquette avaient refait le parcours du long corridor jusqu'au hall d'entrée. Ils relevèrent leur col et se jetèrent sans hésitation dans la tourmente déchaînée sur Montréal.

— Plus j'y pense, plus je me dis que c'est un très bon endroit pour retrouver quelque chose de très ancien, fit remarquer Marcel Marquette.

— Comment cela?

— C'est tout ce qui reste du fort de la Montagne. Les sulpiciens ont tenu mordicus à conserver les tours. Par exemple, quand le conseil municipal a voulu, en 1848, les détruire pour y faire passer la rue Sherbrooke, le supérieur a pensé vite. Il a offert gratuitement à la Ville une parcelle de terre en face des tours, à la condition que le tracé de l'artère soit détourné plus au sud.

— J'ai une autre bonne raison de visiter cette tour, ajouta Quentin en courant presque, même si la pluie chaude de juin était plus stimulante qu'incommodante.

— Charles Dickens, dit Kristen avec une joyeuse tonalité dans la voix.

Pour elle aussi, la douche chaude de l'orage avait quelque chose de vivifiant en noyant ses cheveux et son visage, soulageant ainsi sa fièvre.

— Oui. C'est le seul endroit toujours existant, à part la chapelle Notre-Dame-de-Bonsecours, où Dickens a pu mettre les pieds en 1842.

— À cette époque, c'était bel et bien une chapelle après avoir logé les religieuses de la congrégation, approuva le sulpicien. Maintenant, la tour est vide, sauf pour le tombeau ayant servi d'autel.

Marquette fit de nouveau jouer son passe-partout et les cinq visiteurs s'engouffrèrent dans les ténèbres du puits. Ils furent accueillis par une bouffée d'air froid et stagnant dont l'odeur était en grande partie composée par la décomposition des feuilles des peupliers de Normandie qui longeaient le mur bordant la rue Sherbrooke. Une autre odeur plus subtile de bois humide venait sans doute de la charpente et du matériau qui composait le vieil autel devenu la proie des moisissures.

Les faisceaux des lampes de poche avaient aussitôt convergé vers cet ancien autel en forme de pyramide tronquée et renversée.

– Une pyramide tronquée, annonça Marquette. Les historiens l'ont désignée en tant que « triangle de la chapelle des Seigneurs ».

Déjà, Quentin s'était mis à repousser le couvercle de l'autel.

– Aidez-moi, commanda-t-il, fouetté par ce nouvel espoir.

Il venait d'apercevoir Kristen du coin de l'œil. Celle-ci s'était appuyée discrètement sur le mur de pierre. Elle se retourna, à l'abri des regards, pour vomir.

La pièce de bois ne résista pas. Le cœur battant à tout rompre, ils plongèrent le faisceau de leurs lampes dans les entrailles de l'autel.

– Une échelle dans un puits aux parois de pierres taillées, décrivit Quentin. Je ne savais pas que ce serait aussi facile.

– Personne n'est passé avant nous pour la raison que je vous ai donnée tantôt, expliqua Marie Mercier. On a interdit l'accès à ces tours depuis des décennies. Même les archéologues de Québec n'ont pas reçu d'autorisation. On sait maintenant pourquoi.

– En tout cas, on va de tour en tour, fit remarquer Quentin.

– De la tour de la Paix à Ottawa à cette tour de la Nouvelle-France, confirma Kristen.

– On va de tour en tour et de tunnel en tunnel, ajouta Quentin, fasciné par tous ces codes et tous ces symbolismes remontant au Moyen Âge.

Au moment où Quentin et les deux femmes faisaient mine d'emprunter l'échelle, Willis les retint.

– Vous vous sentez prête à prendre les choses en main, agente Vale ?

– Pas de problème. Ce gouffre ne peut pas être pire que le puits sous la maison de Plantagenêt. Là-bas, il était gardé par des puces infectées et par des candirus. Pourquoi cette question ?

– Mes gens à Ottawa viennent de m'appeler. D'après leurs informations, tout ce qu'il y a de farfelu d'après moi, le secret de Dieu pourrait se trouver aussi à Bonsecours. Il faut malheureusement vérifier. Pour hâter les choses, je propose qu'on se sépare. Vous ici, moi dans le Vieux.

Cette fois-ci, son regard s'attarda sur sa subordonnée.

– Il faut se presser, c'est une question de vie ou de mort, s'exclama-t-il pour haranguer les troupes.

– Vous avez la clé pour Bonsecours aussi, monsieur Marquette ? demanda Mercier.

– J'ai même celle du Vieux Séminaire, où se trouvent nos archives *in situ*, si on peut dire, comparativement au stockage virtuel sur Internet.

– Allez donc avec monsieur Willis. En effet, on économisera des heures précieuses.

Quentin, Kristen et Marie Mercier enjambèrent la paroi de l'autel tandis que Willis et Marquette se précipitaient vers la voiture banalisée.

Tout à coup, le sulpicien arrêta de courir.

– Vous venez ? hurla Willis pour couvrir le bruit du vent et du tonnerre.

– Oui… oui.

Marquette reprit sa course. C'est seulement une fois dans la voiture qu'il expliqua la cause de son hésitation.

– Je n'étais pas au courant d'un déménagement ce soir.

– Vous voulez parler de ce gros camion stationné devant l'entrée principale?

Sans répondre directement à la question, le religieux réfléchit à voix haute:

– Je sais que c'est la fin du trimestre et que des séminaristes quittent leur chambre, mais rarement à cette heure avancée de la nuit… De plus, s'ils peuvent entrer, c'est que le concierge a reçu des ordres de la direction. Je veux dire, j'avais verrouillé à notre sortie.

La voiture venait de déboucher sur la rue Sherbrooke. Elle dérapa bruyamment sur l'asphalte ciré par la pluie et fila à vive allure. «N'empêche, pensa Marquette. C'est tout de même curieux que des types soient sortis du camion en portant des cages d'animaux. De petits animaux, en plus. Pareils à des rats. Mais qui aurait commandé des rats, franchement? Allons, Marquette, tu es bibliothécaire archiviste et non concierge. Tu n'es pas au courant de tout ce qui se passe, il faudra que tu l'acceptes un jour!»

Malgré ce constat empreint d'humilité, le prêtre éprouva de la frustration à ne pas tout connaître.

Quant à Willis, il rongeait son frein. Il aurait préféré descendre dans les souterrains où devait se trouver la clé de l'énigme. «Pas confiance, tellement d'indices menant dans toutes les directions, pensa-t-il, mais il faut vérifier au plus tôt. Il faut que je mette la main sur le secret de Dieu pour sauver Kristen. Ah! Kristen, Kristen… Je t'envoie à la foire médiévale en croyant t'éloigner suffisamment du danger de la Chambre, et toi, tu rappliques juste au moment de l'attaque de Zeklos.

J'ai dû réagir vite et choisir entre toi et un complice des caïnites à qui j'avais refilé ma combinaison. Oui, et tu rappliques avec une saloperie de maladie mortelle, en plus!»

Willis serra les dents. Dans le métier, on croyait qu'il dominait toutes les situations grâce à son flegme légendaire. Il était le seul à savoir que ses dents étaient plus usées que celles de ses subalternes. La nuit, il grinçait des dents de façon convulsive. Le matin en se levant, il avait un goût de poudre de calcium dans la bouche, qu'il rinçait alors avec une canette de soda tonique.

— Vous pouvez tourner à gauche et suivre la rue Sherbrooke jusqu'à…, tenta de proposer Marquette.

Le sulpicien n'eut pas le temps de compléter sa phrase. Willis le rabroua sèchement dans une saute d'humeur étonnante de la part d'un chef de sa stature.

— Vous me guiderez dans la chapelle quand nous y serons. Pour le moment, je me fie à ça.

Un GPS était installé sur une console pivotante entre les deux passagers. L'écran était allumé. Marquette reconnut une carte des rues de Montréal.

— Google Maps ou quelque chose du genre? l'interrogea-t-il.

— Le chemin le plus court est affiché, expliqua Willis sans répondre directement à la question.

Ce chemin passait par l'autoroute Ville-Marie, plus au sud.

Le conducteur ne desserra pas les mâchoires jusqu'à ce qu'un panneau vert au-dessus de la route annonce la sortie numéro 6.

— Nous y sommes, lâcha-t-il dans un souffle qui franchit à peine ses deux rangées d'incisives et de canines.

Marquette lut: «Rue Berri – Vieux-Port – Vieux-Montréal.»

— Vous nous emmenez sur la rue Saint-Antoine, puis à droite, sur la rue Bonsecours, vers le fleuve. Je vois que votre GPS a bien triangulé le trajet le plus court.

La chapelle était située près des eaux d'où étaient venus les fondateurs de la ville. À l'époque, le petit édifice n'offrait aux fidèles aucune protection contre les Iroquois. Ces derniers aimaient mener des razzias dans les villages de leurs ennemis, qu'ils soient hurons ou européens. Descendus depuis le lac Ontario, ils furent une menace constante pour la colonie jusqu'en 1701. Maisonneuve dut envoyer des soldats armés faire les foins avec les colons. Le risque était tout aussi grand pour les fidèles qui s'aventuraient jusqu'à la chapelle. Les premiers habitants de Montréal bravaient tout en s'enveloppant de leur exaltation religieuse comme d'une armure, à la façon des Jésuites.

Cette nuit-là, les projecteurs dirigés sur la façade laissaient le corps de l'église dans une pénombre inquiétante. Willis savait qu'il n'avait plus rien à craindre des Iroquois. Mais les caïnites qui lui avaient confié la mission de retrouver le secret de Dieu avaient pris la relève des Iroquois. Willis craignait d'avoir été suivi. L'ordre étendait ses bras partout comme les tentacules d'une pieuvre. S'il échouait, il n'avait pas à attendre de pitié.

« Bah ! un proverbe chinois ne dit-il pas qu'un dragon colossal ne peut pas écraser une couleuvre locale ? »

Sans émotion cette fois-ci, il réalisa que son pacte avec le diable faisait de lui une couleuvre locale. Une couleuvre, ou une taupe dans le jargon du métier.

Chapitre 26

Galeries souterraines de Montréal
7 juin, 2 h 21, moins de 29 heures avant la mort annoncée de
Kristen Vale

Kristen venait de descendre dans le puits de la tourelle dont l'entrée était camouflée sous un ancien autel quand elle se ravisa. Elle remonta en trombe, saisie d'une intuition.

Quentin crut que ce comportement erratique était attribuable à la maladie. Il remonta l'échelle à son tour. L'agente fédérale était appuyée au cadre de la porte et semblait parler toute seule.

– Désolée, je viens à peine de remarquer ton appel, disait-elle. Je voulais appeler à Ottawa pour avoir des nouvelles, mais on a été bousculés, ici. J'avais éteint la sonnerie de mon téléphone.

C'est alors que Quentin comprit qu'elle parlait au cellulaire. Kristen était dans l'encadrement de la porte ouverte, presque sous la pluie, afin d'avoir une meilleure communication.

– [...]

– Je sais que je n'ai pas choisi le jour et l'heure de l'opération, mais n'empêche. J'aimerais être avec vous. Alors, l'opération ?

– [...]

– Qu'est-ce que tu dis, maman ?

Kristen ne dit pas un seul autre mot pendant les trois minutes suivantes. Elle se contenta d'écouter. Quentin ne pouvait pas évaluer la teneur des nouvelles de l'hôpital en observant les sentiments s'afficher sur le visage de la jeune femme, masqué par l'obscurité. Il la vit frapper le mur de son poing refermé, ce qui augurait mal.

Après quelque temps, Kristen replia son portable et revint vers le puits.

– J'aurais dû être là, soliloqua-t-elle d'un ton dégoûté.

– Grady ? l'interrogea Quentin.

– Ils n'ont pas procédé à l'ablation.

– C'est mauvais ?

– Oui. Sa pression a grimpé en flèche. Un hémophile comme lui pouvait en mourir.

– Oh non !

– La chirurgienne a refermé sans attendre.

– Grady ? Est-il…

– Il est aux soins intensifs. Il est dans un coma profond.

– Un coma ?

– Moi aussi, ça m'a frappée. Le niveau d'hypertension aurait dû provoquer une hémorragie généralisée, ce qu'elle n'a pas fait. Il devrait être mort. Mais il respire toujours. Puis ensuite, le coma semble être arrivé de nulle part.

– Tu dis qu'il a pu éviter l'hémorragie ?

– Oui. C'est à n'y rien comprendre. On croirait presque…

– Quoi ?

– On croirait presque que Grady ne voulait pas être opéré. Enfin, c'est comme si une partie de lui qui n'était pas sous l'effet des anesthésiques avait fait exprès de retarder les choses.

Cette explication peu rationnelle de la part de la femme surprit Quentin. La suite justifia le pressentiment de Kristen.

– Grady n'a pas été un enfant normal depuis sa naissance.

– Bien sûr, avec son hémophilie… Pas possible de se chamailler avec les petits voisins, je suppose.

– Oui, il y a ça. Mais ce n'est pas tout. Depuis qu'il a appris à parler, il a répété que son nez percevait des odeurs bizarres. Encore hier, avant l'opération, il m'en a parlé. Il a même vu la femme en noir qui nous hante tous les deux. Le pire…

– Le pire ?

– Le pire, c'est qu'il savait pour la peste, pour *ma* peste.

– Comment est-ce possible ? Il n'a pas vécu nos expériences depuis quelques jours. Le stress aurait pu déclencher cela chez toi et moi.

– Si c'était le stress, Willis et d'autres auraient réagi de la même façon. Non, il y a des choses inexplicables qui se passent. Quelque chose de plus puissant que les caïnites et la Compagnie.

– C'est un enfant hypersensible, voilà tout. Et il y a de quoi.

– Tu as raison. Il n'a pas cessé de nous casser les oreilles en nous demandant de ne pas faire de mal à une créature vivante, des moustiques au gros gibier de la réserve faunique de Montebello. Il a dit qu'il pouvait gambader avec eux dans la forêt sans quitter ma voiture.

Quentin avait tiqué sur ces propos étonnants de la part d'une policière.

Il faut dire que ces lieux lugubres, chapelle, crypte et tourelle, les oppressaient. On aurait dit qu'ils craignaient un danger invisible.

Quentin, dans son enfance, avait eu peur dans les grandes églises pleines d'ombres et de bruits répercutés par les voûtes. Il s'attendait à tout moment à ce qu'une statue se tourne vers lui et que de ses prunelles vides surgisse un trait de feu. Mais cette angoisse l'avait depuis toujours attiré dans les cathédrales gothiques, où il pensait pouvoir communiquer avec une autre dimension.

Quentin et ses compagnes durent se rendre à l'évidence : ils allaient devoir s'enfoncer de nouveau sous la terre. C'est à ce moment que Kristen agrippa l'épaule de Quentin.

– Qu'y a-t-il ?

– Ma mère m'a dit autre chose au téléphone. Un interne lui a juré avoir vu le premier ministre Shackleton dans l'observatoire de la salle d'opération.

– Il a dû se tromper. En ce moment, le premier ministre a bien d'autres choses à faire que de visiter un enfant de sept ans à l'hôpital.

Après une courte descente, un boyau étroit au plafond bas s'ouvrit devant eux.

– Je vais aller devant, dit la gardienne de la Compagnie comme si cela allait de soi.

À la surprise de ses compagnons, la grande femme plia son corps longiligne et plongea la tête dans l'ouverture avec l'aisance de la sportive qu'elle devait être. Sans égard pour son tailleur, elle se mit à ramper sur ses mains et sur ses genoux avec la souplesse des adeptes des centres de conditionnement physique.

Quentin et Kristen l'imitèrent. Tous portaient un sac à dos au cas où ils auraient à transporter un trésor.

Après une courte reptation, ils arrivèrent à une bifurcation. Un boyau s'ouvrait dans la direction du sud-est, tandis qu'un autre, plein sud, semblait les ramener sous la nef de la chapelle. Mercier désigna le deuxième.

– Par là, on doit déboucher dans la crypte sous la chapelle.

– Il y aurait donc une tombe creuse, finalement.

– Possible. Mais on n'a pas le temps. Nous allons emprunter l'autre voie.

La reptation reprit pendant quelques minutes. De fortes odeurs de moisissure et de salpêtre leur sautèrent aux narines tandis qu'ils étaient transpercés jusqu'aux os par un air chargé d'humidité encore plus désagréable que le noroît. Enfin, ils furent heureux de se remettre debout après avoir débouché dans un couloir qui rappelait celui d'une vieille mine. Des étais de bois consolidaient le plafond haut de deux mètres tout au plus.

– On dirait un ouvrage récent, commenta Quentin en balayant les madriers de la paume de sa main ouverte.

– Relativement récent, le corrigea Marie Mercier. Quand Dickens est venu, ce devaient être les solives originales de Maisonneuve. L'architecte de la chapelle de 1904 a renforcé les fondations avec des poutres neuves. Heureusement, car la construction du métro, dans les années 1960, aurait pu tout affaiblir. Mais ça me semble encore fiable, enfin, je le pense...

Comme pour appuyer les dires de Marie Mercier, un léger tremblement de terre alla en s'accentuant à mesure qu'ils progressaient vers le sud-est.

– La ligne de métro est-ouest.

– C'est curieux, dit Quentin.

– Quoi ?

– Oui, il semble que j'aie souvent rendez-vous dans des galeries souterraines depuis quelque temps, d'abord à Ottawa, puis ici.

– Ça s'explique facilement quand on parle d'une Compagnie presque millénaire, commenta la médecin. Il faut comprendre que, par le passé, la meilleure protection se trouvait sous terre. C'est vrai depuis les grottes de Lascaux jusqu'aux tranchées de la Première Guerre mondiale. Et il y a une autre raison pour les galeries...

– Laquelle ?

– La terre est plus importante que le ciel dans la foi des membres de la Compagnie. Disons que le ciel, pour nous, est plus bas que pour d'autres croyances qui le situent au-dessus des nuages.

– Voilà pourquoi la grille de la chapelle portait la mention *Et porta coeli*.

En repensant à l'itinéraire jalonné de symboles suivi depuis la nuit précédente, Quentin pointa le faisceau de sa lampe sur les murs. Ce ne fut pas en vain. Gravée dans le granit, une croix grossière se détacha, conférant à cette galerie de mine une valeur spirituelle. Quentin s'en approcha.

– Les extrémités de la croix sont évasées, comme celles de la tour de la Paix.

– Le chemin jusqu'au trésor est marqué par ces croix pattées, expliqua Mercier. La croix des Templiers.

– C'est extraordinaire qu'on trouve ce symbole aussi loin de ses origines. Les Montréalais ne se doutent pas de ce qui se trouve sous leurs pieds, à part les tunnels du métro et les galeries commerciales.

– Pourtant, il y a de ces croix à l'air libre. La chapelle Notre-Dame-de-Bonsecours est tapissée de ces croix. Même chose dans la chapelle du Grand Séminaire que nous venons de quitter. De plus, à Québec, une pierre extraite de ruines datant de la colonisation de la Nouvelle-France porte ce signe du Moyen Âge. Elle est aujourd'hui exposée à l'entrée du Château Frontenac, si je me rappelle bien.

– J'ai fait un doctorat en histoire et j'ignorais que la Nouvelle-France était ancrée dans le Moyen Âge. Nous remontons plus loin que nous le pensons.

– C'est qu'il y a une histoire officielle et une histoire occulte. Elles se superposent et ne communiquent pas nécessairement entre elles comme la rue Sainte-Catherine et cette galerie.

Vous savez, moi-même je constate avec vous ce qui m'a été transmis par les confidences des commandeurs faites lors d'une sélection de membres.

Ils marchèrent encore pendant dix minutes sans avoir à se courber. Quentin supposa qu'ils étaient maintenant sous le Vieux-Montréal. À un coude du chemin, Marie Mercier désigna un point devant elle.

– Voilà le trésor, dit-elle avec gravité.

En s'approchant, Quentin et Kristen suivirent le rayon de la lampe de leur guide. La lumière révéla un espace concave pratiqué dans la paroi de roc. Ils réalisèrent que le renfoncement servait de niche à un objet familier.

– Un ostensoir ! s'exclama-t-il.

Marie Mercier résista à la fascination qui l'avait saisie elle aussi. Depuis le temps que sa famille gardait jalousement les coordonnées de l'emplacement du trésor, elle en vérifiait personnellement l'exactitude pour la première fois.

– L'ostensoir de la fondation de Ville-Marie, expliqua-t-elle avec le plus d'aplomb possible. Vous savez ce qu'a été le premier geste de Maisonneuve en débarquant sur ces rives, en 1642 ? Ce fut de mettre l'ostensoir à l'abri. L'ostensoir de la Société Notre-Dame ou, si vous préférez, de la Compagnie du Saint-Sacrement, avant qu'elle ne devienne « la Compagnie » tout court, il y a deux siècles.

Pour appuyer ses dernières paroles, Marie Mercier souleva l'ostensoir afin de l'examiner.

La pièce d'orfèvrerie devait mesurer presque un mètre de hauteur. Elle était couronnée par un soleil à quatorze rayons en pointe. Le pied, richement orné de volutes plaquées de feuilles d'or, semblait soutenu par des chérubins dont seulement la tête et les ailes se détachaient de l'ensemble.

La représentante de la Compagnie lut, gravée sur le socle, la mention « *Ca d. Temp* ».

– Abréviation italienne pour «Chevaliers du Temple», traduisit-elle. Les croisés sont passés par Venise et par Florence à leur retour des croisades, ne l'oublions pas. Ils ont pu rapporter cet objet de culte, à moins que ce ne soient les contemporains de Maisonneuve au retour d'un pèlerinage à Saint-Pierre de Rome.

– Incroyable! s'exclama Quentin.

Il recherchait un pseudo-document révélant l'identité du Dieu adoré par les chrétiens depuis plus de deux millénaires, mais il était loin de se douter que son enquête religieuse récrirait l'histoire de son propre pays. «Il n'y a pas de hasard, disent les membres de la Compagnie, pensa-t-il. On peut ajouter aussi que tout est lié.»

– Il faut autre chose, intervint Kristen, interrompant le rêve éveillé de ses compagnons. Un objet de culte n'est pas exactement le secret de Dieu…

– Vous, agente Vale et Quentin, vous n'avez pas connu la ferveur d'avant le concile Vatican II, au début des années 1960. À l'époque, lors de la Fête-Dieu, justement à cette période de l'année, les fidèles défilaient en procession dans les rues en suivant l'ostensoir porté bien haut par un prêtre.

– Je suis d'accord avec Kristen: cet artéfact ne suffira pas à convaincre les terroristes de nous remettre l'antidote contre la peste de laboratoire.

Sur ce, Quentin plongea la main dans la niche naturelle.

– S'il y avait…

Son cœur bondit dans sa poitrine quand ses doigts touchèrent ce qui lui parut être un coffret métallique.

– *Yes, yes!* dit-il en projetant son poing vers le haut en signe de triomphe.

– Qu'y a-t-il? demandèrent en chœur les deux femmes.

– Regarde, Kristen, une petite boîte joliment ouvrée, un coffret identique à celui ramené de Niagara Falls. C'est bon signe.

– Ça ressemble à un coffret à bijoux.

– Il y a plus! fit remarquer Marie Mercier en prenant l'objet des mains de son découvreur.

Ses doigts se promenèrent délicatement sur le coffret. On aurait dit une caresse à un être cher dont on aurait été séparé depuis longtemps.

– C'est de l'or, constata-t-elle.

– Du plaqué or, nuança Kristen.

– Regardez le symbole en relief, continua Marie Mercier, indifférente à la rebuffade de l'agente du Bureau du Conseil privé.

– On dirait un soleil, proposa Quentin.

– C'est un soleil à l'image de celui sur l'ostensoir. La boule de feu est entourée de rayons en pointe.

– Ça veut dire quelque chose?

Marie Mercier se tourna vers les deux autres avec un petit air de reproche incrédule.

– Ça veut *tout* dire! Vous ne vous rendez pas compte? Ça prouve que les fondateurs de Ville-Marie étaient membres de la Compagnie du Saint-Sacrement!

Avec une hâte tempérée par l'émotion, elle souleva le couvercle, qui ne résista pas. Les membres de la secte secrète croyaient avoir déposé leur trésor dans un coffre-fort inaccessible de la galerie souterraine. Ils n'avaient pas cru bon de verrouiller le coffret ainsi protégé des convoitises.

– C'est le secret de Dieu? ne put s'empêcher de lancer Quentin au moment où Marie Mercier plongeait la main dans le reliquaire de la Compagnie du Saint-Sacrement.

Chapitre 27

Niche au trésor de la Compagnie Notre-Dame, galeries souter-
raines de Montréal
7 juin, 3 h 40, moins de 27 heures 30 minutes avant la mort
annoncée de Kristen Vale

Depuis leur descente sous la tourelle de la Nouvelle-France
encore debout devant le Grand Séminaire, Marie Mercier, la
descendante des Templiers du XXIe siècle, n'avait pas montré
autant de signes d'anxiété. Elle retira des feuilles de papier du
coffret de la Compagnie Notre-Dame de Montréal.

— Ce ne sont pas des parchemins…, se contenta de dire la
gardienne du trésor.

— Et alors ? s'impatienta Kristen.

— On écrivait sur du parchemin au début de notre ère,
expliqua Quentin, qui avait compris la déception de leur guide.
Cela signifie que le contenu du coffret, s'il recèle un secret,
n'est pas un secret remontant aux premiers chrétiens.

— Et alors ? insista Kristen.

— Si on suppose que le secret de Dieu fait partie d'un évangile apocryphe comme ceux découverts près de la mer Morte et
en Égypte tout récemment – enfin, c'est ce que la Compagnie a
toujours cru –, dit Marie Mercier, cela veut dire que le contenu
de ce coffret ne peut pas être ce que nous recherchons.

– Ça correspond au format du papier à lettres tel qu'utilisé depuis le XIXe siècle, compléta l'historien. Treize centimètres sur dix-huit, plié en deux dans le sens de la hauteur, de couleur crème et portant toujours du texte sur le recto seulement.

– C'est bien ça, constata Marie Mercier. Comment le saviez-vous ?

– Mes études m'ont amené à consulter de vieux catalogues d'instruments d'écriture datant du XIXe siècle. On s'en servait alors pour ses achats comme on se sert des catalogues de grands magasins de nos jours. Ces catalogues commerciaux sont une mine d'or pour les archéologues, à la condition qu'on ne s'en soit pas servi comme jambières de hockey ou, plus simplement, comme papier hygiénique dans les cabinets d'aisance des campagnes.

– Je vais faire sursauter ces archéologues, dit Marie Mercier, mais j'ouvre le sceau de cire.

– On n'a pas le temps de mettre des gants blancs, l'appuya Quentin avec un regard en coin vers Kristen, dont les ganglions du cou gonflaient la peau devenue rouge et sèche sous les taches violettes.

Il savait que fièvre et dépression allaient bientôt la conduire au délire. Il était surpris qu'elle ait résisté jusque-là. Mais on pouvait s'attendre à une mort inévitable.

Le coffret contenait bien des feuillets griffonnés d'un seul côté.

– C'est signé «Ignace Vérot».

– Ça correspond, puisque le 3 mars 1862 est la date figurant en haut du premier feuillet.

– Eh ! oh !

– Qu'y a-t-il ?

– Nous savons ce qu'est devenu mon aïeul, Athanase Mercier. Il a contresigné le document de Vérot en tant que secrétaire de monseigneur Dupanloup, l'évêque d'Orléans, qui faisait partie des délégués au concile opposés à Pie IX et à l'infaillibilité du pape, tout comme le tiers des évêques français, la moitié des évêques américains et cent pour cent des évêques allemands. Il a donc participé à la lutte contre Pie IX à partir de la France, où il s'est sans doute réfugié après les sanctions de monseigneur Bourget.

– Rien sur Dieu ? insista Kristen, pragmatique, peu intéressée aux échanges érudits.

– Malheureusement, 1862, c'est déjà tard pour de telles révélations, répondit la femme de la Compagnie. Le titre parle plutôt de notes à l'usage du réquisitoire contre l'infaillibilité du pape. Les Templiers, ou les membres de la Compagnie si vous préférez, ceux de la lignée de Jeanne Mance, voulaient freiner la centralisation du pouvoir au Vatican. Les conservateurs s'opposaient au progrès prôné par nos frères, et l'infaillibilité allait leur procurer une arme de taille.

– Cela veut dire que les opposants à Pie IX préparaient déjà, en 1862, leurs munitions en prévision d'un concile qui ne devait avoir lieu qu'en 1870.

– Il semble bien que ce soit cela, Quentin. Au courant de l'existence des tunnels, Vérot y aurait dissimulé le fruit de ses recherches, de peur qu'il tombe aux mains de ses adversaires au sein du clergé. Et il subissait déjà beaucoup de pression pour mettre fin à ses cours.

– Qu'est-ce que c'est que cette liste de noms de personnes contre l'infaillibilité ? demanda Quentin en examinant le document d'Ignace Vérot par-dessus l'épaule de Marie Mercier.

– C'est une liste de Pères de l'Église, les autorités en théologie dans les premiers siècles qui ont suivi la mort du Christ, ceux qui ont organisé la pensée religieuse de la nouvelle secte qui allait devenir le catholicisme romain. Les noms de ces gens sont suivis de ce qui doit être le titre de leur œuvre écrite devant servir de référence.

— « Saint Cyril, quatrième livre sur la Trinité », lut Quentin pour mieux saisir l'importance de cet inventaire que Vérot avait cru préférable d'enterrer. « Saint Hilaire, sixième livre sur la Trinité ; saint Jérôme, sixième livre sur Matthieu ; saint Jean Chrysostome, cinquante-troisième homélie sur saint Matthieu… »

— « Saint Ambroise, deuxième chapitre des Éphésiens », continua Marie Mercier en se creusant la tête elle aussi. On lit ensuite, soulignés par Vérot, les titres de deux œuvres de saint Augustin, soit le deuxième traité sur la première épître de saint Jean et le treizième de ses sermons.

— Saint Augustin occupe une place considérable dans l'histoire. Voilà sans doute pourquoi Vérot a souligné son nom et ses œuvres.

— Regardez, Quentin. Vérot écrit enfin que les deux lettres de saint Pierre, celles qui suivent les épîtres de saint Paul dans le Nouveau Testament, ne mentionnent pas qu'il se considérait comme le chef des apôtres.

— Cette liste ne dit donc qu'une seule chose.

— En effet, Quentin. Ce sont sans doute des passages d'écrits qui sous-estiment le rôle du pape.

— Ils appuient la position de Vérot et de bon nombre d'évêques de l'époque qui s'opposaient aux prétentions de Pie IX à devenir la seule autorité véritable de l'Église.

— Vérot ajoute que saint Basile le Grand et les Pères du concile de Chalcédoine ont prêché contre la prépondérance du pape dans la prise des grandes décisions.

— Vous n'avez que ça, docteure ? demanda Kristen.

Marie Mercier hocha la tête en penchant le coffret pour que les autres puissent voir l'espace vide.

– Je le crains. On n'a ici que ces notes d'Ignace Vérot.

– Des notes qui offrent un avantage, paracheva Quentin pour être positif, celui de prouver qu'Ignace Vérot faisait partie de la Compagnie du Saint-Sacrement et que cette dernière a participé au concile Vatican I, en 1870.

– Nous avons été de toutes les grandes décisions, conclut Marie Mercier, dont celles qui allaient dans le sens de la séparation de l'État et de l'Église de Rome. Rappelez-vous : Maisonneuve et Jeanne Mance ont fondé Ville-Marie en poursuivant le même idéal de libération. Voilà pourquoi il y a eu une scission entre Montréal et Québec aux premiers temps de la colonie, monseigneur de Laval, les Jésuites et le gouverneur Montmagny à Québec défendant jalousement le *statu quo* des vieilles valeurs européennes.

– Tout cela est bien beau, mais a-t-on quelque chose à remettre aux terroristes sur le secret de Dieu? trancha Kristen.

– Autant la campagne politique contre l'infaillibilité du pape a été marquante, autant on s'éloigne de la définition de Dieu, surenchérit Quentin.

– Vous avez raison, opina Marie Mercier. En forçant le raisonnement, on peut dire que ce texte révèle qui *n'est pas* Dieu. Le pape n'est pas Dieu, tout-puissant et infaillible. Définition par la négative.

Comme les autres, elle n'était pas satisfaite de ce butin.

La niche étant vide, elle reporta son attention sur l'ostensoir de Maisonneuve. Elle réalisa d'abord que le compartiment circulaire devant contenir l'hostie était vide. Elle se résigna à regarder sous le pied. La tige du soleil était creuse, l'orifice ayant été obstrué par ce qui lui sembla être de la cire utilisée pour les sceaux.

Elle entreprit de gratter la substance durcie avec ses ongles. Malgré l'œuvre de sape des années, la cire résista. La médecin dut recourir à l'épinglette de sa broche pour accomplir sa tâche. C'est alors qu'un rouleau glissa sur le sol.

Composé de papier parcheminé, il était fermé par un sceau de cire rouge dans lequel elle reconnut le symbole de la grille de la chapelle du Grand Séminaire, un pentacle, c'est-à-dire une étoile à cinq branches sur laquelle on pouvait déchiffrer la lettre M faite de triangles superposés.

À ce stade, elle hésita. Ils étaient peut-être devant la Vérité cachée qui expliquait la Création. Il aurait fallu procéder avec la prudence des archéologues modernes, radiographier la pièce, l'ouvrir ensuite avec d'infinies précautions.

Quentin remarqua l'hésitation de la femme.

— La mort par la peste n'attendra pas, trancha-t-il pour dissiper tout scrupule.

— Au moins, j'ai des gants chirurgicaux, s'excusa Marie Mercier.

Elle prit une profonde respiration et glissa un ongle sous le sceau, qui se détacha aussitôt. Tremblante, elle déroula le parchemin. Elle parcourut alors la large écriture avec avidité. Cela fait, elle retomba sur ses talons, vidée par l'émotion.

— Je comprends qu'on l'ait caché, expira-t-elle enfin. Ce texte est de la dynamite, rien de moins.

Enfin, elle se mit à lire à voix haute. Quentin remarqua que les mains de la femme tremblaient. C'est que, pour une gardienne, chaque mot était lourd d'un sens inconnu pour lui, malgré tous ses cours d'histoire.

— « *Ci-devant, Sieur Chomedey de Maisonneuve, en l'an de grâce 1642, prends possession de l'isle du Mont-Réal au nom de frères et sœurs de grande oraison, dames Mance, de la Peltrie et Angélique Faure de Berlize, duchesse de Bouillon...* »

– De Bouillon ? ne put s'empêcher d'interrompre Quentin. La descendante de Godefroi de Bouillon, le croisé qui a fondé l'ordre des Templiers ?

– Oui, dit Marie Mercier avec un signe de tête affirmatif. La duchesse a été une commanditaire de l'expédition.

– La volonté de fonder de nouveaux mondes exotiques loin du voisinage courait dans la famille.

– J'ai dit : « une » commanditaire… Corrigeons : elle a été *la* commanditaire, en fait. Et c'est à Jeanne Mance qu'elle a confié le travail de fondation. Sans Jeanne Mance, sans ses démarches de financement, la colonie aurait fermé les livres, surtout avec la faillite des Cent-Associés et la difficulté de recruter des colons à donner en pâture aux Iroquois et aux Agniers. L'infirmière s'astreignait souvent à des voyages en France pour faire les deux : collecter et recruter.

– La duchesse de Bouillon aurait été un peu comme Isabelle de Castille, qui a commandité Christophe Colomb et qui a été derrière la découverte du Nouveau Monde bien davantage que Ferdinand d'Aragon ?

– La même intuition géniale les animait.

– Est-ce que ça veut dire que Maisonneuve aurait été les bras, et Jeanne Mance, la tête ?

– Oui, Jeanne Mance était la fondée de pouvoir de la duchesse Buillon, B-U-I-L-L-O-N, ou Bouillon, de la lignée de Godefroi de Bouillon, le croisé. C'est une preuve de plus que Montréal a été fondé par des Templiers… et par des Templières. Ils se reconnaissaient sous le nouveau nom de « Société Notre-Dame » parce que les Templiers, désormais, n'étaient plus un ordre uniquement masculin.

La gardienne reprit sa lecture.

– « *… prends possession de l'isle du Mont-Réal au nom de frères et sœurs de grande oraison, de dames Mance, de la Peltrie et*

*Angélique Faure de Berlize, duchesse de Bouillon, de MM. Olier,
Vincent de Paul, de la Dauversière et de Bérulle pour en bastir
aux dépends des susdits une terre de grande promission où dans
mesme establissement, tous, de tous horizons, les principaux et les
habitans, lesdits habitans de Mont-Réal et de Kébec, Sauvages et
payens, seront en union et bonne intelligence hormis la dictature
des roys et de Rome aux fins de fonder icy en Nouvelle-France une
chrétienté pour surdavantage nourrir pureté et charité, de la mettre
ès-mains de la primitive Église et quand tous les arbres de ladite
isle se devroient changer en autant d'Yrocois. »*

Marie Mercier se tut un instant pour bien mesurer les
implications du document sous ses yeux.

– La «primitive Église», souffla-t-elle en pensant tout haut.
Quels mots extrêmement importants! La primitive Église, soit
l'utopie en d'autres mots, serait le rejet des dictatures royales
et papales. Mon Dieu! Tout est là, tout est là…

Quand elle reprit sa lecture, elle chuchota, et ses deux
compagnons lui demandèrent de parler plus fort.

– Excusez-moi, mes amis, mais je crois détenir ici la
révélation que mon frère et les autres gardiens ainsi que moi-
même descendons bel et bien de Maisonneuve plutôt que de
Champlain. Québec a été fondé par le commerce des fourrures,
et Montréal, par l'utopie.

Quentin eut envie de la contredire, de lui faire remarquer
qu'il y avait eu des âmes bien nées à Québec.

– Continuez à lire, l'exhorta-t-il simplement pour ne pas
rompre l'atmosphère d'exaltation qu'il goûtait au plus haut point.

– Oui, excusez mon émotion, répéta la docteure, qui se racla
la gorge pour dénouer ses cordes vocales. Voilà, je poursuis :
*«Au mespris des adjustements du monde, faisant litière de l'hon-
neur, tous bruslant d'un mesme esprit de se consommer, aller en
Canada pour advancer les desseins de Nostre Dame de Bon Secours*

et faire hardy ouvrage pour la Compagnie sans paroistre et estre connu dans cette vue, car Dieu le veult ainsy. »

– « *Dieu le veult ainsy* », « Dieu le veut » : le cri de ralliement des croisés et la devise de l'ordre du Saint-Sépulcre, réalisa Quentin.

Cette allusion à son bien-aimé Moyen Âge provoqua chez lui autant d'émotions que le manifeste de la mission de la Compagnie chez Marie Mercier. Mais son enthousiasme retomba aussitôt quand la Montréalaise mit fin à sa lecture.

– C'est… c'est tout ? bégaya-t-il. C'est ça, le secret de Dieu ?

Marie Mercier vérifia le verso du parchemin, qui se révéla désespérément vierge.

– C'est tout. Enfin, tout, sauf pour les signatures. Il y a là, en plus de ceux déjà mentionnés, la duchesse d'Aiguillon. C'est la nièce de Richelieu. Elle a fondé l'Hôtel-Dieu de Québec en 1639. Les autres noms sont ceux de Suzanne de Saint-André, du duc Deliancour, du chevalier de Maurengis, du chevalier Duplessis Monbart, du baron de Renty et du baron de Famcamp… Tous des aristocrates restés en France, mais ayant nourri le mouvement sacré de Montréal.

En toute autre circonstance, Quentin aurait été emballé de toucher l'histoire de si près. Mais l'absence de définition de Dieu sonna comme la sentence de mort de Kristen.

Ce fut au tour de Kristen de montrer sa déception. Elle rejoignit Mercier assise à même le roc. Incrédule, elle jeta un coup d'œil au document par-dessus l'épaule de la gardienne. Elle renchérit avec mauvaise humeur.

– Il n'y a pas de quoi révéler l'identité de Dieu là-dedans !

– En effet, convint Marie Mercier, mais si ce document est authentique, et rien n'indique le contraire, il ne faut pas en sous-estimer la portée.

Si les lieux avaient été mieux éclairés, Quentin et Kristen auraient vu les yeux de la gardienne brûler de curiosité. Déception et fascination se disputaient chez elle. À tel point que les paroles de colère de Quentin qui suivirent lui parurent scandaleuses.

– Ce sont des formules ronflantes comme les découvreurs avaient l'habitude d'en utiliser, s'opposa Quentin avec un accès d'humeur attribuable à l'épuisement. Rappelez-vous Cartier à Gaspé, prenant possession des lieux au nom de François Ier, roi de France et de Navarre.

– Justement, Maisonneuve prend possession de rien au nom du roi, répliqua Mercier avec fermeté. Il est plutôt contre le roi. C'est dire l'indépendance d'esprit des membres de l'expédition de 1642. De plus, pour moi, ce document prouve les buts réels des zélateurs ayant fondé Ville-Marie. C'est extraordinaire. Imaginez un peu : l'expression «primitive Église» peut sous-entendre… *doit* sous-entendre la naissance de la société idéale inspirée de l'*Utopie* de Thomas More et de la *Nouvelle Atlantide* de Francis Bacon. La même démarche que celle des puritains du *Mayflower* en 1620, à quelques centaines de kilomètres au sud d'ici.

Quentin oublia que leur guide s'était engagée dans une mission sacrée qui remontait à Godefroy et à Chomedey de Maisonneuve, mission dont elle avait accepté depuis longtemps les risques pour sa vie. Il claironna avec la naïveté d'un jeune élève de cégep à son premier jour de classe :

– La «primitive Église», ça voudrait dire celle d'avant Jésus-Christ? Comment est-ce possible?

Aussitôt, Quentin comprit l'étourderie de sa question.

– Et l'Ancien Testament, qu'en faites-vous? réagit Mercier. On croyait en un seul Dieu bien avant l'histoire du prophète de Nazareth. Plus précisément, plusieurs sectes adoraient un Dieu sans l'intermédiaire de l'Église de Rome, l'institution officielle. On les appelle «les gnostiques». Les Esséniens furent des gnostiques, par exemple. Le deuxième Évangile de saint Jean fut gnostique. Les manuscrits de Nag Hammadi et de la mer Morte sont gnostiques. Voilà pourquoi ils ont été cachés d'abord, puis perdus. Les gnostiques furent taxés d'hérésie et persécutés, et ce, jusqu'aux Albigeois dans le midi de la France.

Chaque minute perdue, l'échéance se rapprochait pour Kristen. Quentin perdit patience.

Étourdi, furieux, il se mit à fouiller la niche. À tel point qu'il s'ensanglanta le bout des doigts à force de gratter le granit aux aspérités coupantes comme des couteaux.

– Il devrait y avoir autre chose. Le sort de vies innocentes est en jeu.

De son côté, la médecin jubilait presque.

– Imaginez donc, Quentin, que ce document est la première confirmation écrite de notre ministère de gardiens et de gardiennes. La Compagnie repose uniquement sur la tradition orale. Maisonneuve est donc le seul, à ma connaissance, à avoir couché sur papier le sens de notre but, c'est-à-dire servir vraiment l'utopie, la société ouverte.

Quentin admit que cette servante fidèle à une cause plusieurs fois millénaire pouvait en effet s'abandonner à cet égoïsme passager. Sa fureur s'était calmée, comme si elle avait giclé hors de lui par ses blessures, à la façon d'une saignée au Moyen Âge. Il allait s'excuser pour ses emportements. Mais il n'était pas au bout de ses peines.

Quand il se retourna vers ses compagnes, après avoir scruté la pénombre vide de la niche dans le roc, il fut témoin de quelque chose qui lui fit dresser les cheveux sur la tête. Toute sa nature se révolta. À son tour, sa voix s'étrangla.

– Mon Dieu! Que faites-vous, docteure Mercier? Non! Non! Pas ça!

Chapitre 28

Galeries souterraines de Montréal
7 juin, 4 h 13, moins de 27 heures avant la mort annoncée de
Kristen Vale

— Ne faites pas ça! se scandalisa Quentin, atterré.

Marie Mercier avait déposé le parchemin sur le sol à ses côtés. Après avoir réfléchi les yeux fermés, elle avait tiré de la poche de poitrine de sa veste un petit objet de carton souple.

Comme la médecin ne fumait pas, Quentin réalisa qu'elle avait pris la précaution d'apporter des allumettes, au cas où ils trouveraient un document de ce genre.

Après une courte hésitation, elle passa outre à l'ordre de Quentin. Elle frotta le bout d'une allumette sur la surface rugueuse du carton. La flamme jaillit dans une odeur de soufre. Elle l'approcha de la déclaration des fondateurs de Montréal.

— Je suis la seule gardienne de la Compagnie ici, dit-elle d'une voix sourde, résolue. C'est à moi que revient le devoir de détruire les écrits. Notre groupe a une tradition de secret et une horreur des preuves de son existence.

— Il semble que Maisonneuve ait désobéi. Il a voulu que le monde sache un jour...

— Une erreur incompréhensible.

– Respectez sa volonté, plaida Quentin, l'historien de formation.

Il avait appris qu'il n'y avait pas d'histoire sans écrits. C'est ce que Plantagenêt et ses professeurs lui avaient inculqué. Quoique Plantagenêt eût peut-être fait la même chose que Mercier.

Prêtant attention aux arguments de l'avocat de la défense, Mercier oublia l'allumette, qui lui brûla le pouce et l'index droits. Elle l'éteignit en la secouant sans avoir mis le feu au document.

– La Société Notre-Dame et Maisonneuve ont peut-être cru que, dans ce pays éloigné des conflits du Vieux Continent, ils n'auraient pas à craindre leurs ennemis, les agents secrets du roi et du pape. Les événements des derniers jours prouvent le contraire. Il ne faut pas que ce texte des Templiers tombe entre les mains des caïnites.

– On a semé les caïnites. Ils ne se sont plus manifestés depuis notre arrivée à Montréal.

– Tous ces noms de membres de la Compagnie, énumérés comme une liste des futures victimes des forces du Mal…

– Ces noms datent de 1642, d'il y a presque 400 ans. Jeanne Mance et les chevaliers de Paris ne craignent plus rien.

– Mais vous n'avez pas compris, Quentin ! La tâche de gardien se transmet dans les familles d'une génération à l'autre. Les descendants courent un grave risque si ce parchemin tombe entre de mauvaises mains.

S'étant convaincue, Marie Mercier alluma une autre allumette.

Cette fois-ci, Quentin agrippa le poignet de la gardienne, qu'il tint éloigné du papier.

– Ne soyez pas de ces barbares qui brûlaient les livres à la Renaissance !

– Les écrits de la Compagnie ne sont pas des livres!

– Et les autorités vont protéger le secret, dit l'indexeur. Le document sera dans un coffre-fort quelque part si vous y tenez. Personne ne saura que les Québécois ont été enfantés par une société secrète mixte, puisque ça pourrait coûter la vie aux descendants.

Quentin sentit avec satisfaction que la femme opposait moins de résistance. Les muscles de la main tenant l'allumette n'étaient plus tendus vers ces documents historiques de la Compagnie.

En levant les yeux au ciel comme pour être inspirée par Dieu, Marie Mercier aperçut quelque chose sur la paroi granitique du plafond.

– Regardez, Quentin!

Craignant une ruse, Quentin ne lâcha pas sa compagne. Celle-ci insista.

– Voyez ce dessin sur la paroi! Voilà notre réponse!

Comme la seconde allumette s'était consumée, Quentin ne vit pas de mal à relâcher son étreinte. Il suivit le regard de la docteure Mercier. D'abord, il ne vit qu'une surface anguleuse couverte d'ombre. Puis, à mesure que son regard se concentrait, il crut apercevoir un motif. Il ne s'agissait pas d'une illusion d'optique causée par le jeu d'ombrages.

– On dirait que c'est…

– Oui, c'est une fleur, une rose.

– Et alors? maugréa Quentin pour la forme, car il commençait à suivre la démonstration.

– La rose est un symbole de secret. Elle rappelle aux travailleurs de l'ombre comme moi qu'ils ne doivent pas se révéler au grand jour.

– La rose qui cache un secret? Umberto Eco le savait, lui qui a donné le titre *Le Nom de la rose* à son roman bâti sur l'existence d'un livre secret d'Aristote découvert dans la bibliothèque d'un monastère italien, au Moyen Âge.

– La rose, souffla Marie Mercier en portant de nouveau son attention sur les documents de la niche. Quelqu'un a fait une erreur avec ces lettres et ce parchemin. Par sentimentalité ou, pire, par vanité, il a permis leur survie. Mais il s'est peut-être racheté en dessinant cette rose pour demander aux prochains visiteurs de faire ce qu'il n'avait pas pu faire : détruire la liste de noms.

Devant Quentin, les lettres puis le parchemin se tordirent dans une flamme orange et bleue. Un peu de vert se mêla à ces couleurs, sans doute produit par des organismes micros-copiques phosphorescents ayant parasité le décret malgré le sceau de cire. Les stratèges politiques du concile Vatican I, Maisonneuve et les siens disparurent dans un petit amas de cendres encore parsemées d'étincelles. « Les lucioles de Ville-Marie », pensa Quentin.

L'indexeur-historien allait de déception en déception. Non seulement ils n'avaient pas découvert le secret de Dieu – la niche était maintenant vide –, mais ils effaçaient une histoire inconnue de leurs contemporains.

À la vue de ce bûcher improvisé, une pensée terrible avait surgi dans les replis de son cerveau. « Et si le grand-père de la docteure Mercier ou un autre avait mis le feu au parlement à Ottawa, en 1916, après avoir mis le feu au parlement à Montréal sous le couvert d'une révolte populaire à la fin des années 1840 ? »

Cette hypothèse lui donna la nausée et il frissonna. Il réalisa qu'on l'avait peut-être utilisé pour mener les pyromanes vers des trésors archéologiques. Marie Mercier pouvait l'avoir tenu à l'écart de la vérité, tout comme son directeur de thèse, le docteur Tristan Plantagenêt, l'avait fait à l'université.

Cet accès de paranoïa le découragea. «Je suis mort de fatigue, voilà la seule vérité, se dit-il. Non, la seule vérité, c'est que Kristen risque de mourir.»

L'agente était toujours assise par terre, les genoux relevés. Elle avait la tête penchée entre les jambes. Il eut un pincement au cœur.

Pour se forcer à réagir, il préféra revenir à la curiosité du chercheur. C'est sa personnalité inquisitrice qui l'avait désigné comme le meilleur candidat pour trouver le secret de Dieu. Il reprit son rôle.

— Il semble que tous les trésors de votre Compagnie se trouvent sous terre. Autant à Montréal qu'à Ottawa.

— Je ne suis pas historienne, rétorqua Marie Mercier en lui serrant l'épaule pour le consoler, mais je peux affirmer que la tradition veut cela. Comme je vous l'ai dit plus tôt, par le passé, une société secrète n'avait pas mieux que le sous-sol pour échapper à ses ennemis.

— Vous avez raison. Les premiers chrétiens à Rome se réfugiaient dans les catacombes.

— Bon exemple. L'occultisme est devenu une seconde nature. C'est l'instinct de survie qui a forcé la création de mondes parallèles. Les objets ont été enfouis dans la terre, les idées ont été enfouies dans des textes codés.

— *Subrosa* : le culte du secret.

— Jugés hérétiques, les groupes qui ne suivaient pas les croyances officielles n'ont pas laissé d'archives. Maisonneuve a même plaidé auprès des Jésuites pour que leurs *Relations* soient muettes entre 1643 et 1653. Seules les paroles étaient tolérées, et pas toujours, car elles se perdaient dans le vent.

«C'était avant l'écoute électronique et les satellites», eut envie de dire Quentin, mais il se retint.

– Je ne veux pas vous contredire, docteure Mercier, mais les messages laissés sur la tour du parlement et sous les chutes du Niagara risquaient de tout dévoiler...

– Là encore, ce sont des écrits codés, souffla Mercier, songeuse. Des écrits codés qui mènent, comme vous le constatez, dans un cul-de-sac, puisqu'il n'y a même pas l'ombre du secret de Dieu à l'horizon. Nous voilà bien dans un labyrinthe.

– Cul-de-sac en apparence, riposta Quentin en faisant preuve de détermination après sa déprime passagère.

– Oui, c'est bien possible. Le code pourrait être percé par un vrai initié. Il en va de même des messages, des images, de l'iconographie codée, elle aussi laissée dans les cathédrales gothiques comme pour nous narguer.

– Les croix pattées, par exemple, on y revient.

Soudain, Quentin aurait eu envie de remonter afin d'étudier le décor unique de la chapelle. Il se rappelait avec une impatience grandissante la description qu'il en avait lue sur le site Internet d'un expert de l'art sacré pendant son voyage entre Ottawa et Montréal :

La chapelle du Grand Séminaire, dont les Montréalais oublient l'existence, est riche d'histoire. Imaginez, son architecture a été en partie inspirée d'un monastère bénédictin du XIe siècle, le San Minato al Monte. Autre source, rien de moins que la Basilica i Santa Croce à Florence, œuvre des Franciscains. La chapelle a ainsi une vocation universelle.

Avant de remonter, il épia les gestes de Marie Mercier. Celle-ci était toujours assise à même le sol caillouteux. C'est Kristen qui prit sur elle de secouer la femme de la Compagnie.

– Il n'y avait pas de trésor dans ce parchemin ? lui demanda-t-elle avec une pointe d'anxiété.

Mercier secoua la tête.

– Je vous l'ai dit, dans ce parchemin, Maisonneuve dévoilait les noms des membres de la Compagnie et l'objectif de la Société Notre-Dame, c'est-à-dire créer un « nouveau monde », dans tous les sens du terme. En choisissant l'emplacement de Ville-Marie sur une île, ils étaient sans doute inspirés par la corrélation avec l'Atlantide de Francis Bacon qui, elle aussi, était une île.

Elle releva la tête, un pli têtu barrant son front d'albâtre, avant de continuer :

– Mais si vous me demandez où est la carte du labyrinthe et du trésor, le parchemin ne l'indiquait pas.

Épuisé physiquement et mentalement, Quentin s'effondra à son tour sur ses talons. Des larmes de dépit lui embuèrent les yeux. Il les attribua à la poussière vieille de plus de trois siècles en suspension dans la galerie.

– C'était bien parti à Niagara Falls, pourtant…

– Pas de défaitisme, le coupa Mercier. Il y a encore une chance…

– Une chance ? Que voulez-vous dire ? demanda Kristen.

– Je veux dire que mon père nous a mentionné autre chose, à mon frère et à moi, au sujet du séjour de Charles Dickens à Montréal. Intrigué par la bizarrerie, le Britannique aurait visité un autre haut lieu ésotérique de Montréal ignoré de ses propres habitants. Oui, il est passé à l'Hôtel-Dieu.

– Un hôpital ? Vous voulez rire ? ironisa Vale.

Les traits durs et sérieux, Marie Mercier n'en démordit pas. Alors Kristen s'exprima avec fureur.

– L'Hôtel-Dieu est situé rue Saint-Urbain, non ? C'est tout près d'ici. Allons-y ! Vous avez un parapluie, madame Mercier ?

– Pas besoin, fut sa réponse.

– Vous voulez dire qu'il y a une galerie jusque-là ?

– Pas tout à fait. L'Hôtel-Dieu de Charles Dickens n'existe plus. Il a été déménagé. La nouvelle adresse n'a aucun intérêt. Mais la Compagnie a réinstallé ici l'essentiel du vieil édifice. L'essentiel, c'est-à-dire l'athanor.

– L'atha… quoi ? rugit Vale, de plus en plus incommodée par le bacille de la peste.

– Suivez-moi !

La niche de l'ostensoir n'était pas la seule surprise dans ces galeries datant de la Nouvelle-France. Plus loin au sud, au détour du chemin, Quentin aperçut une épaisse table rustique. Il reconnut des cornues, des tubes de distillation, un creuset et un burin.

– Un labo ? dit-il. C'est ce qui attirait Dickens à l'Hôtel-Dieu ?

– Ce n'est pas un labo ordinaire. Si vous parcourez le livre sur la table, vous trouverez des recettes. Des recettes non pas de potions, mais de transformation de vils métaux en or.

– Vous voulez parler de l'alchimie ?

– Oui. On s'est demandé longtemps pourquoi Maisonneuve avait privilégié deux choses en arrivant à Ville-Marie : l'ostensoir et la construction immédiate de l'Hôtel-Dieu. On croit que c'était afin que la Compagnie poursuive ses recherches scientifiques sans que personne puisse remettre en question l'usage de l'édifice. N'était-ce pas pour soigner les malades ? Noble but, mais il y avait aussi la quête de la pierre philosophale, qui est une métaphore pour l'illumination intellectuelle et spirituelle.

– L'or que les alchimistes voulaient tirer de la matière brute, c'était…, commença Quentin.

– … c'était en fait la présence divine, l'esprit, l'intelligence infinie. Vous voyez que, dès sa naissance, la science a été liée à la mystique. Beaucoup de scientifiques, loin de penser comme Nietzsche que Dieu est mort, croient pouvoir prouver sa présence grâce à leurs recherches. Le créationnisme vient de là.

– La Société Notre-Dame avait vraiment plusieurs secrets, conclut Kristen.

Quentin avait soulevé une cornue poussiéreuse au fond de laquelle une poudre jaune lui fit penser à du soufre.

– On dirait que les choses sont restées comme elles l'étaient au début de la colonie, remarqua-t-il.

– J'ai peut-être une explication. Vous direz que nous sommes des sentimentaux dans la Compagnie, expliqua Marie Mercier en braquant sa lampe pour vérifier le contenu d'une série de fioles. Au fil des siècles, mes prédécesseurs ont dû rester fidèles à la disposition des substances chimiques trouvées dans les sous-sols de l'Hôtel-Dieu pendant les années 1640. À mesure que ces substances perdaient leurs propriétés d'origine, nos membres les ont sans doute renouvelées religieusement, comme on change les cierges fondus d'une église. Cela a dû être accompli scrupuleusement jusqu'à ce que se perde le secret.

Quentin reporta son attention sur un livre épais abandonné sur un coin de la table. Avec d'infinies précautions, il le feuilleta, croyant parfois reconnaître dans ce grimoire la même écriture que sur le parchemin de Maisonneuve.

Tout à coup, pétrifié, il s'arrêta. Un croquis avait été griffonné en hâte dans les marges. Il se limitait à quelques traits grossièrement tracés. Mais ces traits étaient suffisamment éloquents pour que le dessin lui saute aux yeux.

D'abord, il avait été initialisé C. D., comme s'il n'était pas l'œuvre de l'alchimiste qui avait décrit ses expériences dans le livre. Ensuite, le croquis représentait une tour élancée de style gothique. De prime abord, c'était un campanile formé de trois figures géométriques. Des carrés superposés composaient le corps de la tour dont l'extrémité supérieure formait un triangle. Entre cubes et triangle se trouvait un cercle. Des flèches reliaient ces figures à quelques mots d'explication.

– Ça dit que le cercle est la Terre, lut Quentin. Les carrés sont le cosmos et le triangle est le centre.

– C'est de la géométrie sacrée, réalisa Mercier. Celle du Parthénon, celle des cathédrales, celle de la chapelle du Grand Séminaire. Dans ce dernier cas, vous avez déjà remarqué sur le plancher des motifs représentant le cercle, le carré et le triangle.

– Notre «C.D.» a aussi noté les mots suivants dans son grimoire : «la fusion du 5 et du 6».

– «La fusion du 5 et du 6»? répéta Mercier en se penchant par-dessus l'épaule de Quentin.

– Ça veut dire quoi? demanda Kristen.

– On peut traduire cela par «un chiffre qui serait composé d'un 5 et d'un 6». Cinq et six sont deux chiffres sacrés. Je vous préviens tout de suite que vous pouvez oublier le sens diabolique du 666. Dans l'Apocalypse, saint Jean a donné une bien vilaine interprétation de la valeur de ce chiffre en l'associant à la Bête. Avant lui, le 6 était positif. Voilà pourquoi la Compagnie a adopté la combinaison 666. Certains frères et sœurs ont poussé l'engagement jusqu'à se le faire tatouer sur le cuir chevelu. C'est plus discret que sur les bras. Curieusement, nos membres tués par les caïnites ont souvent eu le crâne trans-percé, comme s'il fallait que nos ennemis effacent le chiffre 6, dans le but sans doute de se le réapproprier.

– La géométrie sacrée assure le pouvoir, n'est-ce pas? dit Quentin sur une intuition inspirée par le croquis de la tour.

– Oui, en facilitant le passage des forces de la terre. Certains vont même jusqu'à voir dans la géométrie sacrée le langage de Dieu lui-même, puisqu'elle a été de toutes les cultures.

– Ce croquis de C. D., continua l'indexeur, vous ne trouvez pas qu'il ressemble à la tour du parlement? Le cercle étant l'horloge, et le triangle, le pignon?

– Peut-être, oui, ce pourrait être le cas...

– Je serais curieux de connaître la hauteur de la tour de la Paix.

– Pfff! dit Kristen. Sais pas.

– Elle mesure trois cents pieds, répondit Marie Mercier sans hésitation. Il a été prévu expressément qu'elle s'élève à trois cents pieds... trois cents, voyons, qu'est-ce que ça nous dit?

– Trois cents pieds? dit Quentin en écho. Eh bien, c'est un multiple de 5 et de 6!

– Encore la géométrie sacrée, réalisa Kristen.

Quentin en tira la conclusion qui s'imposait.

– Si ce croquis est de ce C. D., initiales de Charles Dickens, ce dernier et la Compagnie derrière lui semblent indiquer la tour du parlement à Ottawa *avant même* qu'elle ne soit construite.

– La tour du parlement reposerait donc sur le langage de Dieu, monsieur DeFoix. Pas étonnant que mes prédécesseurs y aient déposé le code secret pour trouver la définition de Dieu.

– N'oublions pas que la tour que nous connaissons a été commandée alors que Borden était premier ministre. Or, il faisait partie des francs-maçons. Ces derniers n'étaient pas présents à l'inauguration de la première tour, en 1860, probablement parce que les autorités n'avaient pas encore observé la géométrie sacrée à cette époque.

– Mais voyons, Quentin, objecta Kristen, Dickens est passé à Ottawa bien avant que les édifices du parlement ne soient construits, en 1860.

– C'est pire que ça, Kristen, répliqua Quentin, parti sur sa lancée. Ce croquis ne ressemble pas du tout à la première tour carrée de 1860, celle qui a été détruite par le feu en 1916 et reconstruite au début des années 1920 seulement, sur le modèle de ce croquis cette fois.

– En effet, réfléchit Mercier, ce n'est qu'une idée, mais c'est possible…

La Montréalaise se perdit dans ses pensées. N'eût été l'obscurité ambiante, Quentin aurait pu alors juger de la grande beauté plastique de son visage : une peau blanche de marbre et un profil grec pareil à celui des statues de l'Antiquité.

– Oui, je veux dire, continua-t-elle à son tour sur sa lancée, ça peut paraître complètement débile…

– Dites tout de même, la harcela Quentin.

– C.D., je veux dire Charles Dickens, a dû reproduire ce croquis à partir de directives reçues de la part de la Compagnie à Niagara Falls. Déjà, la Compagnie exprimait le désir d'incorporer des spécifications sacrées aux sièges de gouvernement sans savoir qu'elles allaient se réaliser avec soixante-dix ans de retard.

Pendant ce dialogue, Quentin passa par toute la gamme des émotions : surprise, doute et fascination. Il en était à l'exubérance et aurait bien embrassé son guide, qui lui révélait les secrets du monde comme le poète Virgile l'avait fait pour Dante lors de son voyage en enfer dans son célèbre poème intitulé *La Divine Comédie*.

Il se retint, car un nuage noir brouilla son humeur. Il venait de réaliser quelque chose, une chose terrible étant donné leur progression sur l'axe du temps.

– Alors… alors, si le message de la tour pointait vers Niagara Falls et si celui de Niagara Falls pointait vers Montréal, ce dernier indice nous ramène à la tour et à Ottawa. *On tourne en rond !*

Marie Mercier hocha la tête lentement avant de laisser tomber un verdict impitoyable.

– Depuis un millénaire, la Compagnie et ses prédécesseurs ont utilisé des codes pour brouiller les pistes, dérouter les intrus. Quant aux initiés, s'ils ne prennent pas garde, ils risquent eux aussi de s'égarer dans le labyrinthe. J'ai bien peur que nous ne nous soyons perdus.

Chapitre 29

Galeries souterraines de Montréal
7 juin, 5 h, 26 heures avant la mort annoncée de Kristen Vale

« J'ai bien peur que nous ne nous soyons perdus. »
Ces mots provoquèrent la nausée chez Quentin. Quant à Kristen, elle réagit avec stoïcisme.

— Remontons à la chapelle ! On est d'accord pour dire qu'elle est truffée de symboles, non ? Peut-être n'avait-on pas à aller si loin pour trouver la solution ?

Les trois se remirent en route, refaisant en sens inverse le trajet déjà parcouru. Ils avançaient seulement depuis quelques minutes quand Kristen, qui marchait en tête, s'immobilisa.

— Vous entendez ? dit-elle pour que les autres prêtent l'oreille.

— On dirait un grincement, proposa Quentin.

— Oui, et ça se rapproche.

— Ce pourrait être les freins d'une rame de métro, suggéra Marie Mercier. On est tout près de la ligne est-ouest Honoré-Beaugrand–Angrignon.

— Non, rétorqua Kristen. J'ai entendu les bruits d'accélération quand on était dans le musée des alchimistes. Ils venaient de l'autre direction, plus au sud. Ceux-ci viennent du nord, de la chapelle.

« On nous coupe la route », pensa Quentin.

– On dirait plutôt, proposa Kristen, le bruit de chauves-souris ou de...

Elle ne termina pas sa phrase. Le faisceau des lampes de poche était puissant. Ils purent alors assister à un étrange spectacle qui se déroulait à une centaine de mètres devant eux.

– Ça bouge, ça vient par ici, souffla Marie Mercier.

– Sur le sol. Ce ne sont pas des chauves-souris. Alors quoi ? demanda Quentin.

La lumière des lampes de poche faisait briller de petits points phosphorescents au sein de la masse mouvante. C'étaient les minuscules pupilles de créatures vivantes. Il semblait y en avoir des centaines.

Le subconscient de Quentin fit remonter à la surface des images cauchemardesques. Il s'imagina devant une armée d'insectes porteurs de la peste auxquels il avait échappé de justesse deux fois auparavant.

Une peur incontrôlable lui picota la nuque.

– Des rats, des centaines de rats ! s'exclama-t-il enfin.

– Ce qu'on entendait, c'étaient leurs cris aigus amplifiés par les murs de granit, expliqua la Montréalaise sans la moindre appréhension dans la voix.

Les rats lui semblaient de loin préférables à ces maudites hordes de caïnites qu'elle redoutait depuis sa jeunesse, depuis que le commandeur, son père, lui avait confié, à elle et à son frère, la garde des reliques de Maisonneuve.

Kristen, quant à elle, se rappela qu'une cage était vide dans l'insectarium de Plantagenêt, celle où une plaque indiquait « rats pestiférés ».

Le danger la fouetta.

– Fuyons ! cria-t-elle en saisissant Quentin par la manche de sa chemise.

– Pourquoi? Ce ne sont que de vulgaires rongeurs! opposa Mercier derrière eux avec le pragmatisme de la femme de science. L'expérience prouve que les rats s'arrêtent net devant des humains. À moins d'être surpris et acculés au mur, ils préfèrent se terrer dans le premier trou.

– Pas ceux-là, grogna Quentin. Regardez-les. Ils nous ont vus, mais ça ne les a même pas ralentis.

Marie Mercier s'était mise à battre les bras tout en criant à pleins poumons. Les sons aigus se répercutèrent dans tous les renfoncements de la galerie, mais les rats n'hésitèrent même pas. La marée de formes allongées aux museaux pointus se rapprochait sans cesse. Quand les premiers culbutaient ou tardaient trop, ils étaient piétinés par les autres.

– Ils sont déchaînés, on dirait, observa la médecin.

– Affolés, plutôt, ajouta Quentin.

– Ils doivent être surexcités par la maladie.

– Ça ne m'étonnerait pas qu'ils soient infectés par le bacille de la peste, expliqua Quentin. Souviens-toi, Kristen: il y avait plusieurs cages de rats pestiférés dans l'insectarium de ce fou de Plantagenêt.

– Vous… vous êtes sûrs? demanda Marie Mercier, incrédule.

– Il m'a lui-même confirmé qu'il travaillait avec des sujets contaminés dans son sous-sol, répondit Kristen. Quelqu'un doit les avoir transportés ici.

– Les caïnites, en déduisit Quentin.

– Oui, ces fichus caïnites. Il me semblait bien qu'ils étaient demeurés trop tranquilles depuis notre arrivée à Montréal. Ça ne pouvait pas durer.

– La peste, vous en êtes sûre? répéta Marie Mercier, qui se refusait à accepter cette réalité absurde. Comme mon frère, donc?

– Vous ne pouvez pas vous permettre de l'apprendre par expérience. Car si c'est ce que je pense, c'est une souche de peste développée en labo et résistante à tous les remèdes connus.

Le ton était incisif. Marie Mercier la crut sur parole. Elle détala derrière eux.

– Mais nous tournons le dos à l'entrée ! Nous risquons de nous enfoncer dans un labyrinthe !

– Pas le choix ! la coupa Kristen.

– Les tunnels ont rarement une seule sortie, ajouta Quentin pour rassurer tout le monde.

Marie Mercier ne leur dit pas que beaucoup de tunnels datant de la Nouvelle-France avaient été scellés. Des éboulis avaient pu se produire lors de la construction du métro. De plus, certains tunnels avaient été remplis de béton pour empêcher d'éventuels intrus d'avoir accès aux caves des édifices.

– On dirait qu'on se dirige vers le fleuve et vers le Vieux-Montréal, fit remarquer Quentin en s'orientant de son mieux dans les méandres des galeries.

– Ce serait logique qu'une sortie donne sur le Vieux-Montréal, conclut Mercier.

Le Vieux-Montréal. Plusieurs rues les en séparaient. La marée de rats aurait-elle le temps de les rejoindre d'ici là ? Les rongeurs progressaient avec rapidité, sans doute poussés à la folie par les effets de la peste qui les rongeait et qui les étourdissait d'adrénaline.

Pour ajouter à leur anxiété, les trois fuyards ne purent pas progresser aussi vite qu'ils l'auraient voulu. Malgré les rais de lumière de leurs lampes dansant devant eux et lézardant l'obscurité, ils durent faire preuve de prudence. Courir trop vite était impossible, car la galerie faisait souvent des coudes. À d'autres endroits, le plafond s'abaissait ou le plancher se couvrait d'obstacles, moellons détachés des parois, crevasses peu profondes mais suffisantes pour les faire trébucher. Des précautions que les rats n'avaient pas à prendre.

Kristen entretenait le secret espoir que le tunnel se divise en plusieurs tronçons. De cette façon, il y avait une chance que les rats ne fassent pas le même choix qu'eux.

Cela n'arriva pas. Le tunnel restait désespérément la seule voie pour eux et pour les rats. Pendant un moment, les fuyards avaient cru que le couinement des bêtes s'éloignait, que la poursuite avait cessé. Mais c'était un effet des angles droits de la galerie. Après le silence, le bruit infernal reprenait, toujours plus près derrière eux, chaque fois.

– Ça fait combien de temps qu'on avance comme ça ? On va bien finir par arriver quelque part ? pesta Quentin.

– Pas si on tourne en rond, siffla Kristen entre ses dents. J'ai l'impression que la galerie se courbe peu à peu.

– Je crois que vous avez raison, confirma Marie Mercier. On semble remonter vers le nord.

– Ça ne m'étonnerait pas que ce soit encore un piège de la Compagnie avec son esprit tordu, maugréa Quentin, que la privation de sommeil des derniers jours mettait à cran.

Après un brusque virage en U, ils durent se rendre à l'évidence : ils retournaient dans la direction d'où ils étaient venus.

– On n'a pas le choix. Il faut suivre le guide, clama Quentin.

– Attendez, attendez, ordonna Kristen en prêtant l'oreille près de la paroi. Vous n'entendez pas, vous autres ?

– Oui, on dirait…

– Kristen, docteure Mercier, vous avez raison. On dirait le chuintement des pneumatiques du métro.

– On est descendus plein sud, expliqua Marie Mercier. Ce doit être la ligne Honoré-Beaugrand–Angrignon.

– Elle est proche, dit Quentin, mais avec une paroi d'un seul mètre de roc massif, c'est très loin si on n'a pas de marteau-piqueur ou de dynamite.

– Ça ne fait pas un mètre, déclara Kristen. Sentez le courant d'air qui sort de cet orifice. En y jetant un coup d'œil, la lumière de l'autre côté doit être à une douzaine de centimètres à peine.

– Douze centimètres ou un mètre, sans outils de forage, c'est du pareil au même, dit Quentin.

– Cherchons des pierres sur le sol, proposa Kristen. Surtout celles qui ont une forme pointue pour agrandir l'orifice.

Les couinements de la marée mortelle les ramenèrent à la réalité.

– On n'aura jamais le temps, ajouta Kristen. Il faut filer droit devant!

Ils laissèrent tomber leurs blocs de pierre et reprirent leur course insensée parsemée d'embûches. Le seul point positif fut le plafond qui s'éleva, ce qui leur permit d'avancer sans courber le dos. Malheureusement, après quelques minutes sur ce parcours dégagé, leur avance se heurta à un obstacle de taille. La voûte devant eux s'était affaissée et des débris rocheux leur interdisaient le passage.

– C'est pas vrai! s'exclama Quentin en se laissant choir sur le sol pour reprendre son souffle.

Au même moment, la rumeur sauvage des rongeurs, qui s'était tue à cause du virage en U, se mit à résonner de nouveau. La meute gagnait sur eux, les petits cris rageurs amplifiés par les parois rocheuses servant de caisse de résonance. Et ils étaient bêtement bloqués là.

L'idée que ses amis succombent à la peste comme elle parut intolérable à Kristen. Affaiblie par les assauts du bacille qui la rongeait, ses dernières forces déjà taxées par la course fébrile ne semblant mener le trio nulle part, elle trouva néanmoins un regain d'énergie dans sa volonté exacerbée. Un flot d'adrénaline engourdit les symptômes de la maladie et, sans penser, elle se mit à escalader l'éboulis sous le regard admiratif de ses amis. Elle jugea que les grosses pierres ne pouvaient pas être déplacées, même à trois. Cependant, près de la voûte, elle put gratter une couche de cailloux et de sable.

– Inutile, laissa tomber Quentin. Ce sera trop tard. Il faut se faire à l'idée qu'on va devoir affronter les rats.

Sur ce, il fit volte-face. Il s'arma de quelques blocs de granit qui avaient roulé de l'éboulis et invita les autres à faire de même. Il crut voir déboucher les premiers petits yeux de feu dans le couloir derrière eux. Il lança deux projectiles qui, s'ils n'écrasèrent pas leurs poursuivants, lui donnèrent au moins la satisfaction de se battre.

Marie Mercier avait suivi son exemple, les lieux étant trop étroits pour qu'elle grimpe à l'aide de Kristen. Ses pierres à elle, ajoutées à celles lancées par Quentin, semblèrent intimider les quelques rats de l'avant-garde, qui disparurent.

Mais ils ne pouvaient pas espérer tenir très longtemps.

Quentin essaya de ne pas se laisser aller à son imagination fatiguée qui essayait de prévoir le genre de mort qui les attendait. La peste bubonique transmise par les rats aurait des effets lents, Kristen en était la preuve, mais pourraient-ils survivre aux morsures de centaines de rats furieux? Il savait que les rats étaient omnivores; néanmoins, la viande, surtout grasse, était leur repas préféré, loin devant les fruits et les légumes. Kristen, la docteure Mercier et Quentin n'étaient pas exactement des têtes de brocoli. Ils constitueraient un véritable festin.

Ces pensées sombres eurent l'effet d'une bombe. S'il devait mourir, il allait consacrer ses derniers instants à retarder l'assaut des rats vers l'éboulis. Ainsi, Kristen et Marie Mercier auraient une chance de s'en sortir. Puis, au tout dernier moment, il tenait à protéger son visage le plus longtemps possible, même une fois étendu dans le grouillement de poils raides et de crocs acérés.

— Kristen! Je-crois-qu'ils-ar-ri-vent! déclara-t-il enfin en appuyant sur chaque syllabe.

Au loin, un plus grand nombre de lucioles phosphorescentes étaient visibles, comme si les premières hésitations des bêtes avaient été remplacées par une détermination farouche.

Quentin rassembla en hâte une pile de projectiles, comptant défendre chèrement sa vie.

Un cri plus aigu que les autres donna le signal de la charge. Le sol du tunnel se mit à bouger comme un glissement de terrain. Une pierre plus grosse que les autres écrasa deux rats d'un coup.

— *Yes! Yes!* hurla Quentin, survolté par l'adrénaline pompée dans son sang.

En se penchant pour s'approvisionner en munitions, il sentit quelque chose bondir sur sa main et grimper le long de son bras. Il croyait que la première ligne des attaquants était plus éloignée. C'est alors qu'il songea que des rongeurs déjà en train de courir pouvaient bondir sur de longues distances.

Dans un réflexe de survie, il secoua son bras. Il ne sentit plus le trottinement sur sa peau. Le rat avait été assommé sur le mur. Cela lui sembla une grande victoire. Mais était-ce du cynisme? Devenait-il fou sous l'effet combiné de l'épuisement et des hormones?

Le gros de la masse était à environ cinquante mètres. Il résolut de foncer. Non seulement il y avait une chance qu'il passe, mais ce mouvement ferait diversion et pourrait permettre à ses compagnes d'échapper à leur triste sort. De ses pieds, il balaya encore quelques créatures. Il crut apercevoir de l'écume jaillissant de leurs gueules entrouvertes.

Un hurlement d'homme primitif jaillit de sa gorge, un cri de désespoir, au moment où il allait lancer sa contre-attaque désespérée. Il n'eut pas le temps d'agir, cependant. Il fut projeté sur le sol par une force irrésistible.

– Ça y est, je suis mort, se dit-il en protégeant son visage de ses bras croisés.

À sa grande surprise, il ne vit pas de rats autour de lui. Puis, il se sentit tiré vers l'arrière par les épaules. Kristen et Marie Mercier le halaient vers le sommet de l'éboulis, où il parvint après avoir déchiré les fesses de ses jeans et s'être fêlé une ou deux vertèbres sur des pierres qui, heureusement, n'étaient pas acérées.

Sans dire un mot, Kristen lui désigna l'ouverture par laquelle la gardienne de la Compagnie s'était déjà glissée. Retourné sur le ventre, il se mit à ramper sur les gravats. Il ne se posa pas la question de savoir si la fente pratiquée par Kristen, haute de quelques centimètres à peine, était trop étroite et risquait de le retenir prisonnier. Ses bras le propulsaient comme les pattes d'une tortue dans le sable, son souffle saccadé soulevait des nuages de poussière âcre dans son visage et ses yeux.

Le plus important, c'était d'avancer en plantant ses orteils dans le sol friable derrière lui pour trouver un appui capable de soutenir son élan. Il vit le visage de Marie Mercier qui affichait un pâle sourire devant lui. Elle avait mis pied dans la suite libre du boyau et lui tendait les bras pour l'aider à franchir le dernier mètre du goulot.

Leurs doigts s'entremêlèrent. Le mouvement de traction de la femme, brusque et puissant, aurait dû le dégager. Au contraire, son corps resta pris dans sa position étouffante entre les masses de roches compactes. Une brûlure au bas du dos lui indiqua qu'une saillie rocheuse dépassant du plafond bas l'avait harponné. Malgré la douleur intense, il donna un coup de reins, puis un autre, sans réussir à avancer d'un centimètre.

La peur parcourut sa colonne vertébrale comme un courant électrique. Le pire qui pouvait arriver s'était produit : il était pris au piège entre des tonnes de roc prêtes à l'écraser. De plus, la poussière qu'il aspirait et la pression des parois sur sa poitrine provoquèrent une toux irrépressible. Un voile rouge devant les yeux, il sentit ses dernières forces l'abandonner.

Il reprit espoir en sentant des coups de bélier venant de l'arrière. Kristen cherchait à le déloger en poussant sur la plante de ses pieds. Tout ce qu'elle réussit à faire fut de rendre la douleur insoutenable à mesure que l'éperon rocheux lui fouillait les chairs au haut des fesses. Il lâcha un cri plaintif et la poussée cessa.

– C'est impossible ! dit-il sans savoir s'il pouvait être compris entre ses accès de toux. Je ne peux pas ! Il faut reculer !

Kristen dut l'entendre, car Quentin se sentit glisser vers l'arrière. En se contorsionnant comme un ver pour éviter la saillie rocheuse, il fonça de nouveau vers l'avant. Le même obstacle le stoppa à mi-course. La situation devenait désespérée. La seule route possible menait aux rats. Il fallait tout de même qu'il dégage l'ouverture pour que Kristen puisse au moins s'échapper, elle.

Malgré l'urgence, il pensa en un éclair au caractère ironique de sa position. Il avait déjà failli être étouffé dans l'insectarium du docteur Plantagenêt après avoir dû fuir les puces pestiférées dans les tiroirs vitrés contenant d'autres insectes. Il était dit que cette histoire devait être souterraine jusqu'au bout. Marie Mercier ne lui avait-elle pas dit que les sociétés secrètes du passé n'avaient pas trouvé de meilleur endroit que les profondeurs de la terre pour préserver leurs trésors ?

Fut-ce le cynisme de ces dernières réflexions qui rechargea son cerveau ? C'est alors qu'il eut une intuition subite. Tant bien que mal, il glissa une main sous son corps jusqu'à sa ceinture de cuir, qu'il détacha.

– Si c'était ça, si c'était ça…

Il rentra le ventre pour permettre à la ceinture de glisser entre les passants de son pantalon. Finalement, il sentit la bande de cuir se libérer sur son flanc. Après un dernier coup de reins donné avec l'énergie du désespoir, il tomba dans les bras de Marie Mercier en riant à gorge déployée.

– Ha ! ha ! ha ! Une pointe du plafond retenait ma ceinture ! C'était seulement ça ! Ha ! ha ! ha !

Ses nerfs avaient lâché, mais il était sauf. Restait Kristen.

Celle-ci, plus svelte que lui, n'eut aucun mal à les rejoindre sans avoir subi les attaques des rongeurs déchaînés.

– Il faut pousser ce gros bloc pour sceller le goulot derrière nous, cria l'agente fédérale.

Une fois ce travail accompli, sûrs qu'aucun rat n'avait encore franchi l'étroit passage, ils s'affaissèrent tous les trois, soufflant et suant à grosses gouttes. La poussière de roche s'était collée sur leur front et sur leurs pommettes, leur donnant une pâleur fantomatique.

– Il ne faut pas s'attarder, fit enfin remarquer Kristen en se relevant. Au nombre qu'ils sont, les rats vont se creuser une issue et nous les aurons encore sur les talons.

Ils réalisèrent que le trajet circulaire de la galerie les avait ramenés à l'endroit visité quelques minutes auparavant. En effet, devant eux se dressait la table des alchimistes de Ville-Marie encombrée de cornues, de conduites et de pots de verre remplis de substances liquides et solides. Au milieu trônait toujours le fameux ostensoir de Maisonneuve, qu'ils avaient abandonné à l'approche des rats.

– Il n'y a plus qu'à revenir sur nos pas jusqu'à la tourelle du Grand Séminaire, déclara Kristen, qui partit devant pour mettre ce projet à exécution. Espérons que Pressing aura eu plus de succès avec le secret de Dieu à la chapelle Bonsecours !

– Je serai heureux de sortir de ce trou… à rats, gouailla Quentin, qui fut surpris de retrouver des forces dans ses jambes.

Ils allaient franchir un premier coude du tunnel devant les mener à l'air libre quand une détonation assourdissante les accueillit. Kristen comprit aussitôt et repoussa ses compagnons à l'abri du virage.

– Qu'est-ce que c'est ? demanda Marie Mercier.

– On nous tire dessus, lâcha Kristen, laconique.

– Qui ?

– Ceux qui ont lancé les rats à nos trousses.

– Dans ce cas, nous sommes pris entre deux feux, conclut Quentin en jetant un regard inquiet vers le goulot derrière la table des alchimistes. Que préférez-vous ? Une bonne balle entre les deux yeux ou les baisers fatals des rats ?

Chapitre 30

Dans le labyrinthe de galeries sous Montréal
7 juin, 5 h 36, moins de 25 heures 30 minutes avant la mort
annoncée de Kristen Vale

– J'ai bien peur qu'on soit morts, peu importe qu'on recule ou qu'on avance, grogna Kristen entre ses dents, se détestant pour s'être laissé piéger de la sorte.

Elle avait son pistolet de service, mais il risquait d'être aussi inutile qu'avec les rats. Les caïnites – car ce ne pouvait être qu'eux – devaient être en nombre supérieur. De plus, pour les attaquer, il leur faudrait franchir une bonne distance en terrain découvert, le boyau n'offrant aucune protection contre les balles.

Ils ne pouvaient évidemment pas attendre que les rats franchissent l'éboulis et leur sautent dans le dos.

Quentin fut particulièrement sensible à l'absurdité des événements. Non seulement les indices disséminés par la Compagnie les avaient fait tourner en rond depuis Niagara Falls, mais maintenant, de surcroît, ils échappaient à un danger, celui des bêtes, pour en affronter un autre, celui des humains, dont on ne pouvait attendre aucune pitié.

Écœuré, il vit Kristen rengainer son arme et se diriger vers la table des alchimistes. L'agente fédérale vérifia la solidité du meuble puis, d'un grand mouvement de l'avant-bras, balaya par terre les accessoires scientifiques qui le recouvraient. Ils se fracassèrent dans un tintement joyeux.

– Ce ne sera pas aussi commode qu'un bouclier d'escouade tactique, dit-elle, mais on va pouvoir avancer à l'abri.

Kristen allait nettoyer le reste de la table, sans égard pour les outils d'expérimentation, quand Marie Mercier lui retint le bras.

– Qu'est-ce que…

– Déposons ces objets par terre doucement, commanda la gardienne de la Compagnie.

– Pas le temps. Des vieilleries.

– Des artéfacts historiques, au contraire. Très précieux. Nous n'en mourrons pas.

Marie Mercier donna l'exemple en déplaçant prudemment quelques bocaux. Kristen et Quentin l'imitèrent.

– Plantagenêt cachait des tableaux du parlement dans les égouts, dans une salle à atmosphère contrôlée, s'il vous plaît, grommela Kristen. Et vous, vous pensez à vos fioles comme si c'étaient des êtres humains ! Vous êtes donc tous pareils dans cette fichue Compagnie ? Vous savez que votre romantisme est dépassé dès qu'il y a des vies en jeu ?

– Justement, si vous aviez brisé certains de ces contenants, riposta Marie Mercier, vous auriez pu mettre nos vies en danger. Il y a des produits chimiques, des substances dangereuses.

Le ménage terminé, les trois empoignèrent la table, qui s'avéra très lourde.

– C'est épais et en bois franc, en plus, remarqua Quentin.

– C'est parfait, approuva Kristen.

Ils renversèrent la table sur le côté. Kristen claqua la langue de satisfaction.

– On peut se placer derrière, à l'abri de leurs tirs. On n'avancera pas vite, mais on pourra se rendre à leur portée. Je pourrai utiliser mon pistolet et tout pourra alors arriver... au lieu d'être impuissants comme des animaux en cage dans ce tunnel !

Dès que la table eut franchi le coude, des balles se mirent à claquer sur sa surface. Sans dommage. Commença alors une marche lente et fastidieuse, à petits pas, comme la leur permettait leur station accroupie.

Plus loin devant eux, les tirs cessèrent, comme si leurs agresseurs réalisaient que leur position à eux allait devenir intenable.

Des bruits de pas confirmèrent qu'ils battaient en retraite.

– Ils ne doivent pas avoir de boucliers, eux, jubila Kristen.

– Vous sentez ça ? demanda Quentin en humant l'air.

– On dirait du parfum, répondit Marie Mercier. Oui, un mélange d'œillet et de citron.

– Bizarre, dit Kristen. On n'a rien senti à notre premier passage. Ce sont les caïnites, en conclut Quentin. J'ai respiré ça sur la tour du parlement, avant de me faire agresser.

– C'est dangereux ? demanda Marie Mercier.

– Pas le parfum, mais peut-être ça, répondit Kristen en désignant un point au-delà de leur rempart.

Quentin et Marie Mercier risquèrent un coup d'œil dans la direction indiquée. La lampe de poche de Kristen était braquée à une dizaine de mètres devant eux. D'abord, ils ne remarquèrent rien parce que les objets, de couleur grise, se fondaient à l'environnement rocheux.

– On dirait des bonbonnes d'aérosol, dit enfin Marie Mercier.

– Du moment que ce ne sont pas des grenades, espéra Quentin sur un ton sarcastique.

— Ce pourrait être bien pire, laissa tomber Kristen. J'ai déjà vu ces aérosols. Ce sont ceux que les terroristes allaient utiliser à la Chambre des communes pour répandre le bacille de la peste.

— C'est ça ? laissa échapper Quentin, sceptique et horrifié qu'une si petite chose soit la cause de tant de morts.

Ces petites choses avaient mis le pays en état d'alerte maximale pour la première fois depuis sa fondation, en 1867. Il y avait bien eu des navires torpillés dans le golfe du Saint-Laurent par des sous-marins allemands pendant la Seconde Guerre mondiale. Mais le Canada subissait maintenant les toutes premières agressions dévastatrices sur son sol.

— Espérons que les bonbonnes ne déverseront pas leur contenu, déclara Kristen d'un air sombre parce qu'elle ne croyait pas à cette heureuse éventualité.

Si les armes biologiques se trouvaient dans ce souterrain, ce n'était pas dans le but de servir d'artéfacts au profit des générations futures, comme l'ostensoir de Maisonneuve et le bouquin d'alchimie de l'Hôtel-Dieu.

S'il y eut des doutes quant à l'objectif meurtrier des caïnites, ils furent dissipés par de nouvelles détonations. Cette fois-ci, les balles ne ricochèrent pas sur la table de merisier massif. Ce furent les bonbonnes qui valsèrent sur place, comme si elles étaient animées d'une vie propre.

— Les bacilles ! Les tireurs cherchent à percer les bonbonnes pour que les bacilles se répandent dans l'air ! On se replie, et en vitesse ! lança Kristen.

Ils coururent le risque d'abandonner leur rempart protecteur. La peste était le tueur numéro un et ils devaient fuir. Aucun autre coup de feu ne se fit entendre, l'ennemi ayant sans doute détalé lui aussi devant la menace de la peste. Le trio reflua en vitesse vers l'alcôve parsemée de l'équipement du parfait petit alchimiste et s'y arrêta pour faire le point.

– Qu'allons-nous faire ? demanda Marie Mercier.

– Vous restez ici, proposa Kristen, et je fonce pour cueillir les bonbonnes et les transporter le plus loin possible.

– C'est du suicide, agente Vale.

– Je suis déjà condamnée, docteure, vous vous rappelez ? argua-t-elle en baissant le col de son chandail, ce qui révéla les pustules de la peste.

– Pas du tout, claqua Quentin. Les caïnites ont promis de livrer l'antidote si nos recherches pour trouver le secret de Dieu sont couronnées de succès. Il n'est pas question que tu risques ta vie inutilement comme à l'insectarium. Nous devons tous nous en sortir.

– L'autre solution, docteure, Quentin, c'est de redescendre dans le tunnel. Mais vous savez comme moi où ça mène. Où ça ne mène pas, en fait. Ça ne fait que retarder l'inévitable. Ce qu'il nous faudrait, ce sont de bonnes combinaisons autonomes. Et nous n'avons pas de moyens de défense contre les armes biologiques.

Depuis quelques instants, Marie Mercier était attirée par autre chose que l'entrée du tunnel. Quentin pensa qu'elle surveillait le goulot où finiraient par apparaître les premiers rats. Mais elle se pencha plutôt au-dessus des fioles datant de la Nouvelle-France.

– Pas d'armes ? rugit Mercier en écho. Peut-être en avons-nous, justement !

– Que faites-vous ? lui cria Kristen.

– Il se peut que nous ayons une arme, gracieuseté des alchimistes. Presque une arme de destruction massive.

Quentin et Kristen lancèrent un regard terrifié vers le couloir où ils imaginaient déjà le gaz mortel se propageant dans leur direction. Puis, ils balayèrent le laboratoire souterrain d'un œil sceptique.

— Une arme de destruction massive? dit Quentin avec un ricanement sarcastique. C'est ironique, non, qu'on en soit nous-mêmes rendus au rang des terroristes?

— Une arme de destruction massive dans ces antiquités? grogna Kristen, plus pragmatique. Il y a peut-être des arcs et des flèches ou de la poudre à mousquet? Mais qu'est-ce que ça peut faire contre des bacilles invisibles?

— C'est vrai, la docteure Mercier a raison! dit Quentin, qui venait de comprendre. Elle connaît bien l'histoire de la chimie et elle sait qu'il y a ici une arme dont on ne se doutait même pas de l'existence.

— Oui, les alchimistes ont mené des expériences avec des produits chimiques. Il se peut qu'on ait de quoi concocter un cocktail détonant. Pour mettre le feu à l'air ambiant.

— Je vois, vous voulez que l'explosion détruise les bacilles.

— Ça vaut la peine d'essayer, insista Quentin.

— Des armes…, répéta Marie Mercier. Je vois déjà un ingrédient: de la dynamite.

La médecin brandissait un pot de verre. Un liquide jaunâtre y croupissait.

— Qu'est-ce que c'est? demanda Kristen.

— Acide nitrique ou, si vous préférez, l'*aqua fortis*, comme l'appelait Van Helmont, un alchimiste du début des années 1600, répondit Marie Mercier pendant que Quentin lui tapotait l'épaule de la main en guise de félicitations.

— En passant, Kristen, c'est lui, Van Helmont, qui a créé le mot «gaz», l'alchimiste ayant vraiment été le premier scientifique digne de ce nom.

– Si je me souviens bien de mes cours de chimie, reprit Marie Mercier, Van Helmont a mélangé l'*aqua fortis* avec divers métaux, provoquant des réactions violentes.

– Les croisés de Maisonneuve en 1642 ont dû reprendre ses expériences à l'Hôtel-Dieu, poursuivit Quentin. J'espère que les autres éléments de la bombe n'ont pas été oubliés lors du déménagement.

– Le hic, c'est que le tunnel risque de s'effondrer, les avertit Mercier.

– Les parois de cette section semblent plus solides qu'ailleurs, jugea Kristen.

– Je ne sais pas pour vous, dit Quentin, mais entre la mort assurée par la peste pulmonaire et la possibilité que quelques cailloux nous dégringolent sur le crâne, je dis bien la «possibilité», le deuxième de ces deux maux me donne moins la chair de poule.

– D'accord, acquiesça la docteure Mercier. Mais je vais essayer de doser les ingrédients pour qu'il y ait un dégagement de chaleur intense pour une onde de choc minimale.

Après une brève évaluation des stocks, Marie Mercier marqua sa joie avec éclat.

– Les alchimistes de Ville-Marie ont bien fait leur travail. Les éléments sont tous là.

Elle présenta à Quentin un bol contenant ce qui ressemblait à du sel. La femme s'empressa de déverser les cristaux dans le pot d'acide nitrique. Elle le reboucha en serrant le plus possible. Enfin, elle déposa son arme chimique artisanale sur le sol, à distance suffisante des reliques du XVIIe siècle.

– Éloignons-nous, maintenant! s'empressa de dire la gardienne en désignant le tronçon sud du tunnel.

Après quelques enjambées, elle revint sur ses pas, à la grande surprise de ses compagnons.

— Pas sans emporter l'ostensoir et le grimoire, dit la médecin. Le feu pourrait les endommager. Prenez-les, Quentin et Kristen. Moi, j'apporte un pot ou deux.

Quentin et Kristen ne savaient pas ce que leur compagne préparait, mais ils s'empressèrent de s'exécuter.

Leur guide détala comme une gazelle devant eux et leur imposa une cadence vive. Quentin et Kristen la suivirent. Cette dernière devait puiser tout au fond d'elle-même pour trouver les forces nécessaires. Elle ne fut pas ralentie par la maladie.

Ils devaient avoir progressé durant une minute quand un claquement sec se répercuta dans la galerie. Ils se retournèrent et virent une boule de feu envahir l'espace qu'ils venaient de quitter. Ils entendirent ensuite un bruit d'éboulement derrière eux, mais pas devant, par miracle.

— L'acide nitrique s'est enflammé. À cinq mille degrés, les bacilles ont dû être frits sur le coup. Bravo, docteure Mercier! la félicita Kristen.

— Remarquez qu'il n'y a pas de garantie à cent pour cent, mais ça peut nous avoir fait gagner du temps.

— Du temps pour faire quoi? demanda Quentin.

— Mais bien sûr, j'oubliais, dit Kristen sur un ton de reproche en se frappant le front de la paume. Il y a une autre porte, et vos bocaux, docteure Mercier, vont en être la clé?

— Oui, agente Vale, si, évidemment, il y a assez de puissance détonante.

Après quelques minutes de course toujours dirigée par la lumière de leurs lampes de poche, les fuyards parvinrent au virage en U qui les avait ramenés au nord, vers l'éboulis et l'ancien laboratoire.

Aussitôt, Kristen se jeta à genoux. Elle colla l'œil droit sur la paroi en l'éclairant de sa lampe.

– On avait raison quand on est passés la première fois, ce n'est pas profond, déclara-t-elle. Je vois une cloison de béton derrière la pierre.

– Quelqu'un a dû vouloir murer le souterrain, expliqua Marie Mercier.

– Oui, mais heureusement pour nous, le travail a été bâclé. Voyez : c'est lézardé.

– Vous croyez que ça suffira ? demanda la médecin en tendant deux bocaux, un de liquide jaunâtre et l'autre de sel blanc.

– C'est même trop. On veut limiter les dégâts tout autour. Il m'en faut juste un soupçon, de quoi faire un petit trou pour passer une paire d'épaules et non une rame de métro.

Kristen puisa une poignée de granules et s'en servit pour colmater la brèche. De son doigt, elle compacta les cristaux.

– Je vous ai vue prendre une tige de verre, docteure Mercier. C'est le temps de s'en servir, je crois.

Marie lui tendit le petit tuyau, qu'elle enfonça au milieu du sel dans un délicat mouvement de vrille. Elle souleva ensuite la tige pour lui faire suivre une légère ligne descendante. Enfin, elle se mit à verser le nitrate, goutte à goutte.

– J'ai compris, dit Quentin. L'effet de la dynamite…

– Oui. Éloignez-vous au cas où ça sauterait avant le temps.

Quentin et Marie Mercier s'éloignèrent vers le nord, en direction de l'éboulis. Kristen les rejoignit après avoir vidé avec lenteur quelques millilitres du contenu du bocal et en avoir imbibé le sel.

– Couchons-nous, maintenant.

Ils n'eurent pas à patienter longtemps. Une explosion sèche comme la première projeta poussière et gravats jusqu'à eux. Les débris volèrent au-dessus de leur tête, certains tombant dans leur dos.

– Croisez les doigts, soupira Kristen, qui se releva tout en secouant ses vêtements.

Les trois admirèrent le travail des alchimistes comme s'ils avaient été devant une pièce de collection. Les ingrédients de la dynamite improvisée avaient été assez concentrés, puisque l'orifice de quelques centimètres était devenu une fenêtre où on pouvait passer la tête. Un courant d'air frais les accueillit.

– Par ici la sortie ! jubila Quentin.

– Merci à mes ancêtres de la Compagnie, ajouta Marie Mercier.

– Je ne voudrais pas vous décevoir, mais nos épaules ne passeront pas, les tempéra Kristen. Nous allons tous pousser ensemble. La roche a été arrachée, et ce qui reste du ciment ne tiendra pas longtemps.

Accroupis, ils appuyèrent chacun une épaule sur la cloison de béton à moitié déchiquetée et affaiblie. Sur un ordre de Kristen, ils poussèrent de toutes leurs forces. Malgré son état lamentable, le mur résista.

Ils retombèrent assis en soufflant bruyamment.

– Une pause et on essaye encore, suggéra Kristen.

– On aurait intérêt à accélérer, fit remarquer Quentin.

C'est alors que les deux autres entendirent le bruit qui avait suscité le commentaire nerveux de l'indexeur de la Chambre des communes.

Tous trois secouèrent la tête comme s'ils n'en croyaient pas leurs oreilles. Derrière eux, les couinements furieux poussés par des centaines de petites gueules avides avaient repris et se rapprochaient.

Chapitre 31

Dans le labyrinthe de galeries souterraines de Montréal
7 juin, 6 h 11, moins de 25 heures avant la mort annoncée de
Kristen Vale

— Les rats ! s'exclamèrent-ils en chœur.

— Ils reviennent sur leurs pas comme s'ils étaient vraiment à notre poursuite, dit Quentin avec des trémolos de terreur dans la voix.

— Ils sont encore loin, intervint Kristen, nous avons le temps de défoncer ce qui reste du mur de béton.

Tous trois s'élancèrent contre la paroi, en route vers la liberté. Ils le firent avec une force décuplée qui eut raison de l'obstacle. Une à une, des pièces de maçonnerie furent arrachées, permettant leur passage. Marie Mercier ne put retenir son élan et fut la première à traverser en poussant un hurlement de surprise. Une faible clarté régnait dans la suite du boyau, ce qui permit à Quentin et à Kristen de réaliser que leur compagne avait disparu.

Après l'incompréhension suivit un sentiment d'horreur.

Derrière le mur de béton, une crevasse avait remplacé le plancher du nouveau boyau. C'est d'ailleurs de cette crevasse que leur parvenait une lumière tamisée.

— Mon Dieu ! Elle est tombée dans ce gouffre, dit Quentin.

– Espérons qu'elle n'est pas…

C'est alors que des cris leur parvinrent.

– Au secours! Tirez-moi de là!

L'affaissement de terrain couvrait deux mètres de la nouvelle galerie devant eux. Marie Mercier avait eu la chance de s'accrocher au bord opposé du trou. Ses jambes battaient l'air. Sous elle, on pouvait distinguer le sol à environ sept mètres de profondeur.

– Qu'est-ce que c'est, là, en dessous? se demanda Kristen.

– On dirait… Mais oui, ce sont des rails.

Ils réalisèrent que le boyau s'était affaissé au-dessus des voies du métro. C'était sans doute le tunnel Honoré-Beaugrand–Angrignon qui leur fournissait la lumière ambiante au-dessus.

– Aidez-moi… ne pourrai plus tenir long…

À bout de forces, Marie Mercier se tut pour se concentrer sur sa poigne incertaine, la seule chose qui l'empêchait d'aller se fracasser les os.

– Il faut la tirer de là, cria Quentin, sinon elle va se casser le cou…

«… ou être électrocutée sur les rails», pensa Kristen, qui scrutait les rebords de la brèche devant elle.

Elle jugea que, pour la tirer à eux, il leur faudrait d'abord traverser l'ouverture béante. Heureusement, le plancher n'avait pas complètement disparu. Si, d'un côté, c'était la falaise à pic, de l'autre, une corniche de quelques centimètres pourrait peut-être lui permettre de progresser.

– Je pourrai à peine déposer le bout de mes orteils comme une ballerine, dit Kristen, mais c'est faisable.

Le terrible concert endiablé des rats ne devait plus être loin. Aussi fallait-il arrêter de réfléchir et agir.

En se retenant aux rebords déchiquetés créés par l'explosion d'*aqua fortis*, Kristen déboucha sur la corniche, accroupie, le dos en avant. Elle libéra un de ses bras pour chercher une prise afin de se relever. Une fissure dans l'œuvre de maçonnerie lui permit de se déplier. D'aspérités en anfractuosités, ses doigts auscultant la paroi, elle se déplaça un millimètre à la fois.

Sa position était précaire. Même ses vêtements alourdis par la poussière et par la sueur la tiraient irrésistiblement vers une chute de sept mètres. De plus, l'ostensoir dans son sac à dos était un poids mort. Elle aurait dû s'en débarrasser.

«Concentration, concentration», se répéta-t-elle.

Tous ses sens en éveil, surtout le toucher, elle évaluait chaque détail du relief de la pierre au-dessus de sa tête et au-dessous de ses gros orteils. Ceux-ci glissaient lentement vers l'avant, faisant rouler de petits éclats de pierre qui risquaient de lui faire perdre pied à chaque instant.

Quentin aurait voulu les encourager toutes deux, indiquer à Kristen l'état de la lèvre du mur de roc devant elle qui seule la séparait de la mort. Mais il préféra ne pas rompre sa concentration.

Il réprima un cri quand quelque chose de gluant et de chaud frappa sa main appuyée sur le sol derrière lui. La clarté relative lui permit de reconnaître la boule visqueuse d'un rat. Le rongeur écumait et vomissait un mélange de sang et de pus. Ce furent sans doute ces spasmes causés par la maladie qui retardèrent la morsure du rat.

Quentin en profita pour saisir le petit corps à deux mains. Les mâchoires de l'animal claquèrent devant son visage, cherchant à atteindre ses doigts. Si Quentin relâchait le moindrement sa prise, les crocs acérés se planteraient dans ses chairs, déversant avec la salive du rongeur les bacilles fatals de la peste.

En assurant le plus possible son geste, il projeta son agresseur dans la direction d'où venaient les couinements de la horde. Des bruits suraigus lui annoncèrent que le rat blessé, voire tué par sa chute, était devenu la victime de ses congénères aux instincts cannibales.

De deux maux, Quentin choisit le moindre et s'engagea à son tour sur la mince aspérité contournant l'affaissement de terrain. Réalisant que Kristen avait presque réussi, il hâta dangereusement ses gestes.

Il n'avait pas le choix. Des museaux étaient apparus dans la brèche de l'explosion. Les rats surexcités semblaient avoir l'intention de le suivre. Dans ce cas, il ne pourrait pas se défendre, ses mains étant occupées à prévenir sa chute sur les rails en contrebas. Il vit avec dégoût la première vague de rongeurs être précipitée dans la crevasse par les autres rats derrière. Il en mourut ainsi beaucoup.

Quentin respira l'odeur de la chair grillée par le courant électrique qui passait près des rails, sur la voie. Il s'arrêta pour surveiller le manège des rats derrière lui et reprit sa progression de plus belle, car deux bêtes avaient découvert le passage contournant la crevasse.

L'adrénaline le poussait en avant. Le sang battait à ses tempes. Ses perceptions étaient amplifiées comme celles d'un animal traqué par un prédateur dans la forêt. Elles l'avertirent d'un autre danger. C'était un cognement qui le faisait tressaillir sur sa corniche et qui semblait se transmettre aux tonnes de roc autour de lui.

– Quoi encore?

Il eut envie de s'abandonner à un rire dément quand il réalisa que l'impression de tremblement de terre était en fait causée par son propre cœur.

Il se força à prendre une grande inspiration contrôlée. Aussitôt, le bruit cessa. Mais il fut remplacé par un autre son. Cette fois-ci, son cœur n'avait rien à voir avec la peur qui lui chatouillait la nuque. C'était plutôt le grondement d'un moteur, puis un chuintement qui se changeait en sifflement allant crescendo.

– Kristen! Le métro!

Les rails leur avaient paru distants d'environ sept mètres. Cela voulait dire que la rame allait télescoper les jambes pendantes de Marie Mercier. Le wagon de tête l'arracherait à sa prise et la projetterait sous ses énormes roues.

Kristen n'avait peut-être pas entendu l'approche de l'impact fatal.

Il ne pouvait pas regarder dans leur direction, trop occupé à surveiller la progression des rats à sa poursuite. Inutile de dire que les rongeurs étaient plus à l'aise que lui sur ce perchoir. Cependant, il constata avec un certain soulagement qu'ils avançaient par à-coups, arrêtant fréquemment pour renifler l'odeur de leur proie, avant de reprendre leur progression.

Le vacarme de la mécanique sous eux remplissait maintenant les lieux, couvrant la rumeur des rats survoltés. Ceux-ci continuaient à déborder par l'ouverture pratiquée dans le mur. Beaucoup étaient engloutis par le gouffre. Il en restait toujours assez pour former un long cordon se déroulant sur l'aspérité, avançant en file indienne, apeurés ni par le métro ni par la lumière qui aurait dû en principe les faire hésiter, voire reculer dans les ténèbres opaques du premier souterrain. Les plus rapides escaladaient le dos voûté des plus lents pour les dépasser en route vers la curée, sûrs de rejoindre leurs prochaines victimes.

Quentin supposa de nouveau que leur audace contre nature était attribuable à la contamination en laboratoire qui agissait comme la rage, émoussant leurs instincts portés à la timidité et à la prudence face à l'homme. De plus, ils sentaient la proximité d'une proie facile.

Pas si facile, toutefois : Quentin délogea les plus proches à coups de pied. D'autres les remplaçaient au fur et à mesure. Quentin devait bien calculer ses élans, ni trop longs ni trop secs, un faux mouvement risquant de lui faire desserrer sa prise au-dessus de sa tête.

La rame de métro devait être presque arrivée à leur hauteur. Il se demanda si Marie Mercier avait eu le temps de quitter sa position précaire. Un cri de terreur lui fournit la réponse. Au même moment, il vit défiler sous lui le train bleu ciel à sa vitesse de pointe entre deux stations. La gardienne de la Compagnie avait dû être frappée et précipitée sous les roues du train.

Ce terrible constat et la sensation que quelque chose remontait sur sa jambe, sous son pantalon, détournèrent suffisamment son attention pour qu'il lâche prise. Ses pieds glissèrent et il se sentit happé par la force de gravité. Par chance, sa chute ne l'éloigna pas de la paroi et il réussit à agripper l'étroite corniche.

Un rat l'avait rejoint.

Quentin cria à son tour. Ses jointures, qu'il crut disloquées tellement elles lui faisaient mal, allaient bientôt lâcher à leur tour et ils iraient s'écraser, lui et le rat pestiféré, sur les rails. Une première main lâcha prise, puis l'autre.

Il cria de nouveau pour se donner le courage de mourir. C'est alors qu'il sentit qu'on lui empoignait vigoureusement un bras. Il reconnut le visage de Kristen au-dessus de lui. Enfin, celui de Marie Mercier apparut, et il la vit attraper son second bras. Unissant leurs efforts, elles le hissèrent dans un tronçon inexploré du tunnel.

La bouche grande ouverte, essayant de retrouver son souffle, il eut la force de dire un seul mot :

– Merci !

Puis, sourcils froncés et yeux écarquillés, il se rendit compte à quel point leur situation était peu reluisante.

– Docteure Mercier, je croyais que vous aviez été emportée par le métro!

– Je l'ai bien cru et je me suis arraché les cordes vocales, dit une voix éteinte, mais Kristen m'a relevée à temps. Une fraction de seconde de plus et ça y était...

– Merci, docteure, de m'avoir tiré du trou. Il fallait du nerf!

– Je fais encore de la grimpe au mont Tremblant, expliqua la gardienne.

– Et merci, Kristen.

Mais Kristen n'était plus avec eux. Elle s'était interposée entre ses compagnons et la corniche d'où allaient bientôt surgir les premiers rongeurs. Les bêtes n'en démordaient pas, comme si elles avaient été conditionnées à les poursuivre jusqu'au hallali.

En regardant Kristen les affronter à coups de pied, Quentin se demanda comment l'agente du Bureau du Conseil privé pouvait dépenser autant d'énergie dans son état. Malgré son gabarit, elle était drôlement forte. Ensuite, il réalisa que le rat qui était remonté le long de sa jambe avait été éjecté lors de sa chute. Il remonta son pantalon. Bien que ses genoux fussent en sang après avoir heurté la corniche et retardé sa descente – ce qui l'avait en partie sauvé –, il ne semblait pas avoir été mordu.

Ils auraient pu se relayer pour précipiter leurs attaquants sur la voie du métro, mais ils se rendirent compte que l'entreprise devenait très risquée. Ayant pris de la vitesse, certaines bêtes bondissaient sur Kristen, s'accrochant à ses jambes avant qu'elle puisse les chasser avec ses chaussures. Elle en balaya d'autres rapidement, évitant le pire. Mais la situation devenait intenable.

– Ils ont le diable au corps! jura-t-elle.

– On pourrait fuir, dit Marie Mercier, mais si le tunnel fait encore une boucle, on va se retrouver dans la même situation que tantôt.

– Ces bestioles ne veulent pas abandonner, rugit Kristen. Il en sort toujours, comme si elles étaient des centaines.

– Des centaines ? Des milliers, oui ! renchérit Marie Mercier en désignant la brèche qu'ils avaient pratiquée avec la dynamite.

Là-bas, les rongeurs débouchaient par grappes.

Marie Mercier était prête depuis longtemps à donner sa vie pour son idéal, tout comme son frère, le ministre, l'avait fait. Mais elle comptait défendre chèrement son existence. Pourtant, ici, elle rageait, impuissante.

C'est alors qu'elle vit Quentin s'asseoir comme si de rien n'était.

– J'espère que le contenu de mon sac a résisté à ma chute, dit-il mystérieusement.

Il plongea la main dans son sac à dos. Il en tira d'abord le grimoire des alchimistes. Il en sortit enfin un bocal, une petite boîte en bois et une tige de verre.

– Ouf ! tout est en bon état !

Après avoir examiné les objets que Quentin avait pour ainsi dire tirés de son chapeau comme un magicien, Marie Mercier eut une révélation.

– J'aurais dû y penser, se gronda-t-elle.

– Vous avez pensé à l'*aqua fortis*, ce qui nous a sans doute sauvés de la peste. Moi aussi, je me suis rappelé des formules de chimie de l'école secondaire.

Tout en esquissant un sourire, elle le regarda mélanger, à l'aide d'une tige de verre, le liquide jaunâtre du bocal avec de la limaille d'argent tirée de la boîte en bois.

– Qu'est-ce que c'est ? demanda Kristen.

– L'acide nitrique va oxyder la limaille d'argent et se transformer en gaz nitreux, répondit Marie Mercier. Un autre truc bien connu des alchimistes.

– Et le gaz nitreux est toxique, acheva Quentin. Les rats, même enragés comme ceux-là, vont y penser à deux fois.

La réaction chimique ne tarda pas. Des volutes rouges s'élevèrent lentement du bocal.

– Maintenant, il reste à savoir si j'ai toujours mon bras de lanceur de baseball, dit Quentin en revissant le couvercle du pot.

Après avoir visé, il projeta le contenant à travers la brèche provoquée par l'explosion de l'*aqua fortis*. Le pot alla se briser dans le tunnel qu'ils avaient abandonné. Aussitôt, une épaisse fumée rouge se répandit. L'effet fut immédiat. Les vagues de rats cessèrent d'affluer. Ceux déjà engagés dans l'ouverture se précipitèrent vers les rails du métro en contrebas.

Kristen repoussa les retardataires et s'engagea dans la nouvelle galerie.

– On vous doit une fière chandelle, à tous les deux, les congratula-t-elle.

– Remercions les alchimistes de Maisonneuve, répondit Quentin en la suivant.

– Jeanne Mance, plutôt, rétorqua Marie Mercier, car c'est elle qui dirigeait l'Hôtel-Dieu, dont le sous-sol devait servir à mener les expériences interdites par l'Inquisition. Les alchimistes, elle devait les connaître et peut-être même en faire partie.

– On devrait cependant y aller au trot, les avertit Kristen, au cas où le gaz nitreux serait poussé vers nous par le courant d'air qui vient d'en bas. Nous devrions être bientôt sous le Vieux Séminaire, si je me fie à la ligne de métro. Espérons qu'il y aura une sortie.

Toutefois, mû par une réaction instinctive, Quentin l'empoigna par l'épaule pour la stopper.

– Qu'y a-t-il? demanda-t-elle.

Elle le vit la dévisager.

– Tu t'es frappée sur la paroi en te faufilant sur la corniche?

– Non. Pourquoi?

Marie Mercier s'approcha à son tour. Kristen les vit fixer sa joue droite en dodelinant de la tête d'un air triste.

– Quoi? répéta-t-elle. Qu'y a-t-il?

– Un rat t'a mordue? demanda Quentin au lieu de répondre.

– Impossible. C'est à peine s'ils sont montés jusqu'à mes genoux.

– Vous avez des bleus violacés sur la joue, lui dit enfin la médecin. C'est un symptôme avancé de la peste bubonique. Vous commencez à faire des hémorragies sous-cutanées.

– Eh bien, tant que je ne serai pas officiellement morte, je ne tiendrai pas à moisir ici, goguenarda Kristen. Je ne veux pas être enterrée dans un trou avant mon heure!

La course reprit. Quentin craignait toujours de s'ouvrir le crâne au fond d'une impasse. Il pesta pour la forme contre le destin qui semblait s'amuser à le précipiter en enfer sous les rues d'Ottawa et de Montréal.

Son voyage dans le temps pour découvrir les secrets de Maisonneuve et de Jeanne Mance passait par le bas, dans des souterrains où il se sentait aussi dépaysé que s'il était débarqué d'un canot d'écorce à la pointe à Callière, en 1642.

– Ainsi, les caïnites nous ont suivis, glapit Kristen.

– Oui, Kristen, ils sont sur nos traces depuis Ottawa.

– Pas certain, monsieur DeFoix, déclara la médecin. Si mon frère a été tué, c'est qu'on connaissait le lien de ma famille avec la Compagnie. C'est moi qui devais être surveillée. Je suis désolée.

– C'est tout de même curieux qu'ils nous demandent de leur livrer le trésor, affirma Kristen, et qu'en même temps ils cherchent à nous tuer.

– Des factions opposées, sans aucun doute, avec des objectifs différents. La Compagnie elle-même s'est divisée lors de la fondation de la colonie. Nos frères de Montréal et de Québec n'ont pas cessé de se mettre des bâtons dans les roues, le gouverneur Montmagny contre Maisonneuve, monseigneur de Laval contre les messieurs de Saint-Sulpice...

– C'est vrai ?

Mais Marie Mercier n'écoutait déjà plus, concentrée sur l'aspect des lieux. Elle remarqua avec soulagement la légère pente ascendante qui devait les avoir ramenés à moins d'une dizaine de mètres de la surface. La sortie ne devait plus être loin.

C'est alors qu'au débouché d'une grande courbe du couloir, ils butèrent contre un mur. La voie était bloquée.

Chapitre 32

Dans le labyrinthe de galeries souterraines du Vieux-Montréal
7 juin, 7 h 33, moins de 23 heures 30 minutes avant la mort
annoncée de Kristen Vale

Acculé dans une impasse avec ses deux compagnes d'infortune, Quentin se demanda ce qui pouvait bien leur arriver de pire. Avaient-ils passé toutes ces épreuves pour finir ici ? Il allait toutefois abandonner trop vite, car la médecin, qui avait couru devant lui, avait déjà ausculté l'obstacle du bout des doigts.

— C'est du bois ! diagnostiqua-t-elle avec un sourire. Du bois, vous entendez ? Je suis sûre que c'est tout ce qui nous sépare de la surface !

— Vous avez raison, Marie, dut admettre le jeune défaitiste. De plus, ça sonne creux quand je frappe avec mes jointures. Ce n'est donc pas un mur épais.

— Quelle chance ! On dit que les murs de maçonnerie du Vieux Séminaire font un mètre d'épaisseur.

— La cloison bouge quand je la pousse avec l'épaule. Vous pouvez m'aider ?

Motivés par la liberté toute proche, ils s'arc-boutèrent et poussèrent d'un commun effort. Ils sentirent le panneau faiblir, puis basculer peu à peu vers l'avant. Après une poussée plus vigoureuse, ce qui ressemblait à un meuble s'inclina d'une vingtaine de degrés. Au même moment, ils entendirent des objets de verre se briser sur le sol.

– J'ai l'impression qu'on a foutu un établi par terre, supposa Quentin.

– Ou les tablettes d'un garde-manger ou d'une chambre froide, ajouta Marie Mercier.

Ils allaient donner le coup final quand quelque chose d'inattendu se produisit. Une voix leur parvint de l'autre côté de la cloison.

– Arrêtez, malheureux! Vous êtes en train de détruire une collection de vieilles bouteilles datant du siècle dernier qui ferait l'envie de la Société des alcools!

Quentin savait que la Société des alcools du Québec et le LCBO, en Ontario, gardaient des antiquités dans leurs chambres fortes. Tourné au vinaigre, le vin était imbuvable dans la plupart des cas; on collectionnait plutôt les divers styles de bouteilles et on considérait comme un véritable trésor archéologique le lot d'étiquettes originales. Il n'était pas exclu que la seule aile du Vieux Séminaire encore debout depuis sa construction, en 1684, ait aussi abrité des pièces patrimoniales.

– C'est… c'est vous, monsieur l'abbé? demanda Marie Mercier.

– Le père Marquette, oui, mais pas le Marquette qui a descendu le Mississippi avec Louis Jolliet, reprit l'homme, qui affectionnait ce type d'entrée en matière. Je déplace la cave à vin avec plus d'égards que vous et, ensuite, je vous crée un passage avec une hache. Prenez patience. Vous avez de l'air?

Le travail de leur sauveteur dura quelques minutes. Les trois spéléologues amateurs purent enfin mettre pied dans la cave à vin des sulpiciens. Au fond de la pièce, des rayonnages vermoulus et vides occupaient un mur circulaire qui formait une alcôve à peine plus haute qu'eux.

Quant au prêtre, Quentin reconnut celui qui les avait accueillis devant le Grand Séminaire, sur la rue Sherbrooke, et qui les avait quittés en compagnie de Preston Willis.

Après avoir secoué la poussière de son tailleur, Marie Mercier évalua les lieux en faisant appel à ses souvenirs.

– Je croyais que nous étions dans la première de trois caves superposées, mais il semble que nous soyons descendus beaucoup plus bas.

– Vous avez raison, docteure Mercier, approuva Marquette en prenant l'ostensoir et le grimoire avec autant d'égards que les bordeaux. Nous sommes dans la deuxième cave, sous celle des légumes. Il y a bien une troisième cave en dessous de nous, qui a servi jadis de chambre froide pour conserver la viande avant l'avènement du congélateur.

– Comment se fait-il qu'on vous retrouve ici, monsieur Marquette?

– Après avoir quitté monsieur Willis à la chapelle Bonsecours, je suis revenu à la bibliothèque du Vieux Séminaire pour faire des recherches pendant quelques heures. Nos archives étant au sous-sol, j'ai entendu du grabuge par ici. Puis, j'ai reconnu vos voix à travers les rayonnages de notre cave à vin.

– Vous avez consulté les vieux plans, monsieur Marquette…

– Je suis responsable des relations publiques. Comme je dois renseigner les autres, il convient de bien faire mes devoirs.

– Je sais ce que c'est, dit Quentin : je suis agent de gestion de l'information à la Chambre des communes. Je suis dans les renseignements, moi aussi…

– Nous sommes tous dans les renseignements, dans ce cas, épilogua Kristen Vale en puisant dans ses réserves d'énergie pour faire de l'esprit, puisque je suis une diplômée du SCRS, le Service canadien du renseignement de sécurité.

Marquette ne releva pas le trait d'humour. Il continua tout en caressant les deux artéfacts de la Compagnie.

– Les individus qui étaient sur vos pas semblaient chargés de caisses…

– Des caisses ? Ce devait être des cages pleines de rats, qui nous ont poursuivis dans les souterrains, précisa Quentin avec lassitude. Pourquoi n'avez-vous pas prévenu la police ?

Le religieux parut plus sceptique que fâché par la question. Il jeta un regard incrédule à Marie Mercier, qui se chargea de répondre.

– On ne mêle pas la police à nos affaires internes. La dernière fois qu'on a fait confiance à la maréchaussée, au XIVe siècle, Jacques de Molay s'est retrouvé dans une salle de torture, puis sur un bûcher.

Quentin aurait protesté si l'abbé Marquette ne leur avait pas intimé de le suivre. Après un escalier, ils débouchèrent dans un corridor percé de nombreuses portes.

– Le Vieux Séminaire a été transformé en maison de chambres pour une vingtaine de sulpiciens, crut bon de préciser Marquette. Les chambres sont vides, ces messieurs ayant déjà commencé leur journée avec un office de prière, puis avec le repas. Mais il est curieux que les occupants soient partis en laissant les portes ouvertes.

Ils n'eurent pas à réfléchir sur l'origine de ce qui, aux yeux du sulpicien, pouvait presque passer pour un phénomène extraterrestre. Ils sentirent tous la fumée avant d'en voir des nuages envahir le corridor.

– Le feu ! Nos ennemis ont mis le feu en espérant nous couper de nouveau la retraite ! débita le religieux qui, interdit, s'était arrêté.

– On a préparé un bûcher pour nous, soupira Marie Mercier. L'Inquisition se poursuit contre ceux qui veulent changer le monde.

De longues flammes aux formes tourmentées leur bloquaient maintenant la sortie.

– Sautons par les fenêtres, suggéra Quentin. Nous sommes au rez-de-chaussée, il n'y a pas de danger de se casser le cou.

Marquette ne partagea pas l'optimisme du jeune homme. Il secoua la tête, imitant en cela Marie Mercier.

– Nos ennemis doivent nous attendre dans le préau sur lequel donnent ces fenêtres, expliqua cette dernière. Il faut trouver autre chose. Monsieur Marquette ?

– Venez ! commanda le guide en les faisant refluer vers l'escalier du premier sous-sol, d'où ils venaient à peine d'émerger.

Quentin se dit qu'ils dansaient vraiment une valse à trois temps. Depuis le tunnel aux rats, on avançait d'un pas pour aussitôt reculer de deux.

– Venez ! Venez ! Il reste la chambre forte de nos collections. Ils n'auront pas pu entrer là.

Ils descendirent sur les talons du sulpicien. Le danger ne l'avait pas rendu muet, au contraire. Il semblait s'adresser à un groupe de touristes en visite quand, tout à coup, des tremblements de colère masquèrent sa voix.

– Encore le feu, toujours le feu ! Ces caïnites sont de véritables pyromanes ! Ils ont toujours cherché à faire disparaître nos trésors en mettant le feu. Rappelez-vous, docteure Mercier, la chapelle Notre-Dame-de-Bonsecours, qui a brûlé bien des fois au cours de son histoire : je jurerais que c'est eux. Ils ont fait montre de peu d'originalité en provoquant l'incendie du parlement à Ottawa, en 1916, encore une fois pour réduire en cendres le secret de Dieu que tous, eux comme nous, croyaient dissimulé dans les tableaux qui s'y trouvaient.

Au premier sous-sol, Marquette s'immobilisa devant une monumentale porte métallique, oubliant subitement l'agitation qui l'emportait.

– Notre bibliothèque est répartie dans plusieurs chambres fortes. À l'épreuve du feu, heureusement. Imaginez, il y a près de dix mille pièces de collection à protéger.

Il poussa ses compagnons à l'intérieur et referma le battant derrière eux. Il déverrouilla un panneau de contrôle et ils perçurent le ronronnement d'un moteur et le sifflement d'un climatiseur.

– En armant le système, l'oxygène est aspiré hors de la pièce blindée. Pas d'oxygène, pas de feu. Le problème, c'est que nous ne pourrons pas respirer bien longtemps. Dirigeons-nous vers la sortie de secours, dont même le supérieur du Grand Séminaire ignore l'existence. Dépêchons !

Malgré le danger de périr asphyxié, Quentin traversa la longue bibliothèque en roulant des yeux comme un enfant dans un magasin de jouets. Il se laissa attirer par un plan de travail jonché de ce qui lui parut être de vieilles cartes géographiques.

– Nous sommes en train de classer tout ça, des documents de la Nouvelle-France, expliqua Marquette en revenant le chercher. Ça n'avait pas été fait depuis des siècles. Le feu en a détruit beaucoup au parlement à Ottawa, après leur transfert de Québec.

Au passage, le religieux s'empara d'une carte avant de déclencher une autre porte sécurisée au fond du vaste entrepôt. Quentin, Vale et Marie Mercier hésitèrent en voyant s'ouvrir devant eux un autre boyau souterrain.

– Il faut encore se taper le cours de Spéléologie 101, râla Vale avec un haut-le-cœur incontrôlable.

De la bile remontait maintenant de son œsophage jusqu'à sa bouche.

– Ne vous en faites pas, les rassura Marquette, j'ai ici le plan des galeries creusées au XVIIe siècle. C'est un double de l'original que détient le ministère de la Culture et des Communications du Québec. Personne ne sait, sur le plancher des vaches, que le sous-sol de la rue Notre-Dame est un véritable gruyère.

– J'ai entendu parler de tunnels secrets courant entre le Vieux Séminaire et la basilique Notre-Dame, dit Marie Mercier. Mais je croyais qu'ils avaient été scellés.

– C'est ce qu'on laisse croire. En fait, il y en a deux qui sont bien conservés. Celui à gauche se perd sous la rue Notre-Dame, à l'endroit où était située la première église Notre-Dame. On l'empruntait pour gagner le clocher et sonner l'alerte lors de raids iroquois. L'autre, à droite, mène à la crypte de la basilique, version troisième millénaire.

Quentin envia Montréal d'avoir une si longue histoire. Les tunnels courant sous le promontoire de la colline du parlement à Ottawa dataient de la Confédération. Ils avaient depuis longtemps perdu leur cachet vieillot, puisqu'on les avait modernisés pour abriter de l'équipement électronique et un réseau complexe de télécommunications. Les bouches de ventilation percées dans la falaise au-dessus de la rivière des Outaouais expulsaient l'air vicié par cette installation ultramoderne qui était le cerveau du « petit Vatican », replié sur lui-même au sein de la ville victorienne.

Chapitre 33

Basilique Notre-Dame, Vieux-Montréal
7 juin, 8 h , 23 heures avant la mort annoncée de Kristen Vale

Pour une fois, le trajet entre le Vieux Séminaire et la basilique Notre-Dame se fit sans encombre. La petite équipe déboucha dans la nef de la basilique. À cette heure, l'église était déjà éclairée en prévision de la messe de 9 h. Quelques fidèles s'étaient recueillis, assis ou agenouillés dans les rangées de bancs. Une dame âgée allumait un lampion, fascinée par les petites flammes multicolores des bougies dansant derrière le verre teinté.

L'équipe de Kristen interrompit les rites des fidèles, l'écho de ses mouvements pressés résonnant dans l'enceinte de la basilique. Personne ne s'en offusqua et les gens se contentèrent d'observer le tout avec curiosité avant de se replonger dans leurs prières.

L'intérieur de la basilique parut colossal à Quentin. Il n'était pas étonnant qu'on ait prévu l'aménagement de la petite chapelle du Sacré-Cœur sur un côté de la nef pour les offices plus intimes.

Vale s'étendit de tout son long sur une banquette.

Quentin se laissa tomber lourdement dans la première rangée des stalles du chœur. Il était épuisé. Cela ne l'empêcha pas d'être attiré par le spectacle à couper le souffle qui s'offrait à lui, au-dessus de sa tête.

Marie Mercier fut surprise que son jeune compagnon s'attarde à admirer l'art religieux autour de lui plutôt que de chercher à fuir. Quant à elle, son rôle de gardienne du secret de Dieu l'avait obligée à se forger des nerfs d'acier depuis long-temps. Elle s'assit aux côtés de Quentin tandis que Marquette allait vérifier par une fenêtre du jubé l'arrivée des services d'urgence au Vieux Séminaire, en face.

– Espérons que l'orage aura aidé les pompiers, dit le religieux.

– L'intérieur est de Victor Bourgeau, commença Mercier en embrassant d'un regard circulaire l'enceinte de la basilique. Beaucoup de gens ignorent qu'on a retenu les services d'un architecte de New York, James O'Donnell, pour ériger la cathédrale. Un protestant. C'est vous dire l'esprit d'ouverture observé par la Compagnie. C'était dans l'ordre des choses puisque Maisonneuve avait accueilli les huguenots à bras ouverts deux siècles auparavant.

Quentin écouta en silence. Enfin, il ferma les yeux un moment avant de tirer de sa poche le BlackBerry où il avait noté le message découvert sur la tour de la Paix par le docteur Plantagenêt.

– Ça ne se peut pas, dit-il d'une voix éteinte. Ce message nous a fait parcourir un itinéraire en forme de triangle depuis Ottawa, Niagara Falls et Montréal, et voilà que le griffonnage de Dickens dans le grimoire pointe dans la direction de la tour de la Paix. On veut nous ramener au point de départ.

Dépité, il se laissa distraire par le retable qui coiffait le maître-autel. Il se prit à y chercher un détail qui aurait pu lui indiquer la sortie du labyrinthe et l'emplacement du secret de Dieu.

Monumental, ce retable était composé d'une scène de cru-cifixion centrale entourée de saints sculptés dans du bois de pin. Autour du retable, tout était d'un bleu profond parsemé d'étoiles, le même bleu que le plancher de la nef. Il représentait aussi bien l'idée de la voûte céleste que la couleur consacrée à la Vierge.

– Beau bleu, n'est-ce pas? intervint Marie Mercier. Victor Bourgeau s'est ainsi soumis à la bulle papale de 1659, qui dictait aux artistes l'usage exclusif du blanc et du bleu pour représenter la Vierge Marie.

Marquette vint se mêler à la conversation. Réconforté par le travail des pompiers, il reprit contenance et redevint le responsable des relations publiques.

– Vous avez raison, madame Mercier, dit-il. L'Église interdit les Vierges noires, dites païennes, qui se multipliaient en partie à cause de la Compagnie. Il y a d'ailleurs une de ces Vierges dans la crypte de la chapelle Notre-Dame-de-Bonsecours. Le pape a aussi interdit la Vierge rouge, qu'on trouve entre autres dans la peinture de Botticelli et sur l'emblème de la Compagnie des Cent-Associés.

À la manière d'un investigateur sur une scène de crime, Quentin continua à quadriller le décor autour de lui. Du retable, il descendit à l'autel lui-même. Sa face antérieure représentait la Cène. Un aspect de la sculpture le fit sursauter. Pour être sûr que ses yeux ne lui jouaient pas un tour dans le clair-obscur ambiant, il se leva et s'approcha. Son manège n'échappa nullement à l'abbé, qui le suivit.

– Je vois que vous avez remarqué le disciple à la droite de Jésus, dit Marquette. On a toujours pensé que c'était saint Jean l'Évangéliste, mais certains croient qu'il s'agit d'une femme.

– N'est-ce pas dans *La Cène* de Léonard de Vinci que les spécialistes voyaient aussi une femme à la droite du Christ?

– En effet. D'ailleurs, peu de gens savent que cette sculpture devant le maître-autel de la basilique est une reproduction 3D de la peinture de Léonard de Vinci, déclara le prêtre sans sourciller en entendant ces théories qui auraient été jugées hérétiques en d'autres temps. C'est nettement une femme ou une figure d'androgyne. Oui, l'androgyne affiche les deux sexes.

Marie Mercier s'était jointe à eux et pointait la chaire aménagée sur un côté de l'édifice, au-dessus du premier quart de la nef.

– En parlant d'androgynie, regardez la statue qui porte une couronne au-dessus de la chaire.

Ils descendirent l'allée de la nef. Quentin dut se rendre à l'évidence.

– On dirait encore un personnage efféminé, constata-t-il. Les caractéristiques de l'androgyne sont réunies, soit l'uniforme masculin, les cheveux longs bouclés, les joues imberbes et les traits fins du visage.

– Oui, tout le monde s'entend à dire que c'est une jeune femme. Elle tient la croix d'une main et le calice de l'autre. Elle joue donc le même rôle que le Christ et le prêtre, soit personnifier l'incarnation de Dieu.

– Tu ne trouves pas qu'elle te ressemble ? fit remarquer Quentin à l'adresse de Kristen.

Il était sérieux. La forme du visage et les cheveux rappelaient étonnamment ceux de la jeune agente.

– C'est extraordinaire, on est entourés de figures androgynes.

Loin d'être à court d'exemples, Marquette désigna les vitraux.

– Voyez la représentation de la montée au mont Royal de Maisonneuve en 1643. Il porte la croix comme le Christ, mais contrairement au Christ, il est imberbe. Il se démarque des hommes qui l'accompagnent, tous barbus et moustachus. Même son chapeau au bord relevé a l'air de la cornette d'une religieuse. Ses habits sont bleus et rouges, le bleu étant la couleur associée à la Vierge; le rouge, celle des vierges païennes rejetées par l'Église parce qu'elles ont été jugées hérétiques.

Le sulpicien était intarissable. Il devait y avoir longtemps qu'il avait échafaudé ces théories, demeurées secrètes jusqu'à ce que les visiteurs d'Ottawa et leur message découvert sur la tour de la Paix lui fassent connaître l'idée d'un Yahvé privé de son yod.

– Hé! hé! hé! Mais attention! dit Marquette avec ironie. Cachez ces vilaines figures païennes! La représentation de l'union des deux sexes est courante dans l'Antiquité gréco-romaine, mais complètement censurée par la Bible.

– N'oublions pas, monsieur Marquette, souligna Marie Mercier, que la Bible telle que nous la connaissons a été choisie, pour ne pas dire «bricolée», lors des conciles des IVe et Ve siècles. La Bible actuelle a laissé tomber beaucoup d'autres textes religieux de l'époque qui ne correspondaient pas à la position officielle. La Compagnie est d'ailleurs fondée sur ces autres textes.

– Une religion alternative, conclut Quentin en mesurant le danger que cela avait pu représenter pour l'Église et pour les membres contestataires s'ils avaient été démasqués.

En expirant comme une baudruche qui se dégonfle, il revint à son obsession.

– Je ne peux pas croire que vos ancêtres de la Compagnie nous aient monté un bateau avec leurs messages.

Marie Mercier eut envie de le prendre dans ses bras tellement Quentin, pieds sur le banc et genoux remontés sous le menton, ressemblait à un adolescent effondré devant les premiers revers de l'existence. Elle se contenta d'ajouter quelques mots, consciente qu'elle n'aidait pas les choses avec son fatalisme.

– Je vous l'ai dit: seul un initié peut parcourir un trajet circulaire sans revenir au même point. Dickens ne l'était pas, puisqu'il n'est jamais passé par Ottawa. Pas étonnant, puisque

Ottawa n'existait pas en 1842. S'il a rédigé le message de la tour, quelqu'un d'autre l'y a sans doute placé pendant la construction, dans les années 1920.

– Oui, Dickens, je l'oubliais, celui-là, avoua Quentin. Il a visité Kingston, Montréal et Québec avant de descendre à New York pour prendre le bateau du retour. Il avait le mal du pays après six mois d'absence. Dans une de ses lettres, l'émotion lui fait répéter : « *Home, home, home, home.* »

– Tout laisse croire que le romancier s'est arrêté dans le Vieux-Montréal. Ça veut dire que d'autres indices pourraient se trouver quelque part autour de nous.

Justifié de s'intéresser aux détails de la basilique, Quentin retourna au banc où il avait déposé son BlackBerry. D'un ton angoissé, il s'écria :

– Il n'est plus là !

– Quoi ?

– Mon BlackBerry ! Je l'avais mis sur ce banc près des missels !

Il dut se rendre à l'évidence : il avait oublié son ordinateur portatif sur le banc, et maintenant, il ne le trouvait plus. Craignant un coup des caïnites, il décocha un regard circulaire autour de la nef. Lui et ses compagnons étaient seuls.

– Où est l'abbé Marquette ?

Surprise : le prêtre avait disparu.

– Merde, il nous a trompés ! grogna Quentin. Un faux sauvetage pour mieux gagner notre confiance et pour voler le message après avoir manqué son coup à Ottawa !

– Où est Marquette ? demanda Marie Mercier à son tour.

Tous les deux éprouvèrent les mêmes craintes. Ils pensèrent d'abord à fuir, car leur vie devait être en danger, la basilique n'étant pas un asile inviolable comme l'étaient les églises du Moyen Âge.

C'est alors qu'un événement imprévisible se produisit. Au-dessus de leur tête résonna un bruit de pas. Ils reconnurent la silhouette massive du sulpicien qui gravissait l'escalier en colimaçon de la chaire haut perchée. Il ne semblait pas fuir ni chercher à se dérober aux regards. Au contraire, dans une sorte de monologue qu'il s'adressait à lui-même, il grommelait assez fort pour être compris.

– C'est extraordinaire, je vous le dis, ex-tra-or-di-naire! Est-ce possible? Mais oui, Marquette, c'est ça, c'est ça! psalmodiait-il.

Quentin reconnut aussi le boîtier lustré de son BlackBerry dans la main de l'abbé. Au terme de son ascension, Marquette étira le cou afin d'observer un détail particulier du plafond au-dessus du dais de la chaire. Cela dut être concluant, car il relut le message du BlackBerry avant de retourner dans l'ombre qui entourait le dais.

– Eurêka! Eurêka! répéta cet ancien professeur de version grecque.

– Qu'est-ce que c'est? demanda la gardienne de la Compagnie.

Marquette ne répondit pas tout de suite, perdu dans ses cogitations. Enfin, il pencha la tête vers eux en s'appuyant au rebord de la chaire dans un geste théâtral de prédicateur.

– Ceci est bien le texte exact? demanda-t-il en tendant devant lui la main qui tenait le BlackBerry.

– Le texte exact du message de la tour transmis par mon père, oui.

Loin sur la Grande Île, l'eau sèche s'est tue où les Géants de glace ont traversé vers les colonies américaines pour que les enfants d'Israël avancent à travers la mer en terrain sec. (Exode 18,46)
Sous le triangle de la chapelle des Seigneurs en amont de Gibraltar.

Les Égyptiens sauront qui je suis (Y)HWH quand les eaux reflueront vers la chaise des tremblements de la plus grande Dame du continent nouveau. (Exode 20,7)

— C'est extraordinaire! s'écria encore Marquette.

— Ne nous faites pas mourir d'impatience, le gronda Marie Mercier.

— Je ne sais pas si c'est un hasard, lança le sulpicien, mais nous sommes exactement à l'endroit où ce message du passé devait mener nos pas!

— Comment est-ce possible? demanda Quentin en répétant dans sa tête la dernière phrase du message jusqu'à ce que ses tempes soient en feu.

— Mais voyons, «la plus grande Dame du continent nouveau», c'est la basilique où nous sommes! Enfin, pour nos ancêtres qui ont érigé ce monument, la cathédrale Notre-Dame de l'époque était la construction la plus imposante en Amérique.

— Vous n'auriez pas en prime le numéro du banc où il faut regarder? dit Quentin, narquois, vexé de ne pas y avoir pensé lui-même. La basilique est immense, en effet, et...

— J'ai ça aussi, monsieur DeFoix. J'ai le numéro du banc, comme vous dites.

— C'est vrai? s'étonna Marie Mercier, tout à coup fébrile.

Ils touchaient peut-être en ce moment même à la raison d'être de son ordre, à sa raison d'être à elle. Des générations de gardiens avaient œuvré dans le plus grand secret et étaient morts de façon prématurée, à cause de cette raison d'être dont ils ignoraient pourtant la nature exacte.

— Le membre de la Compagnie qui a encodé la carte du trésor, expliqua Marquette, devait être un sulpicien ou quelqu'un qui connaissait les usages de mes prédécesseurs.

– L'abbé Athanase Mercier de la dédicace d'*Oliver Twist*, paracheva Quentin.

– Si c'est le cas, c'était un rigolo. La «chaise des tremblements» désignait une pratique en vigueur dans la formation de nos prêtres. Lors des repas au réfectoire, les jeunes élèves se levaient chacun leur tour pour faire un sermon selon les critères de rhétorique enseignés dans les cours. C'était une épreuve pour le moins intimidante et on l'avait appelée «la chaise des tremblements», la chaise remplaçant à cette occasion la chaire où se prononcent normalement les homélies.

Quentin et Marie Mercier se mirent aussitôt en chasse dans la vaste église.

– Là! dirent-ils en désignant d'un même geste de la main la chaire suspendue à une colonne sur le côté gauche de la nef, au centre.

Sans confirmer leur déduction, Marquette poursuivit sa lecture inversée, de bas en haut, du message de la tour du parlement.

– Le nom de Yahvé dans le message, au début de la dernière phrase, était-il bien écrit de cette façon?

– Oui. Croyez-vous donc que le yod, la première lettre de «Yahvé» en hébreu, est entre parenthèses comme s'il ne faisait pas partie du nom?

– Tout à fait fascinant… Le nom «Yahvé», le plus mystérieux de toute l'histoire de l'humanité, dit Marquette, rêveur. Le nom de Dieu qui a suscité les plus grandes passions et les plus grandes terreurs sacrées. À tel point que les Hébreux ne le prononçaient jamais, préférant parler d'«Adonaï», de «Seigneur» ou de «*Ha Shem*», ce dernier terme signifiant littéralement «le Nom». Dans les manuscrits de la mer Morte, on va même jusqu'à remplacer le nom de Dieu par des pointillés… Imaginez!

– Voulez-vous dire, demanda Quentin en croyant comprendre le sens de ces remarques, voulez-vous dire que le nom « Yahvé » est tronqué par peur de susciter la colère de Dieu ?

– En partie. Mais votre message d'Ottawa et l'inscription à la basilique Notre-Dame vont plus loin, je pense. Ils ont en commun une anomalie linguistique qui relance tout le débat sur l'identité de Dieu. Regardez ! Constatez vous-même !

Toujours appuyé à la rambarde de la chaire, Marquette désignait un point en retrait au-dessus de sa tête.

– Là, vous voyez ?

– À peine, monsieur Marquette, ragea Marie Mercier, excédée. C'est à plus de dix mètres, dans un coin du plafond sans éclairage…

– Excusez-moi. Les auteurs de ce second message l'ont peut-être volontairement inscrit à l'écart. Vous cherchiez des codes ? En voici un…

– Qu'est-ce que c'est ? s'impatientèrent les deux autres d'une seule voix. Que voyez-vous, là-haut ?

– Un tétragramme !

– Un tétragramme ? dit Quentin en écho, moins par incompréhension que par surprise de trouver un tel symbole à cet endroit.

– Oui, un tétragramme, répéta Marquette. Vous avez ici un triangle encastré dans une volute nuageuse, elle-même entourée par les rayons du soleil comme l'hostie dans un ostensoir. Dans le triangle, il y a trois lettres hébraïques. Ces trois lettres forment la fin du mot « Yahvé » sans le yod du début.

En descendant en toute hâte, le religieux faillit trébucher. Il se rattrapa néanmoins avec la souplesse d'un acrobate de cirque avant de poursuivre ses explications auprès de ses compagnons, sidérés par les conséquences de cette omission du yod dans « Yahvé ».

– Au-dessus de la chaire, on ne voit pas le mot « YHWH » comme ce devrait être le cas, en principe. On n'a que « HWH ». Le yod du début a disparu. On peut donc voir une équivalence avec le message sur votre BlackBerry, où le yod est ni plus ni moins annulé par les parenthèses.

– En effet, acquiesça Quentin, il faut admettre que le yod est traité comme si on n'en voulait pas.

– Ce n'est qu'une erreur, contesta Kristen. Ou une fantaisie d'artiste.

– Oui, convint Quentin, ce pourrait être un hasard.

Marquette se retourna vivement vers les auteurs de ces paroles scandaleuses. Le religieux à la carrure de joueur de football avait rougi comme un enfant de chœur qui aurait oublié les réponses de la messe. Il laissa monter sa colère en gardant le silence quelques instants, puis il cria :

– Ah ! c'est une vulgaire erreur, vous croyez ? Elle est bien bonne ! On va bien voir si c'est une simple fantaisie d'artiste !

Sur ce, il dévala les marches de l'escalier en colimaçon de la chaire, puis il sauta sur le parquet de la nef. Quentin et Kristen reculèrent, de peur d'être renversés par ce char d'assaut humain qui fonçait sur eux. Le sulpicien les croisa sans même leur accorder un regard. Il gravit les marches du chœur et bondit vers le maître-autel. Là, il se mit de nouveau à chercher quelque chose. Sa tête tournait de tous les côtés, ses mains balayant la surface de l'autel en bois de tilleul.

– Ah ! c'est un hasard, hein ? On va bien voir si c'est un hasard !

D'un geste de la main, il pressa ses compagnons de le rejoindre. On aurait dit un agent de police hargneux réglant la circulation à un carrefour.

Quentin et Kristen durent se rendre à l'évidence : il y avait une série d'ogives ouvragées sur le fronton de l'autel. Au cœur d'une des ogives, on pouvait voir le même motif que Marquette avait décrit du haut de la chaire : les rayons solaires éclairaient des nuages obscurs englobés par ces symboles d'illumination. Au centre des nuages se détachait un triangle.

Quentin lut.

– « Yahvé » écrit en caractères hébraïques. Mais le yod est là, monsieur Marquette.

– Le yod est là, oui, mais il défie la tradition, car ce yod est inversé. Mais peu importe qu'il soit inversé comme sur l'autel, absent dans l'inscription de la chaire ou mis entre parenthèses comme dans votre message : nos ancêtres ont voulu dire « *HWH* » et non « *YHWH* ».

– Et alors ? demanda Kristen.

– Et alors, savez-vous ce que « HWH » veut dire en hébreu ? lui renvoya Marquette sur un ton moins brutal que professoral.

Quentin et Marie Mercier eurent beau chercher dans leurs souvenirs de l'université, ils ne purent pas répondre à la question de Marquette. L'abbé roulait des yeux exorbités comme s'il avait vu une apparition céleste quand il prononça triomphalement sa conclusion.

– « HWH », ça signifie « femme », en hébreu. Et savez-vous ce que ces trois lettres représentent en latin ? « HWH » veut dire « Ève ».

– Et puis ?

– Et puis ? Mais rendez-vous compte ! Qu'ils l'aient fait consciemment ou non, nos aïeux qui ont conçu et construit cette église ont écrit pour la postérité tout en le cachant dans un code, oui, ils ont écrit à peu près ceci sur le mur de la basilique Notre-Dame : « Dieu est femme » ! On dirait bien que le voilà votre secret de Dieu.

Chapitre 34

Chapelle Notre-Dame-de-Bonsecours, Vieux-Montréal
7 juin, 2 h 33, moins de 28 heures 30 minutes avant la mort
annoncée de Kristen Vale, au moment où elle et Quentin descendent
dans les galeries sous le Grand Séminaire

– Voici la plus vieille église du pays, dit Marcel Marquette en déverrouillant la porte cochère de la chapelle Bonsecours.

Il s'effaça pour laisser passer Preston Willis. Celui-ci laissa tomber une remarque dont il était peu coutumier : une remarque d'archéologue ou d'ethnologue, pas de maître espion.

– Encore une chapelle. Je comprends pourquoi on a surnommé Montréal « la ville aux cent clochers ».

– Les fondateurs de 1642 en seraient bien fiers. Imaginez-les avec leurs valeurs époustouflantes, ces militaires et ces marchands qui se transformaient en croisés et vouaient leur existence à une société idéale. C'était du jamais vu en France, à cette époque. Des héritiers des Templiers, ni plus ni moins.

À peine éclairés par une lampe de sanctuaire, les lieux présentaient un certain risque pour Willis, contrairement à Marquette qui les connaissait bien. L'agent fédéral faillit trébucher sur un banc, puis s'assommer contre une structure de métal.

– Attention aux échafaudages, le prévint le sulpicien un peu trop tard. On est en train de rénover la voûte.

– Le plafond est identique à celui de la chapelle Sixtine, déclara Willis en relevant le menton, lui dont Rome était la rare référence en matière d'art sacré. Plutôt opulent pour une simple chapelle.

Marquette ne sut pas s'il devait sourire ou se renfrogner en entendant des propos aussi paradoxaux. Il prit le parti d'élever cette étroite bâtisse à des proportions majestueuses.

– La fondatrice, Marguerite Bourgeoys, a voulu faire de cette petite chapelle un lieu de pèlerinage aussi édifiant que Saint-Pierre de Rome ou La Mecque. À l'époque, elle fut construite en dehors de la sécurité des remparts comme pour mettre à l'épreuve la foi des fidèles. Il fallait donc faire un effort pour sortir de chez soi et venir y prier. On risquait même sa vie à cause des razzias des Iroquois.

Willis pouvait comprendre le goût du risque des pionniers et des explorateurs. Il l'avait au fond de la gorge depuis toujours, ce parfum acidulé du danger. Il en avait joui encore plus ces derniers jours. Et ça continuerait cette nuit.

Décontenancé sur le coup, Willis reprit vite la maîtrise de ses pensées. Il était là pour trouver le secret de Dieu et l'échanger contre l'antidote qui sauverait Kristen Vale.

– Mes services qui s'échinent sur la voie du secret de Dieu m'ont envoyé ici, expliqua-t-il, pour vérifier une dame noire. Ça m'a semblé tout à fait ridicule. Vous savez ce que ça peut vouloir dire ?

– Je pense bien. Celle que vous voulez voir, *elle* est sous nous, dans la crypte, annonça Marquette

– La crypte, mon père ? Qu'est-ce qu'on attend ? *Let's go !* lança Willis en anglais. Son exaltation soudaine évoquait la frénésie d'un requin qui vient de flairer du sang.

Il put enfin descendre dans la crypte transformée en musée. La maçonnerie en forme de cul-de-four au plafond concave datait de 1771. Il fut impressionné par la richesse de ses murs à l'aspect granuleux. Au creux d'une niche profonde, une madone aux bras grands ouverts semblait dans un geste ample accueillir en face d'elle un saint Michel plantant sa lance dans le ventre du serpent à ses pieds. Au centre de cet espace qui oppressait Willis reposaient des cloches de verre à éclairage intégré recouvrant des artéfacts accompagnés de légendes explicatives.

Puis, il la vit.

– C'est… c'est ça, la dame noire ? Ce… ce n'est que ça ? laissa-t-il échapper, déçu, sa vive réaction tranchant avec son flegme légendaire.

– Voici la dame noire dont vous parliez. Elle est en fait la Vierge noire de Montaigu.

La statuette de la Vierge à l'enfant faisait à peine une quinzaine de centimètres. Mais sa signification mystique était immense, ce que Willis ignorait.

La réaction de Willis n'offusqua pas Marquette.

– En effet, voilà la seule dame noire de la région. Les autres Vierges portent toutes des couleurs éclatantes, le bleu surtout. Celle-ci est résolument noire. Elle nous vient directement de la vieille Europe, ayant passé entre les mains des commanditaires français de la fondation de Ville-Marie, avant d'arriver en Amérique du Nord, dans les bagages de Marguerite Bourgeoys, dans les années 1600.

Les recherchistes du SCRS à Ottawa, alertés par un informateur peu crédible selon Willis, l'avaient identifiée comme étant la dame noire des visions de Quentin et de Kristen. Ce qui intéressait Willis, c'était de trouver le livre de Dickens et le secret de Dieu que le même informateur, dans son délire, avait situé *derrière* la dame noire de la chapelle. La statuette lui parut être un vulgaire bibelot ! Il tremblait quand il essaya de soulever la cloche. Il ne réussit pas, aussi se demanda-t-il si le socle pouvait cacher un livre. Mais le socle, une colonne de quelques centimètres de diamètre à peine, était en marbre. Il en conclut que la Vierge noire de Montaigu ne devait sûrement pas mener au trésor.

– Ce… ce n'est que ça ? répéta-t-il, ce qui piqua son guide au vif.

– Monsieur Willis, le gronda Marquette, cette Vierge noire a une longue histoire. Elle a survécu par miracle à plusieurs incendies ayant détruit ses sanctuaires au cours des ans. Cette statuette, pourtant sculptée dans du bois, n'a jamais brûlé. Elle a peut-être charbonné, mais elle n'a rien perdu de sa brillance.

– Excusez-moi, mon père. C'est qu'une telle austérité, si on la compare aux riches statues catholiques habituelles, me paraît bien moins catholique que protestante.

– Justement, laissa tomber Marquette comme un mystérieux devin. Justement, monsieur Willis.

Le curriculum vitæ de la statue piqua la curiosité de Willis, qui s'approcha pour détailler cet objet qui suscitait une telle dévotion.

La femme en tunique portait un enfant dans ses bras. Sa tête était légèrement inclinée pour faire contrepoids, semblait-il. La seule particularité, à part le matériau qui lui faisait la peau sombre, c'était les fleurs de lys sculptées sur sa poitrine.

– La royauté française, en conclut Willis en pointant le doigt sur le blason. Votre Vierge était politiquement correcte, dites donc !

– À cause de ces lys, on l'a associée à l'Impératrice du tarot. Ce qui est sûr, c'est qu'elle représente l'éternel féminin. Mais un féminin royal, tout-puissant. Certains de nos prédécesseurs ont même confondu la Vierge avec la figure de Jésus. En tout cas, elle était d'égale importance parmi les divinités.

– Peut-il y avoir quelque chose de caché au creux de la statue ?

– Pas dans la statue, mais dans le socle. On dit que les reliques de saint Blaise s'y trouveraient. Un saint d'Arménie austère, janséniste.

– Une statuette austère pour un saint austère. Excusez-moi, je ne m'y connais pas, mais j'ai l'impression qu'on n'en sort jamais. Il y a toujours dans cette histoire des gens opposés à la religion officielle, portée au faste.

– Justement, justement. La Compagnie du Saint-Sacrement.

– De toute évidence, il n'y a pas de livre sous cette cloche. La statue est trop petite.

– Un livre ? Quelle sorte de livre ?

– Un... un roman.

– Vous voulez rire ?

– Un roman de Charles Dickens. Il a visité cet endroit en 1842... Il aurait pu y cacher le secret de Dieu, car, voyez-vous, il semble qu'une série de ces romans a été disséminée sur le passage de Dickens au pays, en servant comme les miettes de pain du Petit Poucet pour mener au secret de Dieu qui aurait accompagné le grand auteur.

– Je suis au courant du séjour de Charles Dickens à Montréal. Je vous signale, en passant, qu'il est venu ici deux cents ans exactement après la fondation de Montréal. Dans les deux cas, ça s'est passé au mois de mai. Le 17, pour être précis. Vous allez croire que c'est un hasard...

– Il n'y a pas de hasard, objecta Willis en se rappelant le credo des caïnites et de tous les illuminés religieux avec qui il était en contact.

– Mais pour ce qui est d'un livre... Je ne connais pas...

– Pourriez-vous vous renseigner auprès du conservateur du musée ?

– Je vais le réveiller au Vieux Séminaire. Je vais en profiter pour consulter l'index de nos documents archivés.

– Pendant ce temps, je vais explorer les lieux.

– En temps normal, ce serait hors de question. Toutefois, le premier ministre se porte garant de vous : je vous fais confiance. Mais je vais verrouiller derrière moi, à tout hasard.

– Parfait.

Après avoir entendu les pas de Marquette s'éloigner, la porte claquer, puis une clé jouer dans une serrure, Willis savoura l'épais silence qui venait de retomber dans la chapelle.

C'est alors qu'il se mit à vérifier chaque artéfact de la crypte, chaque meuble portant ces artéfacts, chaque espace d'ombre derrière ces meubles et ces artéfacts.

Il savait que Marquette avait désarmé le système d'alarme. Il en profita pour dévisser toutes les cloches de verre qui protégeaient les précieux objets. À l'affût du moindre détail révélateur, il examina toutes les cloches, démonta les panneaux de bois de chacun des socles. Pour l'amour de Kristen, il devait mener une fouille minutieuse, même s'il était impatient d'en finir.

Quatre heures passèrent sans qu'il trouve quoi que ce soit.

« Kristen a dû avoir plus de chance sous le Grand Séminaire. Je savais que je suivais une fausse piste. »

Après avoir mis la crypte sens dessus dessous, il était fourbu et en nage.

Ce n'était pourtant pas fini. L'information reçue semblait désigner la crypte, mais il pouvait aussi désigner toute la chapelle. Il remonta dans la nef.

« Ce ne sera pas facile de passer la chapelle au peigne fin. Il y a la sacristie et le musée. »

Il sonda les murs et le parquet mètre par mètre. Il déplaça des statues de plâtre, les agitant pour entendre les heurts d'un objet qu'elles auraient pu receler dans leur masse creuse. Il regarda derrière le tableau de Maisonneuve peint par Ozias Leduc, accroché au mur du portique. Il s'activa même sur la serrure du tabernacle, dans lequel il ne trouva qu'un calice débordant d'hosties consacrées.

Puis il passa à la sacristie, forçant les armoires remplies de précieux objets de culte et de cierges de Pâques longs comme des hampes de drapeau. Il examina minutieusement la garde-robe ecclésiastique, tâtant les poches, les coutures et les ourlets des soutanes noires, des aubes blanches et des petits surplis empesés destinés aux servants de messe.

Il avait l'habitude des fouilles expéditives menées jadis dans les bureaux d'officiers à Moscou. Toutefois, malgré son expérience, la chapelle s'avéra plus vaste et plus difficile à fouiller qu'un bureau de fonctionnaire. Il perdit encore près d'une heure.

Pas d'exemplaire d'*Oliver Twist*. Pas de secret de Dieu.

Il s'assit dans les marches du chœur pour souffler. C'est là qu'il se rendit compte qu'il n'avait pas tout couvert. Il restait le plafond.

Il était immense, difficile d'accès et truffé de recoins. N'importe quel objet pouvait se fondre aux coloris des fresques. Une ouverture secrète aussi. Et au-dessus de la nef, il y avait le lustre pareil à une pièce montée de cristal et de nombreux *ex-voto* représentant des navires qu'il prit d'abord pour des lampes d'Aladin éteintes. Ces derniers évoquaient la vocation de la chapelle dédiée aux marins depuis sa fondation. Comment pouvait-il les atteindre ?

Les restaurateurs avaient concentré la plupart de leurs échafaudages du côté gauche de l'allée centrale. Il ne suffisait donc pas de les escalader pour mener une inspection complète de toute la chapelle : il fallait aussi les déplacer, une tâche impossible pour un seul homme. Quant à appeler Daria Polienko ou d'autres complices caïnites, il n'en était pas question.

D'abord la Russe lui mettait des bâtons dans les roues depuis le début en ciblant Kristen et DeFoix. Ensuite, il voulait avoir les coudées franches pour négocier lui-même la remise de l'antidote contre la peste de Kirov dès qu'il aurait mis la main sur le secret de Dieu. Il fallait absolument que Kristen Vale guérisse.

Pour cela, il était prêt à démolir la chapelle pierre par pierre. Il couvrirait donc la partie gauche du plafond et ensuite, on verrait bien. Il y avait heureusement un échafaudage isolé s'élevant jusqu'aux lamelles de cristal du lustre surplombant la nef. Pas de déplacement nécessaire. Il pouvait commencer son ascension par là.

Il composa le numéro du cellulaire de Kristen. Il ne réussit pas à obtenir la communication.

– Tout à l'heure, ils allaient descendre sous terre. Ils doivent encore s'y trouver.

Il n'était pas non plus question de mêler des policiers à cela.

Il allait gravir les échafaudages quand son sixième sens le prévint qu'il n'était plus seul.

– C'est vous, monsieur Marquette? lança-t-il pour se rassurer.

Il leva le regard au plafond, essayant de sonder les ténèbres qui enveloppaient le sommet des échafaudages.

Une voix grave, amplifiée par l'acoustique de la vaste enceinte, fit sursauter Willis. Elle lui parvenait bien d'une courte section d'échafaudage au-dessus de sa tête.

– Tu me cherches, Pressing?

– Toi, ici?

Chapitre 35

Chapelle Notre-Dame-de-Bonsecours
7 juin, 7 h 21, moins de 24 heures avant la mort annoncée de
Kristen Vale, au moment où elle et Quentin examinent les croix des
Templiers sous le Grand Séminaire

– Tu me cherches, Pressing ? répéta la voix issue de l'échafaudage. Il semble que ce soit moi qui t'aie trouvé.

– Mais c'est le ton de voix arrogant et grandiloquent de ce
cher Cœur-de-Lion ! s'exclama Preston Willis. Venant du ciel
comme ça, je l'avais confondue avec celle de Dieu le père.

« Tristan Plantagenêt ! J'ai pourtant surveillé mes arrières
afin de ne pas être suivi », grommela-t-il, irrité d'avoir été piégé
dans une position vulnérable.

En effet, d'où il était, directement sous l'échafaudage, la
pénombre et les planchers successifs de la structure formaient
un bouclier infranchissable entre lui et Plantagenêt. Il eut beau
s'arracher les yeux, il ne put repérer son interlocuteur. Son
pistolet était inutile. Il dut se résoudre à patienter en attendant
de trouver une solution à cette impasse.

D'ailleurs, la voix poursuivait.

– Je vous ai précédés, Preston. J'ai intercepté les informations de ton service sur la dame noire. Ce n'est qu'un juste

retour des choses. Déjà, tu t'étais emparé de mon élève, Quentin DeFoix.

– Je n'ai fait que suivre tes recommandations et j'ai attiré l'attention de Quentin DeFoix afin de m'en servir. C'est un historien brillant. Si je parvenais à l'intéresser à la chasse au trésor, il y avait de fortes chances qu'il réussisse à décoder les vieux messages éparpillés par tes collègues de la Compagnie.

– Tu l'as donc fait vivre le plus possible dans le passé pour l'intriguer et pour le motiver. Bien pensé.

– Ne sommes-nous pas des espions ? Les mises en scène, les vérités fausses et les faussetés authentiques, ça nous connaît.

– Mais trêve de bavardages… Tu l'as ?

– Quoi donc ?

– Voyons, Preston, le secret de Dieu, la définition réelle de Dieu. Il doit être ici, près d'une statuette de femme en noir. Moi, je n'ai rien trouvé, mais, toi, je t'ai vu fouiller jusque dans les trous de souris comme un chien renifleur.

– Je ne l'ai pas. Et si je l'avais, je le remettrais aux caïnites, afin d'obtenir l'antidote pour Kristen et aussi, oui, pour sauver ma peau.

– Tu es un vieux renard, Preston. Tu vas leur échapper, comme tu as échappé au KGB dans le temps, puis à la police de Milosevic en ex-Yougoslavie après avoir infiltré l'armée serbe et documenté les crimes de guerre.

– Si tu savais comme les forces en présence aujourd'hui sont plus puissantes que le KGB. Les caïnites ne sont qu'une infime partie des effectifs. Il y a aussi certains membres de la mafia internationale, puis de hauts dignitaires du Vatican. Et des politiciens canadiens parmi les plus influents. Les forces du Mal.

– C'est toi qui vas te mettre à croire au diable ?

— Ils sont partout, n'en démordit pas Willis. Si tu savais! Si tu te doutais seulement!

— Où?

— Premièrement, en se servant de Zeklos comme bouc émissaire, la mafia russe et Daria Polienko ont cherché à assassiner le président Raspoutine sous le couvert d'une attaque terroriste. Il faut dire que la chute de l'empire soviétique a permis à la mafia de prospérer. Raspoutine lui a serré la vis, chauffant d'un peu trop près des généraux et des hauts fonctionnaires corrompus. Deuxièmement, les caïnites et leurs chefs veulent accéder au secret de Dieu ou, encore mieux, le détruire à jamais.

— Preston, tu es la preuve vivante qu'ils sont partout. Ils ont fait leur caniche du chef des services secrets canadiens. Pas mal. Et il y en a d'autres autour de toi qui sont passés au côté « obscur de la Force », pour reprendre les termes du film *Star Wars*?

— Tu veux des exemples? Commençons par ça: sache que ce n'est pas moi qui ai organisé et autorisé l'embuscade contre le cortège du premier ministre entre l'aéroport et le 24 Sussex.

— Si ce n'était pas toi, c'était qui?

— Je peux simplement te dire que c'était quelqu'un faisant partie du cortège.

— Tu as bien dit: « faisant partie du cortège »? Un agent de sécurité rapprochée? Ou bien… Tu ne vas pas me faire croire que ce pourrait être… Vertubleu! Non! Ce pourrait même être *lui*? Pas *lui*? Tu ne veux quand même pas laisser entendre que ce serait le premier ministre Shackleton?

— Peut-être que oui, peut-être que non. Je n'en sais rien.

— Tu le sais, mais tu ne me le diras pas afin que je n'alerte pas…

— De toute façon, l'interrompit Willis, personne ne te croirait si tu portais des accusations aussi graves. Tu es un fugitif qui a trempé dans le meurtre du sénateur Strickland. Tu es considéré comme un traître, comme un paria, par tes anciens collègues et tes homologues des services de renseignement. J'ai tout fait pour ça.

– *Lui* ? Le premier ministre serait affilié aux caïnites ? Je croyais connaître Shackleton. Allons, laisse tomber tes écrans de fumée !

Tristan Plantagenêt avait beau avoir l'expérience des situations tordues, celle-ci dépassait l'entendement.

– *Il* a cherché à tuer Quentin sur la promenade, poursuivit Willis, puis a de nouveau tenté de le faire au 24 Sussex. Personne ne croira jamais ça. Impossible.

– Tu peux en témoigner.

– Les caïnites sont partout. Cabinet, ministres, militaires, juges de la Cour suprême… Même si je voulais me retourner contre eux, je ne vivrais pas longtemps. Aussi, il me faut le secret de Dieu. C'est la seule chose qui compte.

– Allons, Willis, donne-moi le secret de Dieu ou bien…

Willis perçut que le ton menaçant venait de monter d'un cran. Il s'attendit à être frappé à l'épaule ou dans le gras de la cuisse par un coup de feu tiré en guise de sommation. Il ragea d'être à la merci de son interlocuteur qu'il ne pouvait repérer au sein des ténèbres enveloppant les hauteurs de la chapelle.

Tous ses sens en alerte, il se raidit. Il ne pouvait espérer de la pitié. Le Plantagenêt qu'il connaissait était un pur et dur descendant des Templiers. Il avait toujours œuvré pour le bien du genre humain, sans toutefois s'embarrasser de scrupules pour arriver à ses fins. Le laboratoire de puces mortelles dans sa maison, les poissons vampires, le racolage de complices peu recommandables dans des nids d'espions à Bruxelles, Cœur-de-Lion n'avait pas été désavoué sans raison.

Aussi fut-il surpris de percevoir un bruit ténu au lieu de l'explosion d'une arme automatique. Un petit objet sans doute composé de matière plastique venait de heurter le parquet. Il écarquilla les yeux. L'allée était vide. Son regard ne pouvait balayer l'espace sous les bancs.

— Qu'est-ce que tu mijotes, Tristan ? lança-t-il.

La réponse lui parvint sous la forme d'une sentence de mort prononcée par Plantagenêt :

— Je viens de bloquer la buse de l'aérosol de Kirov pour qu'il déverse son contenu. Il était plein quand on l'a confisqué dans les cuisines du restaurant parlementaire.

— Qu'as-tu fait, espèce de vieux fou ?

— Tu vas bientôt respirer la peste pulmonaire.

— En plus d'être fou, tu es un meurtrier suicidaire.

— J'ai un masque. Il y en a un pour toi aussi si tu me donnes le secret de Dieu. Prends le temps de réfléchir. J'ai lancé le vaporisateur assez loin de toi pour que le nuage prenne une minute pour te rejoindre, sans compter les vents dominants.

— Le bruit que j'ai entendu, c'était donc ça.

Willis savait que des deux formes de peste – la pulmonaire et la bubonique –, la première, contractée en respirant le bacille dans l'air ambiant, tuait de façon foudroyante. Il se rappelait trop bien les cadavres crispés couverts d'expectorations sanglantes des enfants des collèges privés.

— Je n'ai pas ce fichu trésor des Templiers. Tu ne penses tout de même pas que je vais attendre ici gentiment que le bacille de Kirov fasse exploser mes poumons. Je file. Amuse-toi tout seul, Tristan. Mais sache, pour te consoler, que *partir, c'est mourir un peu.*

— Justement, si tu pars, tu meurs quelques minutes plus vite que si tu restes. Je n'hésiterai pas à te tirer dans le dos, sois en certain. D'ici, j'ai une vue imprenable sur la nef. Je ne peux te manquer.

– C'est une tactique. Tu veux me faire peur. Tu n'aurais pas osé répandre la peste.

– Ah oui ? Tu penses ? Voyons, il est près de 7 h 30. À 8 h, on sera bien placés pour entonner ton requiem, puisqu'on est déjà dans une église. Il paraît que l'acoustique est fabuleuse, et les grandes orgues Casavant, divines…

– Dans ce cas, je vais mourir, et toi avec moi. Amusant, non, que deux ennemis de longue date finissent ensemble comme un vieux couple querelleur ?

– Je t'ai dit, Preston, que j'ai un masque. Tu vas mourir seul, assis sur ta découverte.

– Il n'y a pas que la peste qui tue…

Plantagenêt n'eut pas le temps de réfléchir au sens de ces dernières paroles. Profitant du couvert des planchers de l'échafaudage au-dessus de lui, Willis s'était précipité sur le montant le plus rapproché. Une idée avait eu le temps de germer dans son esprit. L'assemblage de tiges métalliques, inséré entre quelques rangées de bancs, était court et léger, mais haut et effilé, pour concentrer la restauration sur le lustre central. S'il pouvait être déplacé avec facilité par les restaurateurs d'un point du plafond à un autre au gré des besoins, un homme seul pourrait le faire basculer. La première secousse produite par le coup d'épaule de Willis déséquilibra Plantagenêt. Ce dernier réussit à saisir une barre verticale pour éviter la chute mortelle. Son pistolet n'eut pas cette chance et il l'entendit rebondir sur le dallage.

Il n'était pas tiré d'affaire pour autant. Sûr d'avoir pris l'avantage, Willis continua à secouer son perchoir dans l'intention évidente de le faire chavirer. Plantagenêt se mit à osciller lentement, puis de plus en plus vite. « Je n'ai plus mon arme de poing. Quant à compter sur le vaporisateur, il vaut mieux l'oublier, puisqu'il n'a jamais existé. »

Il avait improvisé cette menace bidon en lançant son cellulaire parmi les bancs, assez loin pour que Willis ne découvre pas la supercherie. Ça lui avait semblé une bonne idée : il savait pouvoir énerver son coriace adversaire avec le bluff de l'horrible mort par la peste, beaucoup plus que par la simple menace de mort par balle.

Il ne restait plus que quelques secondes avant que tout l'échafaudage ne bascule, l'entraînant dans la mort. Plantagenêt regarda autour de lui, avec un désespoir grandissant, afin de trouver une solution. Enfin, la construction franchit le point de non-retour et commença à s'affaisser en direction du vitrail latéral. Plantagenêt bondit vers ce qui ressemblait à un crochet vissé dans la voûte de la chapelle. Il l'agrippa à deux mains. Bouée précaire, mais il fallait parer au plus pressé.

Ce qu'il avait pris pour un crochet était en fait un coin de la toile peinte qui recouvrait le plafond en coupole. La scène de la Vierge à Nazareth devait s'être détachée du fond en lattes de bois, la colle ayant séché à la suite des travaux d'isolation du toit. Elle ne résista pas au poids de l'homme. Heureusement, au lieu de se rompre d'un seul coup, épaisse et lourde, elle se déchira lentement jusqu'à ce que Plantagenêt se retrouve les jambes ballantes à une vingtaine de mètres du parquet. « C'est encore trop haut pour sauter. Fameuse mon idée de grimper sur l'échafaudage pour dominer toute la chapelle sans risque d'être surpris par-derrière ! »

À cause de la courbure de la coupole, la toile en se déroulant l'avait déporté vers le transept. Il réalisa avec bonheur qu'il se trouvait maintenant à portée du fil retenant à la voûte un *ex-voto* en forme de bateau, près de la rangée des bancs latéraux. Il devait espérer que le fil était solidement fixé. Il allongea le bras dans sa direction et, sans bruit, quitta la toile qui s'arracha complètement. «Je suis rendu trop vieux pour les jobs de terrain», gouailla-t-il en lâchant un soupir de soulagement, néanmoins sûr de ses gestes à soixante-dix ans passés.

Après avoir repris son souffle, il fit glisser son corps le long de ce filin miraculeux. L'*ex-voto* étant suffisamment près du sol, il se laissa choir en retenant un cri de frayeur. «Si Willis s'est attardé malgré la crainte de la peste, je n'aurai pas le temps de retrouver mon pistolet.»

Personne ne guettait sa descente, cependant. Un silence d'abysse avait englouti la chapelle après le fracas de l'échafaudage. Sûr que son adversaire ne survivrait pas à sa chute, Willis ne devait pas avoir attendu pour le vérifier, la terreur déclenchée par la fausse menace du bacille le poussant à s'éloigner de la chapelle transformée en foyer de contagion.

Sur le qui-vive, Plantagenêt se releva après avoir vérifié s'il n'avait pas de blessure. Rassuré, il se mit en route pour remonter l'allée jusqu'au chœur, inspectant chaque banc sur sa route. Ses sens aiguisés par l'adrénaline perçurent la douce odeur des cierges sur leur présentoir, à l'embouchure du chœur, et le vernis récent des pièces de menuiserie.

«Où est ce fichu pistolet?»

La toile qui avait sauvé sa vie encombrait l'allée. Il la souleva pour l'enlever de son chemin et découvrit sur le dallage un objet insolite en ces lieux.

«Je veux bien être bouffé jusqu'au cou par la bactérie mangeuse de chair si ce livre n'a pas été inséré sous la toile et caché au faîte de la chapelle en 1910. Personne ne serait allé le chercher là si je n'avais pas arraché la toile en retenant ma chute.»

Il savait que le plafond avait été recouvert d'une grande toile vers 1910. L'artiste peintre décorateur n'avait pas lavé ce qui se trouvait en dessous. En 1994, quand la toile s'était détachée sous l'effet de l'air sec, les sulpiciens avaient été éblouis de découvrir les dessins originaux de François-Édouard Meloche conservés sous les ajouts de Delphis-Adolphe Beaulieu, d'Ozias Leduc et d'Alphonse Lespérance. Un trésor patrimonial insoupçonné.

Meloche avait peint en trompe-l'œil, sur des lattes de bois, huit tableaux de la vie de la Vierge dans des tons de rose, de turquoise et de gris agrémentés de dorures. Mais au début du XXᵉ siècle, la voûte en trompe-l'œil était passée de mode. Traitée de religiosité sucrée, on l'avait aussitôt recouverte d'un autre fini afin de la cacher.

Le cœur battant, il prit le livre et s'approcha de la lampe du sanctuaire pour l'examiner.

Il caressa du plat de la main la couverture beige. Il admira en connaisseur des livres anciens le recto strié de veines bleu-gris et violettes si prisées au XIXᵉ siècle. Ses doigts reconnurent les nervures du dos entre lesquelles étaient inscrits les mots mythiques « Oliver Twist ».

Jusque-là, la route du secret de Dieu avait été parsemée de copies d'*Oliver Twist*. Plantagenêt fut sûr de se trouver en présence de l'indice ultime, sinon du trésor lui-même. Le livre se trouvait bel et bien près de la dame noire, *derrière* une cloison de la chapelle dédiée à la dame noire. « Willis pouvait bien ne pas le trouver. Il a cherché *derrière* la statuette de la dame noire et dans le socle sous elle. En cent ans, il n'aurait jamais pensé chercher *derrière* une peinture au plafond. *Derrière* pour *derrière,* ça revenait au même. »

Ses doigts noueux ouvrirent le livre dans un geste tremblant de fébrilité. Il résista à une furieuse envie de crier son triomphe quand il lut la dédicace.

Chapitre 36

Transmission électronique entre Rimouski et Montréal
7 juin, 15 h 09, moins de 16 heures avant la mort annoncée de
Kristen Vale

— Allô, ici le capitaine Gonthier, de la Sûreté du Québec à Rimouski. Avec l'excavatrice, nous avons presque atteint le niveau des dépouilles dans la fosse commune, comme vous l'avez demandé. Ça n'a pas été facile de creuser parce que les orages ont été violents toute la nuit.

L'homme d'une quarantaine d'années au visage buriné par les embruns montrait beaucoup de bonne volonté malgré l'énormité de la situation. Il aurait volontiers risqué sa vie sur une mer en furie pour sauver un pêcheur naufragé, mais il en allait tout autrement de ces fouilles, qui incombaient plus à des croque-morts, voire à des fichues taupes, qu'à des policiers.

— Nous avons vu, capitaine. La webcam de votre caporal nous a permis de suivre vos travaux.

C'était Kristen Vale qui venait de parler. Les symptômes de la peste avaient diminué. La fièvre était tombée, mais les bubons sur sa peau témoignaient de la persistance de la maladie qui pouvait se réveiller en un instant et la tuer après une brève rémission. Personne n'était dupe. Il fallait trouver le secret de Dieu, sinon elle était condamnée. De plus, il ne fallait pas oublier que des foyers d'épidémie pouvaient se développer à travers le pays grâce aux bons soins des caïnites.

***

La jeune femme devait son dernier espoir, enfoui depuis un siècle sous les côtes du Bas-Saint-Laurent, au docteur Plantagenêt. À son arrivée, le matin même, à la chapelle du Bonsecours en compagnie de Quentin, de Marie Mercier et du père Marquette, après avoir découvert le tétragramme de la basilique et la définition d'un Dieu-femme qu'il contenait, elle fut surprise de l'absence de Willis. C'est Tristan Plantagenêt qui les accueillit avec jubilation.

Plantagenêt leva au-dessus de sa tête un exemplaire du roman *Oliver Twist* de Dickens dans un geste théâtral d'acteur shakespearien. Avec sa barbe et son épaisse chevelure blanche en bataille, Quentin le compara alors au Moïse de la Bible soulevant les bras pour écarter les eaux de la mer Rouge et sauver les Hébreux poursuivis par les hordes du pharaon d'Égypte. Ce Moïse des temps modernes proféra des paroles magiques :

– Il y a une dédicace dans ce livre qui nous mènera au secret de Dieu, j'en mettrais ma main au feu.

Kristen et Quentin s'entre-regardèrent d'un air perplexe. Non seulement Plantagenêt venait d'apparaître comme un diable à ressort est éjecté de sa boîte là où ils s'attendaient à retrouver Preston Willis, mais il prétendait détenir un secret de Dieu autre que le tétragramme de la basilique.

Instinctivement, Kristen dégaina son arme.

– Là, là, agente Vale, quelle piètre gratitude de votre part, réagit le septuagénaire en désignant du menton le pistolet pointé dans sa direction. Vertubleu ! Je vous livre Zeklos et le secret de Dieu sur un plateau d'argent, coup sur coup, et voilà comment vous me remerciez ? Vous ne me faites pas encore confiance ?

– Il est vrai que vous m'avez rendu service, docteur Plantagenêt, un immense service en m'aidant à éviter la mort des députés...

– De rien.

– ... mais je ne suis pas sûre de savoir à quel jeu vous jouez, rétorqua Kristen qui se méfiait de la duplicité galopante dans le milieu de l'espionnage. Les caïnites ont montré qu'ils sont imprévisibles, qu'ils se trahissent entre eux. En ce qui me concerne, il faudra vous tenir à l'œil tant qu'on n'aura pas débrouillé toute cette affaire. Vous restez toujours la dernière personne à avoir vu le sénateur Strickland vivant sur la tour du parlement. Vous m'avez aussi livré la peste sur un plateau d'argent quand des puces cultivées dans votre maison du Glebe m'ont contaminée.

– Vertubleu ! Vous m'en voyez peiné. C'est donc pour cela que Willis m'a dit qu'il recherchait l'antidote pour Kristen.

– Vous avez vu Preston Willis ? Où est-il ?

– De retour auprès de ses maîtres caïnites, je suppose.

– Encore vos accusations sans preuve. Lui vous accuse des mêmes maux. Et pour moi, ses paroles ont plus de poids.

– Vous avez essayé de le contacter ? Et alors ?

Kristen dut admettre que son patron n'avait pas répondu à ses derniers appels. Elle voulait pourtant lui rapporter les développements positifs à la basilique, lui annoncer que le tétragramme pouvait être le secret de Dieu tant recherché, l'inviter à rejoindre les auteurs de l'ultimatum pour prévenir d'autres massacres.

– J'aimerais être dans l'erreur au sujet de Pressing, gente damoiselle, insista Plantagenêt en affichant une expression contrite. Surtout qu'il vous aime.

— Que dites-vous ?

— C'est évident qu'il risque sa vie pour vous. Maintenant, il reste à savoir s'il s'agit de l'amour d'un père ou de celui d'un amoureux transi.

Ces paroles déclenchèrent une rapide prise de conscience chez Kristen. Elle interrogea ses sentiments. Elle réalisa que, dès les débuts, elle avait admiré la compétence élégante, toute naturelle, de Preston Willis. Puis, à la longue, elle avait ressenti une grande complicité avec son aîné, complicité qui avait engendré des émotions plus profondes. À bien y penser, elle dut s'avouer qu'elle éprouvait de l'amour pour son chef. À coup sûr, l'amour d'une élève pour son mentor, d'une fille pour un père adoptif, d'une destinataire comblée. Si Willis avait fait les premiers pas, serait-elle allée prendre le fameux café des débuts avec lui ou même le premier souper au restaurant ? Elle ne pouvait le dire. Ce qu'elle savait, c'est que le sentiment suscité par Quentin était d'une autre nature. Moins flou, moins imprévisible, clairement axé sur la vie à deux, sur le partage à long terme, sur l'amour généreux du don de soi.

— Quoi qu'il en soit, dit-elle pour revenir à la mission, j'ai contacté la GRC à Montréal pour qu'on annonce la découverte du secret de Dieu.

— Vous avez le document ? éclata l'espion en portant vers son *Oliver Twist* un regard dépité de gamin frustré de ses jouets.

— Pas un document, non, intervint Quentin. Les signes disséminés par votre Compagnie, docteur, nous ont permis de mettre la main sur un médaillon dissimulé dans un recoin obscur surplombant la chaire de la basilique. Ce médaillon est gravé d'un tétragramme. Un tétragramme est…

— Je sais ce qu'est un tétragramme, monsieur DeFoix, rugit Plantagenêt de toute la force de son orgueil froissé de mentor et d'érudit. Le tétragramme est le nom hébraïque de Dieu se composant des quatre lettres *yō, hē, wāw, hē,* « YHWH ». Le titre de Yahvé est connu depuis toujours, mais ça ne nous donne pas sa définition. Qui est-il? voilà la question.

– Ce que vous ne savez pas, lança Kristen sans prendre des gants avec l'idole de Quentin, c'est que ce « YHWH » est devenu « HWH ». D'après monsieur Marquette, il y aurait une définition sous-entendue par cette particularité.

– En effet, confirma Marquette en roulant des yeux fascinés, l'artisan responsable de cette contraction aurait cru à une divinité féminine. Voilà toute une définition, d'autant plus qu'on la retrouve au Québec!

– C'est tout à fait extraordinaire! en convint Plantagenêt avec un intérêt réel, et tout à fait prometteur pour notre quête épique. Quels mystères se cachent dans cette magnifique construction de la rue Notre-Dame. Mais sans vouloir être rabat-joie, il faut vous dire que la Compagnie a toujours cru à l'existence d'un document. Écoutez, le document viendrait sans doute appuyer le tétragramme tronqué si tant est que les indices de la Compagnie ont mené à ce « HWH ».

– Peut-être bien, admit Kristen, mais une photo du tétragramme de même que son explication ont été transmises aux caïnites à l'heure qu'il est. Notre mission s'achève dès que tout le monde est content et que l'ultimatum a reçu...

La vibration de son cellulaire interrompit Kristen. Elle attendait cet appel important et empoigna le petit appareil avec une hâte non contenue. Ses compagnons virent les traits de son visage, d'abord ouverts, vibrants d'expectative, se renfrogner à mesure que son correspondant parlait. Ils l'entendirent enfin échapper un « *Jesus* » dégoûté.

Sans y prendre plaisir, Plantagenêt devina le motif de cette réaction.

– Les caïnites ne sont pas satisfaits, n'est-ce pas ?

Kristen se contenta de secouer la tête en se laissant choir sur le banc le plus proche. Cependant, son arme ne quitta pas Plantagenêt.

– Palsembleu ! pesta ce dernier. Ces chiens ne seront jamais contents.

– Ils nous font marcher, en conclut Marie Mercier en s'asseyant aux côtés de Kristen pour lui taper l'épaule. Ils n'ont jamais eu l'intention de faire un échange. Ils ne cherchent qu'à assassiner les membres de la Compagnie, comme mon frère, l'un après l'autre.

La docteure en profita pour vérifier la température de son front d'un geste rapide.

« Elle est brûlante de fièvre, alors qu'elle était normale il y a un instant, se dit-elle. Le bacille joue avec elle. Et voilà qu'on se retrouve dans un cul-de-sac. Ce n'est pas possible. On va finir par la perdre. »

Quentin exprima à voix haute les sombres pensées de l'équipe.

– Mesdames et messieurs, on retourne au point de départ. En tout cas, je vais éplucher à nouveau le message de la tour. Il mène peut-être à autre chose que le tétragramme modifié. Il le faut.

Puis il se ravisa.

– Kristen, les caïnites contactés par la GRC ont-ils mentionné un document, comme le docteur Plantagenêt ?

Kristen sembla se réveiller d'une rêverie amère. Ses prunelles étaient empreintes d'accablement. Elle esquissa une grimace.

– Ils sont complètement givrés, si vous voulez mon avis.

– Qu'ont-ils dit ? insista le jeune homme.

– Imaginez cela : ils veulent un document, en effet, mais un document qui sent maintenant. Qui sent, rien que ça.

– Un quoi ? Un document qui sent comme dans parfum ?

– C'est ce qu'ils ont dit. Vous comprenez, vous ? Moi, je crois qu'ils sont givrés de la tête aux pieds. Et je peux aussi bien annoncer ma retraite définitive.

C'est alors que Plantagenêt reprit son rôle préféré de sauveur.

– Oublions ces idioties d'illuminés pour un instant, voulez-vous. Et écoutez-moi, car il y a peut-être un espoir.

Pour la deuxième fois, il leur présenta le *Oliver Twist*.

– Ce livre va nous mener au document qu'on recherche, j'en suis sûr. Si j'ai collectionné les objets historiques dans mon musée souterrain à Ottawa, c'est que la Compagnie a toujours cru que les codes de nos ancêtres étaient cachés dans les œuvres d'art ou près d'elles. En effet, qu'est-ce qui assurerait le mieux la pérennité de ces codes que leur association à des pièces patrimoniales que personne n'oserait jamais détruire ?

– Où voulez-vous en venir, docteur ? demanda Quentin, le souffle coupé par l'émotion.

– Eh bien, j'ai justement découvert ce livre derrière une œuvre d'art, en l'occurrence une peinture de François-Édouard Meloche au plafond de la chapelle.

– Je comprends, acquiesça l'élève.Ce n'est pas bête. Rappelle-toi, Kristen, et vous aussi, docteure Mercier, que la Compagnie nous a fait suivre un itinéraire en semant deux types d'indices, le message de la tour et les exemplaires d'*Oliver Twist*. Si le message gravé par mon père menait au tétragramme, qui sait s'il n'appartient pas aux livres, d'abord jugés inutiles, de nous mener désormais à l'étape finale, soit le document lui-même intitulé « le Secret de Dieu » ?

Marie Mercier résuma l'opinion générale quand, dans un regain d'énergie, elle commanda, après avoir bondi sur le carrelage de l'allée :

– Alors, qu'est-ce qu'on attend ? Regardons votre fameux livre, docteur Plantagenêt.

– C'est déjà fait, répondit l'universitaire avec un sourire satisfait. La vérité est dans la dédicace.

***

Les recherches se poursuivaient âprement dans la fosse commune où reposaient les morts inconnus de l'*Empress of Ireland,* creusée près de Rimouski en 1914. Kristen avait insisté pour observer les travaux d'exhumation sur un moniteur télé en compagnie de Quentin, confortablement installés dans un bureau de la Sûreté du Québec, dans l'édifice Parthenais, à Montréal. Elle n'allait certainement pas rester allongée dans un lit d'hôpital pendant que d'autres risquaient peut-être leur vie pour la sauver.

– Vous êtes sûre, agente Vale, que nous creusons pour trouver autre chose que de vieux os desséchés ? demanda le capitaine de la Sûreté du Québec depuis Rimouski.

Gonthier s'était approché de la caméra numérique. On pouvait voir des gouttes de sueur franchir les plis de son front et humecter ses sourcils. On aurait dit qu'il avait lui-même creusé avec une pelle.

Pourtant, il ne faisait pas vraiment chaud en cette journée de juin. Le vent piquant du large était aussi froid que les eaux du golfe alimentées par le courant du Labrador. Mais Gonthier avait chaud parce que les autorités locales n'appréciaient pas l'idée de violer une sépulture sacrée.

– Vous ne seriez pas des pilleurs de tombes, par hasard ? demanda le policier, qui avait trop regardé de séries télévisées. Surtout que cette tombe, c'est celle des morts inconnus de l'*Empress of Ireland*. L'opinion publique, alertée par les médias, risque d'être scandalisée. Elle peut se retourner contre la Ville et contre le musée.

– Si nous sommes sûrs ? dit Vale en écho. Dans notre métier, on ne l'est jamais à cent pour cent.

– Quel métier ? Vous pouvez me donner plus d'infos ? Je reçois un ordre du premier ministre et me voilà à quatre pattes sous des tonnes de boue…

– C'est une longue histoire qui a commencé avec un meurtre à la tour du parlement à Ottawa, puis avec un message renvoyant au voyage de Charles Dickens au Canada.

– Pardon ?

Vale poursuivit, consciente de la complexité de son compte rendu. Elle-même n'en revenait pas.

– Il faut vous dire, capitaine Gonthier, que si l'arme biologique était cachée dans l'édifice central du parlement, résuma-t-elle, le chemin vers le secret de Dieu qui devait permettre d'empêcher la pandémie commençait derrière la Vierge noire de la toute première chapelle de Montréal.

– Cela ne me dit pas…, bredouilla Gonthier.

– … pourquoi cette piste nous a menés à Rimouski ? Non, en effet, convint Quentin. Disons que c'est grâce à ce troisième exemplaire du roman *Oliver Twist,* trouvé derrière la même Vierge noire et caché là vers 1910 par un visiteur torontois du nom de Owen, délégué par un groupe appelé la Compagnie.

– Qu'est-ce que vous me chantez là ?

– La dédicace du roman est de la femme de Charles Dickens, Kate Hogarth. Elle est adressée à une certaine famille Owen de Toronto et datée de mai 1842.

– Si c'est cet Owen que vous cherchez, comment se fait-il qu'il soit à Rimouski et non à Toronto ?

– Suivez-moi bien, capitaine. On a fait appel à la Société de généalogie de l'Ontario pour retrouver les Owen ayant vécu autour de 1842.

– En 1842? Mais l'*Empress* a fait naufrage en 1914, on est loin du compte…

– La famille Owen de Toronto nous a confirmé, archives à l'appui, que ses ancêtres ont eu en leur possession un document appelé communément «le Secret de Dieu». Il se serait retrouvé entre les mains de Kate Dickens, la femme du célèbre auteur, par on ne sait quel tournant du destin lors de leur voyage en Amérique. Elle-même l'aurait légué à un membre de la famille qui allait fonder plus tard l'Armée du Salut, et ce, à la demande d'un groupe secret travaillant à la création d'une société idéale.

– En conclusion, dit Kristen Vale, si on avait eu le temps de mener une campagne de publicité sur le secret de Dieu, les Owen se seraient manifestés et ça nous aurait évité bien des démarches et bien du stress.

– Secret de qui? De «Dieu», vous dites? Est-ce que j'ai une tête à claques? Ce doit être une de ces émissions de caméra cachée? ricana le policier, goguenard. Ne me dites pas astheure que je vais me voir à la télé avec l'air bête que j'ai là, l'air de quelqu'un qui n'a pas dormi de la nuit?

À ce moment, il épongea son front sur le revers de sa manche.

– C'est très sérieux. Grâce à votre travail, on va sauver des vies, expliqua Quentin. Oui, ce secret de Dieu aurait disparu avec l'arrière-grand-père Owen, mort dans le naufrage de l'*Empress*, le 29 mai 1914, alors qu'il se rendait à un congrès de l'Armée du Salut, à Londres.

– Admettons, admettons. Dans ce cas, n'aurait-il pas été enseveli dans un cimetière de Québec? Le St. Patrick's ou le Mount Hermon, où les dépouilles des victimes ont été transportées, si l'on en croit le directeur du musée ici ?...

– De toute évidence, un membre de la famille Owen a voulu brouiller les pistes. Ainsi, cet Owen sur le bateau n'aurait pas été identifié officiellement. Et s'il n'a pas été identifié officiellement, il doit se trouver...

– ... se trouver dans la fosse commune avec soixante autres voyageurs, au bord de la route qui mène à Pointe-au-Père.

À ce moment, la conversation fut interrompue par un policier en uniforme qui glissa quelques mots à l'oreille de Gonthier.

– On me dit qu'il y a quelque chose, dit simplement le capitaine avant de se rendre au bord de la tombe.

Quentin et Vale, déjà fébriles, se pressèrent spontanément vers l'écran, où les images étaient secouées par les irrégularités du terrain que franchissait le caméraman. Les quelques secondes qu'il fallut au policier pour se relever leur parurent durer des siècles. « Le secret de Dieu, enfin », pensa Quentin sans l'avouer, de peur qu'un désir trop fort soit puni par la déception.

Quand il se releva, Gonthier affichait un air méfiant.

– Si c'est ce que vous cherchez, vous êtes drôlement chanceux. C'était remonté au-dessus des squelettes comme une plante qui pousse.

Malgré le tremblement de la caméra, Quentin et Vale reconnurent l'objet que Gonthier leur montrait.

– Un coffret métallique, constata Quentin. Même format que celui de Niagara Falls et que celui de Vérot, l'adversaire de Pie IX, caché sous les rues de Montréal.

– Il est un peu plus long, remarqua Kristen.

– Oui, et probablement fait de laiton, d'où l'absence de rouille, fit remarquer Quentin. Ce pourrait même être de l'or.

Quoi de mieux que de l'or pour protéger le secret de Dieu ? Ce métal précieux est depuis toujours associé aux représentations de divinités en raison de son caractère inaltérable, éternel.

– Capitaine Gonthier, vous pourriez passer de l'eau dessus ? demanda Vale. Il faut dire qu'on est très impatients, ici, après avoir pourchassé ce trésor qui représente une question de vie ou de mort pour un grand nombre d'innocents.

Gonthier prit un air empreint de lassitude, voire d'exaspération.

– Le fleuve est trop loin d'ici, grimaça-t-il, mais il y a bien…

L'homme à la caméra suivit le policier jusqu'à sa voiture. Il sortit un gobelet de café en polystyrène et fit couler le liquide sur l'artéfact. La terre collée sur le coffret se ramollit et il n'eut qu'à glisser la paume de sa main pour qu'elle se détache complètement.

– C'est bien ça, Kristen ! hurla presque Quentin. Tu vois ? Il y a…

– … un soleil, oui !

– Nous avons trouvé le trésor !

– Prenez-en bien soin, capitaine, recommanda Kristen Vale.

Elle savait qu'il le ferait, d'autant plus qu'un régiment de soldats dépêché de la base militaire de Valcartier accompagnerait le trésor jusqu'à Québec. Si des terroristes jugeaient le secret de l'*Empress of Ireland* suffisamment important pour déclencher la Grande Pestilence, il valait mieux déployer une cohorte de gardes armés prêts à toute éventualité.

Les Templiers, puis la Compagnie, avaient été les seuls protecteurs de ce trésor tout au long du dernier millénaire. Ils s'apprêtaient maintenant à passer le flambeau.

Chapitre 37

Université Laval, ville de Québec
7 juin, 22 h 23, moins de 9 heures avant la mort annoncée de
Kristen Vale

Quentin, Kristen et Marie Mercier arrivèrent les derniers à la conférence organisée d'urgence, le jour même de la découverte du coffret. Quelques experts en histoire, en théologie et en langues anciennes qui ne vivaient pas trop loin avaient été transportés par Challenger jusqu'à l'aéroport de L'Ancienne-Lorette, puis par hélicoptère jusqu'au campus de l'Université Laval. D'autres experts s'apprêtaient à suivre cette conférence à distance grâce à un lien Internet.

Quant au coffret, on l'avait expédié de Rimouski à bord d'un avion cargo des Forces armées basé à Bagotville. On avait aménagé un laboratoire improvisé dans la soute de l'appareil afin d'examiner l'objet de façon scientifique. Le temps pressait si on voulait éviter une autre attaque à l'arme biologique. Les victimes de Kingston, d'Ottawa, de Halifax et de Vancouver étaient déjà des dommages collatéraux inacceptables.

Kristen Vale avait enfilé un nouveau col roulé pour dissimuler pudiquement les bubons de sa maladie mortelle sur son cou et sur ses bras. L'air conditionné du complexe ultramoderne rendait ce vêtement moins encombrant, tout comme dans les galeries souterraines de Montréal. Quant aux bleus sur sa joue, ils avaient légèrement pâli. Néanmoins, elle appuya son menton dans sa main ouverte afin que ses doigts les recouvrent discrètement.

Elle s'était sentie mieux pendant la matinée, mais avait commencé à sentir la progression de la peste dans son corps au milieu de l'après-midi. Elle avait dormi quelques heures, allongée sur le canapé en cuir dans le bureau d'un professeur. Elle avait encore déliré au sujet de la Vierge noire. Ses propos sans suite montraient que la fièvre était revenue. Les analgésiques masquaient plusieurs symptômes, mais la docteure Mercier croyait qu'elle pouvait tomber dans le coma aussi bien dans deux minutes que dans vingt heures. Ce fut donc une torture pour Marie Mercier et pour Quentin de devoir attendre le début de la réunion, convoquée en fin de soirée seulement, pour faire le point sur le travail des scientifiques.

Les trois réchappés des souterrains de Montréal étaient toujours mandatés par le gouvernement fédéral. Ils gagnèrent leurs places réservées au bout de l'énorme table de conférences en chêne.

— Tu sais, Kristen, lui confia Quentin, ceux qui connaissent l'histoire savent que c'est la deuxième fois qu'un objet remonté de l'épave de l'*Empress of Ireland* est révélé au public dans la ville de Québec.

— C'est vrai? La première fois, c'était quand?

— Le 22 août 1914, dans une banque de la rue Saint-Pierre. On venait de repêcher le coffre-fort du commissaire de bord et tout le monde s'attendait à y trouver une fortune en or et en joyaux.

— Et alors? Est-ce que, en 1914, le suspense a pris fin dans la joie, surtout pour les familles des victimes du naufrage, dont le deuil a pu être atténué par des héritages?

– La déception a été complète. On a mis toute la journée à crocheter les serrures des divers compartiments du coffre-fort pour ne tomber que sur de l'air, rien que de l'air. L'*Empress* n'a rendu aucun trésor.

– Alors, je crois qu'on va trouver plus de choses aujourd'hui, dit Marie Mercier, cherchant à atténuer le stress de ses camarades. Le secret de Dieu, ce n'est pas rien. Pour le prouver, de nombreuses sommités ont été convoquées à la séance d'ouverture du coffret.

– J'aimerais bien en être sûr, lui chuchota Quentin afin que Kristen ne l'entende pas.

– Vous avez des doutes ?

– La Compagnie a réussi à nous faire tourner en rond, vous le savez. Il se pourrait bien que cette nouvelle étape ne mène qu'à une autre déception. C'est comme pour les tombes de l'Ancienne Égypte : toutes sortes de corridors menaient à des culs-de-sac, parfois même à des pièges mortels. Oui, la Compagnie s'y connaît aussi en labyrinthes.

– Tu crois qu'on n'apprendra pas qui est Dieu aujourd'hui ? Voyons donc, ne sois pas pessimiste ! le gronda Kristen en lui donnant un soufflet derrière la tête.

Elle tenait à peine sur ses jambes. Néanmoins, elle avait l'oreille fine et avait entendu les propos de Quentin.

– D'accord, riposta Quentin sur un ton sarcastique, quelqu'un va commander, comme dans une émission de télé : « Que le vrai Dieu se lève ! »

Tout au long de leur périple, Kristen avait été la plus pragmatique, peu encline à croire aveuglément. Quentin, au contraire, avait été poussé par une insatiable curiosité et par un enthousiasme débordant. Mais les rôles s'étaient inversés. En fait, Quentin était volontairement pessimiste : il souhaitait éviter d'être trop déçu si le coffret de la fosse commune à Rimouski ne recelait pas le fameux secret.

– Ce qui m'enrage, reprit-il, c'est qu'on tienne une conférence publique. On devrait remettre le coffret aux caïnites sans l'ouvrir. Ils vont peut-être se sentir trahis. Ils ne voulaient pas que le secret soit révélé. Il ne faudrait surtout pas qu'ils refusent de nous remettre l'antidote.

– Le bon côté des choses, dit Mercier, c'est que si les experts du ministère de la Culture n'avaient rien trouvé qui puisse convaincre les caïnites, ils n'auraient pas convoqué tout ce monde. Et encore moins la télévision.

Une vingtaine d'invités entouraient le conservateur en chef du ministère de la Culture et des Communications du Québec, assis devant le coffret, à une extrémité de la table de conférences. Des spécialistes, anthropologues, archéologues, historiens, théologiens et linguistes spécialisés dans les langues anciennes, conversaient nerveusement en attendant le début de la conférence.

Dans un coin, une cabine vitrée avait été aménagée pour les interprètes. Un caméscope enregistrait la réunion pour la vidéoconférence et pour un documentaire prévu par l'Office national du film, en coproduction avec la National Geographic Society. Quelque chose d'important se préparait qui allait intéresser le monde entier.

– Mesdames et messieurs, je vous souhaite la bienvenue à ce qui sera sans aucun doute un des grands moments de l'histoire, commença un homme chauve vêtu d'un polo bleu foncé. Je m'appelle Jean Lorrain et je suis conservateur en chef au gouvernement du Québec. J'ai l'honneur et le plaisir de vous communiquer le fruit de recherches extraordinaires.

Quand le conservateur Lorrain tira le coffret vers lui, tous se turent. On put même entendre le bruit des voitures qui passaient sur l'avenue, au-delà des baies vitrées.

L'employé du gouvernement provincial avait mis des gants de toile afin de ne pas endommager les fibres fragiles d'un document ancien.

Les cœurs s'arrêtèrent de battre quand le fonctionnaire provincial, cou allongé et muscles tendus, détailla longuement le contenu du coffret.

«Pourvu que ce ne soit pas un autre exemplaire d'*Oliver Twist*», se répétait Quentin alors que les ongles de ses poings serrés pénétraient douloureusement dans la chair de ses paumes. Je vais en faire une indigestion.

Le silence se prolongeait, vrillant les nerfs des participants. Le regard du fonctionnaire se figea de façon dramatique. Il aurait assisté à des apparitions miraculeuses à Lourdes et à Fatima qu'il n'aurait pas été aussi fasciné, semblait-il.

Quentin avala difficilement sa salive. Il pesta intérieurement contre la lenteur du processus. Son imagination s'emballa. Il s'attendit alors à voir éclater la foudre du ciel afin de réduire les profanateurs en poussière. Il songea à l'Arche d'Alliance qui, selon la légende, devait être ouverte uniquement devant les grands prêtres.

Enfin, le fonctionnaire releva la tête et son regard parcourut la vingtaine de sommités qui entouraient le trésor. On aurait dit qu'il faisait durer le suspense à la façon d'un magicien de foire. En fait, il parla comme un juge informant un jury de ses devoirs.

– Avant d'aller plus loin, déclara-t-il, je vous rappelle que vous avez été convoqués ici parce que vous êtes des sommités dans vos domaines respectifs. Vous représentez l'élite intellectuelle du pays. Cependant, ce que vous allez voir et entendre devra demeurer confidentiel. Étant donné les conséquences possibles d'une indiscrétion, nous vous avons demandé de prêter serment. Le renier serait considéré comme un crime de haute trahison et puni sévèrement.

Les regards glacés des spectateurs lui confirmèrent qu'ils avaient pris la pleine mesure des enjeux. Il tendit alors la main et puisa deux objets avec délicatesse, comme un prêtre qui cueille une hostie d'un ciboire. Après s'être emballé, le cœur de Quentin s'arrêta de battre.

– Deux rouleaux de parchemin, souffla-t-il à Marie Mercier, assise à son côté.

À l'autre extrémité de la table, Quentin ne pouvait pas étudier plus en détail ces deux apparitions d'un autre monde. Il put néanmoins constater que les deux objets n'étaient pas faits du même matériau.

– On… on dirait un rouleau de métal, pensa-t-il tout haut.

Le conservateur Lorrain aurait voulu être plus détendu devant l'assistance. Mais ses mains gantées tremblaient légèrement. Il ne ménagea pas ses mots pour traduire le sentiment qui l'habitait.

– Mesdames et messieurs, vous avez devant vous la plus grande découverte de toute l'histoire des religions.

Il ne fit pas mine de dérouler les parchemins. Au contraire, à la déception générale, il les déposa sur la table. Puis, il se racla la gorge, son larynx s'étant contracté sous le coup de l'émotion. Il put continuer après avoir pris une gorgée d'eau.

– Notre laboratoire a procédé à l'analyse chimique des deux documents. La composition de l'un s'est révélée être la peau d'un animal, identique à celle des parchemins de la mer Morte.

Un autre spécialiste prit la parole comme dans une pièce de théâtre dont les dialogues auraient été répétés avec soin. Les scientifiques sur place à Rimouski avaient été très efficaces afin de pouvoir proposer des résultats en moins de huit heures, et ceux qui s'étaient joints à leurs confrères à Québec l'avaient été encore plus.

– Cette peau d'animal a été traitée selon la technique dite *gevil* en hébreu. Les tests ont permis d'identifier les trois éléments ayant servi à la préparation du cuir, soit le sel, la farine et les noix liquéfiées. D'après la tradition, cette recette remonterait à Moïse, qui l'aurait reçue de Dieu en même temps que les tablettes des Dix Commandements.

Un invité en lequel Quentin reconnut un théologien fut incapable d'attendre plus longtemps et intervint sur-le-champ.

– Est-ce la suite des parchemins de la mer Morte ?

Le fonctionnaire québécois décocha au théologien un regard plus amusé qu'irrité d'avoir été interrompu. Il ne se fit pas prier pour répondre à la question qui avait effleuré l'esprit de tous les participants.

– Comme vous, on s'attendait à trouver des équivalents des documents de la mer Morte. C'est le cas du premier rouleau. Mais c'est loin d'être le cas de l'autre.

– Que voulez-vous dire ? L'autre parchemin serait plus récent ?

– Il serait plus ancien, en fait. L'examen au carbone 14 est formel : comme s'il voulait prouver le grand âge du parchemin, le graveur de la feuille de cuivre a rempli les traits cunéiformes d'une encre sans doute fabriquée à partir de plantes. Ainsi, l'empreinte biologique s'avère remonter à mille trois cent trente ans avant Jésus-Christ, mille ans avant les manuscrits de la mer Morte. Quand on aura remis le tout aux terroristes, ils pourront confirmer eux-mêmes en refaisant le test.

Un murmure se fit entendre autour de la table. Il y eut des quolibets mêlés à des éclats de joie.

– Pourquoi ces gens lancent-ils des insultes ? demanda Kristen en se penchant vers Quentin. Je ne comprends pas.

– C'est qu'il n'y a jamais eu de textes hébreux remontant à plus de trois cent ans avant Jésus-Christ. La Bible, telle qu'on la connaît, date de ce temps-là et des siècles suivants. Ce document gardé par la Compagnie et par le docteur Plantagenêt serait donc le plus vieux texte religieux connu. Mille trois cent trente ans, c'est l'époque de Moïse. C'est ahurissant, mais en même temps, c'est incroyable.

Le conservateur Lorrain fit des gestes d'apaisement et confirma le calcul de Quentin.

– Moïse aurait pu avoir écrit ce texte. On croyait qu'il avait sans doute écrit les premiers livres de la Bible, mais on n'en avait jamais eu la preuve.

– Moïse ? s'exclama le théologien.

– J'ai dit « Moïse aurait pu », car c'est de son époque. Mais ce n'est pas de la main de Moïse. Une tout autre civilisation serait à l'origine du secret de Dieu, passé depuis à l'Occident.

– Assez de ce suspense, dit quelqu'un.

– Oui, approuva le théologien. De qui s'agit-il ?

Comme si c'était le signal attendu, le conservateur regarda l'opérateur du système électronique et hocha la tête. Sur de grands écrans couvrant les murs de la salle apparurent des lignes manuscrites.

– Commençons par le texte récent, dit le conservateur.

– C'est de l'araméen, déclara un linguiste.

– Les rouleaux ne seront pas ouverts aujourd'hui, expliqua le conservateur, afin de ne pas les endommager avant leur traitement définitif. Mais nous avons pris des photos numériques lors de leur première et unique ouverture en laboratoire, dans l'avion qui nous a ramenés de la fosse commune des morts inconnus de l'*Empress of Ireland*. Ici, vous pouvez admirer la qualité du premier parchemin, qui date de quatre cents ans après Jésus-Christ. Monsieur Domingo, auriez-vous l'obligeance de nous traduire l'araméen du texte le plus récent, s'il vous plaît?

Jean Lorrain donna la parole au linguiste, qui traduisit après s'être levé et rapproché de l'écran le plus près.

– Hum! Je vais faire de mon mieux avec le peu de temps que j'ai eu à ma disposition. Voyons ce que ça dit:

Le secret de la nature de Dieu sera l'objet d'une seconde révélation. De nombreux textes anciens ont été censurés, détruits ou cachés lors du concile de Nicée parce qu'ils allaient contre la politique religieuse du temps. Ils contiennent une description plus juste de Jésus le prophète. Ils ont été sauvés par des fidèles esséniens et enfouis dans les cavernes de Qumrân, sur les bords de la mer Morte, et dans les sables de l'Égypte, à Nag Hammadi. En plus de ceux de Matthieu, Luc, Jean et Marc, il y a eu des témoignages écrits de Clément, Barnabé, Marie Madeleine, Thomas, Polycarpe, Asher, Siméon, Lévi, Judas, Issachar, Zébulon et Benjamin.

Puis, il s'assit.

– Euh... voilà, c'est tout pour ce premier parchemin, conclut le linguiste.

De nouveau, des murmures de plus en plus anxieux se firent entendre autour de la table.

– On en conclut, expliqua Quentin à l'adresse de Kristen, que ce texte devait servir de carte menant aux parchemins de la mer Morte et de Nag Hammadi et, ainsi, aux nombreux évangiles allant contre la doctrine de la nouvelle Église catholique.

– Mais finalement, il n'a pas servi, ajouta Marie Mercier, puisque les parchemins de la mer Morte et de Nag Hammadi ont déjà été découverts, par hasard.

– Qui sait ? Peut-être qu'un membre de la Compagnie avait pris connaissance de cette carte avant qu'elle ne se perde ?

– C'est possible, en effet.

Ce faisant, Quentin serra la main de Kristen avec force, autant pour confirmer les sentiments naissants entre eux que pour partager les émotions que ce document historique suscitait chez lui.

– Ça ne m'étonnerait pas, ajouta-t-il, les yeux rêveurs, que la Compagnie soit à l'origine de la divulgation des cachettes de la mer Morte et de Nag Hammadi de 1945 à 1955, puisqu'elle en avait appris l'emplacement dans ce document.

Kristen et Marie Mercier n'eurent pas l'occasion de réagir à cette théorie. Déjà, le document avait disparu des écrans pour être remplacé par un autre.

Le conservateur le présenta de la façon suivante :

– Le second parchemin, nous disions donc, date du deuxième millénaire avant Jésus-Christ. On y reconnaît l'alphabet cunéiforme du suméro-akkadien, une langue morte, ancêtre de l'arabe. Il doit venir de la Mésopotamie.

– La Mésopotamie comprend la région drainée par le Tigre et par l'Euphrate. L'Irak d'aujourd'hui, expliqua son adjoint.

– Les symboles sont gravés sur une fine plaque de cuivre rouge qui peut s'enrouler aussi facilement que de la peau de mouton. Il y avait une plaque semblable parmi les manuscrits de la mer Morte. On suppose que le cuivre, capable de braver les siècles plus que tout autre support, devait porter le message le plus important. Le plus spectaculaire, c'est que ce texte est daté de mille trois cent trente ans avant Jésus-Christ.

– Monsieur Domingo, si vous voulez bien…

L'ancien texte, le secret de Dieu lui-même, apparut à l'écran. Le lourd silence était palpable.

Le linguiste prit une profonde inspiration, comme s'il plongeait en apnée au fond de la mer. Il prévint l'auditoire.

– L'ordre des mots est bien celui du suméro-akkadien, le verbe étant à la fin de la phrase.

Le parchemin était dense, mais heureusement, le cuivre avait protégé les traits burinés sur sa surface. Domingo réussit à poursuivre en hésitant, corrigeant une fausse interprétation qu'il avait faite du suméro-akkadien, lisant silencieusement plusieurs lignes pour lui-même avant de revenir en arrière et de reprendre sa lecture à voix haute pour l'assemblée.

– Voyons la première ligne. Je lis: «Dieu l'être originel est proclamez-le.» Donc, dans l'ordre usuel en français, cela devient: «Proclamez le fait que Dieu est l'être originel.» La deuxième ligne nous donne une autre définition globale de Dieu: «Dieu chaque être…», oui, «Dieu chaque être vivant est proclamez-le», donc: «Proclamez le fait que Dieu est chaque être vivant.»

Il fit une pause pour se concentrer avant de reprendre la traduction.

– La troisième ligne : « Dieu multitudes… » puis, euh !
« Dieu oiseaux, rochers », non, plutôt « montagnes », « Dieu
oiseaux, montagnes, constellations d'étoiles est », ce qui
correspond *grosso modo* à ceci : « Dieu est les multitudes, les
oiseaux, les montagnes et les constellations d'étoiles. »

Il attaqua la fin du texte, le visage ruisselant de sueur tellement la pression se faisait sentir.

– Enfin, la dernière ligne est plus courte et demeure
incompréhensible pour moi, ce qui fait que ma traduction est
à prendre sous toute réserve : « Dieu dans 5 et 6 est », « Dieu
est dans les chiffre 5 et 6 ». Pourtant, ça me semble bien « 5 »
et « 6 »…

Épuisé par son examen et étourdi par ces révélations
surprenantes, le linguiste se tut et se laissa retomber sur sa
chaise.

– Pfff ! lâcha aussi Kristen. Ce ne sont que des mots sans
suite.

– Au contraire, c'est la véritable nature de Dieu, imagine-
toi donc, souffla Quentin d'une voix cassée par l'émotion.

– Comment ça ?

– Bien oui, ça dit : « Dieu est chaque être vivant. » Ce qui
veut dire que Dieu est tous les êtres vivants. Et pas seulement
les êtres vivants, mais toute la création : les oiseaux, les montagnes, les étoiles… Il n'est pas un bonhomme barbu qui vit
sur un nuage, contrairement à l'image antique empruntée à
des dieux comme Zeus et Apollon. Non, le vrai Dieu est dans
Tout. *Il est Tout !*

– Ça n'a donc aucun rapport avec le tétragramme de la
basilique. Je l'aimais bien, ce message qui disait que Dieu est
femme.

– Cela revient au même. Si Dieu est tous les êtres, il est
aussi femme.

Il ne dut pas être assez discret, car le conservateur entendit sa remarque.Ce dernier était d'accord avec cette conclusion et il entreprit de l'étayer.

– Oui, Dieu est au féminin, déclara Jean Lorrain en savourant chaque mot, car pour les gnostiques, les croyants sans clergé, ceux dont les conceptions religieuses ont été rejetées par l'Église officielle, mais conservées dans les manuscrits de la mer Morte et de Nag Hammadi, Dieu n'est pas un vieux bonhomme avec une barbe : Il est la Sagesse, la Connaissance. La Bible a démoli la Connaissance au paradis terrestre en faisant d'elle la tentation du diable.

– Wow! Je suis perdue! s'exclama Kristen. Je n'ai pas fait des études en histoire, je n'ai pas pratiqué à l'église paroissiale, je n'ai jamais cru en Dieu alors que *je serais* Dieu?

– C'est une conception extraordinaire, enchaîna Quentin, les yeux agrandis par une concentration rêveuse. Les Akkadiens ont donc précédé la conception des philosophes grecs de l'Antiquité, Anaxagore et Platon, ils ont précédé les sectes gnostiques esséniennes qui ont fleuri avant la venue de Jésus-Christ et qui se sont perpétuées par l'entremise des Cathares jusqu'à leur extermination dans le midi de la France, au cours du Moyen Âge, cette conception fantastique, étourdissante, selon laquelle Dieu n'est pas à l'extérieur du monde, mais qu'*Il* est le monde.

– Pourquoi les philosophes font-ils tout pour ne pas être compris par le commun des mortels?

– C'est tout simple, au contraire. Du moins, je le pense, se reprit Quentin en voyant la grimace de sa compagne.

– Et les Acadiens dont parle ce fameux secret de Dieu, ce sont les Acadiens comme au Nouveau-Brunswick et en Nouvelle-Écosse?

– Non, non, pas du tout. Mais les découvreurs du Canada qui ont donné le nom d'Acadie aux premières terres qu'ils ont vues étaient inspirés par l'Akkadie mythique. Les Akkadiens ont été les premiers à prôner une société nouvelle sans dirigeants. Leur message s'est transmis aux Grecs de l'Antiquité qui ont eu leur lieu idéal, l'Arcadie, puis aux soufis arabes et, par eux, aux Templiers lors des croisades et, par les Templiers, aux premiers explorateurs du Canada, qui ont nommé la terre nouvelle « Acadie ». Il faut se rappeler que le sieur de Monts, qui a fondé la première colonie dans les terres maritimes de l'est, était un huguenot qui recherchait la société idéale au sein de laquelle sa religion serait à l'abri des humeurs changeantes de la couronne française.

– Si c'est seulement ça, pourquoi tient-on à ce secret de Dieu?

– En plus de la chance d'identifier leurs ennemis de la Compagnie, les caïnites ne veulent pas de preuves de la véritable identité de Dieu qui démoliraient leurs propres croyances en un Dieu imparfait, créateur d'un monde chaotique livré au meurtre. Un Dieu en bonne santé mentale risquerait de prendre le contrôle et de reléguer leurs idoles, les Judas, Caïn, Satan et compagnie, au rang de clowns de cirque. Si ça t'embête, toi, imagine la secousse sismique que subirait le monde en entendant cela. D'ailleurs, on n'a qu'à voir le théologien de tantôt...

Ce dernier s'était levé comme un diable sorti de sa boîte. Il s'approcha de l'écran en cherchant à se rappeler ses rudiments d'araméen afin de relire lui-même le véritable texte, pas celui du linguiste Domingo, qui avait dû se tromper complètement, du moins le croyait-il.

– Je comprends que c'est à la mode de nos jours de dire qu'on peut être Dieu, qu'on peut tout faire selon nos désirs, déclara-t-il. C'est de la pure arrogance dans notre société qui idolâtre l'individualisme. Certains l'appellent « la loi de l'attraction ». C'est une théorie de motivateur et de jovialiste, rien de plus. Il peut y avoir eu de ces vendeurs de rêves et de potions magiques, même à l'époque de Jésus-Christ et de Moïse.

Un murmure approbateur parcourut l'assemblée. La plupart des spécialistes se ralliaient au refus de la marche du monde non appuyée par la science exacte. Le théologien en profita.

– Franchement ! clama-t-il, certain d'avoir jeté les participants dans le plus profond scepticisme. Comme si ce que je pense au plus profond de moi pouvait agir sur quelqu'un en Afrique ou, encore mieux, sur la trajectoire des planètes ! Il faut donner de l'argent aux organisations de bienfaisance pour changer quelque chose dans la vie des enfants qui meurent de faim dans le désert.

C'est alors qu'il buta sur quelque chose d'étrange à la fin du texte, ce qui le détourna de sa harangue. Ce n'était pas une signature, c'est-à-dire un nom inscrit en toutes lettres, quoique ça puisse sans doute en jouer le rôle. La signature de Moïse ou, mieux, celle de Dieu Lui-même était plutôt représentée par un croquis.

– Qu'est-ce que ça veut dire ? grogna-t-il. Quelqu'un a contaminé ce texte avec des gribouillages ?

– Non, monsieur Pasteur, répondit le conservateur. Ce dessin vient de la même époque que le reste du parchemin. L'encre végétale coulée dans les traits du dessin et datée au carbone 14 en fait foi.

– Je ne connais pas ce symbole. Il n'appartient à aucune religion, j'en suis sûr.

Quentin avait vu, lui aussi. Ce que ce croquis lui disait était tellement ahurissant qu'il ne put s'empêcher de se lever et de s'approcher de l'écran. Ses doigts suivirent les traits tracés sur la tablette de cuivre.

Il se frappa le front sous le coup d'une révélation.

– Ce n'est pas possible, je rêve, balbutia-t-il. Réveillez-moi, quelqu'un! Ce n'est tout simplement pas possible!

– Il n'y a pas de doute, dit le conservateur à l'adresse de Quentin: ce dessin a été fait à la même époque que le reste, c'est-à-dire en l'an mille trois cent avant notre ère.

– Incroyable…

– On peut dire, monsieur DeFoix, mesdames et messieurs, que nous avons devant nous la signature de Dieu.

– La signature de?… laissa échapper le théologien comme s'il venait d'être réveillé et se croyait encore à moitié dans ses rêves.

– La signature de Dieu? reprit Quentin à l'adresse de la table entière. On peut dire ça, en effet.

– Comment? Ce n'est pas «YHWH» qui est inscrit là?

– C'est encore mieux qu'un nom, c'est… c'est une preuve irréfutable que Dieu parle dans ce parchemin.

– Comment? répéta le théologien.

– Il ne faut pas regarder ce croquis bien longtemps pour savoir ce que c'est, dit le conservateur en souriant à Quentin. N'est-ce pas, monsieur DeFoix?

– C'est exact. La double hélice verticale, les strates qui la découpent horizontalement, c'est la structure de l'ADN.

– La structure de l'ADN découverte officiellement, je le rappelle, au XXe siècle seulement, renchérit le conservateur.

– Qui pouvait être aussi visionnaire, laissa tomber Quentin, convaincu, sinon Celui qui habite les gènes depuis toujours? Seul Dieu pouvait signer de cette façon.

– Et seuls nous, à notre époque de grandes découvertes scientifiques, pouvions interpréter ce croquis, conclut le conservateur.

– Voilà pourquoi la Compagnie a dû attendre que cette signature signifie quelque chose pour quelqu'un avant de la révéler à l'humanité, dit Quentin à l'oreille de Kristen après avoir repris sa place à la table. Les manuscrits de la mer Morte ont peut-être été découverts parce qu'il était temps, parce que la signature de Dieu à travers la représentation de l'ADN pouvait enfin être comprise.

– La preuve de Dieu, souffla Kristen qui, malgré son athéisme, s'était prise au jeu.

Sa vie dépendait justement de ce jeu.

– Finalement, le secret de Dieu, lui glissa Quentin, c'est qu'Il est un principe de physique pas encore démontré.

– Est-ce que cette force peut exister sans que la science ait pu le démontrer?

– Évidemment. Prends l'exemple de l'électricité. Ce n'est pas parce qu'elle n'a été découverte qu'au XVIIIe siècle qu'elle n'existait pas auparavant. Pareil avec Dieu, je suppose.

– Dieu est une énergie qui n'a pas encore été découverte.

– Oui. On peut dire que la télépathie et la télékinésie sont déjà un début de découverte de tout le potentiel de cette énergie. Moïse a sans doute communiqué avec Dieu et reçu Ses révélations grâce à un phénomène du genre.

– Les terroristes, les caïnites, voulaient étouffer cette définition de Dieu… Pourquoi? demanda Kristen. Ça ne me paraît pas dangereux.

– C'est extrêmement dangereux, au contraire, rétorqua Quentin en fronçant les sourcils. En termes crus, cette révélation met les religions en faillite. Si Dieu ne peut être trouvé qu'à l'intérieur de toi, pourquoi aurais-tu besoin d'intermédiaires aussi privilégiés qu'ils veulent bien le faire croire ? Pourquoi des rites, un culte, alors ? Des communautés comme les Esséniens et les gnostiques ont toujours prêché cette indépendance de l'individu, l'égalité de tous les individus quels que soient leur race, leur sexe ou leur culture. Pas étonnant qu'ils aient été censurés et persécutés.

— Parmi ces communautés, il y avait donc la Compagnie, celle qui a fondé Montréal, celle qui acceptait autant les femmes que les protestants. Ce document signé par Dieu prouve qu'ils avaient raison, que Maisonneuve et Jeanne Mance avaient raison, en conclut Kristen.

— Peut-être bien. Si le secret de Dieu a bel et bien été écrit par une force universelle. Dans les choses qu'on ne voit pas, on n'est jamais certain, enfin, je pense.

Devant ces doutes formulés par Quentin, Kristen le dévisagea avec un drôle d'air. Fallait-il que tout, dans le domaine des croyances, soit toujours incertain ? Il est vrai qu'elle-même n'avait pas été convaincue par le document, qu'il soit signé ou non par Dieu. Elle était plus certaine de son amour naissant pour Quentin.

Comme si, tout à coup, l'urgence de la situation devenait palpable, Quentin consulta sa montre.

— Minuit, dit-il à ses compagnes en prenant un air complice.

Au même moment, un incident jeta la consternation dans l'assemblée. Les lustres s'éteignirent dans la salle de conférences, qui fut plongée dans le noir de la nuit régnant à l'extérieur.

Il y eut des cris étouffés, des questions fusèrent.

— Que se passe-t-il ? entendit-on.

— Je… je n'en sais rien, dit le du conservateur.

— Une panne de réseau causée par les orages, je suppose, dit l'adjoint.

– Ce n'est pas une panne de réseau, rétorqua quelqu'un d'autre. La rue est éclairée et les édifices d'en face aussi.

– Alors, alors ce serait seulement ici ? lança le conservateur.

Tout à coup, les ampoules écologiques se rallumèrent. D'abord une lueur pâle, puis la pleine puissance en une minute.

La première chose étrange que remarquèrent les spécialistes, ce fut l'assistant du conservateur. Celui qui avait manipulé les parchemins un peu plus tôt était maintenant affalé sur la table.

– Mon Dieu ! Il... il est mort ?

– Je ne suis pas mort, répondit l'homme en se relevant fièrement. J'ai eu le réflexe de m'allonger sur le parchemin afin d'éviter qu'on profite de l'obscurité pour le voler.

– Mais il n'y a qu'un des deux parchemins sur la table, réalisa le conservateur en écarquillant les yeux.

– Comment, monsieur ? Mais non, j'ai protégé...

– Oui, vous avez protégé le parchemin de peau de mouton, celui qui indique l'emplacement des manuscrits de la mer Morte et de Nag Hammadi. Celui qui, en fait, a peut-être déjà été important mais qui, depuis 1947, est devenu tout à fait inutile.

– C'est vrai, le parchemin de cuivre n'est plus là. Et le coffret aussi a disparu !

Les fonctionnaires regardèrent tous sous la table au cas où le parchemin aurait roulé et y serait tombé. Rien.

C'est alors que quelqu'un comprit la cause de la panne d'électricité et désigna le bout de la table près de la porte.

– Ces trois personnes ont disparu, indiqua-t-on sur le même ton qu'un détective qui nommerait un coupable au sein d'une assemblée de suspects.

Trois fauteuils n'étaient plus occupés. Quentin, Kristen et Marie Mercier brillaient par leur absence.

Chapitre 38

Parc de la Gatineau, Old Chelsea (Québec)
8 juin, 5 h 12, 108 minutes avant la mort annoncée de Kristen
Vale

À cette heure de la nuit, le parc de la Gatineau, dans les contreforts des Laurentides, au nord d'Ottawa, semblait aussi loin que le bout du monde. La forêt dense de chaque côté de la route formait une masse sombre vaguement inquiétante. Dans les courbes, les phares de la voiture balayaient à peine la première ligne d'arbres composée de feuillus et de conifères. On aurait dit une armée de géants qui pouvaient fondre sur les téméraires de la ville d'un instant à l'autre.

Kristen Vale était seule dans la voiture compacte de location. Le cellulaire accroché au tableau de bord grésillait sans arrêt depuis quelques minutes. Dans un mélange de satisfaction et d'impatience, Kristen vit le numéro de Quentin s'afficher à l'écran.

« Je m'excuse de nouveau, Quentin, mais comme je vous l'ai dit, à toi et à madame Mercier, je ne pouvais pas mettre en danger la vie de deux civils. »

La compacte venait de tourner sur une route montant vers l'ouest. Sa destination, le belvédère Champlain, n'était plus très loin. De jour, c'était le rendez-vous des touristes. De ce point le plus élevé des collines environnantes, les visiteurs avaient une vue imprenable sur la vallée de l'Outaouais et sur la rivière qui brillait sous le soleil comme un collier d'argent.

De nuit, toutefois, on avait l'impression d'être au bord d'un trou noir prêt à aspirer la voiture et ses occupants. Kristen connaissait bien l'endroit et se gara au bord de la falaise, parallèlement au garde-fou, le capot pointé en direction de la ville. Si elle avait à s'enfuir, elle ne perdrait pas un temps précieux à faire tourner son véhicule.

– Il n'est pas question que tu ailles seule pour échanger le secret de Dieu contre l'antidote, avait plaidé Quentin pendant leur retour à Ottawa au milieu de la nuit.

Ils s'étaient rendus dans une agence de location ouverte vingt-quatre heures sur vingt-quatre dès leur arrivée à l'aéroport de Gatineau.

– Les terroristes qui ont appelé Quentin ont insisté pour que nous y allions tous les trois, avait ajouté Marie Mercier.

– Ils ne veulent pas seulement le secret de Dieu, argua Kristen. Ils veulent aussi se débarrasser des membres de la Compagnie. La docteure Mercier ne doit pas se jeter dans la gueule du loup.

– Moi, j'y vais, insista Quentin.

– Moi aussi, déclara Marie Mercier.

– D'accord, d'accord. Mais vous allez me suivre à bonne distance dans une autre voiture.

– Tu es sûre que tu veux conduire ? lui avait demandé Quentin.

Il avait posé la question par souci pour sa nouvelle amie. Il ne voulait pas que ce travail stressant aggrave sa maladie, précipitant ainsi sa mort. Quant à elle, Kristen avait décidé de résister au bacille de toutes ses forces. Sa volonté de fer avait retardé une fin inévitable. La journée précédente, elle avait décidé de retourner seule en Outaouais.

Quentin et Marie Mercier étaient à la fois admiratifs et inquiets. Kristen Vale était tout simplement en sursis, même si son état avait paru s'améliorer. Mais Marie Mercier n'était pas dupe.

— Elle peut tomber dans le coma d'un instant à l'autre, avait diagnostiqué la gardienne de la Compagnie en prenant Quentin à part, tout comme elle peut succomber dans quelques heures.

— Elle est incroyable !

Seuls les bubons sur la peau de l'agente du Bureau du Conseil privé, de même que les sueurs froides qui coulaient sur son front fiévreux et sur ses joues brûlantes, trahissaient la précarité de son état.

— Elle est incroyable ! avait répété Quentin. Elle doit souffrir le martyre. Toutes les cellules de son corps doivent crier au repos.

— Elle supporte étonnamment bien la douleur. Il vaut peut-être mieux qu'elle ne se repose pas. Ce serait dangereux si elle s'endormait.

— Les caïnites ont bien choisi ce lieu de rendez-vous, avait grogné Quentin. Le parc est vaste. À pied, ils peuvent en sortir n'importe où sans être inquiétés.

— En effet, avait approuvé la docteure de la Compagnie.

Stationnée au belvédère Champlain, Kristen laissa tourner le moteur. Le ronronnement fut le seul bruit à rompre le silence de fin du monde. En cas de danger, une voiture fiable pourrait lui sauver la vie en l'absence de Quentin et de Marie Mercier.

Elle avait donné l'impression de plier, mais Kristen n'avait pas l'intention d'emmener ses compagnons, même à distance prudente. Pour déjouer leur filature, elle s'arrêta à une station libre-service aux limites de la ville, programma le pistolet de la pompe et disparut à l'intérieur du dépanneur.

Inexpérimentés, Quentin et Marie Mercier ne furent alertés qu'au bout de dix minutes d'attente. Il était trop tard. Kristen avait pris une avance insurmontable au volant d'une seconde voiture qui l'attendait à l'arrière du commerce.

Kristen n'était pas en avance au rendez-vous. Aussi fut-elle aussitôt accueillie par le grésillement de son cellulaire. Cette fois-ci, le numéro n'était pas celui de Quentin.

– Arrêtez le moteur et sortez. Vous avez la chose?

Kristen souleva le coffret au bout de son bras. Un second ordre suivit.

– Vous enfilerez les cagoules au pied du garde-fou, tout près devant vous.

Kristen obéit. Elle se félicita d'avoir tenu ses compagnons à l'écart. Les cagoules n'étaient pas seulement prévues pour l'échange. Elles devaient aussi servir à couvrir la tête des condamnés à mort. «Ce qui me dérange, c'est qu'ils ne demandent pas où se trouvent les deux autres, qui devaient pourtant être là.»

Une fois aveuglée et les poignets liés derrière le dos, Kristen fut emmenée dans un autre véhicule, une minifourgonnette ou un VUS, car elle fut hissée dans l'habitacle. Attentive, elle chercha à reconnaître le chemin qu'ils suivaient. Le véhicule stoppa d'abord à quelques reprises, puis plus souvent au moment où elle perçut le bruit d'autres moteurs. «Nous sommes revenus en ville», conclut-elle.

Par la suite, elle et ses ravisseurs tournèrent tellement souvent qu'elle aurait été bien en peine de s'orienter. Elle n'entendit plus que le moteur de la minifourgonnette. Il y eut aussi le chuintement des pneus sur l'asphalte détrempé par la pluie forte des orages qui s'étaient multipliés depuis quelques jours. « On est encore sortis de la ville, à moins qu'on soit dans un quartier résidentiel endormi à cette heure. »

Pour Kristen, l'antidote était d'importance secondaire. Elle voulait surtout que les meneurs de l'attaque biologique se découvrent. Ils connaissaient son état physique, semblait-il, et se méfieraient donc moins. Des révélations pouvaient survenir, surtout si c'était le dernier vœu d'une jeune femme promise au peloton d'exécution et susceptible d'emporter ses renseignements dans la tombe.

Le trajet prit fin. Kristen jugea qu'ils devaient avoir roulé près d'une heure. On pouvait être à mi-chemin entre Ottawa et Montréal. Mais elle ne le croyait pas, car ses ravisseurs avaient multiplié les virages et n'avaient pas filé à la vitesse maximale permise sur une autoroute. « Évidemment, ils ne prennent pas le risque d'être arrêtés pour excès de vitesse. »

On la força à descendre. Les sens en éveil, Kristen entendit deux bruits, celui des feuilles de trembles, souples et flexibles, frissonnant même si le vent était imperceptible, et un battement régulier semblable au choc des vagues sur une rive. « On est sur le bord de l'Outaouais ? » réfléchit-elle. Le problème, c'est qu'il y a tellement de cours d'eau et de lacs dans la région qu'il est impossible d'en être certain.

L'air frais et humide pouvait avoir succédé aux orages. Mais elle fut persuadée qu'il y avait un plan d'eau tout près. On la poussa et elle avança sur un terrain inégal qui devait être une pelouse, car elle monta ensuite sur ce qui devait être une galerie ou une terrasse. Une porte grinça. Elle reconnut l'atmosphère confinée d'un chalet inoccupé.

« Ce peut être une vieille maison mal aérée. Tout à fait dans le genre de la maison de Plantagenêt. Le plancher de bois que je sens sous mes pieds en ce moment pourrait être celui de sa salle à manger. »

On la força à s'asseoir dans un profond fauteuil recouvert d'une housse tissée en courtepointe.

Impatiente, elle interpella ses mystérieux accompagnateurs.

– Que voulez-vous de plus ? Je viens de vous remettre le coffret, vous avez maintenant le parchemin. Livrez-moi l'antidote que vous avez promis.

Kristen sentit que ses facultés mentales se détérioraient. Son cerveau semblait se liquéfier peu à peu. Il ne lui restait plus beaucoup de temps.

– *Hello ?* Répondez-moi !

Elle esquissa le geste de pencher la tête et de laisser glisser sa cagoule, mais une main l'en empêcha.

– Nous attendons un message de confirmation, dit la même voix qu'au belvédère Champlain. Ensuite, nous vous libérerons.

Une autre voix s'éleva. Une voix étranglée par l'émotion. Un coup de poignard lui transperça le cœur lorsqu'elle la reconnut.

– Administrez-lui l'antidote ! L'agente Vale a été contaminée par votre maudite peste ! Il lui faut l'antidote immédiatement…

– Quentin ?

– Oui, c'est moi.

– Et Marie Mercier, poursuivit une voix féminine. C'est vous, agente Vale ?

– On a un sac sur la tête, bougonna Quentin.

– Je croyais vous avoir semés, dit Kristen, vivement déçue.

– Nous avons cueilli vos deux complices sur le chemin du Parc, expliqua un des bandits. Vous avez été surveillés depuis votre fuite de la réunion à Québec.

– Où sommes-nous ? lança Kristen.

Au même moment, ils entendirent le claquement sec de la contre-porte à moustiquaire. Puis une nouvelle voix les apostropha.

– Où vous êtes ? À la résidence officielle du premier ministre, au lac Mousseau. On peut bien vous le dire parce que vous ne partirez pas d'ici vivants.

Kristen Vale crut qu'on voulait les faire marcher. Mais le nouveau venu devait être connu d'eux parce qu'il déformait sa voix volontairement, sans doute en respirant de l'hélium. S'il était si sûr qu'ils allaient mourir dans l'heure tous les trois, pourquoi cacher son identité ? « Sans doute qu'il ne veut courir aucun risque, même s'il trahit sa parole et ne nous livre pas l'antidote. Serait-ce Plantagenêt ou le premier ministre Shackleton lui-même ? »

De son côté, Quentin pensa à Ali Legendre, la chef de cabinet. Willis la soupçonnait déjà au 24 Sussex. Avait-elle été relâchée par la GRC grâce à une personne haut placée ?

– Kristen, lâcha Quentin, il faut absolument que tu aies l'antidote ! Leur as-tu remis le fichu parchemin ? Fais-le ! Tu es plus importante que n'importe quel trésor archéologique !

En guise de réponse, l'homme qui avait parlé au belvédère s'adressa au nouveau venu.

– Voilà le coffret de Rimouski, monsieur. Le parchemin contenant le secret de Dieu est bel et bien là. J'ai vérifié au belvédère avant de l'emmener ici.

C'est alors qu'il dit une chose impensable. Les trois prisonniers se crurent en pleine comédie.

– Je n'en ai rien à foutre, du parchemin ! gronda de sa voix d'enfant l'individu qui devait être le chef. Nous avons voulu empêcher sa découverte en tentant de liquider l'agente Vale et son ami DeFoix. Maintenant qu'il est peut-être devant nous, si vous pensez que je vais m'intéresser à un vulgaire bout de papier, même s'il est vieux de trois mille ans !

– Le parchemin est authentique, intervint Kristen en se demandant combien d'hommes les entouraient au cas où il lui faudrait attaquer malgré la cagoule. Des experts l'ont reconnu grâce à une analyse scientifique.

Quentin aussi était sûr, lui aussi, qu'ils avaient subtilisé le plus vieux document religieux connu à ce jour. Dans ce cas, pourquoi donc ce type à la voix nasillarde en parlait-il comme d'un vulgaire emballage de gomme trouvé sur le trottoir ?

— Qu'est-ce qui se passe ? s'inquiéta Marie Mercier, croyant que le secret de Dieu éblouirait leurs ravisseurs, qu'ils les libéreraient ensuite.

— Comment vas-tu, Kristen ? demanda Quentin.

— À part l'estomac qui me brûle comme si j'avais avalé des tisons, je suis encore vivante. Est-ce vous qui avez échangé le contenu du coffret ? On dirait que ces gens ne sont pas très contents !

— Je n'en ai rien à foutre, de ce bout de papier ! répéta la voix du chef avec colère.

— Mais c'est le secret de Dieu ! couina le subordonné.

— Le texte n'est bon que pour les théologiens, pas pour nous, jappa le chef. Si on ne voulait pas que le trésor de la Compagnie soit retrouvé, c'est qu'il peut servir à bien d'autres choses. On pourrait s'en servir contre nous, les caïnites. Vous ne comprenez pas : il peut servir contre le Mal que nous répandons dans le monde ! Le secret de Dieu est bien autre chose que la simple définition de Dieu. Quelque chose de bien plus concret. C'est une arme !

Kristen était étourdie par cet échange. Elle sut que, malgré sa résistance, la peste prenait le dessus. Au lieu de foncer en espérant pour le mieux, elle songea à se laisser glisser dans un engourdissement qui la délivrerait des douleurs atroces qui la tenaillaient.

— Judas ! Toi qui sais tout, qui savais mieux que quiconque que Jésus-Christ était un imposteur à peine digne d'être livré au bourreau, cria presque la voix de fausset, Judas, dis-nous, est-ce qu'ils auraient retiré le véritable secret de Dieu avant de venir ?

— Que faites-vous, maître ?

Kristen sentit un mouvement tout près de son visage. Elle fit appel à ses dernières ressources pour défendre sa vie. Mais ce qu'elle entendit ensuite la cloua sur place.

— Agente Vale, Kristen, le coffret est ouvert à quelques centimètres de votre visage. Respirez à fond ou, je vous le jure, votre ami DeFoix est bon pour la morgue.

La soudaine déception qu'exprimait leur vis-à-vis n'augurait rien de bon. Mais l'ordre qu'il venait de donner était incompréhensible.

— Respirez, Kristen. Respirez, je vous dis !

— À travers la cagoule ? Laissez-moi retirer cette cagoule !

— Pas question, trancha la voix aiguë. Si c'est là, vous devriez le sentir à travers votre masque.

Kristen eut beau se remplir les poumons, elle ne sentit rien.

— Dites-moi ce qu'il faut que je respire...

Quentin était lui aussi incapable de s'expliquer la réaction des terroristes. Il savait qu'ils faisaient partie des caïnites puisque leur chef avait, entre autres, invoqué Judas, ce traître de la Bible responsable de l'arrestation et de la mort de Jésus. Mais pourquoi donc faire respirer le secret de Dieu ?

— Kristen, ils doivent s'attendre à ce que le trésor soit protégé par un poison quelconque ! hurla-t-il à l'adresse de son amie. Ils veulent que tu serves de cobaye. Ne respire surtout pas !

— Je pense qu'il n'y a aucun danger, rétorqua Marie Mercier. La tradition orale au sein de la Compagnie n'a jamais fait état d'un poison. Il est impensable que la révélation du secret de Dieu soit accompagnée d'une malédiction, comme lors du viol de la chambre funéraire des pharaons par les archéologues. Ce n'est pas la manière de Dieu d'être aussi brutal. Tu m'entends, Quentin?

– Pourtant, l'Arche d'Alliance est censée tuer quiconque en verra le contenu. Les caïnites doivent s'attendre à la même chose avec le secret de Dieu.

– Les experts à Québec auraient déjà été foudroyés si c'était le cas.

– Respirez, lieutenant! Respirez, bon sang!

L'homme devait s'être approché tout près de Kristen, car ses ordres irrités semblèrent vriller les tympans de la jeune femme. D'ailleurs, tous ses sens développés par la pratique des filatures nocturnes avaient révélé à Kristen une présence à quelques centimètres de son visage.

Respirer! C'était devenu une obsession.

Après de longues secondes d'attente, la voix nasillarde pesta contre Dieu, contre le faux Dieu de la Bible.

– Il n'arrive rien, râla le chef à la façon des juges de l'Inquisition attendant qu'une sorcière immergée dénoue ses liens et remonte à la surface. Elle n'a pas respiré. Dieu n'est pas là! Vous pouvez les tuer!

En entendant cet ordre fatal, Kristen se félicita d'avoir entrepris de couper ses liens malgré sa fatigue. Profitant de la pénombre régnant dans la minifourgonnette qui l'avait emmenée, elle avait fait glisser hors de la doublure de sa ceinture une mince lame en titane aussi tranchante qu'un rasoir. C'était un processus laborieux de travailler avec les mains derrière son dos, mais l'entraînement reçu à la GRC lui permit de réussir enfin à se libérer au moment de l'annonce de son exécution et de celle de ses amis.

Kristen ne prit pas le temps d'arracher sa cagoule. Mue comme par un ressort, elle projeta sa jambe droite devant elle. Elle sut qu'elle avait atteint sa cible, car elle entendit le coffret percuter le parquet de bois. Elle fonça la tête la première, les bras écartés pour ceinturer le torse de l'individu et l'empêcher de se défendre. Elle s'en servit comme bouclier entre elle et les autres.

– Sauvez-vous ! commanda-t-elle à l'adresse de ses compagnons.

– Tirez ! hurla le chef de son côté. Tuez-les ! Ils ne sont plus d'aucune utilité ! Il n'y a pas de secret de Dieu. Surtout, assurez-vous de tuer Mercier : elle est de la Compagnie !

Kristen savait qu'elle n'avait pas à attendre de pitié de la part de cet exalté. Dans les années 1970, des centaines de membres de la secte de Jonesville avaient eu recours au suicide collectif après un ordre de leur gourou.

En retirant sa cagoule, Kristen réalisa avec joie que Quentin et Marie Mercier filaient vers la porte. Les caïnites n'avaient pas encore tiré parce que leur chef se trouvait dans leur ligne de tir. Ce dernier portait aussi une cagoule, mais avec des fentes pour les yeux et la bouche. Il voulait vraiment cacher son identité.

– À droite, en sortant, cria-t-elle. Si c'est le lac Mousseau, la montagne est derrière. C'est là qu'il faut aller.

– Tirez ! criait le chef, qui se débattait dans les bras de Vale.

Kristen vit rapidement qu'elle avait affaire à trois terroristes. Ils étaient devant elle, à l'opposé de la porte, et ils ne semblaient pas se décider à agir par crainte de blesser leur chef.

Elle avait donc une chance de pouvoir suivre Quentin et Marie Mercier, qui étaient dehors. Elle n'avait qu'à projeter le terroriste qu'elle retenait fermement contre elle, ce qui pourrait retarder la réaction de ses complices, qui pointaient des semi-automatiques.

C'est ce qu'elle fit avec succès. Mais elle avait compté sans la présence d'autres bandits. En se retournant, elle sentit le contact froid d'un canon sur son front et reconnut l'homme qui venait d'entrer.

Chapitre 39

Maison officielle du premier ministre, lac Mousseau (Harrington Lake), parc de la Gatineau, Old Chelsea (Québec)
8 juin, 6 h 43, 17 minutes avant la mort annoncée de Kristen Vale

«Preston, Preston Willis», soliloqua-t-elle.

C'est son patron qui braquait sur elle un pistolet prêt à cracher la mort. Mais elle ne sentit pas le souffle chaud de la poudre lui brûler la peau. Au lieu de cela, le nouveau venu lui asséna aussitôt un violent coup de coude à l'estomac pour l'écarter de sa ligne de tir. Willis put alors prendre pour cible un des kidnappeurs qui, frappé à l'épaule, laissa tomber son arme.

Un deuxième larron leva les bras au ciel pour montrer qu'il capitulait.

– Mais c'est le chef de la sécurité au 24 Sussex, réalisa Willis. Voilà la taupe! Et moi qui accusais l'adjointe du premier ministre, Ali Legendre.

En se retournant, Kristen réalisa que le chef de la sécurité du 24 Sussex n'était pas celui qu'elle avait attaqué.

– Lucien Julien, le numéro un de la SPPCAD, le service de protection des personnalités de la GRC, constata Willis. Pas étonnant que les gardes du premier ministre ne soient pas intervenus quand Quentin DeFoix et Nobody ont emporté les indices de Niagara Falls chez le premier ministre Shackleton.

– Grâce à lui, poursuivit Kristen, les caïnites ont pu facilement occuper cette maison qui est la résidence d'été officielle du premier ministre. Il lui était facile d'éloigner ses propres agents de la SPPCAD.

– Dis-moi, Lucien, tu trahis ton pays pour les dollars ou parce que tu préfères adorer les serpents plutôt que Dieu ?

– Va au diable, Willis !

– Bon, si tu traites le diable ainsi, c'est que tu n'es pas un vrai caïnite. Un mercenaire, alors, interpréta Willis qui ne trouva pas étrange d'accuser les autres de ses propres torts.

Même s'il avait eu la faiblesse d'être soudoyé, lui se considérait dans une classe à part, car, au contraire de Lucien Julien, il était du bon côté du pistolet. Son intelligence prévaudrait toujours.

– Lucien, c'est toi l'âme dirigeante de cette vermine ?

L'agent de la SPPCAD se retrancha dans un mutisme méprisant. Kristen répondit pour lui.

– Ce n'est pas lui, monsieur. Tantôt, j'ai bien entendu la voix de Julien et il ne donnait pas les ordres.

C'est alors qu'ils entendirent claquer la contre-porte à moustiquaire de la véranda à l'arrière de la résidence.

– Il veut s'échapper, lança Kristen.

Elle ramassa le semi-automatique abandonné par le blessé et s'élança aux trousses du fuyard. En courant à l'extérieur, elle se demanda si, derrière la cagoule et la voix déformée par l'hélium, se cachait le premier ministre Shackleton lui-même. Dans ce cas, l'ennemi pouvait compter sur des alliés puissants.

Elle avait une vue d'ensemble sur le lac devant elle. L'endroit était désert. Nuit et jour, le public ne pouvait pas franchir la barrière sur le chemin en lacets à l'extrémité ouest du lac

Meech. Au-delà, c'était le lac Mousseau et la propriété privée du premier citoyen du pays. Pas de touristes, pas d'autres chalets.

En tant que membre des services de sécurité du Bureau du Conseil privé, Kristen avait déjà consulté des cartes de la région.

« À part la maison, il y a les dépendances au bord du lac. Si je me rappelle bien, il y a aussi un vestiaire à ma droite et un hangar à bateaux à gauche. »

Kristen fut surprise que le fuyard ne cherche pas à se sauver en voiture. Il avait couru en direction opposée à la route. C'est alors qu'elle comprit : de l'autre côté du lac, des véhicules se dirigeaient vers eux.

« S'il avait attendu des renforts, il serait allé à leur rencontre, je suppose. C'est bon signe. »

Tôt ou tard, Kristen aurait fini par recevoir de l'aide. Il aurait été prudent d'attendre. Mais l'inconnu à la voix de personnage de dessin animé avait de bonnes chances de s'échapper, emportant avec lui des armes biologiques et leur antidote. Le temps pressait. « Il se dirige vers le hangar à bateaux, remarqua Kristen. Je me demande si je vais pouvoir le rejoindre. J'ai les jambes molles comme de la guenille. Mais je dois essayer. S'il réussit à atteindre une embarcation rapide, il va nous filer entre les doigts. »

Kristen dut s'appuyer à un arbre pour ne pas tomber. Tout se mit à tourner. Les lueurs qu'elle vit flotter devant ses yeux n'étaient pas des étoiles : l'aube de ce jour d'été les avait estompées depuis longtemps. C'était son cerveau qui lui jouait des tours.

Elle tomba sur ses genoux en soufflant bruyamment.

« Il faut que j'y arrive. »

L'envie de dormir devenait de plus en plus forte. Quand elle entendit le bruit de rames jetées au fond d'un bateau, elle se releva et reprit sa course vers le hangar flottant sur la rive du lac.

Elle était poussée par l'énergie du désespoir. Si le type lui filait entre les mains en emportant l'antidote, elle était condamnée à mort. L'urgence de la situation lui fit courir des risques : elle s'engouffra dans le hangar sans prendre les précautions d'usage. « De toute façon, le chef des caïnites devait être occupé à préparer sa fuite en bateau », pensa-t-elle.

Mais elle se trompait.

Elle n'avait pas fait deux pas dans le petit bâtiment qu'elle se rendit compte de son étourderie. Devant elle, une chaloupe à moteur conçue plus pour la pêche que pour la vitesse se balançait tranquillement, lovée dans l'échancrure en U du quai en cèdre bordant le hangar. Les eaux glauques du lac léchaient les pilotis avec de petits clapotis. Aucune silhouette humaine à la tête recouverte d'une cagoule ne se découpa dans son champ de vision. Si le fuyard s'était éloigné de l'embarcation, c'était sans doute pour revenir sur ses pas et se poster en embuscade.

Mue par l'instinct de conservation, elle se jeta de tout son long sur le plancher de béton. Elle n'entendit aucun coup de feu. Pourtant, l'homme aurait dû chercher à l'éliminer, profitant de son arrivée dans ces lieux inconnus.

Elle réalisa néanmoins qu'elle venait de subir une agression furtive, silencieuse. Dans le noir, un rapide coup d'œil par-dessus son épaule lui permit de distinguer une forme fuselée au nez en pointe. L'étrange projectile avait suivi la ligne horizontale de son dos. Si elle avait été debout, elle aurait été atteinte entre les omoplates.

« Qu'est-ce que c'est que ça ? »

C'était trop gros et bombé pour être un harpon. Alors, quoi ?

Comme le bandit allait la frapper de nouveau à l'aide de son arme blanche, elle roula de côté. Cette fois-ci, elle entendit la pointe de l'objet racler le plancher de béton.

Elle put enfin détailler le curieux objet à quelques centimètres de son visage. « On dirait un parapluie », conclut-elle, sceptique.

Elle ressentit une forte envie de rire devant le côté grotesque de la situation. Mais elle savait que ce parapluie était une arme terrible, tout autant que la lance qui l'avait ratée de peu à la foire médiévale. « La pointe du parapluie doit contenir de la ricine », pensa-t-elle alors que l'arme se relevait pour frapper une troisième fois.

Elle se demanda si elle allait échapper éternellement à la piqûre mortelle.

Au tout dernier moment, elle esquiva le coup. Ennuyée dans sa coordination par la peste, elle mesura mal son mouvement. Trop accentué, le déplacement latéral la projeta dans les eaux du lac, parmi les algues et les résidus poisseux du moteur en suspension à la surface. Kristen constata que le bassin était peu profond, mais elle ne se remit pas debout, maintenant seulement sa tête à l'air libre afin de réduire la taille de la cible visible.

À partir du quai, une forme humaine essaya de harponner Kristen comme un vulgaire poisson. Mais la jeune femme, réveillée par l'eau froide, réussit à éviter l'attaque en plongeant. « Ce type tient à faire accuser les caïnites russes en reproduisant la méthode utilisée par le KGB lors de l'exécution du dissident Markov à Londres. Ce perfectionnisme pourrait bien le perdre. Il devrait utiliser une arme à feu. Sûr d'avoir l'avantage avec ses complices armés de semi-automatiques, il n'a pas pris de pistolet. »

Cependant, le parapluie passait de plus en plus près de son visage. Elle dut se concentrer pour parer la pointe tout en agrippant l'aigrette en tissu imperméable.

Elle tira violemment le parapluie vers elle. Son agresseur tomba à l'eau à son tour. Il coula aussitôt et Kristen perdit sa trace. Craignant d'être surprise, elle voulut en profiter pour rejoindre le quai en quelques enjambées. Elle n'eut pas le loisir de se hisser hors de l'eau. L'inconnu était réapparu derrière elle. Il devait avoir laissé tomber le parapluie, car ses deux mains lui enserrèrent le cou. C'était un professionnel qui savait compresser les artères carotides courant de chaque côté de la trachée. Kristen sentit aussitôt son esprit se brouiller. Dans son état, lui restait-il assez de ressources pour détacher les tenailles de mains expertes? Déjà, sa résistance fléchissait alors qu'elle sombrait peu à peu dans l'inconscience. Le sentant, l'homme l'entraîna sous l'eau pour la noyer.

Kristen se dit que ce serait facile et sans douleur de se laisser aller. Elle n'aurait pas à subir les affres d'une longue agonie promise par la peste.

Tout à coup, le visage de Quentin s'afficha dans les renfoncements de son esprit embrumé, puis ce fut l'image des enfants morts de la peste à cause de l'homme qui s'en prenait à elle.

Elle se sentit glisser vers le néant consolateur.

Grady. La frimousse de Grady. Il y avait Grady dans sa vie. Elle devait se battre, ne serait-ce que pour ce petit homme.

Alors une volonté supérieure prit les commandes de son corps. D'un geste sec, elle dénoua les mains de l'homme autour de son cou en les tirant vers le bas. Par la suite, elle enchaîna comme une machine bien huilée les différentes étapes du krav-maga, la technique d'autodéfense israélienne. Un, deux, trois: de sa main droite projetée vers l'arrière, elle tritura le triangle génital de son assaillant qui recula sous le coup de la douleur. S'étant redressée, elle poursuivit avec un violent coup de coude sous le menton qui lui permit de pivoter vers l'extérieur. Désormais située face à son adversaire étourdi et maintenu à sa portée par une prise de la main, sa jambe exécuta un moulinet et, malgré la résistance de l'eau, atteignit l'autre dans les parties sensibles, entre les cuisses. Il sembla se vider de son air comme une baudruche et il s'affaissa dans l'eau en geignant.

À moitié asphyxiée, toussant et crachant, Kristen profita de ce répit pour reprendre ses esprits. De grandes bouffées d'air la firent renouer avec son environnement, juste à temps pour percevoir le couinement des freins de plusieurs voitures devant le perron de la résidence.

Ce fut le signal de la retraite pour le bandit qui, ayant récupéré, bondit dans la chaloupe. Kristen entendit aussitôt la pétarade du moteur, qui démarra du premier coup. « Dès qu'il va avoir détaché les amarres, il va foncer sur moi, réfléchit-elle. Le bassin entre les deux quais est à peine suffisant pour laisser passer une chaloupe. Je risque d'être assommée, tandis que lui pourra aller se cacher dans la forêt, de l'autre côté du lac. »

Kristen se surprit elle-même : son corps n'était pas encore privé de toutes ses ressources. Elle se précipita sur une corde enroulée servant d'amarre et défit la prise. La corde retenait une autre chaloupe de bois suspendue à la hauteur du plafond afin d'économiser l'espace disponible dans le hangar.

Libérée, la lourde embarcation vint s'écraser sur la proue du fuyard au moment où il allait éperonner Kristen. Le pilote dut lâcher la manette des gaz un court instant, car son véhicule heurta le quai. À cause de la vitesse déjà acquise, le passager fut projeté au-dessus des bancs des passagers. Il retomba, étourdi, sur la proue. Avant qu'il ne reprenne ses esprits, Kristen l'avait déjà rejoint en battant l'eau de ses longues foulées. Elle lui attacha les mains derrière le dos à l'aide d'un filin d'amarrage et le poussa vers le quai dès qu'il revint à lui.

Elle lui retira sa cagoule, les phares d'une des voitures éclairèrent l'intérieur du hangar. Elle reconnut l'ombre qu'elle avait combattue et qui avait failli devancer l'œuvre fatale de la peste.

«Non, ce n'est pas possible, pensa-t-elle. Pas lui!»

Le visage aux yeux hagards n'avait rien de particulier. Kristen se dit qu'on devait sans doute l'oublier dès qu'on l'avait croisé dans la rue.

– Nobody! Je croyais que tu avais été tué au 24 Sussex! Quentin t'a vu mort sous l'îlot de la cuisine!

– Voyons, agente Vale, articula l'homme à travers une respiration saccadée, il n'y a pas meilleur comédien qu'un espion, qu'un agent double. J'ai feint d'être mort dans la cuisine du premier ministre pour surprendre Quentin DeFoix et Ali Legendre. Mais ce fichu Preston Willis est arrivé trop tôt.

– Nobody, répéta Kristen d'une voix rêveuse. Voilà pourquoi tu as déguisé ta voix pour ne pas être identifié au cas où tes prisonniers s'échapperaient. Tu as raison de dire qu'un espion doit être diplômé en théâtre.

Elle poussa son prisonnier vers la sortie tout en maintenant son bras replié dans son dos selon un angle peu confortable. Il fallait retourner à la maison pour l'interroger. Mais d'abord s'assurer que les occupants des voitures qui venaient d'arriver ne travaillaient pas pour les caïnites.

Avant de révéler leur présence, elle engloba du regard la vaste pelouse s'étalant entre eux et la façade de la résidence. Elle grouillait d'une vingtaine de formes humaines. À la lumière des phares, elle reconnut avec plaisir l'uniforme des agents de la GRC. Les lignes jaunes des casquettes et des pantalons bleu marine contrastaient avec les zones d'ombre laissées par les phares. Les six voitures étaient des voitures de police portant l'insigne à tête de bison.

Malgré tous ces indices rassurants, un doute subsista dans son esprit. Si les caïnites avaient infiltré, grâce à Nobody et à Lucien Julien, les services de renseignement et le service de protection du premier ministre, ils pouvaient bien avoir mis la main sur des uniformes et des voitures de police. Elle retint son souffle, car, dans ce cas, le nombre la défavorisait nettement. Il lui faudrait s'enfoncer dans la forêt en compagnie de Nobody. Elle n'avait pas encore eu le temps de l'interroger au sujet de l'antidote. Ça devenait maintenant sa priorité.

Elle expira bruyamment, heureuse de reconnaître Preston Willis qui venait de se joindre aux agents en uniforme. Ceux-ci étaient donc des amis. Curieusement, il ne s'attarda pas. Après avoir échangé quelques paroles avec un lieutenant portant un gilet pare-balles par-dessus sa chemise grise et désigné la maison derrière eux, il remonta dans sa BMW et démarra sur les chapeaux de roues comme s'il avait le diable à ses trousses. La Beamer s'enfonça dans les ténèbres recouvrant la petite route menant au lac Meech, en aval du lac Mousseau où ils étaient.

— Allez, avance! ordonna-t-elle en poussant Nobody.

Dès qu'ils détectèrent leur présence, une demi-douzaine d'agents s'élancèrent à leur rencontre.

— Police! Levez les mains! leur cria le lieutenant dont les traits durs et la mâchoire carrée reflétaient une autorité de service. Dépêchez-vous!

— Je suis l'agente Vale du Conseil privé, lui renvoya Kristen. Je travaille pour Preston Willis, et cet homme est mon prisonnier.

— Ne l'écoutez pas, les gars! dit Nobody, jouant son va-tout. Je suis de la GRC et cette femme est une dangereuse terroriste.

– C'est vrai, lieutenant, confirma un agent. Je reconnais ce type. Il fait partie de notre section des filatures.

– Je comprends, mais monsieur Willis vient de me prévenir que l'agente Vale travaille pour lui. On va débrouiller tout ça en temps et lieu. Pour le moment, vous pouvez relâcher cet homme, agente Vale. Nous contrôlons la situation.

Kristen remit la charge de son prisonnier à regret. Deux questions lui brûlaient les lèvres.

– C'est Preston Willis qui vous envoie ? dit-elle à l'adresse du sous-officier pour dissiper les doutes qui l'assaillaient depuis les accusations de Plantagenêt. Où est-il ? Vous êtes sous ses ordres ?

– C'est vrai que l'appel venait de monsieur Willis, mais, non, notre chef est celui que vous voyez là-bas.

L'agent de la GRC désignait une silhouette familière entre la berge et la maison d'été.Kristen allait de surprise en surprise.

– Lui ?

– Rien de moins. D'ailleurs, on va vous conduire à la maison où il vous attend.

Le policier lui indiqua le chemin de la véranda à l'avant de la résidence. Pendant ce temps, quelques agents encadrant Nobody s'éloignaient avec lui vers une voiture de police.

– Un instant, les héla Kristen.

Elle les rejoignit et s'adressa au prisonnier.

– L'antidote. Où est l'antidote de la peste ? prononça-t-elle avec une voix qu'elle voulut la plus ferme possible, malgré l'émotion qui l'étreignait.

– Ah ! L'antidote ? Bonne question, agente Vale.

Nobody fit durer le suspense.

– Savez-vous où les scientifiques soviétiques créateurs du bacille de cette terrible peste résistante aux remèdes connus ont pensé dissimuler leur antidote lors de la chute de l'empire ?

Dans du vin de serpents concocté par une secte de caïnites ophites adorateurs de cobras installés tout près du centre expérimental, sur une île de la mer d'Aral, en Ouzbékistan! Notre envoyé à la Chambre des communes, Simu Zeklos, avait été guéri de la peste grâce à quelques gorgées de ce breuvage que les ophites lui avaient fait boire sans se douter de son contenu réel.

– Vous avez ce vin de serpents? Pour le remettre en échange du secret de Dieu?

Quand Nobody secoua la tête, le monde de Kristen parut s'écrouler.

– Dieu seul sait ce que cette tribu de sauvages en Sibérie a fait de sa potion. Sans doute entièrement ingurgitée et digérée lors d'une de leurs cérémonies là-bas. Quant à nous, on n'a jamais eu d'antidote. Assez ironique, vous ne trouvez pas, que seul un suicidaire comme Zeklos en ait profité.

– Mais vous aviez dit?…

– …qu'on allait vous livrer l'antidote… Une idée à moi, par Caïn, pour vous encourager à trouver ce qu'on voulait.

– Salaud!

– Avouez, agente Vale, qu'on est quittes, car le coffret que vous nous avez livré ne contenait pas ce que nous recherchions.

– Que voulez-vous dire? Est-ce encore un autre de vos mensonges? Les experts ont authentifié le document datant de plusieurs millénaires.

– Entendez-moi bien, c'était bien le secret de Dieu. Mais pour moi, il aurait fallu que le document sente. Or, vous l'avez vérifié vous-même, agente Vale, il ne sentait pas. Que voulez-vous que je fasse d'un vieux bout de papier? Bien sûr, les caïnites m'ont demandé d'honorer mon contrat et de détruire ce parchemin dès que je l'aurais en main. Question de ne pas menacer leurs convictions religieuses et celles de ceux qui les payent. Mais si le document avait senti, je l'aurais gardé, quoi que mes clients en pensent.

– Pourquoi ?

– Pour la puissance, agente Vale. Pour la puissance…

Sur ces paroles mystérieuses, Nobody se remit en marche vers la voiture de police, signifiant par là que la conversation avait pris fin. Il laissa Kristen ahurie derrière lui.

Nobody venait de prononcer sa sentence de mort. Ce qu'il n'avait pas accompli par étranglement et par noyade dans le hangar à bateaux quelques minutes plus tôt, une phrase venait de le réussir.

La première pensée de Kristen fut pour Grady. Elle ne pourrait plus devenir sa mère comme son neveu le désirait. Elle ne pourrait pas réaliser le vœu du petit malade et l'aider à surmonter les épreuves qu'aucun enfant ne devrait jamais avoir à affronter.

Malgré tout, elle ne réussit pas à s'abandonner au découragement. On ne pouvait se fier aux paroles de Nobody plus qu'à celles des caïnites. Il devait y avoir une solution, même si elle ne voyait pas ce que ça pouvait être.

Le lieutenant la tira de ses pensées.

– Il vous attend, agente Vale, dit-il en l'entraînant vers la résidence d'été.

Chapitre 40

Maison de campagne officielle du premier ministre, lac Mousseau
8 juin, 7 h, heure de la mort annoncée de Kristen Vale

Kristen fut menée dans la résidence d'été. Le vaste salon où se trouvait un foyer en pierres des champs était occupé par quatre personnes. Quentin et Marie Mercier étaient assis sur le même sofa que précédemment. Ils n'étaient pas menottés. Ils se levèrent en poussant des cris de joie.

– Comment vas-tu, Kristen? se renseigna Quentin après les effusions.

– Ça va, bredouilla l'interpellée, sujette à une forte fièvre.

Elle avait aussi très soif. Ses yeux cernés et enfoncés dans leur orbite démentaient ses paroles qui se voulaient rassurantes. L'heure de sa mort était venue. Avec la disparition de l'antidote, il n'y avait plus d'espoir.

«Aussi bien partir en beauté», se dit-elle.

– Quelqu'un a une bière?

– J'arrive! cria l'homme qu'elle avait cru reconnaître en ombre chinoise dehors, entre elle et les projecteurs allumés de la villa d'été.

– Je boirais le lac, en face. Et le lac Meech tout de suite après.

– Je suis à court de bière, dit le maître des lieux en revenant de la cuisine.

Il portait un plateau garni de verres en cristal et d'un pichet de limonade où s'entrechoquaient des cubes de glace. Avec autant de grâce que lors d'une réception officielle du 24 Sussex, l'homme offrit un verre embué à Kristen. Puis il l'invita à prendre place.

– Agente Vale, venez vous asseoir.

Le voile rouge devant ses prunelles n'empêcha pas Kristen de reconnaître celui qui avait parlé.

– Monsieur Shackleton, vous ici ? bégaya-t-elle.

– J'ai demandé au lieutenant Rice de vous conduire ici, dit le premier ministre pour toute réponse en esquissant un faible sourire. Vous et vos amis avez accompli un travail colossal. Quentin m'a sauvé la vie sur la promenade du Colonel-By et je vous annonce qu'on a retrouvé les organisateurs de l'attaque, des caïnites russes qui vivaient avec des serpents dans un appartement transformé en une sorte de temple ou je ne sais quoi.

– Des ophites, paracheva Quentin. Certains de nos ennemis faisaient donc partie de la secte la plus dangereuse des caïnites.

– En effet. Ce qu'ils pouvaient faire là-dedans avec des serpents me donne froid dans le dos. Par ailleurs, l'agente Vale est intervenue juste à temps, à la Chambre des communes, pour sauver la vie du président de la Russie et celle des députés et du public dans les tribunes. De plus, son identification de Daria Polienko, une des membres de la garde rapprochée du président, en tant que terroriste nous a permis d'émettre un mandat d'arrêt contre elle. Nos frontières sont cadenassées et c'est une question de temps avant qu'elle rejoigne ses complices en prison. Grâce à vous, nous avons arrêté le reste des caïnites ici-même et, avec Nobody et Lucien Julien, nous détenons les têtes dirigeantes du réseau en sol canadien. Les attaques à l'arme biologique sont finies. Enfin, le brillant décryptage du message des Templiers sur la tour du parlement a mené à la découverte du secret de Dieu dans le coffret exhumé à Rimouski. N'eût été du premier *Oliver Twist* trouvé à Niagara Falls, qui sait si nous aurions donné de l'importance aux autres exemplaires?

– Bref, ce que John veut dire, c'est que, étant donné votre travail colossal, nous vous devons des explications.

Kristen se retourna vers la bergère capitonnée au revêtement de peau, disposée devant le foyer, d'où provenaient ces dernières paroles. Le dossier haut avait dissimulé un cinquième personnage dans le grand salon. Celui-ci passa la tête au-dessus de l'appuie-bras, et Kristen le reconnut aussitôt. C'était le président de la Russie, Gregor Raspoutine, un ami personnel de Shackleton.

– Oui, agente Vale, répéta-t-il. Nous vous devons des explications, à vous et à vos amis.

– *Hello,* le coupa Quentin d'un ton désapprobateur. Maintenant que les présentations sont faites, il faut transporter Kristen à l'hôpital…

– Le chef de nos ennemis vient d'avouer qu'il n'y a jamais eu d'antidote, remarqua Kristen.

– Il faut essayer des traitements, insista Quentin, le regard intense. Kristen, tu ne vas quand même pas abandonner…

La docteure Mercier appuya non seulement le jeune homme, mais elle alla plus loin.

– Un antidote pourrait être mis au point. Il s'agit de fabriquer un antibiotique super performant. Évidemment, on n'a pas pu l'analyser, mais ça ne m'étonnerait pas que l'antidote perdu ait été un croisement entre deux nouveaux antibiotiques, l'oritavancin et la tigecycline.

Shackleton et Raspoutine échangèrent alors des regards complices. Ils étaient graves, mais ne semblaient pas découragés. Les plus grands ne devaient-ils pas être prêts à surmonter les obstacles les plus difficiles ?

Kristen devina autre chose. Ils détenaient des informations qu'ils n'avaient pas encore révélées. Elle en était sûre. Les paroles suivantes de Shackleton l'ancrèrent dans sa certitude.

– D'abord, laissez-moi vous assurer que nos laboratoires de Santé Canada ont reçu l'ordre de travailler vingt-quatre heures par jour et sept jours par semaine. Ce n'est pas aussi simple que semble l'entendre la docteure Mercier, car le bacille a été fabriqué justement pour ne pas être vaincu. Bref, nos chercheurs n'en sont encore qu'aux débuts, mais je puis vous confirmer, docteure Mercier, que le cocktail d'oritavancin et de tigecycline ne fonctionne tout simplement pas. Alors, dans les circonstances, nous croyons…

– Kristen a besoin de réponses maintenant, protesta Quentin, la larme à l'œil.

– Nous croyons que l'agente Vale préférera se battre sur le terrain que se morfondre dans un lit d'hôpital.

Kristen acquiesça d'un vigoureux hochement de tête.

– Dans cette optique, poursuivit le premier ministre, il y a peut-être une autre solution. Mais je vous préviens que cette solution risque de dépasser les limites de la réalité telle que nous l'entendons depuis notre naissance. Comme le disait Gregor, nous allons vous révéler le fin mot de cette histoire et nous sommes convaincus, preuves à l'appui, que la drogue expérimentale de Santé Canada ne sera pas requise.

– Laissez-moi vous expliquer, enchaîna Raspoutine. Le premier ministre et moi comptons faire front commun pour amener nos homologues des autres pays du monde à soumettre à l'ONU l'idée d'un gouvernement mondial. Celui-ci recevrait le mandat et le pouvoir de diffuser les principes de la démocratie et d'intervenir dans des États qui maltraitent leurs citoyens.

À ces mots, Quentin réagit.

– Seriez... seriez-vous de la Compagnie ? Je veux dire, une société ouverte aux différences à l'intérieur d'un gouvernement mondial, ça leur ressemble drôlement !

– Nous le sommes à un niveau supérieur. La Compagnie compartimente par souci de confidentialité. Pas de documents, enfin pas de documents explicites, seulement des codes difficilement interprétables, même pour les membres, et peu de relations entre nous, ce que la docteure Mercier pourra confirmer.

– En effet, l'appuya Marie Mercier en dodelinant de la tête. Je viens d'apprendre comme vous l'affiliation du premier ministre. Mon frère le ministre en savait plus. Il a d'ailleurs rencontré Strickland et Rusinski à une réception au 24 Sussex.

– On voulait éviter les fuites, reprit Shackleton. Mais il y en a eu quand même. Parce qu'ils n'ont pas compartimenté, parce qu'ils se sont rencontrés pour festoyer comme de vieux amis, Marc Mercier, Rusinski et le sénateur Strickland ont pu facilement être repérés par nos ennemis et ils ont connu un triste sort.

– Enfin, avez-vous le secret de Dieu ?

– Il semble que Preston Willis l'ait emporté avec lui en quittant, dit Raspoutine sans avoir l'air trop contrarié.

Une fois encore, Kristen eut la nette impression que Shackleton et Raspoutine cachaient quelque chose.

– Ne vous en faites pas, monsieur DeFoix, ajouta Shackleton. Le coffret ne contient pas tout le secret de Dieu.

– Est-ce pour cela que Nobody a prétendu ne pas avoir trouvé le vrai secret dans le coffret déterré à la fosse commune de Rimouski, puis dérobé à Québec ?

– Ne vous méprenez pas, dit Raspoutine, occupé à détailler les motifs de sa tasse à café frappée aux armoiries du Canada.

Le texte sur cuivre a possiblement été écrit par Dieu Lui-même ou par quelqu'un inspiré par Lui. Moïse est une autre possibilité. Le fait que la structure de l'ADN a été décrite mille trois cents ans avant Jésus-Christ prouve que nous avons affaire à un être qui détient la « toute-connaissance. »

— Alors, que peut-il y avoir de plus important que ce parchemin ? protesta Quentin.

— Vous n'avez pas eu le temps de le remarquer, reprit Shackleton, mais l'hélice dessinée sur le parchemin, que l'on croit être la signature de nul autre qu'un Dieu éternel et tout-puissant, cette hélice, dis-je, présente deux autres caractéristiques.

— Quoi donc ?

— D'abord, l'hélice est constituée de six lignes : quatre traits horizontaux sont insérés entre deux lignes verticales.

— C'est la célèbre image dessinée par les découvreurs de l'ADN en 1953, approuva Quentin. Quatre lignes intérieures et deux lignes extérieures.

— Exactement, Les schémas de l'ADN correspondent donc, et ce, à trois millénaires d'intervalle. Pourquoi ? C'est que les chiffres 5 et 6 englobant la structure génétique sont à la base de la vie.

— Mon Dieu, je crois deviner où vous voulez en venir, intervint Marie Mercier.

Devant les regards sceptiques de Quentin et de Kristen, la femme de la Compagnie précisa :

— Mais oui, Quentin, réfléchissez un peu : le 5 et le 6 sont à la base des dimensions architecturales véhiculées par la Compagnie, depuis l'architecte L'Enfant à Washington, par les sulpiciens et la colonne Nelson, puis par les architectes de la tour de la Paix à Ottawa.

— C'est le code sacré, acheva Quentin.

– Dans la structure de l'ADN, le 5 et le 6 sont les chiffres de Dieu, intervint Shackleton. Mais ils ne sont pas tout. Grâce à une analyse minutieuse, nous savons que le dessin de l'hélice sur le parchemin découvert à Rimouski met l'accent sur une partie médiane de la chaîne génétique.

– Ainsi, le relaya Raspoutine, la signature de Dieu désigne aussi ces gènes particuliers de la partie médiane de la chaîne génétique. Ces gènes sont précisément ceux que la science a qualifiés de « gènes inutiles » ou de « déchets », parce qu'on n'a pas pu leur trouver un rôle précis.

– Vous avez découvert leur rôle ? demanda Marie Mercier en se rappelant ses cours de biologie.

– C'est ce que la Compagnie soupçonnait depuis longtemps, répondit Shackleton, et ce que les caïnites ne voulaient pas voir rendu public. Voilà pourquoi Nobody désirait que vous respiriez l'air du coffret.

– Je ne vous suis pas, rétorqua Quentin. Quel est le rapport entre Dieu, les gènes inutiles et le fait de respirer ?

– Si l'architecture gothique nous donne une image symbolique de Dieu, les « introns », ces gènes dits inutiles qui, finalement, ne sont pas inutiles du tout, nous mettent en contact direct avec une dimension supérieure. Les introns jouent le rôle du paratonnerre de Benjamin Franklin. Comme Dieu est invisible, tout comme l'électricité, il faut avoir en main le paratonnerre pour en voir la manifestation concrète.

– Excusez-moi, grogna Quentin, mais je vous le demande de nouveau : quel est le rapport avec la respiration ?

– Eh bien, les gènes introns dans notre ADN nous permettent de percevoir l'odeur de l'Invisible ! L'odeur de Dieu !

Chapitre 41

– L'odeur de Dieu. L'odeur de Dieu !

Quentin, Kristen et Marie Mercier fixaient le premier ministre alors que ses dernières paroles résonnaient encore dans leur tête. Ils résistèrent d'abord à un concept aussi audacieux, pour ne pas dire insultant, devant une Kristen Vale à l'article de la mort.

– Vous… vous voulez rire ? s'opposa Quentin d'une voix rauque en exprimant le sentiment de ses compagnes. Dieu, je veux dire l'Invisible, comment peut-Il avoir une odeur ?

– Avouez, Quentin, dit Shackleton sans marquer d'impatience, avouez que les odeurs ont occupé une place importante dans toutes les religions humaines. Pensez à l'encens, très populaire dans les rites pratiqués au Moyen-Orient.

– Chez les Incas, pour citer un autre exemple, commença Raspoutine sans détacher son regard du reste de café au fond de sa grosse tasse, des masques rituels montrent l'importance du nez. L'odeur est symbolisée par de curieuses excroissances jaillissant des narines.

– C'est l'effet des drogues hallucinogènes qu'ils montrent ainsi, argua Quentin.

– C'est vrai. Mais dans notre cas, le «parfum de Dieu» ne donne pas lieu au défilement d'images psychédéliques comme le font les barbituriques. L'Invisible est perçu grâce à la production d'intuitions, d'émotions profondes suscitées par les odeurs.

– Pensez-y, Quentin, approuva Marie Mercier. Le principe est le même dans le cas des phéromones, qui déclenchent chez l'être humain des sentiments très forts, irrésistibles, notamment l'attirance entre deux personnes.

– Exactement, docteure Mercier, se réjouit Shackleton. Vous avez compris. Il s'agit peut-être ici d'un type de phéromones mélangées à des substances comme la phényléthylamine. Mais ce sont des phénomènes que nous commençons à peine à étudier. Quoi qu'il en soit, une substance inconnue excite l'organe voméro-nasal. Cette substance est perçue chez les sujets ayant des introns spéciaux.

– La théorie des phéromones est très controversée, se hérissa Quentin.

– Comme tout ce que la science ne réussit pas à expliquer. À ce jour, bien sûr, car elle y parviendra inévitablement.

– C'est donc pour cela que les gardiens de la Compagnie étudiaient les parfums, réalisa Quentin. La caisse de fioles trouvée dans le grenier de Rusinski, le manuel des aromates du père Brosseau abandonné au 24 Sussex par le ministre Mercier…

– En effet.

– Mais j'y pense : si c'est vrai, s'il croyait à votre théorie d'un parfum de l'Invisible, Nobody n'avait qu'à respirer le parchemin et le coffret lui-même.

– Pas si simple, Quentin, dit Shackleton. Les bons gènes ne sont pas donnés à tout le monde. Ou devrais-je dire plutôt, si tout le monde peut avoir un intron inutile, tous n'ont pas un intron activé. Il y a une nuance de taille.

– Voulez-vous dire que Kristen…

– L'agente Vale, tout comme vous, possède des introns capables d'atteindre leur plein potentiel, en l'occurrence aptes à détecter les émanations de l'Invisible.

– Pour en arriver là, je suppose que vous avez consulté la fiche génétique que j'ai remplie pendant ma formation d'agente des services de renseignement à l'académie Stephenson…, déclara Kristen.

– Oui, approuva Shackleton. En plus de vos états de service rien de moins que brillants – rappelons-nous la façon avec laquelle vous avez mis un terroriste à l'anthrax hors d'état de nuire à la place du Centre, à Gatineau, et sauvé la vie d'une jeune employée grâce à une intuition certaine –, c'est aussi à cause de ces gènes que je vous ai enlevée, comment dire, de façon plutôt cavalière aux services de la GRC, où vous excelliez, pour que vous rejoigniez le Bureau du Conseil privé.

– Et moi ? demanda Quentin.

– Mêmes gènes identifiés dans votre dossier militaire à la base des Forces armées canadiennes de Wainwright. Vous avez donc été choisis en toute connaissance de cause. Si vous aviez été en contact avec le secret olfactif de Dieu, vous l'auriez su immédiatement. Vous auriez ressenti l'Invisible. Mais il va de soi, monsieur DeFoix, que vos connaissances en histoire constituaient un atout extraordinaire pour la Compagnie.

– Nous étions des capteurs ? demanda Kristen.

– Des paratonnerres ? relança Quentin avec sarcasme. Quel heureux hasard pour vous d'avoir sous la main un spécialiste de l'histoire qui est en même temps un détecteur !

Il se demanda s'il devait se réjouir ou laisser éclater sa colère. Il avait été manipulé, semblait-il, depuis la tour de la Paix. Le premier ministre et le président de la Russie se trouvaient à un échelon supérieur de la Compagnie.

– Il n'y a pas de hasard, monsieur DeFoix, conclut Raspoutine. Dans notre monde, tout a un sens.

– Tout cela est si extraordinaire, conclut Quentin. Il me faudra du temps pour le digérer.

– Même vous, Quentin, qui êtes un jeune homme brillant, affirma le premier ministre, devrez vous méfier de votre cerveau et laisser toute la place à la seule voie semblant mener à Dieu : le cœur, l'intuition.

– Je le veux bien aussi. Je vous signale cependant que le temps manque à Kristen, leur rappela Marie Mercier.

– Kristen va mourir et vous êtes là en train de discourir comme dans un cours de philosophie spéculative, surenchérit Quentin. Tout est cela est absurde. Allez, docteure Mercier, on appelle les services d'urgence. Puis on amène Kristen à leur rencontre.

– Ce ne sera pas nécessaire, monsieur DeFoix, trancha le président russe.

– Quoi, vous dites vouloir sauver la planète et vous la laissez cruellement perdre les dernières minutes de sa vie ! s'emporta Quentin, furieux.

– Agente Vale, dit Shackleton avec un geste d'apaisement de la main, faites-moi confiance. Vous savez que dans les services secrets, on travaille toujours à partir de deux vérités.

– On croirait entendre mon mentor, Preston Willis, laissa échapper Kristen avec un soupir étouffé.

En se tournant vers Quentin, elle expliqua :

– Oui, Preston Willis me répétait toujours qu'il y avait une vérité superficielle et la vérité vraie, la vérité fondamentale.

– Parfois, la vérité vraie n'est pas la plus évidente, poursuivit Shackleton en hochant la tête. On cherche des secrets perdus lors du naufrage de l'*Empress of Ireland* en 1914, alors que le secret de Dieu a peut-être toujours été à la portée de la main. En fait, le coffret contenait bien le secret de Dieu. Mais pas tout le secret de Dieu. Seulement une partie.

– Où est donc cette partie manquante ? cria presque Quentin. Où donc, si ce n'est dans ce maudit labyrinthe que la Compagnie nous a fait suivre depuis la tour de la Paix jusqu'à Niagara Falls, puis à Montréal ? Le message de la tour qui a lancé toute cette affaire nous a finalement menés au tétragramme de la basilique Notre-Dame. Celui-ci nous a révélé que Dieu était la femme.

– Le tétragramme est une partie de la vérité. Mais, encore là, pas toute la vérité.

– Vous voulez dire que le secret de Dieu est un puzzle ? Avec le tétragramme et le coffret de l'*Empress*, on n'a fait que glaner des pièces, des fragments de la définition de Dieu ?

– Oui, et je crains fort que ce ne soit pas fini, comme je vous le disais.

Sur ce, le premier ministre tourna vers le président de la Russie un regard interrogateur.

– Il faut essayer, répondit Raspoutine. Il faut enfin savoir, John. Ne le penses-tu pas ?

– En effet, les introns sont juste devant nous, alors aussi bien essayer, mon ami.

Quentin eut envie d'étrangler ces deux sphinx sur place. Ces politiciens jouaient avec la vie des autres comme s'ils étaient eux-mêmes le Dieu qu'il avait tant cherché. Mais les gestes qui suivirent l'étonnèrent tellement qu'il oublia de s'en offusquer davantage.

Raspoutine s'était levé pour pousser son fauteuil près du foyer.

– Prenez ma place, monsieur DeFoix, s'il vous plaît.

Une fois assis près de Kristen et du foyer, Quentin réalisa qu'un feu avait été allumé. Il nota aussi que la trappe de la cheminée avait dû être refermée, car de petits nuages de fumée dansaient autour d'eux. «Voulez-vous nous enfumer comme des jambons, maintenant?» eut-il envie de lâcher.

– Pour l'amour, allez-vous nous dire…

Il en fut empêché par Kristen, qui lui montrait les bûches enflammées.

– Regarde, Quentin.

Masqué par les bûches de bois d'érable, un objet ressemblant à une statuette d'à peine une dizaine de centimètres se tenait debout dans les flammes. Il lui sembla composé de bois calciné ou de charbon, car il était de couleur sombre. D'un brun rougeâtre, en fait. De plus, l'objet ne brûlait pas, même au cœur de cette fournaise.

– On dirait du bois, une statuette de bois.

– Du bois? dit Kristen entre deux quintes de toux. Du métal, plutôt. Le bois flamberait, lui.

– Monsieur DeFoix a raison, dit le président de la Russie derrière eux, les avant-bras appuyés sur le haut dossier de deux fauteuils. C'est bel et bien du bois. Du bois de chêne de Montaigu, qui a une couleur caractéristique.

– À quoi joue-t-on? s'impatienta Quentin. Kristen a besoin de soins!

– Elle en aura, répondit Raspoutine. Oh oui, monsieur DeFoix, elle en aura!

Il poursuivit avec l'emphase d'un prédicateur, son accent slave martelant chaque syllabe, roulant exagérément les *r* dans un discours passionné.

– Nous croyons que la statuette que vous voyez là, celle de la Vierge noire de la chapelle Bonsecours à Montréal, fait des miracles. Voilà la partie manquante du secret.

Quentin ricana.

– Vous voulez rire ?

– Qu'est-ce qui vous a mené à cette Vierge noire de la chapelle Bonsecours ? le coupa Kristen en maintenant sa logique d'enquête jusqu'au bout.

– Vos visions d'une dame noire.

Quentin se frappa le front comme sur le coup d'une révélation.

– Bien sûr. Tout comme Kristen, j'ai vu cette dame noire dans ma tête et bien d'autres choses, d'ailleurs. Une chute d'eau, par exemple, qui devrait être celle de Niagara Falls… Je croyais rêver ou être devenu fou.

– Mais comment rattacher cela à la Vierge noire de la chapelle ? insista Kristen. J'ai eu la vision d'une dame noire, mais pas d'une chapelle.

– C'est que quelqu'un d'autre a eu des visions plus détaillées, expliqua le premier ministre. Car, sachez que vous n'êtes pas les seuls à détenir un intron spécial plus actif que chez le commun des mortels. L'hérédité semble jouer…

– Vous voulez dire que mon père et ma mère l'auraient ? s'exclama Kristen.

– Non, répondit Shackleton. Mais quelqu'un d'autre qui, en raison de son jeune âge et de son état de santé, ne pouvait se lancer comme vous sur les traces du secret de Dieu à travers le pays.

– Grady ? Mais bien sûr, il parlait toujours des odeurs qu'il percevait.

– Eh bien, en plus de voir la dame noire, lui, il l'a identifiée grâce à des réminiscences du passé, de l'Histoire, produites par son gène. Il est en quelque sorte plus doué que vous et Quentin. Sans doute à cause de son jeune âge, il n'a pas érigé de murs entre lui et ses intuitions au nom de la raison des adultes.

– Incroyable.

– Voilà pourquoi moi-même et les services secrets dirigés par Preston Willis avons veillé sur Grady jusqu'à l'hôpital, et avons finalement obtenu la description de la Vierge noire et de la chapelle. On me dit qu'Ottawa croit avoir découvert les mêmes images, chute, livre, dame noire, sous forme subliminale dans un pourriel de club médiéval.

– C'est ça. Le sénateur Strickland m'avait envoyé ce pourriel. J'ai donc pu retenir l'image de la dame noire de cette façon.

– Peut-être. C'est une possibilité. La Compagnie est vaste et ses membres communiquent entre eux de nombreuses manières. Mais ça n'explique pas tout. L'agente Vale et son neveu n'ont pas reçu ce pourriel.

– J'ai pu être en contact avec un autre message subliminal, rétorqua Kristen.

– En effet, en convint le premier ministre.

Un sourire entendu à l'adresse de Raspoutine montrait que tout n'était pas dit. Kristen l'avait pressenti, car elle relança le débat.

– Quelle coïncidence que le roman de Dickens menant au coffret, soit à la première partie du secret, constata-t-elle, ait été déposé justement près de cette Vierge noire qui, d'après vous, détiendrait la seconde partie du secret. Mais en quoi cette statuette a-t-elle autant d'importance ?

Le président Raspoutine déposa sa tasse sur le manteau de la cheminée avant de prendre la parole.

– Laissez-moi vous expliquer pourquoi il ne s'agit pas ici de coïncidence. Des miracles ont été documentés en ce qui concerne la Vierge noire. D'abord, Fancamp, le chevalier français qui l'a offerte à Marguerite Bourgeoys avant le départ de la religieuse pour la Nouvelle-France, a affirmé avoir été guéri d'une maladie mortelle à son contact.

— Il faut vous dire que cette statue est composée de bois de chêne et d'une autre substance inconnue qui l'empêche de se consumer, intervint le premier ministre. Voilà pourquoi elle a résisté à plusieurs incendies. La chapelle de pierre de Bonsecours, construite à l'extérieur des fortifications de Montréal en 1678, a été entièrement détruite par le feu en 1754. Seule la Vierge noire a été retrouvée dans les décombres. Les miracles se poursuivirent et l'histoire est là pour en attester. La maison-mère de la Congrégation de Notre-Dame, qui se fit confier la statuette de Marguerite Bourgeoys, a brûlé en 1768. Seule la statue a survécu dans les ruines. Puis, la nouvelle maison mère s'est embrasée à son tour en 1893, la statuette ayant par la suite été retrouvée intacte dans les cendres.

— Elle est bel et bien intacte, remarqua Quentin en désignant le foyer.

— Poursuivons son histoire, dit Shackleton en surveillant la réaction de Quentin et de Kristen, sachant qu'il devait les convaincre à tout prix. L'architecte du Grand Séminaire de Montréal l'a apportée avec lui à Ottawa pour la confier à la garde du Parlement. L'incendie qui détruisit l'édifice du Centre à Ottawa, en 1916, aurait été provoqué pour se débarrasser une fois pour toutes de cette statue encombrante. Sans succès. Elle revint à la chapelle en 1988, où elle est restée depuis lors, sans que personne soupçonne son importance.

— C'est là que les caïnites ont de nouveau voulu l'incinérer en mettant le feu au Vieux Séminaire, reprit Quentin, au grand plaisir des deux maîtres de la Compagnie. Ils se sont trompés de cible. Imagine, Kristen, que le secret de Dieu permette les miracles. Ça démentirait les théories voulant qu'il n'y ait pas de Dieu ou, s'il y en a un, qu'il soit un imbécile incapable d'empêcher le mal, comme le pensent les caïnites.

Par la suite, Kristen et Quentin n'eurent pas à se concentrer ni à faire le moindre effort. La fumée se dégageant de la statuette commença à agir sur eux. Ils ressentirent un picotement dans leurs extrémités, puis l'engourdissement se répandit dans tout leur corps. Une chaleur douce les submergea, les rendant légers comme après une séance de massothérapie.

Ils crurent qu'ils n'auraient eu qu'à s'envoler pour traverser le mur du salon. Les émotions fortes court-circuitèrent leur raison, cette raison qui les avait aidés jusque-là dans cette course pour découvrir le secret de Dieu, mais qui s'était révélée impuissante à sauver Kristen de la mort. Un parcours inutilement compliqué et angoissant comparativement à l'extase du moment présent.

Des vagues de sentiments agréables déferlèrent en eux. Il leur sembla sentir leurs atomes pris d'assaut par une substance inconnue.

— J'ai toujours cru que les gens n'utilisaient que dix pour cent de leur potentiel, fit remarquer Quentin.

— Exactement, clama Raspoutine. La Vierge noire est le guide et le portail vers soi-même multiplié à l'infini.

— On dirait que je suis possédée, dit Kristen les yeux fermés, tout son corps parfaitement détendu. C'est comme de l'amour.

— C'est de l'amour, Kristen.

Kristen savait qu'elle aimait Quentin bien avant cette expérience extrasensorielle. Mais le type d'amour qui l'envahit alors sembla produire sa fusion avec l'Univers tout entier. L'amour pour un homme constituait seulement une partie de sa transfiguration. Elle fut émue par la puissance d'un papillon qui, au même moment, battait des ailes sur un bouquet de lotus en Chine. Des milliers de planètes inconnues qui défilaient hors de notre système solaire étaient, elles, émouvantes de vulnérabilité.

La chaleur s'accentua sans créer le moindre malaise. Au contraire, un bien-être pareil à un doux chatouillement leur fit souhaiter que le moment présent s'éternise à jamais. Les deux chefs d'État n'existaient plus, la résidence d'été du lac Mousseau non plus.

Cette microseconde leur sembla avoir passé trop vite.

Quand ils émergèrent de leur transe, ils réalisèrent que le soleil était à son zénith, car ses rayons n'entraient dans la maison qu'à un mètre au-delà des fenêtres du salon.

— Vous avez voyagé pendant six heures, leur annonça Raspoutine en les accueillant. Nous avons dîné. Vous désirez un steak sur le gril?

— Vous nous avez drogués, rouspéta Quentin alors que sa raison scientifique reprenait peu à peu le dessus. On a fait un *trip* d'acide!

— Je n'ai pas vu Dieu, s'Il est vraiment un vieux bonhomme barbu, dit Kristen pour se rassurer. Mais j'ai eu l'impression de faire partie de l'Univers, d'être un caillou dans un ruisseau, un éléphant dans la jungle. Une simple impression, je suppose.

— Tout à fait l'expérience extrasensorielle que racontent les morts revenus à la vie, expliqua Quentin.

— En tout cas, je ne suis pas devenue toute-puissante comme le Dieu des religions.

— Je… je ne crois pas, hoqueta Quentin.

— Toi non plus, tu n'es pas devenu le fameux Dieu tout-puissant des croyants?

— Non, ce que je veux dire, c'est… Je ne crois pas que tu aies eu une simple impression, et je crois que tu es devenue toute-puissante, la corrigea le jeune indexeur en la regardant avec intensité.

En suivant le regard du jeune homme qui s'attardait sur les parties visibles de sa peau, Kristen vit à son tour. Elle vit ses mains et ses bras. Elle se leva en hâte, ayant oublié qu'elle était agonisante. Elle s'extasia devant le miroir ovale du vestibule en baissant son col roulé pour examiner son cou.

— Tu n'as plus de bubons, Kristen! lui dit Quentin au moment même où son interlocutrice se rendait compte de sa métamorphose.

Non seulement les marques de la peste avaient disparu de son épiderme, mais Kristen ne ressentait plus de fièvre.

— Encore une rémission? risqua-t-elle, toujours fascinée par le reflet du miroir.

— On va le savoir en faisant des tests, dit Marie Mercier, qui tenait une tasse de café dont le contenu se répandait sur le tapis tellement elle était surexcitée.

— Je suis convaincu que vous ne trouverez plus aucune trace du bacille, déclara enfin Shackleton pour conclure.

— Je crois que, cette fois-ci, la Compagnie a toute une annonce à faire au monde entier, dit Raspoutine en sollicitant l'approbation du premier ministre.

— Un parfum m'a sauvée, s'exclama Kristen qui, fébrile, passait et repassait ses mains sur la peau de son visage et de ses bras pour se convaincre qu'elle ne rêvait pas. C'est vraiment l'odeur de Dieu, le secret de Dieu.

— Ne sous-estimez pas votre volonté de guérir qui est entrée en jeu, ajouta calmement Shackleton en cachant son exubérance par déformation professionnelle. Votre intention totale de guérir. L'odeur n'a fait que rendre à votre désir la force qu'il avait déjà eue et perdue au cours de la longue histoire de l'humanité.

– Elle… elle est Dieu, en déduisit Quentin à mi-chemin entre le doute et l'extase consécutive à la connaissance ultime enfin trouvée.

Cela dépassait toutes les vérités découvertes dans sa vie de brillant médiéviste et qui lui avaient semblé ultimes, elles aussi.

– Elle est Dieu dans le sens du message des Templiers tiré de l'épave de l'*Empress*, paracheva le premier ministre. Soit que cet état est à la portée de tout un chacun. Il faut y revenir en quelque sorte. Vous, Grady et Kristen avez juste une longueur d'avance sur moi, Gregor et les autres.

– Vous avez été toute-puissante, Kristen, reprit Raspoutine, plus enivré par le climat de merveilleux enveloppant la maison du lac Mousseau que son homologue canadien. Dites-nous vite, avez-vous été omnisciente et omniprésente?

– Omnisciente et omniprésente?

– Oui, avez-vous senti que vous saviez tout et que vous étiez partout?

– Si c'est ce que vous voulez dire, je sais en effet où se trouvent Preston Willis et le parchemin de cuivre… Vous pourrez les cueillir sur le chemin vers la frontière.

– Excellent, réagit Shackleton en se frottant les mains avec l'exubérance d'un enfant. Vous avez été dans tout et partout. C'est la définition de Dieu qui se trouve sur le manuscrit vieux de trois mille trois cents ans, extrait de la fosse commune des victimes du naufrage de l'*Empress,* à Rimouski.

– Le parfum de l'Invisible se trouvait donc dans la Vierge noire, dit Raspoutine. La Compagnie et les Templiers avant elle ont toujours professé que la Vierge était l'égale de Jésus. Peut-être même la seule incarnation de Dieu sur Terre si Jésus n'était qu'un prophète parmi tant d'autres ou, à la limite, s'il n'avait jamais existé. Je crois pouvoir affirmer que l'affaire est maintenant prouvée.

Une mission urgente s'imposait maintenant à Kristen. Elle ne semblait pas pouvoir s'opposer à une voix intérieure. Comme les saints ayant fait des miracles et comme les prophètes Isaïe, Jérémie et Ézéchiel de la Bible chrétienne, il fallait qu'elle en témoigne. Surtout si elle était une des rares dépositaires des gènes de l'Invisible, comme l'avaient sans doute été, eux aussi, les enfants à Lourdes et à Fatima, comme l'avaient été Marguerite Bourgeoys, Jeanne Mance et Maisonneuve à Montréal, dans les années 1600.

– Les phéromones de Dieu, chuchota-t-elle à l'oreille de Quentin en l'embrassant.

Elle se tourna alors vers les deux chefs d'État. Elle les vit se féliciter comme s'étaient congratulés les employés du centre de contrôle de Houston quand *Apollo XI* avait aluni, en juillet 1969.

– Tu as du champagne ? demanda Raspoutine à Shackleton.

Kristen n'entendit pas ces dernières paroles. Elle était ailleurs.

– Tu crois que j'ai bien fait de leur dire au sujet de Preston ? demanda-t-elle à Quentin en faisant la moue, comme si elle était aux prises avec des remords.

– Tout à fait. Il a participé aux opérations devant mener à l'épidémie de peste. Hé ! Vois le bon côté des choses : nous avons en commun, toi et moi, des gènes rarissimes. N'est-ce pas les meilleures dispositions pour une vie à deux ?

Il l'enlaça.

– Tu sais, je n'ai pas ressenti autant de choses que toi, par exemple le papillon en Chine et les galaxies. Dieu ou pas, j'aurais bien le goût de vivre avec toi dans mon appartement d'étudiant de la rue Charlotte.

– Quelle horreur ! Avec toutes ces puces en liberté, tu n'y penses pas ! blagua Kristen.

– Ne dis rien de mal des puces ou du moindre insecte. Tu vas trouver ça idiot: pendant notre transe de la nuit dernière, j'ai cru à un moment que j'avançais par bonds sur le parquet de ma chambre. Et que j'avais faim du sang du dormeur. Je ne suis pas certain que je veuille utiliser mes gènes introns une autre fois. Je n'en ai pas besoin pour l'essentiel, c'est-à-dire l'amour que j'éprouve pour toi, Kristen.

Cette association avec les insectes et les animaux, Kristen l'avait perçue chez Grady, son neveu. Cette réflexion lui rappela alors que le petit malade se trouvait toujours aux soins intensifs, dans un hôpital d'Ottawa.

– Grady va sortir de son coma, se dit-elle. Si j'en ai le pouvoir, Grady sortira de son coma. Il se chamaillera aussi avec les petits voisins sans craindre de se vider de son sang.

À ces mots, le premier ministre Shackleton questionna son ami Raspoutine du regard. Un signe imperceptible du Russe valut une autorisation à ce qui allait suivre.

– Vous avez parlé de Grady, dit-il à l'adresse de Kristen, votre neveu Grady?

– Oui, mais comment le connaissez-vous? Il est dans le coma à Ottawa.

– J'ai une bonne nouvelle pour vous.

– Grady? lança la jeune femme, dont le cœur venait de faire un bond.

– Oui, Grady Vale. Il n'est plus dans le coma.

– Non? Comment est-ce possible?

– Il n'est plus dans le coma et il n'est plus à Ottawa.

– Que voulez-vous dire? Je ne vous suis pas.

– Il vous a suivie, lui, agente Vale, dit enfin Shackleton.

– Tante maman! entendit-on.

Le cri venait d'au-dessus de leur tête. N'osant pas y croire, Kristen se tourna vers le palier de l'étage. Au sommet de l'escalier, elle reconnut la frimousse de Grady. Il était plus facilement reconnaissable sans son casque de football.

Kristen s'élança et grimpa deux marches à la fois. Elle hésita avant de serrer le petit dans ses bras étant donné la fragilité de son corps. Elle déposa un bisou sur sa joue rouge et chaude. Elle fut surprise de cet air de santé resplendissante.

— J'en avais assez d'être malade, dit le garçon en se faisant une lèvre inférieure proéminente, boudeuse.

— Vous n'êtes pas la seule dans votre famille, agente Vale, déclara Shackleton, à présenter le gène de Dieu.

— C'est vrai, Grady ?

— Je ne sais pas.

— Il a bel et bien de superbes dispositions, dit Raspoutine à son tour en posant son verre de vodka parfumée à la canneberge.

— Oui, acquiesça Shackleton. Il s'est concentré et il a fait en sorte d'améliorer suffisamment son état de santé pour quitter l'hôpital, après, bien sûr, avoir simulé hypertension et coma pour empêcher la moindre ablation d'une partie du cerveau qui aurait pu réduire ses dons.

— Ne me dites pas que… tout de suite, là, tantôt près du foyer… ce serait lui qui…

— Il y a bien des chances, en effet, que ce soit lui qui ait réglé son compte à votre bacille. Ce qui n'enlève rien du tout à vos propres dispositions, Kristen. Grady a tout simplement un peu plus d'expérience en la matière.

À ce moment, les parents de Kristen, Lawrence et Dorothea, apparurent à leur tour derrière l'enfant. Ils ne montraient aucun signe de fatigue, leurs traits étant épanouis comme ceux de Grady. Mais ils semblaient gênés, hésitants, presque pétrifiés par l'enchaînement de ces événements qui les dépassaient. La grand-mère esquissa un sourire alors que son regard passait de Grady à Kristen et de Kristen à Grady.

Elle hocha la tête pour confirmer les paroles de Shackleton.

– Ne me demande pas comment…, dit-elle enfin avec la fermeté qui la caractérisait après quarante ans passés auprès de son mari, Lawrence. Ce que je sais, c'est que je n'ai plus ma sciatique.

C'est Grady qui finit par enlacer la taille de sa tante. Il ne semblait plus soumis à l'obligation de surveiller ses moindres mouvements ; il était devenu aussi spontané que les autres enfants de son âge.

– Toi aussi, Kristen, tu as été un papillon, n'est-ce pas ? lui dit-il avec le plaisir de l'initié d'un culte secret qui reconnaît une autre initiée grâce à de petits détails symboliques. Tu as été un éléphant et une girafe, aussi ? C'est pour ça que je t'ai dit de ne plus rien tuer.

Quentin les rejoignit et serra la main du petit garçon.

L'esprit espiègle de Grady et ses talents innés de prévoyance le firent souffler à l'oreille de Kristen :

– C'est mon nouveau papa, tante maman ?

Sans que la jeune femme puisse le retenir, il se précipita dans l'escalier. Il courut autour du salon sous le regard indulgent de Shackleton et du président Raspoutine.

Son pied s'empêtra dans la frange d'un tapis sans qu'on puisse déterminer s'il s'agissait d'une maladresse ou d'un dessein bien mûri de sa part. Tous autour de lui arrêtèrent de respirer à l'unisson.

Grady se rétablit sans chuter.

Pendant ce temps, Quentin et Kristen ne purent retenir plus longtemps le désir de s'embrasser. Un baiser qui n'allait certainement pas être le dernier de leur vie à deux… ou à trois… ou à quatre…

Raspoutine en profita pour se rapprocher discrètement de Shackleton. Il lui souffla de discrètes félicitations.

– Tu as bien manœuvré, John, pour réunir ces deux cas exceptionnels. Mis ensemble, leurs codes génétiques pourraient devenir la meilleure arme contre les guerres.

– Les gènes ? Je me le demande, Gregor, réagit John Donne Shackleton, tout à coup songeur. Qui sait s'il n'y a pas un autre facteur pour déclencher la toute-puissance inscrite dans les gènes inopérants de l'humanité ?

– Un troisième élément de la recette ? Quoi d'autre que les gènes spéciaux et le parfum de la Vierge noire ?

– Regarde-les, ces jeunes, Gregor. L'amour n'est-il pas déjà la grande force du monde, le véritable secret de Dieu ?

Épilogue

Aujourd'hui

– Allô, maman ? C'est Quentin. Comment vas-tu ?

– [...]

– Oh ! moi, ça va tellement bien, grâce à vous deux ! Le message de papa du temps de la sculpture parlementaire a sauvé le pays.

– [...]

– Non, je suis sérieux ! Comment va papa ?

– [...]

– Tu lui as demandé ? Il te dit de me dire qu'il va bien ? Vraiment bien ? Si je veux lui parler ? OK, merci !

– [...]

– Bonjour, papa. Comment vas-tu ?

– [...]

– Papa, tu as bien dit de ne pas te répéter « Comment vas-tu ? » que tu avais bien compris la première fois, quand maman te l'a demandé ?

– [...]

– Si tu es choqué parce que je le répète, c'est que tu n'as jamais été aussi bien portant depuis longtemps !

– [...]

– Et tu te souviens du message que tu as retrouvé ? Tu peux le citer de mémoire ?

– [...]

– Oui, c'est ça. Je le répète avec toi.

Loin sur la Grande Île, l'eau sèche s'est tue où les Géants de glace ont traversé vers les colonies américaines pour que les enfants d'Israël avancent à travers la mer en terrain sec. (Exode 18,46)

Sous le triangle de la chapelle des Seigneurs en amont de Gibraltar.

Les Égyptiens sauront qui je suis (Y)HWH quand les eaux reflueront vers la chaise des tremblements de la plus grande Dame du continent nouveau (Exode 20,7)

– [...]

– C'est fantastique !

– [...]

– Oui, le message est fantastique, mais que tu le cites de mémoire est tout aussi fantastique...

– [...]

– Si je sais ce que ça veut dire ? Tu l'as gravé sur la pierre de la tour, mais tu n'as jamais su ce que ça voulait dire ? Écoute, on se voit bientôt, promis, et je te raconterai une histoire qui a commencé il y a trois mille trois cent trente ans grâce à quelqu'un qui avait gravé des lettres sur une plaque de cuivre.

– [...]

– Ce que j'ai fait ces derniers jours ? Oh rien. Comme d'habitude. Tu sais bien que la vie d'un indexeur, d'un agent de l'information à la Chambre des communes, se résume à avoir le nez collé sur son ordi pour lire des tonnes de textes parlementaires. Rien de plus.

**

Londres, 1879

Catherine Thompson Hogarth Dickens, généralement appelée Kate, mourut en 1879, neuf ans après Charles Dickens, à l'âge de soixante-quatre ans. Elle avait élevé dix enfants.

Ni Dickens ni ses enfants ne surent jamais le rôle qu'elle avait joué lors de son voyage en Amérique.

Dans ses papiers personnels, on trouva des lettres d'amour de l'auteur d'*Oliver Twist*, datant de leur jeunesse. Son testament stipulait qu'elle les léguait au British Museum.

On découvrit aussi, dans son coffret bancaire à Londres, quelques lettres de divers membres d'une famille de Toronto, où elle avait séjourné en 1842. Dans une de ces missives, on la remerciait d'avoir sauvé ce qu'on appelait « le plus grand secret de l'histoire de l'humanité ». On ne donnait toutefois aucun détail sur ce secret ni sur sa présence à Niagara Falls. On y mentionnait en termes plus clairs le projet de fonder une organisation de charité, une sorte d'Armée du Salut.

Il faut rappeler que la Compagnie avait pour règle de détruire tout document pouvant révéler son existence. Elle avait été traumatisée par l'extermination des Templiers à partir de 1307 sur ordre du roi de France, appuyé par le pape Clément V. L'interdiction royale de la Compagnie du Saint-Sacrement par Louis XIV en 1665 l'avait de nouveau précipitée dans l'anonymat le plus complet. C'est peut-être à cause de cela qu'on ne sut jamais si Kate Hogarth s'était jointe au chapitre britannique.

Sa correspondance ne mentionnait pas non plus le sulpicien Athanase Mercier, la réunion secrète tenue à Montréal et son propre recrutement au sein de la Compagnie par Margaret Dorsay et par sa bonne, Ann Brown, devenue chevalier de la Croix. Ce mutisme était loin d'être un hasard.

***

Toronto, 1846–1855

Margaret Dorsay eut quatre beaux enfants vigoureux dont le plus vieux fut prénommé Théo, sans doute en souvenir du « théodolite », la machine à mesurer l'heure locale à partir des astres, placée sous le dôme conique de l'Observatoire magnétique et météorologique de Sa Majesté à Toronto. Ebenezer avait choisi ce prénom, et Margaret l'avait approuvé parce que les Dorsay s'étaient armés de patience pour laisser passer le temps avant que la Providence ne permette, à l'heure appropriée, l'heure du théodolite, la naissance de leur premier enfant.

Une fois que les enfants eurent grandi, Margaret ne leur parla jamais de la Compagnie. Ebenezer ne le fit pas non plus. Ils vécurent à Toronto, où ils travaillèrent tous deux à prendre des mesures à l'observatoire si symbolique pour eux.

Grâce à leurs travaux, il fut prouvé que les taches solaires influençaient le champ magnétique terrestre et pouvaient donc affoler les boussoles de navigation. La prévision des cycles solaires améliora les voyages au long cours et contribua ainsi à la découverte de merveilles dans les coins les plus reculés du monde. Elle fut à l'origine de l'Empire britannique.

L'observatoire changea de vocation en 1855 pour se consacrer aux pronostics météo et pour tenir l'heure officielle du pays. Il devint le berceau de l'astronomie canadienne.

Extraits de la base de données du SCRS

À une certaine époque, les enfants québécois apprenaient sur les bancs d'école que Jeanne Mance avait été la première infirmière de Montréal et la première dirigeante laïque de l'Hôtel-Dieu.

Une de ses collègues de la communauté des Hospitalières de Saint-Joseph, sœur Marie Morin, rapporta bien d'autres faits intrigants dans ses *Annales de l'Hôtel-Dieu*, qui font aujourd'hui autorité dans le domaine de l'archéologie. Le fait le plus étrange remonte au 27 janvier 1657, quinze ans après la fondation de Montréal en tant que Nouvelle Jérusalem et Cité de Dieu par la Société Notre-Dame, dont Jeanne Mance faisait partie.

L'hiver était particulièrement rigoureux et le verglas recouvrait les ruelles de la bourgade. Comme beaucoup de ses descendants par la suite, Jeanne Mance fit une malencontreuse chute sur un chemin pentu du terrain jouxtant l'hôpital. Le réflexe habituel la fit se protéger à l'aide de son bras droit. Le coup dut être plus violent qu'elle ne le crut d'abord, car elle ne parvint ni à soulever le bras ni à bouger les doigts pendant un an après l'accident.

Travailleuse infatigable, Jeanne Mance devint de plus en plus frustrée. Lors d'un voyage à Paris pour recueillir des fonds, les médecins du roi l'examinèrent. Le diagnostic tomba comme une malédiction : un nerf avait été sectionné, ce qui voulait dire que le bras était mort et qu'il se dessécherait peu à peu. L'idée de pourrir vivante fut intolérable pour elle.

Son confesseur et ami de la Compagnie du Saint-Sacrement, Vincent de Paul, le futur saint Vincent, lui conseilla alors de se recueillir en l'église Saint-Sulpice de Paris. C'est là qu'elle se retira seule tandis que se déroulait dans les rues de la ville la procession de la purification de la Vierge.

La dépouille du fondateur des sulpiciens, Jean-Jacques Olier, reposait sous une chapelle de l'église. Toujours sur les conseils de Vincent de Paul, elle s'intéressa plutôt au reliquaire où avait été déposé le cœur d'Olier. Ce reliquaire était un petit coffret taillé dans du bois de chêne, tout comme la statuette d'une femme portant un enfant qui s'y trouvait aussi.

Jeanne Mance fit exactement ce que son maître à penser lui avait prescrit. Elle approcha les deux objets de culte de la flamme de gros cierges de cire allumés dans la nef par des fidèles après avoir fait une offrande en espèces.

Sœur Morin rapporte que Jeanne Mance fut alors saisie d'une intuition comme elle n'en avait jamais ressenti auparavant. Il est dit qu'une douce chaleur se répandit dans son bras droit, depuis l'épaule jusqu'au bout des doigts. C'est le bras droit ressuscité qui referma le reliquaire sur le cœur d'Olier et sur la statuette de la femme à l'enfant.

Vincent de Paul, lors d'un voyage sur la Méditerranée quelques années auparavant, avait été capturé par des pirates barbaresques. Il fut vendu comme esclave à un riche marchand d'aromates en Éthiopie. C'est là qu'il rencontra des soufis, quatre cents ans après les Templiers.

Les Arabes lui révélèrent les secrets de l'alchimie et, ainsi, les rudiments de ce qui allait devenir la chimie. Affranchi grâce à l'influence des soufis, ces philosophes musulmans, il revint à Paris et transmit le culte de la science à la Compagnie du Saint-Sacrement, qui le garda secret par crainte de l'Inquisition. Un scientifique comme Galilée avait déjà failli être brûlé en raison de ses théories.

Vincent de Paul rapporta aussi de son voyage mouvementé une Vierge de bois sombre représentant, selon ses amis éthiopiens, la déesse de race noire et reine de Saba, celle-là même en qui certains chrétiens de Palestine avaient cru avant d'immigrer en Éthiopie.

C'est cette Vierge noire païenne, jugée hérétique pour cette même raison, dont on parle dans l'Ancien Testament. C'est une des nombreuses raisons pour lesquelles l'Ancien Testament a longtemps été ignoré au Québec :

« Je suis noire et pourtant belle [...] Tandis que le roi est en son enclos, mon nard donne son parfum. Mon bien-aimé est un sachet de myrrhe, qui repose entre mes seins. » (Cantique des cantiques 1,5 ; 12-13.)

Alors que le Vatican avait décontaminé l'Église primitive de son héritage païen, les Templiers et la Compagnie du Saint-Sacrement le maintinrent bien vivant en raison des trésors d'humanisme qu'il recelait.

Au moment où l'Occident apprenait à apprécier les aromates importés du Moyen-Orient, eux-mêmes venus d'Afrique de l'Est, la Vierge noire répandit son parfum de chêne de Montaigu.

Comme on le sait, les essences de parfums transformèrent le monde. Mais on ne se doute pas à quel point. Par exemple, la puissance dégagée par le bois de la statuette passée au feu guérit le chevalier de Fancamp, un membre fondateur de la Compagnie, d'une maladie mortelle après que Jeanne Mance se fut rétablie d'une paralysie chronique avant son retour à Ville-Marie.

Marguerite Bourgeoys remit la statuette à la chapelle Bonsecours en 1672.

Certains attribuent les incendies successifs de la chapelle et des couvents en 1754, en 1768 et en 1893, de même que celui du parlement canadien en 1916, à des fanatiques qui voulaient ou bien détruire la statuette de la Vierge noire qui s'y trouvait afin d'anéantir un culte hérétique, ou bien respirer la fumée dégagée par cette même statuette afin d'être changés en Dieu.

La numérologie voit dans les chiffres de ces années l'annonce de la fin du monde.

Note de l'auteur

En 1870, lors du concile Vatican I, Pie IX fit promulguer le dogme de l'infaillibilité du pape. Défendant l'importance des évêques et des individus, hommes et femmes, catholiques et non-catholiques, comme dans l'Église primitive, la Compagnie, qui s'opposa à l'infaillibilité papale, ne put mettre à profit le secret de Dieu dans ce but, car elle n'arriva jamais à prouver que le document avait été écrit de la main même de Dieu. Cette preuve ne devint accessible qu'avec l'invention de la technique du carbone 14 et la découverte du code génétique.

Même en l'absence du secret, perdu depuis longtemps, c'est le pape Jean XXIII qui abandonna le dogme de l'infaillibilité papale, comme l'avait voulu Jean XXII avant lui. Jean XXIII, ce fils de journalier, ramena sa fonction au niveau des plus humbles en rejetant la tiare et la chaise à porteurs.

En 1963, il convoqua symboliquement le concile Vatican II, où il plaida en faveur de l'œcuménisme, un premier geste en faveur du rapprochement de tous les êtres humains, malgré leurs différences. Le pape Jean-Paul Ier allait pousser plus loin dans cette voie quand il disparut de façon prématurée, un mois après son élection au conclave de 1978. Toute autopsie de la dépouille des papes étant interdite par le Vatican, on ne fit jamais le rapport avec la peste pulmonaire.

Liste des abréviations et acronymes
(français et anglais)

Certains des termes indiqués ci-dessous, bien qu'ils n'apparaissent pas dans les deux tomes de ce roman, seront toutefois utiles aux lecteurs qui souhaiteront se documenter davantage sur certains aspects ou éléments abordés dans ce récit.

AB   Arsenal biologique (Biological Weaponry, ou **BW**)

ABDM   Armes biologiques de destruction massive (Biological Weapons of Mass Destruction, ou Bio WMD)

ACDI   Agence canadienne de développement international (Canadian International Development Agency, ou **CIDA**)

ACSTA   Administration canadienne de la sûreté du transport aérien (Canadian Air Transport Security Authority, ou **CATSA**)

ADM   Armes de destruction massive

ADN   Acide désoxyribonucléique

ASFC   Agence des services frontaliers du Canada (Canada Border Services Agency, ou **CBSA**)

BCP   Bureau du Conseil privé (Privy Council Office, ou **PCO**)

BFC   Base des Forces canadiennes

BPM   Bureau du premier ministre (Prime Minister's Office, ou **PMO**)

CBRE   Scaphandre contre la pollution chimique, biologique, radiologiqué et environnementale

CDC   Centers for Disease Control and Prevention (États-Unis)

CIA   Central Intelligence Agency (États-Unis)

CMIU   Centre de mesures et d'interventions d'urgence

CNRC   Conseil national de recherches du Canada

CSI   Agent de police technique sur les scènes de crime (Crime Scene Investigator, en anglais)

CST   Centre de la sécurité des télécommunications (Communications Security Establishment, **CSE**)

DEA   Drug Enforcement Administration (États-Unis)

DND   Ministère de la Défense nationale ou Défense Canada

DRES   Defence Research Establishement Suffield (Alberta, Canada) – Recherche et développement pour la défense

DRP   Direction des recherches pour le Bureau – Service de recherche et de consultation en procédure parlementaire de la Chambre des communes (Table Research Branch, ou **TRB**)

DSP   Digital Signal Processing (traitement numérique d'un signal)

EIS   Epidemic Intelligence Service (États-Unis) (équipe d'investigateurs médicaux pour les CDC – voir ci-dessus)

FBI   Federal Bureau of Investigation (États-Unis)

FINTRAC Financial Transactions and Reports Analysis Centre (Canada) – Centre d'analyse des opérations et déclarations financières

FSB   Service fédéral de sécurité de la Fédération de Russie (organisme successeur du KGB)

GRC   Gendarmerie royale du Canada (en anglais : Royal Canadian Mounted Police, ou **RCMP**)

HVAC   Système de chauffage, de ventilation et d'air conditionné intégré

INFOSEC Information System Security Professional Regulation (division de la CST) – Sécurité de l'information

INSET   Integrated National Security Enforcement Teams (équipes intégrées de la sécurité nationale, ou **EISN**)

KGB   Service de renseignement et de contre-espionnage soviétique (URSS)

LCBO   Liquor Control Board of Ontario (équivalent de la Société des alcools du Québec)

MI-5   Service de contre-espionnage du Royaume-Uni

MI-6   Service de renseignement du Royaume-Uni

NASA   Organisme de recherches aéronautiques et spatiales civiles des États-Unis

NRBC   (Armes) nucléaires, radiologiques, biologiques et chimiques. Cet acronyme est utilisé partout dans le monde pour désigner les armes non conventionnelles qui ont été utilisées ou qu'on a menacé d'utiliser lors de certains incidents particulièrement graves. (En anglais : Chemical, Biological, Radiological and Nuclear [Weapons], ou **CBRN.**)

NSA   National Security Agency (États-Unis)

PDM   Personnes de marque (Very Important Persons, ou **VIP**). Aussi : Section de la protection des personnes de marque (**GRC**)

PNIL   Laboratoire de recherches scientifiques appliquées du ministère de la Défense de l'URSS

PSEPC   Public Safety and Emergency Preparedness

QG   Quartier général (Headquarters, ou **HQ**)

RAF   Royal Air Force (Royaume-Uni)

REER   Régime enregistré d'épargne-retraite (Canada)

SAM-650 Shared Access Memory (accès à mémoire partagée : large bloc de mémoire vive auquel on a accès par l'entremise de divers processeurs dans un système multiprocesseur)

SCBA   Self-Contained Breathing Apparatus (appareil respiratoire autonome)

SCRS   Service canadien du renseignement de sécurité (Canadian Security Intelligence Service, ou **CSIS**)

SIGINT Signals Intelligence (division de la CST)

SPPCAD Section de la protection des personnalités canadiennes et des agents diplomatiques (GRC)

SRAS   Syndrome respiratoire aigu sévère

SSRBCP Secrétariat de la sécurité et du renseignement du Bureau du Conseil privé (Privy Council Office – Security and Intelligence Secretariat, ou **COSI-PCO**)

MARQUIS

Québec, Canada